MANESSE BIBLIOTHEK DER WELTLITERATUR

IPPOLITO NIEVO

Ein Engel an Güte

Geschichte aus dem vergangenen Jahrhundert

Roman

Aus dem Italienischen übersetzt
von Barbara Kleiner

Nachwort von Lothar Müller

MANESSE VERLAG
ZÜRICH

I
Der Sprechsaal der Seraphinerinnen

Am ersten Sonntag im Mai des Jahres 1749 gab es ein dichtes Gedränge von Gondeln an der Riva di San Pieretto: In der Abenddämmerung war der Kanal dann gänzlich verstopft, Ruder wirbelten durcheinander, Bug stieß an Bug, Rufe schollen von Boot zu Boot, kurzum, es herrschte ein Tumult, wie ihn nur die Bootsführer von Venedig zu veranstalten wissen. Es war der höchste Feiertag im Kloster der Seraphinerinnen[1], und da diese einem der besten Erziehungsinstitute für Töchter des Patriziats vorstanden, drängte sich die adlige Sippschaft in den Sprechsälen, und unter Angehörige, Vormünder und Freunde mengten sich auch etliche Schaulustige; was die ehrwürdigen Schwestern überhaupt nicht schreckte, ganz im Gegenteil, sie erfreuten sich am harmlosen Gepränge, das ihnen sehr geeignet schien, den Ruhm ihrer Schutzpatronin, der Heiligen Teresa[2], zu mehren. Überdies weder durch Gelübde noch Klausur eingeengt, scheuten sie weltlichen Prunk weniger als alle anderen Orden und waren über die verwickelten venezianischen Verhältnisse so gut unterrichtet, dass sie in der Konversation mit den Damen und Herren würdig bestehen konnten. Die Pförtnerin hatte also für diesen Abend ihren vertrauten Platz am Guckloch verlassen, und die beiden Torflügel der Pforte standen den Vorübergehenden einladend offen; die in ihrer klösterlichen Schlichtheit an sich schon schöne Vorhalle war über und über mit Damast und Blumen geschmückt; die brennenden Wachskerzen auf zweiarmigen silbernen Leuchtern, die Rosen-, Geranien- und Veilchensträuße hier und da und der letzte Widerschein des Sonnenuntergangs, der im Violett der Vorhänge noch einmal aufflammte, brachten jene in Farben und Düften einzigartige Stimmung hervor, die frommen Gemütern so lieb und vertraut ist. Aber wenn die Vorhalle kraft solch religiösen Zaubers etwas Klösterliches ausstrahlte, wirkte der Sprechsaal umso erstaunlicher, denn dort durchdrangen Heiligkeit der Klausur und weltliche Lebenslust einander auf eine Weise, dass man meinen konnte, es sei dies ein Fleckchen vom Paradies auf Erden. In der Mitte sah man in unterschiedlichsten prachtvollen Toiletten jüngere und ältere Damen der Aristokratie in Grüppchen beieinanderstehen; und dort, inmitten all des Glanzes von Juwelen und entblößten Busen, die braune Ordenstracht irgendeiner kleinen Nonne, allerdings aus feinstem Tuch und so geschnitten, dass die reizende Gestalt darin ganz vorzüglich zur Geltung kam; weiter drüben fein geputzte, parfümierte und gepuderte Kavaliere mit Mantel und Degen, wie es damals hieß; den nutzlosen Degen schräg hinter den Beinen baumelnd, den weißen Mantel über dem Arm und den kleinen Fächer in der Hand, stolzierten sie wie die Pfauen im anmutigen Schwarm der Jungfern umher; und da wurde im Schatten der Hüte und Fächer insgeheim gelacht, spitze Bemerkungen flogen hin und her, ebenso Blicke und Lächeln; doch alles völlig harmlos, denn hinter halb geschlossenen Lidern döste dort hinten eine ehrwürdige Klosterschwester. Überall ringsum an den Wänden saßen auf hohen Stühlen aus schwarzem Maroquinleder Mütter, Väter, Onkel und Vettern; ihnen zur Seite noch unreife, aber aufgeweckte und schwatzhafte Mädchen; Wesen, so schmächtig wie Schattengewächse, doch voller Feuer und Schalk auf dem Grund der Augen; junge Dinger mit scheuen Blicken, aber verstohlenem, wissendem Grinsen. Und zwischen alldem glitten schwatzend, lauschend, lächelnd, Kerzen putzend, Erfrischungen reichend acht oder neun Klosterschwestern unterschiedlichen Alters und Aussehens hin und her, allen aber lag der Ausdruck von Festtagsfreude auf dem Gesicht und die heitere Zufriedenheit klösterlichen Lebens.

«Nur zu, Marchesa, ein Schlückchen von diesem Rosolio...! Ein wahres Labsal in unserem Alter, Sie werden sehen! Exzellenz Carletto, Sie wollen doch nicht etwa dieses Konfekt verschmähen...? Wo ich es doch selbst zubereitet habe? Wie, Don Zefirino kommt heute nicht? Dabei hatten wir Eiermilch für ihn geschlagen! Ach, Contessa, sehen Sie nur diesen kleinen Cavaliere dort, wie er sich mit Blicken nach Ihrer Tochter verzehrt...! Ach, man könnte glatt... Donnerwetter...! Hören Sie, ich meine...! Was sagt man da, dieser Cavaliere! Apropos, wie ist es denn ausgegangen mit der Ärmsten...? Denkbar schlecht, na ja, versteht sich...! Armes junges Ding, das musste ja so enden, bei dem Lebenswandel!» Solcherart waren die Gesprächsthemen der ehrwürdigen Schwestern, und der Saal füllte sich immer mehr, ohne dass die heitere Stimmung oder die Freundlichkeit des Empfangs geschmälert worden wären.

Der Sprechsaal war zum Bersten mit Menschen gefüllt und kein einziger Stuhl mehr frei, als auf der Schwelle ein alter Mann erschien, ein wahrhaft ausgefallenes Exemplar. Er war eher klein und wohlbeleibt, aber der ausgediente Galarock, den er trug, schien für einen Riesen geschneidert, sodass darunter wie aus dem Panzer einer Schildkröte zwei rundliche Füßchen, gänzlich überwölbt von zwei enormen Silberschnallen, gerade eben zum Vorschein kamen. Der unter den Arm geklemmte Dreispitz bedeckte ihm auf der einen Seite die Brust; auf der anderen Seite ragte er wie ein Bugsprietsegel drei Spannen über die Hüfte hinaus. Doch all das war nichts im Vergleich zum Kopf, der wie mit dem Hammer zwischen die Schultern gerammt schien; malerisch umrahmt von einer wirklich pompösen Taubenflügelperücke, die auf den Schultern in einem Zopf endete, der sich schwerlich mit einer Hand hätte umfassen lassen. Eingezwängt von dieser Perücke und diesem Rock, war der arme Mann glutrot, er schnaubte und drehte den Hals in alle Richtungen, lockerte dann mit der Hand die Enge des Kragens; doch all diese Gesten brachten ihm überhaupt keine Erleichterung, und er wirkte dadurch nur umso komischer. In der Tat waren die Grüppchen nächst der Tür dieses Pantalone[3] schon gewahr geworden und begannen sich über ihn zu amüsieren, als ihn von der anderen Seite des Saales her ein hübsches blondes Mädchen erblickte, das seit einer Stunde dort neben einem schmucken Cavaliere saß; kaum hatte sie ihn entdeckt, war sie auch schon mit einem Freudenschrei aufgesprungen, mit aller höflichen Gewandtheit durch das Menschengewühl geglitten, war dem sonderbaren Menschen um den Hals gefallen und hatte ihm zwei schallende Küsse auf die Wangen gedrückt. Dann nahm sie ihn bei der Hand, und ohne auf den Zopf zu achten, der sich in den Toupets[4] der Damen verfing, oder auf den Hut, der vor lauter Knüffen schon ganz zerdrückt war, oder auf die Litzen seines Rocks, die an allen Ecken und Kanten hängen blieben, schleppte sie ihn ohne größere Havarie zu dem Platz, wo sie zuvor gesessen war. Doch als sie, dort angekommen, zwei Stühle frei fand, sah sie sich verwundert um.

«Wo ist denn Celio geblieben?», sagte sie für sich.

«Hast du etwas gesagt, mein Töchterchen?», fragte der Alte, wobei er sich mit seligem Lächeln auf einen der Stühle fallen ließ. «Ach, diese Polster sind aber hart, mein Liebling!», setzte er etwas betrübt hinzu.

Unterdessen hatte das Mädchen bei genauerem Umherspähen denjenigen, den sie suchte, in einem Grüppchen junger Herren ausgemacht und setzte sich nun liebevoll neben den Neuankömmling.

«Was hat denn das zu bedeuten, Herr Vater», fragte sie, «dass Sie nicht wie sonst am vergangenen Sonntag gekommen sind?»

Der Herr Papa schlug die Augen nieder und antwortete, die Ecken seines Hutes auf seinem Schoß zurechtzupfend: Podestà[5] von Asolo zu sein sei etwas ganz anderes, als Podestà von Lonigo[6] zu sein, und mit der Übernahme dieser neuen Würde seien so viele Geschäfte auf ihn zugekommen, dass er seine jährliche Reise nach Venedig wenigstens um eine Woche habe verschieben müssen.

«Und weißt du», fügte er hinzu, «wäre da nicht die Krankheit Seiner Exzellenz Formiani gewesen, die allem Zögern ein Ende machte, so hätte ich noch einen weiteren Monat bleiben müssen...? Und denk dir nur, was mir jetzt widerfährt, just im Augenblick meines Eintreffens hier wird der Kranke plötzlich gesund!»

«Wie, Formiani auf dem Weg der Besserung? Lob sei dem Herrn!», rief das junge Mädchen. «Aber weshalb haben Sie mich denn nicht von der Verzögerung Ihrer Ankunft unterrichtet? Ich war so in Sorge, diese sieben Tage lang.»

«Ich dachte, das hätte wie sonst auch die edle Frau Cecilia besorgt», erwiderte der Podestà, «aber diese Perle einer Gattin nimmt solchen Anteil an meinen Amtsgeschäften, dass sie es vergessen haben wird.»

«Und hat sich die Frau Mutter indessen an die Luft dort oben gewöhnt?», fragte das Mädchen.

«Ach, meine Tochter, das ist eine Frau, die sich an alles gewöhnt, und wo andere vor Entkräftung umfallen, setzt sie Speck an!»

«Umso besser! Ihre Worte sind mir ein echter Trost. Ich bin nämlich sehr erschrocken, als sie mir schrieb, welche Krankheiten sie im Winter durchgemacht hat!»

«Ja, ja, meine liebe Morosina!», antwortete der Alte, und von seiner sonstigen gravitätischen Art abweichend, küsste er das schöne Köpfchen, welches sie zutraulich an seine Schulter lehnte, «ich weiß, wie zärtlich du mich und deine Frau Mutter liebst! Und schau, ich habe doch nur dich auf dieser Welt!»

«Und auch dieses Jahr», sagte das junge Mädchen, «auch dieses Jahr konnten Sie Signora Cecilia nicht dazu bewegen, einen Abstecher nach Venedig zu unternehmen...? Und dabei hatte ich mir wegen der geringeren Entfernung schon so große Hoffnungen gemacht! Jetzt weiß ich, wie schwer es ist, seit sechs Jahren wieder eine Mama zu haben und sie immer noch nicht zu kennen!»

«Komm, komm, Morosina!», versetzte der Podestà, die in seiner Stimme bebende Zärtlichkeit bezwingend. «Wein jetzt nicht, wo du doch deinen Vater hier hast! Signora Cecilia ist zum Wohle der Republik dort oben geblieben, und das muss dir genügen...! Und außerdem, kommst du nicht in einem Monat zu uns? Mir scheint also, in diesem Jahr bestand weniger Grund als in anderen, ihr diese Strapaze zuzumuten!»

«O ja, ja! In einem Monat», rief Morosina, klatschte in die Hände und sprang vom Stuhl auf, «in einem Monat werde ich ständig bei Ihnen sein, mein lieber, guter Herr Vater!»

«Ja, ja, mein Schätzchen, ständig bei mir, bis es Seiner Exzellenz Formiani und deiner Frau Mutter beliebt, dich zu verheiraten.»

Bei diesen Worten traten Morosina Tränen in die Augen, sie bewahrten aber immerhin so viel Klarsicht, dass sie am anderen Ende des Saales einem jungen Mann nachspähen konnten, der sich in diesem Gedränge einen Weg zum Ausgang zu bahnen suchte.

«Einen Augenblick, mein Vater!», sagte sie, sich die Tränen trocknend, «nur einen winzigen Augenblick, ich bin gleich wieder da!»

Sie eilte davon und schlüpfte mit wahrhaft venezianischer Geschmeidigkeit, den kleinen Leib drehend und wendend, zwischen den Personen hindurch und erreichte den jungen Mann, als er eben den Fuß auf die Schwelle setzte.

«Signor Celio!», flüsterte sie, ihn fast vertraulich beim Arm nehmend.

Der Cavaliere, der sich auf diesen Ruf hin umwandte, war von hohem, schlankem Wuchs, von schönen und edlen Gesichtszügen und prunkvoll gekleidet.

«Was gibt es, Signora Morosina?», erwiderte er leicht errötend.

«So schnell verlassen Sie uns schon?», sagte das Mädchen leise.

«Hier drin wird man ja gesotten wie in einem Kessel!», erwiderte der junge Mann und wandte sich zum Gehen.

Aber die Hand des Mädchens ruhte noch leicht auf seinem Arm, und es lag eine so zarte Bitte in dieser Geste, dass er den Fuß wieder zurückzog. Was die Hand begonnen hatte, brachten die Augen des Mädchens zu einem guten Ende, weshalb Celio sagte, die Hitze sei ihm vergangen, und er wolle noch ein Weilchen bleiben.

«Das freut mich», sagte Morosina und begann, sich ihren Weg zurück durch die Menge zu bahnen, wobei sie sich jeden Augenblick umwandte, wie um den Cavaliere mit den Augen zu lenken. «Das freut mich, so kann ich Sie endlich meinem Herrn Vater vorstellen!»

An welchem Glück dem jungen Mann nicht eben viel zu liegen schien, denn bei diesen Worten zögerte er noch einmal; doch Morosina, die Terrain gewonnen hatte, sah sich nun nach ihm um, und damit hatte sie die Auseinandersetzung endgültig für sich entschieden, denn eine Minute später machte der schöne Cavaliere, sich ein verräterisches Lächeln verbeißend, vor dem Podestà eine tiefe Verbeugung.

«Oh, was für ein hübscher junger Mann du geworden bist, Celio, du Schlingel!», nahm dieser die ehrerbietige Huldigung entgegen. «Es ist schon eine ganze Weile her, dass wir uns gesehen haben, nicht wahr? Seit der Zeit, als ich in Castelfranco war, dünkt mich. Bravo, bravissimo, mein lieber Celio…! Celio Terni, nicht wahr…? Ach ja! Terni, wahrhaftig! So hieß dein Vater; was für herrliche Gelage habe ich dort oben mit ihm veranstaltet, als er Podestà in Caneva war! Ja, das waren noch Zeiten! Ich hatte eben meine arme Chiaretta verloren! Die gute Seele…! Jetzt habe ich ja eine andere…! Aber was für eine Frau, und wieviel Geist sie besitzt! Komm mich doch einmal besuchen, liebster Celietto, komm mich besuchen, dort oben in Asolo[7], dann wirst du sie kennenlernen! Es ist ein bisschen abgelegener als Castelfranco, aber ich schwöre dir, es lohnt sich!»

«In Asolo hat der Cavaliere seine Besitzungen», bemerkte Morosina.

«Wahrhaftig…? Ach ja, stimmt ja…! Und ich

Rindvieh erinnere mich nicht daran! Und dabei springt mir jeden dritten Tag dein Name auf diesen Aktendeckeln in die Augen, und Chirichillo trägt dich auf Händen, weil du beim Entrichten der Steuern nicht auf die festgesetzten Tarife achtest...! Bravo, bravissimo...! So macht man sich um unsere Durchlauchtigste Republik verdient!»

«Oh, ich bitte Sie, Exzellenz Alvise!», antwortete Celio, «verwöhnen Sie mich nicht mit Ihren Schmeicheleien! Ich komme nur im Herbst dort hinauf, und der Verwalter hat Anweisung, den Behörden gegenüber seine Schuldigkeit zu tun.»

«Gut, sehr gut, das sind goldene Worte!», rief der Alte, «anderen befehlen, sie gewähren lassen und sich nicht einmischen, das sind die Züge des echten Cavaliere! Und dein Vater war ein Cavaliere! Ja, wahrhaftig! Ein Cavaliere aus Treviso, und mit so viel Herz, wie man in Treviso zu haben pflegt.»

«Danke, danke», murmelte Celio und musste sich auf die Lippen beißen, um vor Morosina einen Anflug von Unmut zu verbergen.

«Apropos, und dieser... dieser gute Graf Carmini, wollte ich sagen, du musst ihn doch kennen, oh, hat er nicht auch eine Tochter hier?»

«Ja, ja, Costanza!», rief Morosina und ließ ihre Blicke auf den Suche nach ihr über die Menschenmenge schweifen.

«Sie steht uns direkt gegenüber», bemerkte Celio, «mit dem Grafen Fabio, der Gräfin Teodora und diesem Prachtkerl von Momolino[8].»

«Was ...? Was ...? Wie ...? Der Graf ist hier?», rief der Podestà, rutschte auf seinem Sitz hin und her und nestelte mit den Fingern am Kragen herum. «Und du hast mir nichts davon gesagt, mein Töchterchen ...? Aber bei Gott, ich sehe ihn nicht!»

«Diese Damen stehen dazwischen», erwiderte Celio, «von dort aus können Euer Hochwohlgeboren ihn auch nicht sehen, kommen Sie ein Stückchen herüber ...»

«Nein, nein», unterbrach ihn der Podestà, «ich will ihn gar nicht sehen, da ich ihn dort oben nur zu oft sehe ...! Aber zum Teufel, wie kann er hier sein ...? Hat man nicht erst gestern dem Diener ausrichten lassen, er sei ins Brescianische gefahren ...?»

«Was sagen Sie, Herr Vater?», fragte Morosina.

«Ach, nichts, nichts ...! Ich habe nur diese dumme Angewohnheit, Selbstgespräche zu führen ...! Das ist ja ein schöner Schwindel ...! Der Graf in Venedig, während ... Basta ...! Soll Cecilia zusehen, wie sie damit fertig wird! Nun leb wohl, mein Töchterchen ...! Bleib gesund, und auf Wiedersehen in einem Monat! Wir schicken jemanden, du weißt schon ...».

«Oh, so rasch wollen Sie schon wieder aufbrechen?», sagte Morosina mit einem leichten Schmollen.

«Ach, mein liebes Schätzchen, ich fühle mich hier nicht wohl mit gewissen... doch genug...! In einem Monat kommt Chirichillo dich abholen, mein Schatz, unterdessen sei guter Dinge... Nun sieh einmal zu, ob wir nicht hinter diesen Damen hinausschlüpfen können... Himmel, was für ein Gedränge! Kein Hirsekorn hätte hier mehr Platz... Nein, nein, hier entlang, mein Liebling, ich lege keinen Wert darauf, mich von Angesicht zu Angesicht... Wenn Signora Cecilia ihn so vor der Nase hätte, ich wette, sie würde ihn erwürgen, diesen... Endlich...! Eine Stunde in diesem Lärm und in dieser Hitze, da kommt man ja um.»

«Gute Reise, Exzellenz Alvise!», rief Celio, hocherfreut, ihn loszuwerden, als der Podestà in die Vorhalle hinaustrat.

«Leb wohl, leb wohl, Celietto, mein Lieber, und es bleibt dabei, du kommst mich dort oben besuchen.»

«Verlassen Sie sich darauf! Den ganzen Herbst bin ich für Sie da», entgegnete der junge Mann.

Unterdessen war der Podestà, sich den Schweiß von der Stirn wischend und Hut, Anzug und Perücke immer wieder zurechtrückend, mit Morosina bis zur Eingangstür gelangt. Dort küsste er sie auf den Mund und erneuerte sein Versprechen, sie noch vor Ablauf des Monats von diesem Chirichillo abholen zu lassen, dann ging er schließlich, wobei er vor sich hinbrummte: «Sapperlot... dieser Graf ist mir einer...! Tut so, als führe er nach Brescia, und dabei... verflucht... Der Herr hatte Angst vor dem Prozess dort oben, und er wird hierhergekommen sein, um sich Beistand zu holen...! Im Übrigen aber ist es besser, sich in Acht zu nehmen!» Bei diesen Worten presste er die Lippen zusammen und drückte den Hut auf die Perücke, da diese aber riesig war, rutschte ihm der Hut mal hierhin, mal dorthin vom Kopf; er zog seine Rockschöße zurecht und trippelte geschwinder davon, als man das bei seiner untersetzten Statur für möglich gehalten hätte. Bei einer Anlegestelle überkam ihn die Versuchung, eine Gondel zu nehmen, doch nach einem Griff in die Tasche der Weste, die ihm bis zu den Knien reichte, beschloss er, zu Fuß zur Piazza[9] weiterzugehen.

Nachdem sie ihrem Vater mit Blicken bis zur nächsten Straßenecke gefolgt war, kehrte Morosina ins Innere des Gebäudes zurück, wo Celio noch immer an der Schwelle zum Sprechsaal stand: «Stimmt es denn», fragte sie, den Kopf senkend, «dass Sie vor August nicht nach Asolo hinaufkommen werden?»

Doch es war ihr nicht vergönnt, eine Antwort zu vernehmen, da die Mutter Oberin sie in der Zwischenzeit schon vier- oder fünfmal beim Namen gerufen hatte und der Ruf sich, während sie die erwähnte Frage stellte, so laut und gebieterisch wiederholte, dass sie sich notgedrungen von Celio losmachen und in den Kreis treten musste, wo zwischen fünf oder sechs Veteraninnen der eleganten Welt die Äbtissin saß. «Morosina Valiner! Signora Valiner, sage ich!»

«Hier bin ich, ehrwürdige Mutter», erwiderte diese mit einer ehrerbietigen Verbeugung.

«Also, ich habe wohl zwanzigmal schon nach Euch gerufen!», fuhr die Äbtissin fort. «Es sieht so aus, als wärt Ihr hier im Kloster die Prinzessin, und dabei kann ich Euch versichern, wenn da Lumpen in der Garderobe hängen, so sind es bestimmt die Euren!»

Morosina errötete übers ganze Gesicht.

«Keine Angst, mein Schatz», versetzte eine der Damen. «Seine Exzellenz Formiani wird in seinem Testament für alles gesorgt haben; er war Eurem Vater ja so zärtlich zugetan ...»

Allgemeines Gelächter folgte auf die sarkastische Bemerkung der Matrone, das Rot wich aus Morosinas Gesicht, und ohne zu wissen warum, wurde sie bleich wie eine Leinwand. Zum Glück war Signor Terni in ihrer Nähe, als sie solche Schmach erdulden musste – er trat in den Kreis, und zu der Dame gewandt, die gesprochen hatte, sagte er halb scherzhaft, halb spöttisch: «Teure Gräfin, halten wir uns doch an die neuen Geschichten und lassen die alten ruhen ...! Wozu sich in der Vergangenheit verlieren, solange man noch einen Teint hat, auf dem dieses Diamanthalsband so vorzüglich zur Geltung kommt?»

Alle im Kreis hätten auf Anhieb eine pikante Geschichte über dieses Schmuckstück erzählen können, und erneutes Gelächter folgte auf Celios mysteriöse Anspielung. Auch die Unglückliche, der sie galt, lachte darüber, schleuderte dem Cavaliere aber gleichzeitig einen Basiliskenblick zu.

«Nun, wir werden uns doch nicht mit Sticheleien duellieren wollen!», griff die Äbtissin ein. «Seien Sie so gut, Signorina Morosina, setzen Sie sich ans Cembalo und spielen Sie diesen erlauchten Damen etwas vor, die die Güte haben werden, Ihnen zu lauschen.»

Morosina sah Celio mit dem Ausdruck eines Engels an; dann suchte sie mit dem gleichen engelsguten Blick die Augen der Äbtissin, und auch als sie diese mürrisch und abweisend fand, änderte das an ihrem Ausdruck nichts, nur schlug sie zum Zeichen des Gehorsams die Augen nieder.

Dann setzte sie sich ans Cembalo und stimmte eine so wehmütige Weise an, dass mit dem ersten Ton das Gelächter und die Gespräche der versammelten Gesellschaft wie durch Zauberschlag verstummten und sogar auf den bemalten Gesichtern einiger alter Schachteln ein Anflug von Rührung sichtbar wurde. Aber Morosina achtete nicht darauf, die seltenen Blicke, die sie über den Rand des Cembalos hinaus schweifen ließ, suchten keinen Beifall, sondern flogen alle an das Ende des Saals, wohin Celio sich zurückgezogen hatte und wo er mehr als alle anderen von dieser unerhört neuen, schlichten, erhabenen Harmonie ergriffen und überrascht schien. Und tatsächlich hatte Morosina diese Musik nicht beim Musiklehrer des Klosters erlernt, sondern schöpfte sie unmittelbar aus ihrem Herzen; mit einer durch lange Übung erworbenen Meisterschaft übersetzte sie dessen innigste Regungen in Töne und flößte so den Seelen ihrer Zuhörer dieses unerhörte Entzücken ein.

Die Seelen der guten Venezianer – im Laufe des achtzehnten Jahrhunderts hatten sie sich wahrhaft sehr verleiblicht! Der Wohlstand hatte zu Müßiggang und Leichtsinn geführt und im gleichen Maße zu Sittenlosigkeit, die wie eine Seuche um sich griff; Schändliches, was sonst in der Familie blieb, war nun in aller Munde, und auch das Gefühl für Anstand blieb von dieser allgemeinen Umwälzung der moralischen Ordnung nicht verschont. Die Fabel, welche die Welt mit einer Schaubühne vergleicht – hier in dieser finstren Kloake wurde sie Wirklichkeit, alles spielte sich vor den Augen aller ab, Damen und Herren staffierten sich ungeniert mit falschem Pomp und schändlichem Flitter aller Art aus wie mit eigenen Gewändern und trugen sie in Theaterlogen oder in den marmornen Wandelgängen der Prokurazien stolz zur Schau. Trotzdem lebten inmitten von so viel Verderbtheit zwei Eigenschaften der einstigen venezianischen Rechtschaffenheit fort, und das waren Schlagfertigkeit des Geistes und Güte des Herzens. Erstere jedoch, edler Vorzug eines Menschen nur, wenn von wahrer Tugend und gesundem Urteilsvermögen getragen, war zu verborgenem Opportunismus geworden; die zweite, ganz in die engen Schranken der privaten Sphäre verwiesen, war leicht zu verwechseln mit der philisterhaften Sorge um das eigene Wohlleben; sodass die einzige Tugend, von der eine zukünftige Erneuerung hätte ausgehen können, durch eine wundersame Verkehrung der Begriffe weder zu Stolz noch zu Achtung Anlass geben konnte. Indem man immer so weitermachte (und anders war es gar nicht möglich, wo doch die törichte Untätigkeit der Regierung jedes Bedürfnis nach Bildung und bürgerlichen Grundsätzen zunichte gemacht hatte), musste die Zersetzung der Organe früher oder später den Lebensnerv der Republik selbst erfassen; und das rührte nicht von Unmoral im Staatswesen her oder von Ehrlosigkeit der politischen Prinzipien – die waren eher zu schwach ausgebildet als im eigentlichen Sinne schlecht –, sondern von einer weitreichenden Übereinstimmung der Laster bei Regierenden und Regierten, weswegen sich jede offene Gesetzesänderung verbot. Die Generationen folgten aufeinander, eine schlechter als die andere, und so war die Signoria[10] von höchster Tugendhaftigkeit zu gröbster Schamlosigkeit herabgesunken, von großartigster Prachtentfaltung zu lächerlicher, pompöser Armut. In dieser Masse von vertrottelten Geistern und verweichlichten Gemütern vermochte auch das Licht der Tugend und Gerechtigkeit sich nicht Bahn zu brechen, welches allein imstande ist, die Staaten zu blühendem Leben oder in einen ruhmreichen Tod zu führen. Dass unter diesen Bedingungen jeder ausschließlich auf sein Vergnügen erpicht war, ist nur zu natürlich; angesichts der Erbärmlichkeit der Zeiten war jedoch von Besonnenheit und ruhiger Erörterung auch dringend abzuraten, da dies allzu leicht zur

Quelle lästiger Gewissenbisse werden konnte, und so ließ man sich nur zu solchen Freuden verleiten, in denen die Vernunft zum Schweigen gebracht wird oder sich selbst verleugnet, um die Sinne anzustacheln. Verpönt war daher jede Form von Mäßigung; verloren der Sinn für das Schöne, der sich ja nur in harmonisch gebildeten Seelen entfalten kann; sämtliche Künste verdorben durch die Notwendigkeit, sich einem aufs Materielle gerichteten Geschmack anzupassen, possenhaft, wo sie gefallen, manieriert, wo sie schmeicheln wollten; nichtig die Wissenschaften, oder schlimmer noch, zur Scharlatanerie verkommen; Ämter, Titel, Würden käuflich, denn Gold ist das Mittel zur Befriedigung jeder rohen Lust; Erziehung ein Hohn; die öffentlich bestallten Lehrer entweder feiste Günstlinge oder schwülstige Phrasendrescher; die Dienerschaft servile Weggefährten oder wissende Kumpane; die Gesellschaft insgesamt schließlich ein Gemisch aus Hochmut, Verderbtheit, unsäglicher Einfalt, feiger Heuchelei und widerwärtiger Speichelleckerei. Dass in dieser Gesellschaft die Frauen regierten und welche Art von Regime sie führten, das wissen wir aus dem Munde älterer Leute, die, sofern sie diesem Haufen Unrat mit einem Rest von Verstand entronnen und aus dem nach und nach hereinbrechenden Unheil gefestigt hervorgegangen waren, uns sogar um unsere triste, schwere Jugend beneideten.

Aber nicht das war die Wurzel des Übels, noch war es ein Übel an sich, zeigt doch die Geschichte, dass die Frauenverehrung einst ein Moment der Zivilisation war; nur der hohe Stellenwert, den die Männer bei derart verlotterten Sitten den Frauen beimaßen, verleitete diese, sich ihre Vorherrschaft unter Aufbietung ihrer unwiderstehlichsten Reize zu sichern.[11]

Aus einem solchem Bordell musste natürlich längst jene süße Schwermut gewichen sein, welche das Böse beklagt und sich ganz auf das künftige Gute richtet; so konnte Morosina auch mit den wehmütigen Empfindungen, die sie dem Cembalo anvertraute, jene Herzen nicht rühren, die vom Lärm der Feste betäubt oder in der Flut der Vergnügungen sich selbst abhanden gekommen waren; denn die nachdenkliche Schwermut rief einen Funken von Gewissen in ihnen wach, und dadurch regte sich insgeheim ein Stachel der Scham und ein entsetztes Grauen vor sich selbst. Da sich aber derlei Gefühle nicht auf Anhieb bekunden, war ihr Triumph zunächst groß; im Sturm eroberte sie Herzen, die allseits gegen den keuschen Zauber des Schönen gewappnet waren;

als die Zuhörer indes spürten, wie dieses vage Entzücken überging in unerwarteten Abscheu, war der Triumph in künstlerischer Hinsicht zwar noch vollkommener, doch schrieb nun jeder den Stimmungsumschwung dem faden Gejammer der Musik zu.

«Sag mal, Schatz», flüsterte die Gräfin Carmini ihrer Costanza ins Ohr, «ist das, was das Mädchen uns da vorspielt, vielleicht das Miserere?»

«Oh, das weiß ich wirklich nicht!», antwortete Costanza. «Es kann aber sein, und sie hätte allen Grund, es zu spielen, denn in einem Monat verlässt sie das Kloster, und Gott weiß, was für ein Leben sie führen muss, ihre Familie ist ja bettelarm.»

«Sei still, Ninettchen», versetzte die Mutter. «Ist das nicht die Valiner...? Sei still... das Mädchen ist nicht übel, auch wenn sie jetzt ein wenig griesgrämig dreinschaut, aber wenn sie erst einmal die klösterliche Zimperlichkeit abgelegt hat, wird sie dort in Asolo schon Zerstreuung finden...! Donnerwetter, auf dem Land...! Weißt du, für ein, zwei Jährchen lebt es sich dort besser als in Venedig!»

«Was Sie nicht sagen!», antwortete Costanza lächelnd. «In Asolo besser als in Venedig! Aber wenn Sie selbst, Frau Mutter, mir doch tausendmal gesagt haben, Sie würden es in diesem elenden Nest nicht aushalten!»

«Ei, sieh doch die kleine Närrin, die noch immer nichts begriffen hat!», erwiderte die Gräfin. «Für mich ist das eine Sache, für ein junges Mädchen aber etwas ganz anderes! Weißt du nicht, wie viel weniger Zwang ihr das Landleben auferlegt...? Dort nimmt man es nicht so genau...! Sie kann sich austoben, bis sie es satt hat, dann kommt sie hierher zurück und fängt noch einmal ganz von vorne an, unschuldig wie eh und je!»

An diesem Punkt der Unterhaltung ließ Morosina mit einer düsteren Kadenz eines dieser kleinen Musikstücke ausklingen, in denen der Gegensatz zwischen Lebensfreude und Trauer den herzzerreißendsten Eindruck hervorbringt. Kein einziges Paar Hände wagte einen wenigstens schüchternen Applaus, selbst die des Signor Terni nicht; kein einziger Mund öffnete sich zu einem Laut teilnehmenden Beifalls, im ganzen Saal war nur ein erleichtertes Aufatmen zu vernehmen, das sich einmütig diesen erschlafften Busen entrang. Das alles wurde übertönt von einem tiefen Seufzer der Mutter Oberin, etwas zwischen Grunzen und Gähnen; und zu dem Mädchen gewandt, das sich hinter dem Cembalo ganz klein gemacht hatte, fragte sie: «Was habt Ihr denn da zusammengeklimpert, meine Liebe? Ich gratuliere, Ihr werdet von Tag zu Tag schlechter, auch in der Musik ...! Und ich, die ich diesen edlen Damen eine angenehme Unterhaltung bieten wollte ...! Ich bitte Sie um Verzeihung... aber heute... Dieses Mädchen ist wirklich der Nichtsnutz hier im Kloster, da aber alle anderen ihre werten Verwandten hier hatten, musste ich sie auffordern.»

Celio trat aus der Ecke, wo er bisher gestanden hatte und wo die tränenerfüllten Augen des Mädchens scheu nach ihm gesucht hatten, trat in die Mitte und sagte: «Die hochwürdige Mutter Oberin spricht zu Unrecht vom geringen Verdienst der edlen Spielerin. Was mich angeht, so schwöre ich, dass ich noch bei keiner Musik einen so großen und so vollkommen neuartigen Genuss empfunden habe wie gerade eben, ja, dass ich mir diesen nicht einmal hätte vorstellen können!»

Die Äbtissin schürzte die Lippen und stieß zwischen den Zähnen hervor, diese Worte seien einzig und allein von erlesenster Höflichkeit diktiert. Unterdessen deuteten die um sie versammelten Damen grinsend und miteinander tuschelnd auf Morosina und den Cavaliere; noch dreister benahmen sich ein paar Stutzer, aus deren Mitte lautes Gelächter erscholl. Celio errötete vor Ärger und vielleicht auch vor Scham, denn er verstand, was dieses Gelächter bedeutete; er wusste jedoch nichts Besseres zu tun als dem Mädchen einen Blick inniger Liebe zuzuwerfen, diesem Haufen von Unverschämten aber einen Blick tiefster Verachtung. Die Äbtissin gab sich freilich mit diesem Ausgang der Sache nicht zufrieden, wandte sich Morosina zu und befahl ihr, die begangene Ungezogenheit gefälligst wiedergutzumachen und irgendetwas weniger Grässliches zu spielen. «Früher konntet Ihr doch einmal vier oder fünf ganz nette Stückchen», schloss sie, «und diese edle und geneigte Gesellschaft hatte zu wiederholten Malen Gelegenheit, Euren guten Willen zu loben. Nun, strengt Euer Gedächtnis an und gebt irgendetwas Lustiges zum Besten, damit man nicht sagen kann, das Fest der Seraphinerinnen habe mit einem *De profundis*[12] geendet.»

Trotz ihrer erstaunlichen Seelenstärke vermochte die Ärmste nicht, ihre Hände noch einmal auf die Tasten zu legen; daher musste Signor Terni zum zweiten Mal den stillschweigenden Spott der Versammlung herausfordern; er trat hinter sie, legte eine Hand auf die Stuhllehne und flüsterte ihr zu: «Nur Mut, Signorina Morosina, spielen Sie eine gängige Weise, um sie zufriedenzustellen.»

Da fasste sich das Mädchen wieder etwas und stimmte das Vorspiel zu einer munteren Barcarole an, die damals sehr in Mode war; doch die Hände standen zu sehr in Einklang mit ihrem Empfinden, als dass die Töne klar und akzentuiert hätten dahinlaufen können, wie das Stück es verlangte; bald glitt sie mit krampfhaftem Zucken flüchtig darüber hin, bald verweilte sie mit lastender Schwere auf einzelnen Tönen. Und das verstümmelte, holprige Lied glich mehr dem wilden Einhämmern kindlicher Fäuste auf ein verstimmtes Instrument als der kunstvollen Wiedergabe einer populären Melodie.

«Genug, genug, es ist klar!», rief die Oberin völlig außer sich, noch ehe das Spiel zu Ende war. «Ihr seid eine ausgemachte Stümperin, und ich bin nur froh, dass Ihr mir bald gänzlich aus den Augen kommt.»

Bei diesem wenig liebevollen Verweis erhob sich schon ein allgemeines Geraune der Zustimmung seitens der Schülerinnen, denen die Valiner wegen ihrer würdevoll zurückhaltenden Art und ihrer größeren Geistesgaben missfiel, und Celio hatte alle Mühe, sie mit seinen Trostworten davor zu bewahren, dass sie in Ohnmacht fiel, als völlig erhitzt, eine Fackel in der Hand, eine Laienschwester hereingestürzt kam und lauthals rief: «Die Gondel Seiner Exzellenz Formiani! Rasch, Platz da, der Ratsherr Formiani!»

Der so atemlos Angekündigte war einer der mächtigsten Männer der Republik, seit vierzig Jahren saß er im Rat der Zehn: Nicht zu Unrecht munkelte man, er sei die Seele des geheimen Inquisitionstribunals, das sich bekanntlich aus drei Mitgliedern zusammensetzt, die aus dem Rat der Zehn gewählt werden.[13] Wenn ein solcher Mann einem Haus die Ehre seines Besuchs androhte, löste das natürlich jedes Mal unbestimmte Ängste aus, und hier kam aber noch ein anderes Motiv hinzu, das sie noch weiter schürte. Vor einigen Tagen noch war von Formiani wie von einem toten Mann die Rede gewesen, da hatten einige es nicht erwarten können und hinter vorgehaltener Hand schon mit der Totenrede auf ihn begonnen. Man denke sich also, wie sich im Sprechsaal der Seraphinerinnen nun all jene fühlten, die ihr Gewissen von solcher Schuld nicht frei wussten! Bei der bloßen Nennung des Namens kam es zum Tumult; die Damen erhoben sich, Stühle wurden gegen die Wand gerückt, die Jungfern zupften ihre Kleider zurecht, die Schwestern liefen hierhin und dorthin, hinaus und herein, um Ordnung zu schaffen, wo immer es ging in so kurzer Frist. Und alle flüsterten sich ins Ohr: «Was ist denn geschehen…? Was mag das zu bedeuten haben? War er denn nicht todkrank?»

Die größte Verwirrung malte sich jedoch in den Gesichtszügen der Äbtissin, wo in einem Augenblick so viele angenehme und unangenehme Regungen aufeinanderfolgten, wie auf einem menschlichen Antlitz nur erscheinen können. Zunächst war da Bestürzung, die sie aber blitzartig mit einer Art Lächeln fortwischte, sollte man doch nicht von ihr sagen können, sie habe den Namen des Inquisitors – sei er nun lebendig, tot oder wiederauferstanden – mit Verdruss vernommen; doch das Lächeln hielt nicht vor, verscheucht von übermächtiger Furcht, und die Furcht wich der Hoffnung und diese wiederum der Verzweiflung, als sie daran dachte, dass die eben von ihr so brüsk Gescholtene Formianis Schützling war; daher sprang sie mit einem Satz von ihrem Ehrenplatz auf, eilte zu Morosina, umarmte sie und flüsterte ihr wer weiß welche Flut von Entschuldigungen, Ermahnungen und Bitten ins Ohr; dann sagte sie, an Celio gewandt: «Und Sie, Signor Cavaliere, trösten Sie doch diese liebe, teure Seele über den Schrecken, den ich ihr, freilich ohne Absicht, eingejagt habe!»

Dann lief sie, ohne eine Antwort abzuwarten, wie von einer größeren Sorge getrieben, in die Vorhalle, wobei sie Blumenschalen umwarf, mehrfach mit den Ellbögen anstieß, Kerzen zum Verlöschen brachte und schließlich völlig zerzaust und mit verzerrten Gesichtszügen just in dem Augenblick die Tür zur Straße erreichte, als Formiani, gestützt von seinem Hauskaplan und dem Cappanera[14] zwischen einer doppelten Fackelreihe die letzte Stufe der Treppe erklomm.

«Oh, ehrwürdigste Mutter!», sagte der alte Edelmann mit heiserer, fast ersterbender Stimme. «Es ist mir eine Freude, Sie in diesem irdischen Jammertal noch einmal wiederzusehen! (He, Don Gasparo, fass mich fester unter der Schulter – nachdem du heute Morgen meine Seele geheilt hast, sollst du nun doch nicht dem Leib Schaden zufügen.) Es ist Festtag heute, nicht wahr, Ehrwürdigste?»

Die Äbtissin, die im Moment des ersten Zusammentreffens mit Formiani schon im Begriff gewesen war, vor ihm auf die Knie zu fallen, erholte sich indes von dieser Verwirrung und antwortete, sie hätten der Muttergottes in diesem ihr geweihten Monat Huldigungen dargebracht, und gewiss sei ihr Tun dem Himmel wohlgefällig gewesen, wenn er es ihnen schon jetzt mit der geschätzten Anwesenheit Seiner Exzellenz vergalt.

«Holla, Bernardo, heb mir das Bein hoch, wenn ich in den Sprechsaal eintreten soll!», sagte der Kranke zum Cappanera. «Ich kann mich wegen dieses vermaledeiten Anfalls kaum auf den Beinen halten, und du willst mich vier Stufen auf einmal nehmen lassen… Aah ja, so!», sagte er, den Fuß in den Saal setzend, und grinste ein wenig über das große Füßescharren und die tiefen Verbeugungen, die sein Erscheinen dort auslöste.

«Gewiss, gewiss!», hob er zur Äbtissin gewandt wieder an, die ihn nach links zu dem Ehrenplatz geleitete, den kurz zuvor sie selbst eingenommen hatte.

«Gewiss! So eine kleine Feier zu Ehren der Madonna ist doch ein wahres Wiederauferstehungsfest für fromme Seelen, und ich sagte mir: Wir wollen unsere Genesung auf fromme Weise beginnen, gehen wir hinüber zu den guten Schwestern, vielleicht können wir da ja etwas geistlichen Zuspruch einheimsen!»

«Befehlen Exzellenz vielleicht, dass wir in die Kirche gehen und ein Dankgebet…?»

«Nein, nein, nein!», unterbrach der alte Herr sie sogleich, wobei er sich mit Hilfe von Gasparo und Bernardo auf dem Sessel niederließ. «Nein, hochwürdige Mutter! Sie werden wissen, was der heilige Paulus sagt: Mit jeder Tat, die den Geboten der Heiligen Schrift gehorcht, betet man zu Gott![15] Nun also, lasst uns hierbleiben, umringt von diesen edlen Damen und vortrefflichsten Herren, so werden wir uns, weil wir ja nichts Böses tun, das Paradies verdienen... auf bequemere Weise!», setzte er mit völlig tonloser Stimme hinzu, vervollständigte aber für diejenigen, die das Letzte nicht gehört hatten, den Satz durch eine komische Grimasse.

Morosina und Signor Terni standen noch beim Cembalo, wo sie Formiani, der sich ein ungemein scharfes Auge bewahrt hatte, während seiner Unterhaltung mit der Äbtissin musterte, und er schien auch gar nicht nach der Seite zu sehen, wo die Carminis saßen; und so rief er, als sei ihm unvermutet etwas ungemein Angenehmes begegnet, überrascht aus: «Ja, was sehe ich denn da! Den vortrefflichen Grafen Fabio und die Gräfin Teodora auch! Guten Tag, guten Tag, lieber Momolino!», setzte er zu einem schmächtigen Kerlchen gewandt hinzu, das neben der Gräfin kauerte. «Und Euer lieber Sohn Nicoletto? Wo habt Ihr denn den guten Jungen gelassen?»

Graf Fabio machte Anstalten zu antworten, aber wie er sich auch mühte, das Wort erstarb ihm in der Kehle, und er verbarg den Kopf hinter seiner Frau, wo er einen Hustenanfall vortäuschte, der nicht eben natürlich klang.

«Dank der gütigen Nachfrage, Euer Exzellenz!», stammelte die Gräfin, ihrem Mann zu Hilfe kommend, obschon sie den Hohn, der in der Frage lag, sehr wohl verstand, da ihr einziger Sohn schwachsinnig war. «Nicoletto begleitet meine Schwester, die Frau Prokuratorin[16], aufs Land.» (Die adlige Dame hielt sehr auf ihre verwandtschaftlichen Beziehungen mit dem Goldenen Buch[17].)

«Ah, die teure Prokuratorin!», rief da Formiani mit einem Gähnen. «Danke, danke, Momolino!», sagte er dann zu diesem gewandt, der, seitdem zehn Minuten zuvor das Wort an ihn gerichtet worden war, nicht aufgehört hatte, sich vor ihm zu verneigen. «Lass gut sein …! Und wer ist denn dieser Engel an deiner Seite? Du bist ja der reinste Glückspilz, schöner Momoletto! Ach, das ist bestimmt deine kleine Herrin, möchte ich wetten!

«Allerdings, Exzellenz!», erwiderte Momolino, übers ganze Gesicht strahlend und mit so einschmeichelnder Stimme wie die Bootsführer, wenn sie ihre Gondel anpreisen. «Das ist Komtess Costanza!»

«Ah, Costanza! Ein schöner Name, bei Gott!», rief Seine Exzellenz. «Die Tante heißt auch so, glaube ich, und wer sie so getauft hat, konnte nicht in die Zukunft blicken.»[18]

Erleichtert lachte die ganze Gesellschaft auf über diesen Scherz, war die Prokuratorin doch stadt bekannt für ihren unermüdlichen Verschleiß an

Geliebten; am schallendsten von allen lachte Gräfin Teodora, und Graf Fabio entblößte ebenfalls das Weiß seiner Zähne.

«Nur zu, nur zu – unterhaltet und amüsiert euch, edle Herrschaften», sagte Formiani, «ich bin ja schließlich nicht das Haupt der Medusa[19]! Don Gasparo, reich mir doch einmal die Tabaksdose. Und jetzt wollen wir uns auch ein wenig unterhalten!», fuhr er zur Äbtissin gewandt fort und schnupfte vorsichtig eine Prise, während sich die Versammlung, seine Ermunterung wie üblich als Befehl auslegend, alle Mühe gab, sich so geräuschvoll wie möglich zu unterhalten und zu amüsieren.

«Glauben Sie mir, liebe ehrwürdige Mutter, um es ganz offen zu sagen, bin ich in einer Gewissensangelegenheit hier, die mir seit fünf Jahren auf der Seele liegt, und vorgestern, als ich dem Tod nahe war, habe ich das Gelübde getan, falls ich davonkäme, diese Sache in Ordnung zu bringen.»

Die Äbtissin hüstelte etwas und wandte sich mit gequältem Ausdruck nach Morosina um, die, immer noch am Cembalo sitzend, in eine ernsthafte Unterhaltung mit dem Cavaliere vertieft war, doch als sie eines inquisitorischen Blicks gewahr wurde, der sie regelrecht durchbohrte, ließ sie auf ihren vertrockneten Lippen wieder das übliche Lächeln erblühen.

«Hören Sie, hochehrwürdige Mutter», fuhr der Alte fort und kniff die Augen zusammen, als wolle er Gott weiß was erspähen. «Es müsste hier ein Mädchen sein, das vor nunmehr sechs Jahren auf meine Empfehlung hin bei Euch aufgenommen wurde.»

«Ja gewiss, Exzellenz», beeilte sich die Äbtissin zu antworten, «und wir haben sie mit allem Respekt behandelt, der den Verdiensten ihres Gönners gebührt, und außerdem ...»

«Don Gasparo, das Schnupftuch!», unterbrach Formiani sie brüsk.

«Und außerdem ...», begann die Äbtissin wieder und sah ihn von der Seite her an.

«Und außerdem ...», fiel der andere ihr ins Wort, «und außerdem war es meine Schuld, meine schwere Schuld, dass ich mich in all diesen Jahren um das arme Geschöpf nicht gekümmert habe.»

«Oh, was sagen Sie denn da!», erwiderte die Alte. «Wie könnte Euer Exzellenz auch nur einen Augenblick aus der Sphäre hochwichtiger Staatsgeschäfte herabsteigen, ohne dringende Pflichten zu vernachlässigen? Und außerdem ...», wollte sie mit noch größerem Eifer fortfahren.

«Und außerdem! Und außerdem!», rief Formiani nahezu ärgerlich. «Ich steige häufig aus dieser entsetzlich langweiligen Sphäre herab, nicht wahr, Bernardo? Ich habe nur unrecht daran getan, nicht nach dieser Seite herabzusteigen! Don Gasparo, putz mir doch mein Augenglas!»

Die Äbtissin senkte den Kopf; sie hatte, wie man so schön sagt, die bittere Pille zu schlucken, dass keine einzige ihrer bemühten Schmeicheleien bei dem alten Fuchs verfing.

«Hören Sie, ehrwürdige Mutter», hob kurz darauf der schlaue Venezianer wieder an, wobei er sich eine große Linse vors rechte Auge klemmte, «seien Sie doch so gut und zeigen mir meinen Schützling. Sie heißt Morosina, scheint mir?»

«Ja, Morosina Valiner!», sagte die Äbtissin, in der Überzeugung, diesmal das Rechte getroffen zu haben.

«Valiner, Valiner», murmelte der andere mit einem Achselzucken. «Da wollen Sie mich auch gleich noch über die Geschlechter im Goldenen Buch belehren! Aber teure, ehrwürdige Mutter, den Namen wollte ich wissen, nicht den Familiennamen! Hat Gott Ihnen denn keine Zunge verliehen...? So reden Sie doch...! Wo sitzt sie? Mit wem unterhält sie sich? Wie ist sie angezogen? Wie sieht sie aus...?»

«Es ist die am Cembalo», stammelte die Äbtissin.

Formiani blickte in diese Richtung, wo seine Augen im Übrigen auch zuvor schon verweilt hatten; er lachte auf seine ganz eigene Art, wandte sich wieder zur Oberin und fragte scheinbar ahnungslos: «Und dieser kleine Cavaliere neben ihr, können Sie mir sagen, wie der heißt?»

«Das ist Signor Celio Terni», antwortete die Oberin. «Ein sehr gottesfürchtiger Edelmann, eifriger Besucher unseres Sprechsaals, dem er durch seine Gegenwart und seine vornehmen Manieren Glanz verleiht.»

«Ach ja, jetzt erinnere ich mich! Bravo! Bravo! Cavalier Terni, der Besitzungen in Caneva und auch in Asolo hat... gewiss!»

«Einen prächtigen Landsitz, im letztgenannten Ort, heißt es...», versetzte die Äbtissin.

«Sehr gut, vortrefflich!», fuhr der andere fort, ohne sie weiter zu beachten. «Don Gasparo, wie spät ist es?»

«Schlag zehn Uhr», antwortete dieser.

«Viertel nach zehn», korrigierte der Cappanera.

«Viertel nach zehn!», wiederholte Formiani überrascht. «Wie schnell doch die Zeit vergeht im Zusammensein mit Eurer heiligen Mutterschaft, teure Hochwürdige! Es ist Zeit, nach Haus zu gehen, potztausend! Zu so vorgerückter Stunde im Haus der Bräute Christi noch solchen Lärm zu schlagen...! Es kommt mir fast vor wie ein... Hm! Hm!»

Ein Gehüstel wurde passend eingesetzt, um ein paar weitere Wörtchen zu übertönen, die keusche Nonnenohren hätten beleidigen können.

«Don Gasparo, fass mich fest unterm Arm... Vorwärts, Bernardo, vorwärts...! Bemühen Sie sich bitte nicht meinetwegen, ehrwürdigste Mutter...! Danke, danke, meine edlen Damen und Herren! Ihnen allen eine gute Nacht!»

«Die Gondel Seiner Exzellenz Formiani!», riefen zwanzig Stimmen bei der Tür und am Kanalufer. «Schnell! Platz da! Zurück! Vorwärts...!»

Während Seine Exzellenz die Kniefälle der Äbtissin und der Schwestern mit einem Kopfnicken quittierte, kommandierte er Don Gasparo und Bernardo herum, ihn hochzuheben, herabzulassen, festzuhalten, niederzusetzen, wie etwa einer seiner Vorfahren auf den Galeeren vor Lepanto getan haben mochte.[20]

«Guten Tag, Agatina!», sagte er, am Ufer angelangt, zu einer buckligen alten Nonne, die sich mit größerer Herzlichkeit vor ihm zu verneigen schien als die übrigen.

«Ergebenste Dienerin, Exzellenz!», antwortete diese unter den neidischen Blicken der Mitschwestern.

Als die gebrechliche Gestalt des Alten endlich in den schwarzen Kissen ruhte und die Tür geschlossen war,[21] glitt die Gondel davon, nachgerade romantisch, als hüte sie hinter ihren dunklen Vorhängen keusch ein verbotenes Liebesgeheimnis.

«Edle Damen und Herren», rief, in den Sprechsaal zurückgekehrt, die Ätbissin mit lauter Stimme, «Seine Exzellenz ist der Meinung, es zieme sich nicht für die unwürdigen Bräute Christi, um diese Stunde noch länger weltlichen Vergnügungen zu frönen... Daher, wenn es den Herrschaften beliebt...»

Sie hatte den zweiten Satz kaum begonnen, als die Damen und Herren mit Dankes- und Abschiedsworten Hals über Kopf in die Vorhalle drängten, und die Carminis überstürzter als alle anderen; da sie sich jedoch am anderen Ende des Saals befanden, erreichten sie den Ausgang im Augenblick des größten Andrangs, und Momolino, der mit beiden Händen ruderte, um für den Reifrock der Gräfin Platz zu schaffen, wurde fast erdrückt. In dieses Durcheinander mischten sich auch die Klosterschülerinnen, ebenfalls grüßend und dankend; und ganz zuletzt ging auch Celio, der in diesem heillosen Wirrwarr seine Blicke nicht vom Grafen Carmini gewandt hatte, mit einer Aufdringlichkeit, in der etwas Verächtliches lag.

«Da haben wir ja einen echten Volkstribun!»,

murmelte er zwischen den Zähnen, als er in der Vorhalle angelangt war, und nachdem er sich mit einer knappen Verbeugung von Morosina verabschiedet hatte, stieg er nachdenklich ans Kanalufer hinunter. Diese, die nicht wusste, dass sie Gegenstand der Unterhaltung eines Staatsinquisitors gewesen war, schickte ihm einen Blick voll inniger Abschiedsgrüße hinterher; voller Küsse, würde man heute sagen, doch zu jener Zeit waren die Liebesbezeugungen so überschwänglich, dass dieser Blick einem gewöhnlichen Beobachter nahezu gleichgültig erschienen wäre.

Celios Gondel war die letzte, die ablegte; dann versanken die Gewässer des Kanals in schlummernde Finsternis, die Klosterpforte wurde doppelt und dreifach verriegelt, die Kerzen verloschen, die Mädchen zogen sich in ihre Schlafsäle zurück und die Nonnen in den Chor, um dort etwas verspätet die Komplet[22] zu singen.

In jener Menschenmenge, die sich auf eine scherzhafte Bemerkung Formianis hin in die Gondeln gestürzt hatte wie ein Schwarm Frösche, der beim Herannahen des Gewitters untertaucht, hatten die Carminis die größten Sorgen.

«Verflucht...!», rief Graf Fabio halblaut mit lombardischem Akzent. «Jetzt erstehen zu unserm Unglück sogar die Toten wieder auf!»

«Deine Schuld, wenn du Wege einschlägst, die du nicht beschreiten solltest.»

«Schöne Antwort, das! Was geschehen ist, ist geschehen; aber wenn ich daran denke, dass da noch dieser Neapolitaner in der Falle sitzt, der mich mit zwei Wörtchen auf die Galeere bringen kann!»

Die Gräfin stieß ihren Mann mit dem Ellbogen an und deutete auf Momolino, der auf der Vorderbank saß.

«Ach, lass doch!», sagte der Graf mit einem Achselzucken, als wolle er sagen: «Weißt du denn nicht, dass er blöde ist?»

«Ich werde mit Marcoligo reden, damit Giorgetto in die Verbannung geschickt wird, bevor Formiani sich wieder in diese Angelegenheit einmischt», flüsterte die Gräfin.

«Ja, hm...! Aber Tramontino, dieser Besessene, der sich dort oben in Asolo befindet, in den Klauen dieser anderen Besessenen!»

«Ich kann hoffentlich auch dagegen Mittel und Wege finden! Man kann ihn nach Venedig rufen lassen und ihn loswerden, indem man ihn... was weiß ich, als Kurier nach Dalmatien schickt...! Marcoligo hat mir versprochen, er würde alles nach Wunsch erledigen.»

«Teufel auch», versetzte der Mann, «aber er müsste sich ins Zeug legen und sich sputen!»

«Keine Angst», sagte die Gräfin, «und behalt einen kühlen Kopf, wenn ich bitten darf! Und lass deine Skrupel wegen dieser Spinner von außerhalb fahren! Schau, auch heute wieder hat ein Blick von Signor Terni genügt, und du hast keinen Ton mehr herausgebracht, und wenn ich nicht gewesen wäre…! Findest du, das ziemt sich für einen Mann?»

«Ach, wenn du wüsstest!», rief der Graf.

«Ich weiß nur, dass man erst die Füße und dann die Flügel von der Leimrute lösen muss, aber ich meine, du solltest dich von nun an ganz mir anvertrauen und nie mehr solche Luftschlösser bauen, die einem dann über dem Kopf zusammenstürzen, als ob sie aus festem Stein wären.»

«Darüber sind wir uns schon seit einer Weile einig.»

«Ja, und mit Geduld werden wir alles erreichen», versetzte die Gräfin.

Unterdessen hatte die Gondel am Palazzo angelegt, und beide erhoben sich, um auszusteigen. Mit einem Ruck schreckte Momolino hoch und stand, sich die Augen reibend, ebenfalls auf.

«Siehst du!», sagte der Graf zu seiner Gemahlin.

«Armer, unschuldiger Kerl!», murmelte sie.

Inzwischen hatte der Schwachsinnige sich wieder zurechtgefunden und reichte der Signora den Arm, wie es seine Pflicht war.

«Oh, du Schlingel!», sagte diese, indem sie den Fuß in die Vorhalle setzte und ihn am Ohr zog. «Wer hat dir denn diese schönen Manieren beigebracht, einfach einzuschlafen wie ein Hündchen?»

«Verzeihung, Frau Gräfin, ich will es nicht wieder tun», stammelte Momolino.

«Nun, ich verzeihe dir», antwortete die Gräfin, indem sie die Treppe hinaufstieg, «ich verzeihe dir, aber nur unter der Bedingung, dass du Nicoletto dazu bringst, sich in die Canean zu verlieben!»

Der Graf stieg hinter ihnen hinauf, ganz in Gedanken versunken, und brachte es an diesem Abend auch nicht fertig, sich wie sonst immer an den Spieltisch mit dem *Sette e mezzo*[23] zu setzen.

II
Der Gerichtsschreiber Chirichillo

Nach diesem Festtag war Morosina melancholischer gestimmt als zuvor, und sie wusste sich diese Eintrübung ihres Gemüts nicht zu erklären. Die guten Nonnen, die in den letzten Tagen so unwirsch zu ihr gewesen waren, hatten sie nun wieder über die Maßen lieb und hätschelten sie wie nie zuvor. Von Stunde zu Stunde, von Minute zu Minute rückte der lang ersehnte Augenblick der Befreiung näher. Obwohl sie sich eingestand, dass ihr das klösterliche Joch noch nie so sanft erschienen war, und obwohl sie ihre quälende Unruhe dadurch zu vertreiben suchte, dass sie sich mit geschlossenen Augen die ländlichen Freuden Asolos ausmalte, die bezaubernde Hügellandschaft ringsum, die reizende Vielfalt der Ausblicke und das unbeschwerte Leben, das sie in dieser Umgebung führen würde, überkam sie doch immer wieder eine rätselhafte Schwermut. Ohnedies fühlte die Ärmste sich in Venedig immer weniger wohl, vergleichbar einer Gebirgserika, die der Wind an einen trüben Tümpel verweht hat. So sehr die Klostermauern sie auch vor den schlimmsten Einflüssen der verderbten Welt da draußen bewahren mochten, es gelangte doch genug davon zu ihr, um sie zu verwirren, jetzt, da das Wissen um Gut und Böse, durch die schlechten Beispiele ringsumher gefördert, vor der Zeit in ihrem Geist heranreifte.

Man hat Folgendes beobachtet: Noch zu jeder Zeit hat sich die Erziehung, wenn sie der direkten Einflussnahme durch die Regierung ausgesetzt war, deren Tendenzen angeglichen; und da sich die Signoria in den Pensionaten, in denen der venezianische Adel erzogen wurde, in erheblichem Umfang einmischte, war die Folge, dass das Prinzip des *laissez faire*[24], das insgeheim sämtliche moralischen Angelegenheiten der Republik beherrschte, sich in diesen Instituten als mächtiges Hindernis für jede Form von Disziplin auswirkte. Von dieser Laxheit rührte bei den Pensionärinnen die schlechte Angewohnheit her, dass ihnen – sei es durch den verderblichen Einfluss der im mondänen Leben schon erfahrenen Verwandten, sei es durch Aufgehen einer bereits in der Kindheit gelegten schlechten Saat, sei es als Folge allzu großer Nachsicht – der Wiedereintritt in die Welt nicht als etwas Fremdes und Widriges vor Augen stand, sondern als etwas Vertrautes und lang Ersehntes. Morosina aber war in ihren frühesten Jahren mit gesunden geistigen Prinzipien viel zu intensiv in Berührung gekommen, als dass sie der Verderbtheit der Zeiten so ohne Weiteres nachgegeben hätte.

Bei ihrem Vater handelte es sich um einen verarmten Patrizier vom Schlag der *bernabotti*[25]; als Almosenempfänger in den Küchen der reichen Herren fristete er in Venedig ein kümmerliches Dasein, als ihre Mutter starb. Morosina war damals etwa drei Jahre alt, weshalb sie sich keine Erinnerung an die Mutter bewahrt hatte; doch hielt sie ihr Andenken in Ehren und hatte sie über die Maßen lieb, weil sie den Vater voller Zuneigung von ihr hatte sprechen hören. Die ersten bewussten Erinnerungen der kleinen Waise setzten erst in Caneva ein, wohin Valiner ein Jahr nach dem Tod seiner Frau als Podestà entsandt wurde; und dieses Glück verdankte er Seiner Exzellenz Formiani, der auch damals schon in der Republik ein sehr mächtiger Mann gewesen war. Oft dachte Morosina an das abgelegene kleine Dorf in der Umgebung von Treviso zurück, wo sie in aller Unschuld vom Kind zum jungen Mädchen herangereift war, und diese geliebten Erinnerungen wurden noch versüßt durch die Vertrautheit mit Celio, die aus jenen Tagen herrührte. Vor dem Amtssitz des Podestà erstreckte sich eine große Wiese, und dort trieben neben den andern Kindern aus dem Dorf auch Celio und Morosina ihre Spiele; er schon etwa neun Jahre alt, kühnen Muts und von kräftigem Körperbau, sie gerade einmal fünf, zierlich und schlau, eine echte Venezianerin eben. Oft brauchte die kleine Schelmin Celios Schutz, und der griff immer zu ihren Gunsten ein, wobei er gelegentlich auch die Gerechtigkeit mit Füßen trat; und fanden Entschuldigungen oder versöhnliche Worte Gehör, ging alles gut aus; andernfalls erklärte sich der kleine Teufel zum bewaffneten Kämpen seiner Schönen und traktierte die Feindesseite, so zahlenmäßig überlegen und kriegerisch die auch sein mochte, mit Fausthieben. Zuweilen jedoch, wenn seine Parteilichkeit doch zu anmaßend wurde, erhob sich die ganze Schar der Dorfkinder zum Aufstand gegen ihn, und dann kam dem Ärmsten, dem das Blut aus der Nase lief, während er weitertobte, und Morosina, die weinte, weil sie ihn so zugerichtet sah, im letzten Augenblick Chirichillo zu Hilfe.

«Hoppla, ihr Lausbuben! Was treibt ihr denn da, hm?», rief der gute Mann und trat aus dem Amtsgebäude heraus.

Wie von Zauberhand legte sich da der Krawall, denn der Anblick des Gerichtsschreibers war auch den Kindern heilig.[26] Ruhig schritt Chirichillo auf seinen überaus langen und immer schwarzgekleideten Beinen dahin; mit der einen Hand packte er den vornehmen Celio an einem Ohr, mit der anderen denjenigen unter den Dorfbuben, der nach seinem strafrechtlichen Ermessen der Hauptverantwortliche zu sein schien, und schüttelte sie ohne Erbarmen. Das Geschrei der armen Sünder kann man sich denken! Aber der mit der Doktrin der Folter groß gewordene Gerichtsschreiber ließ sich nicht erweichen, ehe nicht die für angemessen erachtete Strafe verbüßt war. Erst dann ließ er los, und während die beiden zu seinen Füßen kauerten, der eine rechts, der andere links, und sich mit beiden Händen das gezüchtigte Ohr hielten, wandte er sich an das Mädchen: «Nun kommen Sie doch einmal hierher, mein Fräulein.»

Morosina, ganz verängstigt von der Tortur der beiden Jungen, kam widerstrebend und mit schlenkerndem Gang näher. Wenn sie Chirichillo in Reichweite schien, sah man einen seiner Arme, in schwarzes Tuch gekleidet wie die Beine und die ganze übrige Person, bis auf Schulterhöhe sich heben, und ohne dass die Kleine zu mucksen gewagt hätte, sauste ein schallende Ohrfeige auf eine ihrer Wangen herab; und was der eine Arm verrichtet hatte, wiederholte der andere, und erst da erhob gewöhnlich die Büßerin ein lautes Gekreisch, doch er übertönte sie: «Was soll das Gezeter? So eine Schande!», sagte er. «Erst Böses tun und dann die Strafe fliehen! Sie sei gut, weise, liebevoll, und alle werden Sie segnen, Gott wird Sie belohnen, und ich will Sie auch nicht mehr in aller Öffentlichkeit durch zwei Ohrfeigen beschämen.»

Das Mädchen wurde ganz still und machte sich ganz klein, da nahm der würdige Gerichtsschreiber vor den gebührend bestraften Verbrechern und umringt von den anderen Kinder, die sich in respektvollem Staunen um den Ort der Vollstreckung drängten, seine ganz allgemein gehaltene Predigt wieder auf: «Auch in dieser Woche hattet ihr wieder meine Züchtigungen nötig! Merkt euch, Kinder, dass sich das Maß des Ohrenschüttelns und der Backpfeifen von Mal zu Mal erhöht, wie die Theorie von der Rückfälligkeit es verlangt. Was soll denn dieses wilde Treten, Beißen und Brüllen, als ob ihr wütende Bluthunde wärt...? Ihr, Signor Celio, habt einen reichen Grundbesitzer der Terraferma[27] zum Vater; Ihr, Signora Morosina, Ihr, Signora Morosina», wiederholte er und blies die Backen auf, «Ihr seid die einzige Tochter des edlen Herrn Alvise Valiner, Podestà von Caneva usw. usf.; ihr anderen seid Sprösslinge, du des Apothekers, du des Verwalters, du des Sekretärs und so weiter... Nun denn, liebe Kinder, sobald ihr vierzehn seid, seid ihr rechtsmündig und fallt unter das Zivil- und Strafgesetz, und die Richter der Serenissima werden euch gemäß eurem Rang unterschiedlich behandeln. Bis zu diesem Tag aber untersteht ihr einzig den Geboten Gottes, die für alle gleich sind, versteht ihr, für alle gleich! Und da ich hier vor euch der Ausdeuter dieser Gebote bin, behandle ich euch nach meinem Gutdünken! Und solange ihr gleich seid, Adlige, Patrizier und Bauern, benehmt euch wie Gleiche; und wenn ihr es nicht mehr seid, begegnet euch mit den abgestuften Formen von Respekt, wie es sich unter verschiedenen Ständen ziemt. Und ihr, meine adligen Herrschaften, werdet nicht hochmütig, und ihr aus dem einfachen Volk, beklagt euch nicht, habt ihr verstanden? Denn außer Gott und Pfarrer, die auf dieser Welt regieren, gibt es auch noch das, seht ihr: Früher einmal wart ihr Adlige einfaches Volk, und ihr aus dem einfachen Volk wart Adlige; und irgendwann werdet ihr einfachen Leute wieder Adlige und ihr Adlige wieder einfaches Volk sein!»

Nachdem er dies mit apostolischer Autorität zur stillen Verwunderung der Kinder vorgetragen hatte, die von so großer und seltsamer Beredsamkeit rein gar nichts begriffen, kehrte Chirichillo voller Würde in sein Amtsgebäude zurück, wo er von seinem Schreibtisch aus ab und zu einen prüfenden Blick auf die Spiele der Kinderschar warf.

Ob man diese Methode nun für gut oder schlecht hält, jedenfalls war es ihm mit ihrer Hilfe binnen sechs Monaten gelungen, die kleinen Halunken besser zu erziehen, als die Signoria mit ihren Spitzfindigkeiten es in zehn Jahren zustande gebracht hätte. Es wurde weiter gespielt, aber es erhob sich kein Streit, oder wenn doch, wurde er bereits im Entstehen beigelegt. Denn gingen die

Augen der Streithähne zum Fenster der Amtsstube hinauf, und erblickten sie dort hinter den Gitterstäben und den grünlichen Fensterscheiben die Wollperücke des Gerichtsschreibers, zuweilen auch seinen ruhigen, aber gestrengen Blick, so verging ihnen die Lust, handgreiflich zu werden, da es beiden Seiten zum sicheren Nachteil gereichen würde.

Aber wer war nun dieser Chirichillo? Mit Gewissheit ein außergewöhnlicher Mensch, das wird man gleich bemerkt haben. Und doch verlief sein Leben sehr schlicht, sodass es sich in zwanzig Zeilen zusammenfassen lässt. Sohn eines Verwalters im Hause Formiani, hatte der Vater des Inquisitors ihn als Sekretär, Diener und Freund seines Sohnes gemeinsam mit diesem zum Studium nach Padua geschickt, und dort hatte er dank der Großzügigkeit seines Herrn eine Ausbildung genossen. Sodann hatte er dank derselben freigiebigen Großzügigkeit, wie damals üblich, im Dienste der Republik einen Posten als Gerichtsschreiber der *Serenissima Dominante* erhalten, und dort war er, da er nicht wie andere Klienten die Angewohnheit hatte, seinem Gönner unentwegt mit Bitten um Gunstbezeugungen und Beförderungen zuzusetzen, dreißig Jahre hocken geblieben. Bis es Seiner Exzellenz Formiani in den Sinn kam, bestimmte strikt private Verdienste des edlen Herrn Alvise Valiner mit dem Amt eines Podestà zu belohnen, und da er sich der vollendeten Ignoranz seines Kandidaten entsann, schien ihm Messere Chirichillo der geeignete Mann, diese Mängel auszugleichen, und er fragte bei ihm an, ob er bereit sei, als Adlatus des neuen Podestà in irgendeiner ihm genehmen Stellung zu fungieren. Chirichillo willigte ein, als ob ihn die Sache nicht beträfe. Er äußerte bloß den Wunsch, in der bislang ausgeübten Funktion belassen zu werden. Aufgrund dieser Entscheidung Chirichillos wurde der sechzig Jahre alte Gerichtsschreiber von Caneva, im Dorf geboren und durch die Gewohnheit eines halben Jahrhunderts dort tief verwurzelt, unversehens nach Venedig berufen, wo er mehr tot als lebendig ankam und seinen Kopf keinen Heller mehr wert erachtete. Doch am folgenden Tag wurde er in den Regierungspalast geführt, wo ihm seine Ernennung zum Arsenalsvorsteher mitgeteilt wurde; man forderte ihn auf, seine ganze Familie nach Venedig zu holen und sogleich die mit dieser Stellung verbundene Dienstwohnung zu beziehen. Ob der Alte diesen Glücksfall, der ihm Mußestunden wie Einkommen vervielfachte, zu schätzen wusste und ob er sich an der Riva degli Schiavoni mit imaginären Verdiensten brüstete, die ihm diesen eingetragen hätten, das zu sagen ist hier nicht der Ort. Jedenfalls aber musste dieser Chirichillo ein großer Narr sein, wenn er angesichts einer solch sagenhaften Goldader an Gunst diese nutzte, um eine Stufe tiefer zu steigen, indem er sich in gleicher Position von Venedig nach Caneva versetzen ließ. Doch tat er dies mit dem größten Gleichmut, und dass es sich dabei nicht um ein lohnendes Entgegenkommen seinem Gönner gegenüber handelte, bewiesen in der Folge seine überaus diskreten Bemühungen, mittels derer er um seine Versetzung ansuchte, jedes Mal wenn der Podestà Valiner einen der üblichen häufigen Ortswechsel vorzunehmen hatte. Auch machte er sich keine Gedanken darüber, wie viel Gutes er den Gerichtsschreibern der verschiedenen Ortschaften tat, die sich unversehens in beträchtliche Positionen erhoben sahen. Wenn Chirichillo freilich im Gefolge seines Vorgesetzten einen Posten wieder einmal vakant ließ, so konnte es diesen armen Teufeln wohl passieren, dass sie in ihr früheres Elend zurückgeworfen wurden. So erging es als Erstem dem Gerichtsschreiber von Caneva selbst, der, nachdem er drei Jahre lang unter der Oberaufsicht des Arsenals in Saus und Braus gelebt hatte, eines Morgens den Befehl erhielt, umgehend in seine frühere Stellung nach Caneva zurückzukehren. Das war eine sehr bittere Pille für ihn, doch war es ratsam, sie zu schlucken. Und so wurde er wieder bescheiden und anspruchslos, setzte sich aber zugleich eifrigst für das Wohl der Signoria ein, da er sich erhoffte, in den fünfzehn Jahren Leben, die ihm noch blieben, würden sich vielleicht noch einmal drei Jahre Arsenalaufsicht unterbringen lassen, und sollten es auch die letzten sein – einerlei; dafür wäre er gern auch sieben Jahre früher gestorben!

Siebzehn Jahre lang hatte Chirichillo das mitgemacht, war dem Valiner überallhin gefolgt; von Caneva nach Torcello, von Torcello nach Monselice, von Monselice nach Monfalcone, nach Castelfranco, nach Muggia, Pirano, Lonigo[28] und schließlich nach Asolo hatte man den Gerichtsschreiber dem Podestà folgen sehen, schwarz wie ein Schatten, stumm wie ein Schatten, beharrlich wie ein Schatten.

Bis hierher wird euch Chirichillo wie ein rechter Narr erscheinen oder doch beinah; aber wenn ich euch sage, dass der einzige Grund für dieses höchst beschwerliche Umherziehen vom einen Ende der Republik zum anderen die innige, väterliche Liebe war, die er zu Valiners Töchterchen gefasst hatte, dann werdet ihr an dieser Narrheit auch viel Gutes finden. In der Tat hätte dieses

Mädchen, eine mutterlose Halbwaise, in Händen eines grobschlächtigen, von ordinärsten Lastern und grenzenloser Gutmütigkeit durchdrungenen Mannes, liederlichen Dienstmägden und wenig gedeihlichem Müßiggang überlassen, den sehr wenigen Menschen, die damals Unschuld als Gut ansahen, Anlass zu ernster Sorge gegeben. Chirichillo war einer von diesen, doch aus wer weiß welcher Scheu heraus trat er nicht offen für dieses sein Empfinden ein und ließ die Welt, wie sie war; nur dort, wo er eine Leerstelle fand, bemühte er sich, diese nach seiner Weise zu gestalten. Bei der kleinen Morosina musste sich alles erst noch herausbilden, als er sie zum ersten Mal in die Arme schloss. Da war Chirichillo in seinem Element, und nachdem er diese kleine Seele in die Hände genommen hatte, begann er, sie nach dem Bild zu formen, das ihm vorschwebte.

An oberster Stelle die Herzensgüte. Der arme Mann war zu sehr Venezianer, um etwa spartanische Tugenden obenan zu setzen wie «Selbstachtung», «Gerechtigkeitssinn» oder «Vaterlandsliebe». Für ihn war Herzensgüte der Dreh- und Angelpunkt jeder moralischen Vollkommenheit, daher waren Lieben, Trösten, Glauben, Verzeihen, Gehorchen seine Lieblingsverben, und alles, was er sagte und tat, war dazu angetan, Morosina deren praktische Anwendung einzuprägen. Sodann folgte in seinem Wertesystem die Seelenstärke, ohne die seiner Meinung nach wahre Herzensgüte nicht auskommen kann, alldieweil es der größte Vorzug der Stärke ist, dass man sich auch im Unglück die Güte des Herzens bewahrt. Durch das Fehlen eben dieses Elements der Seelenstärke war die venezianische Güte zur bloßen Gutmütigkeit verkommen, und darauf führte er bei sich die moralische Verwirrung zurück, die er im Stillen beklagte. Und auf diesem Weg gelangte er zur Notwendigkeit der Sittlichkeit; verstandesmäßig begriff er wenig davon, vielleicht, weil er in der allgemeinen Verkommenheit die Orientierung verloren hatte, auch wenn er selbst sich vollkommen rein erhielt. Da sprach er dann von den Geboten Gottes, denen er sich unterwarf, und er anempfahl Morosina die Verehrung des heiligen Antonius, der ihn selbst, als er schlechten Vorbildern nacheiferte, davor bewahrt hatte, im Laster Schiffbruch zu erleiden. Und nach diesem Geständnis seufzte er, wodurch er zu erkennen gab, dass auch er nicht gegen jegliche menschliche Schwäche gefeit war und dass der junge Herr ihn vielleicht in noch ganz anderen Dingen zum Gefährten gehabt hatte als beim Studium. Wie dem auch sei, er hatte sich jedenfalls aus diesen kleinen Verfehlungen gelöst, und in seiner aufrechten Natur hatte sich kein Laster erhalten, obwohl sein Urteil in diesen Belangen vielleicht an Sicherheit eingebüßt hatte. Ergänzend zu dieser Moral, die gewiss weder aristotelisch noch epikureisch ist,[29] predigte er Geduld, worunter er die vollkommene Unterwerfung unter die bestehende natürliche oder gesellschaftliche Ordnung verstand, in der er das Werk der Vorsehung erblickte, und wenn einer sich erdreistete, sie anzutasten, so zieh er ihn der Gotteslästerung.

Über die Maßen absonderlich war der Glauben, aus dem er einen weiteren Beweggrund für diese letzte Tugend herleitete, er hielt nämlich die Seelenwanderung für eine unbestreitbare Tatsache und behauptete, das jetzige Leben sei Belohnung oder Strafe für frühere Leben, weshalb man sich darauf weder etwas einzubilden noch damit zu hadern brauche. Diese Glaubensmeinung war der Fixpunkt in seinem Denken, von dem alles andere abhing; alles bezog sich darauf und alles leitete sich von hier ab. Er sprach nur selten darüber, doch bei ernsten Anlässen tat er es mit gewichtiger, feierlicher Miene; er selbst dachte viel darüber nach und erklärte sich auf diese Weise jeden eklatanten Widerspruch, der ihm begegnete. Äußere Anzeichen für solche Grübeleien waren ein Zusammenziehen der Augenbrauen und ein Aufschlagen des Blicks zum Himmel, und dann verharrte er so, bis endlich die Verzückung, befreit von den Anfechtungen des Zweifels, in ein seliges Lächeln überging. Seine Überzeugung von der Wahrheit dieses pythagoreischen Glaubens[30] hatte im Übrigen eine äußerst solide Stütze an seinem Gedächtnis, das sich nach eigenem Bekunden auf fünf verschiedene, aufeinanderfolgende Leben erstreckte. Von den näher zurückliegenden erinnerte er sich an die geringsten Kleinigkeiten, die anderen, sagte er, verblassten mehr und mehr, bis sie in völliger Dunkelheit verschwanden. «Das ist nur natürlich», sagte er, «dass mein Gedächtnis wie alles seine Grenzen hat; aber seine geringe Reichweite kann mich nicht davon überzeugen, dass ich nicht vor diesen fünf Leben womöglich ein weiteres Dutzend Mal gelebt habe!»

«Aber wie kommt es dann», wandte man ein, «dass wir uns an diese vielen Aufenthalte auf der Welt überhaupt nicht erinnern?»

«Hört zu», antwortete er. «Eure Großväter waren in geringerer Zahl als eure Väter; und ihr wiederum übertrefft diese an Zahl, und eure Kinder und Kindeskinder werden euch immer mehr übertreffen. Da aber Gott die Teilung der Seelen nicht zulässt, weil es dann vorbei wäre mit der Schuldfähigkeit, was bleibt da zu tun? Neue Seelen müssen her! Nun, ihr werdet zu diesen gehören; und weil ihr gerade eben aus dem Nichts entstanden seid, so könnt ihr euch an nichts erinnern!»

«Und wie ist es denn nun», wandte man noch weiter ein, um sich einen Spaß zu machen und ihn zu foppen, «wie ist es denn nun um die Seele Adams bestellt, sie ist doch wohl noch hier unten, nicht wahr, eingeschlossen in einen menschlichen Körper, die Seele Adams?»

«Nein, sie ist gewiss nicht mehr da!», rief Chirichillo. «Sie hat einen solchen Grad an Heiligkeit erreicht, dass das flüchtige Gut des Erdenlebens keine würdige Belohnung mehr für sie ist.»

«Und wie steht es dann mit der Seele Kains?», entgegnete man.

«Kains Seele siedet seit sechstausend Jahren in Satans Pechkesseln», rief Chirichillo, «weil sie jenen Grad an Bosheit erreicht hat, für den es nur dort unten eine angemessene Strafe gibt.»

«Aber wie kommt es denn schlussendlich», rief man, «dass weder wir noch sonst irgendjemand auf der Welt, mit Ausnahme von Euch, sich daran erinnert, auch nur ein weiteres Mal gelebt zu haben?»

«Zunächst einmal, wer garantiert euch denn», antwortete der Gerichtsschreiber geduldig, «dass in anderen Teilen der Welt nicht Tausende und Abertausende sich besser daran erinnern als ich? Und selbst wenn es so wäre, dass nur ich allein mich erinnerte, so würde das höchstens bedeuten, dass der Rest des Menschengeschlechts unseligerweise das Gedächtnis verloren hat! Und so muss es auch wirklich sein, denn seht doch, bei den Ältesten unter euch ist das Gedächtnis ohnedies schon schwach, und bevor sie sterben, werden sie es gänzlich verlieren. Und nun überlegt doch, ob solche Trottel, die sich nicht einmal fünfzig Jahre weit zurückerinnern, gleich mir im Geiste drei Jahrhunderte zurückblicken können!»

Lächelnd ging die Gesellschaft auseinander, und draußen vor der Tür brach schallendes Gelächter los, was Chirichillo, der schließlich keine Watte in den Ohren hatte, sehr wohl hörte; trotzdem sammelte er sich in aller Ruhe, erhob den Blick zum Himmel und musste schließlich selbst auch lächeln beim Gedanken daran, dass die Ungläubigkeit dieser Toren womöglich die Strafe für frevelhafte Leichtgläubigkeit in einem früheren Leben war.

In dieser Weise erklärte er seine Glaubenslehre, wann immer er danach gefragt wurde; wenn er in Laune war, wenn man ihn aufforderte, immer aber, wenn der Fragende einen höheren Rang bekleidete, legte er auch die Wechselfälle seiner fünf vorherigen Existenzen dar. Von der ersten erinnerte er lediglich, dass er heimlich und zu wiederholten Malen sehr große Geldsummen in die Tasche gesteckt hatte. Vor Gott musste das wohl als ein sehr schlimmes Verbrechen gegolten haben, weil das zweite Leben, das ihm als Strafe für das erste auferlegt wurde, im Elend verlief, ständig auf der Flucht, immer in Gefahr, dauernd von den Häschern gehetzt, und nach einer glücklichen Verkettung ähnlicher Leiden und blutiger Vergeltung am Galgen endete. Es hätte wohl ein böses Ende mit ihm genommen, wäre ihm nicht in diesem äußersten Moment ein gütiger Priester mit Gebeten und Tröstungen zu Hilfe gekommen! Seine Seele wäre damals geradewegs ins Reich der Finsternis hinabgestürzt. Stattdessen rettete ihn aufrichtige Reue, die er dem Eifer dieses Priesters verdankte, weshalb er ihn als seinen ersten Wohltäter jeden Morgen und jeden Abend in sein Gebet einschloss. Nichtsdestotrotz war die Strafe für seine schlimmen Missetaten schwer, denn er wurde als Henker wiedergeboren. Und da hätte man ihn hören sollen, wenn er von den Qualen berichtete, die er auszustehen hatte, wenn er anderen, und womöglich einem Unschuldigen, den Strick um den Hals legen musste!

«Aber Gesetze müssen eingehalten werden, und vor Höhergestellten zieht man den Hut», sagte er. «Als Henker habe ich mich sehr weise benommen und dieses allerunglückseligste Los mit Geduld ertragen, denn ich starb versehen mit den Heiligen Sterbesakramenten und führte sodann das Leben eines großen Herrn an einem Fürstenhof. Bei Hof war mein Betragen so ehrbar und würdevoll, dass ich binnen Kurzem Minister wurde und, wie die Vorsehung mir eingab, die Folter und die Todesstrafe abschaffte; ich wirkte auch weiterhin Gutes, und wenn ich nicht geradewegs zu Gott auffuhr, so wegen einer Spur Hochmut und Aufgeblasenheit. Da ich aber alles in allem als ehrbarer Mensch gelebt hatte, war mir zur Belohnung ein friedvoller Tod beschieden, und ich wurde nach Rom verpflanzt und als Kardinal wiedergeboren.»

Von diesem letzten seiner bisherigen Auftritte auf der Weltbühne kannte er die geringfügigsten Details und schilderte Personen und Orte mit wunderbarer Bestimmtheit. Es mag hier genügen zu sagen, dass er, der sein Prälatendasein in maßvoller Bescheidung genoss, dann doch wegen eines kleinen, während des Konklave begangenen Fehltritts an einer anrüchigen Krankheit sterben musste, und da dies als Buße wohl nicht ausreichend war, um seine Seele zu läutern, wurde ihm auferlegt, in Gestalt eines Gerichtsschreibers einen letzten Rest Strafe zu verbüßen.

«Und wenn Gottes Gnade mir weiterhin beschieden ist», so schloss er, «hoffe ich in diesem Amt so viel Gerechtigkeit walten zu lassen, dass ich, auch wenn ich nicht auf Anhieb das Türchen zum Paradies finde, es doch nur um weniges verfehle und stattdessen zum Kaiser beider Reiche gesalbt werde; und was ich dann mache, das weiß ich schon, und ihr alle, sofern ihr noch da seid, eure Kinder und Enkelkinder, ihr alle werdet glücklich und zufrieden leben.»

War er so ans Ende seiner Rede gelangt, versank er mehr denn je in sich selbst, und alles deutete darauf hin, dass er über die Erneuerung der überholten Gesellschaftsordnung nachsann für die Zeit, wenn er, der das Paradies um Haaresbreite verfehlt hatte, von Gott seiner Verdienste wegen zum Weltenherrscher erhoben wurde. Wenn das so war und wenn er bei sich das Morsche dieser Ordnung erkannte, so wusste er das mit der größten Umsicht zu verbergen, und doppelt verdienstvoll war die Gewissenhaftigkeit, womit er all seine äußeren Handlungen den Gesetzen und gesellschaftlichen Gepflogenheiten anpasste.

Die Stellung eines Podestà der Republik Venedig in der Terraferma war in den Städten ein Ehrenamt, das die Inquisitoren sich dafür vorbehielten, besonders Reiche, die ihnen wegen zu großer Klientel ein Dorn im Auge waren, zugrunde zu richten; in den Dörfern dagegen war es ein dürrer Knochen, von der Signoria hier- oder dahin geworfen in der Absicht, sich das Gewinsel irgendwelcher hungerleidender Sprösslinge vom Hals zu schaffen. Wenn Valiner also vorher ein armer Teufel gewesen war, so besserte sich sein Los durch diese Provinzrichterämter nicht wesentlich; und da er ein Freund reichlichen Trinkens und guten Essens war, nahm es nicht wunder, wenn er im ersten Monat seiner Amtszeit außer den regulären Einkünften aus seiner Stellung noch weitere hundert Lire, die Formiani ihm zukommen ließ, verprasst hatte. Als der schlaue Beamte nach so betrüblicher Erfahrung gewahr wurde, dass Chirichillo echte Vaterliebe zu dem kleinen Mädchen entwickelte, sodass er es war, der sie ankleidete, fütterte und zu Bett brachte, machte er sich diese Neigung des Gerichtsschreibers zunutze. Hocherfreut, zwölf Lire im Monat an Lohn einsparen zu können, entließ er die Dienstmagd, entschlossen, im Haus nunmehr gänzlich ohne Weiberröcke auszukommen. Chirichillo war nicht der

Mann, eine solche Veränderung zu bemerken, und wenn er seinem Vorgesetzten früher zwischen zwei und drei Uhr nachmittags immer bei der Abfassung von Erlässen und Urteilen geholfen hatte, half er ihm nun auch dabei, das Fleisch zu schneiden und in den Kochtopf zu geben, die Brühe abzuseihen und den Reis zu kochen. Da Valiner sich aber nicht vor zwei Uhr mittags an diese Dinge machte, weil er zu jener Stunde erst aufstand, wurde es spät mit dem Mittagessen, und der Tagesablauf geriet so sehr in Unordnung, dass der gute Gerichtsschreiber, der sich nach und nach schon sämtliche Amtspflichten aufgebürdet hatte, nun stillschweigend auch noch die Küchenarbeit übernahm. Nach einem Vierteljahr kam er mit dieser Häufung von Aufgaben so gut zurecht, dass um Punkt drei Uhr das Haus aufgeräumt war, die Kleider gebürstet, sämtliche Amtssachen erledigt und das Mittagessen auf dem Herd stand; da klopfte er dann leise an die Tür des Podestà und meldete ihm, dass der Reis koche. In diesem Mosaik von Obliegenheiten fand er immer noch etwas Zeit, um die Kleine anzuziehen, ihr das Gesicht zu waschen, ihr das Haar zu kämmen und sie hübsch herzurichten, ihr den Brei zu kochen, sie ins Bett zu bringen, wenn sie müde war, mit ihr spazieren zu gehen und ihr sogar ein wenig vom

Abc und vom Katechismus beizubringen. So war dieser treffliche Gerichtsschreiber, der in seinem Richtersessel so majestätisch wirkte, aus freien Stücken Haushofmeister, Koch, Diener, Dienstmagd, Lehrer und Küchenjunge geworden, und wäre Morosina nicht fünf, sondern bloß ein Jahr alt gewesen, so hätte er, glaube ich, auch noch versucht, ein wenig Amme bei ihr zu spielen.

Unterdessen wuchs das Mädchen heran, niedlich und liebenswürdig, und die zwei bei Kindern von damals vorherrschenden Laster, Affektiertheit und Klatschsucht, hatten ihrer natürlichen Schlichtheit nichts anhaben können. Der angeborene leichte Hang zur Boshaftigkeit war gemildert durch die Güte, die Chirichillo sie in jeder Form lehrte, und hatte sich in gänzlich unschuldige Fröhlichkeit verwandelt; und auch alles Übrige war offenbar so dazu angetan, die Lehren und das Vorbild des Meisters Früchte tragen zu lassen, dass Leute von außerhalb sich wunderten, wie dieses Engelchen mit so viel Klugheit und Anmut heranwachsen mochte, in der Gesellschaft von zwei Alten, wovon der eine ein ausgemachter Flegel war und der andere in dem Ruf stand, ein rechter Narr zu sein.

Chirichillo indes wunderte sich immer mehr über die Liebe zu dem kleinen Geschöpf, die ihn erfasst hatte; und sooft er darüber nachsann, wunderte er sich von Neuem. Durch fortgesetztes Nachdenken gelangte er zu dem Schluss, dass eine so große und lebhafte Zuneigung irgendeine geheimnisvolle Ursache haben müsse, und er nahm sich vor, sobald der Verstand des Mädchens so weit entwickelt wäre, dass er derlei Seelenregungen gewachsen wäre, sie nach dieser Geschichte mit den früheren Leben auszuhorchen und herauszufinden, ob sie sich nicht an etwas erinnere und ob er nicht in anderer Gestalt und zu anderen Zeiten eine große Wohltat von ihr empfangen habe, die Gott befohlen habe, ihr nun in diesem Leben mit jeder Art von Fürsorge und Dienstbarkeit zu entgelten. Daher wartete er geduldig, bis sie ihr siebtes Lebensjahr erreichte, ein Alter, von dem man annimmt, dass in ihm die Vernunft ihre Fähigkeiten ganz entfaltet hat. Bis zu diesem Augenblick hatte er sich fest vorgenommen, kein Wort darüber zu verlieren.

Der lang ersehnte Tag brach an, der arme Mann konnte sich nicht zurückhalten und weckte sie in aller Frühe, drückte ihr einen dicken Kuss auf die Stirn und fragte sie, ob sie sich nicht gelegentlich daran erinnere, ihn früher einmal aus einer großen Gefahr errettet zu haben. Die Ärmste schien eben erst aus einem sehr beklemmenden Traum erwacht, denn kaum hatte Chirichillo diese Worte gesagt, krümmte sie sich ganz zusammen, klammerte sich an seine Kleider, drückte sich fest an ihn und fing an zu schreien; der Gute fragte sie ängstlich, was sie habe, da rieb sich die Kleine die Augen und sah ihn traumverloren an, schließlich hängte sie sich getröstet mit einem Kuss an seinen Hals.

«Was hast du nur, mein Kind?», fragte Chirichillo.

«Es ist...», entgegnete Morosina, «du, siehst du, du fielst ganz tief hinunter in einen schwarzen Abgrund voller Flammen und Gebrüll, und ich lief hinter dir her, um dich an den Kleidern zu fassen, und du fielst immer tiefer hinunter; aber ich flog aus Leibeskräften und es gelang mir, dich zu packen, als du schon mit den Füßen an diese Glut rührtest; ich habe dich gerettet, und gemeinsam sind wir ans Licht der Sonne zurückgekehrt, um Gott und dem heiligen Antonius zu danken!»

«Mein Gott, welches Wunder!», rief Chirichillo aus. «Und sag mir, sonst erinnerst du dich an nichts?»

«Nein, wirklich... sonst nichts, aber ich zittre noch immer am ganzen Leib.»

«Aber denk nach... geh in dich... schau ganz genau hin...»

«Ich erinnere mich nur an das, was ich dir eben gesagt habe, mein Alter!», antwortete das Kind. Und hier müssen wir einflechten, dass die Anrede «Alter» ein typisch venezianischer Kosename ist und dass Morosina ihren Ziehvater immer so nannte.

«Sonst nichts ... gar nichts?», drang Chirichillo weiter in das Mädchen, den Blick unverwandt auf sie gerichtet.

«Nein, nichts, Alter, wirklich nichts!», rief die Kleine, indem sie vergnügt aus dem Bett hüpfte. «Seien wir fröhlich», fuhr sie fort und fiel ihm um den Hals, «denn wenn ich eine Minute später gekommen wäre, so hätten wir beide, du durch den Sturz, ich, weil ich dir hinterdreinlief, ordentlich im Feuer geschmort.»

«Ja, ja, küss mich, mein Engelchen!», rief Chirichillo schluchzend. «Dir verdanke ich mein ewiges Heil, denn heute habe ich das große Geheimnis entdeckt. Deine Seele ist die jenes guten Priesters, der mich durch seine Tränen und Gebete vor einem unbußfertigen Tod errettet hat. Und nur seinetwegen oder deinetwegen, Morosina, was ja nun ein und dasselbe ist, bin ich nicht vom Galgen in die Flammen der Hölle hinabgestürzt! Es stimmt, an anderes erinnerst du dich nicht, aber der Herr hat erlaubt, dass du dich so undeutlich an dieses eine erinnerst, damit die spontane Liebe, die mich trieb, dich wie meine Tochter anzusehen, durch Dankbarkeit untermauert werde.»

Unter Weinen und Lächeln küsste der Alte das Gesichtchen und die Hände der Kleinen, die aufrecht mitten im Zimmer stand, ein kurzes Hemdchen bis zu den Knien und die Arme vor der Brust verschränkt, und so glich sie wirklich einem Engelchen, das gerade vom Himmel herabgestiegen ist, bereit, gleich wieder dort hinaufzufliegen. Zum ersten Mal vernahm Morosina bei dieser Gelegenheit etwas von Chirichillos eigenartigem Glauben, sie gab freilich nicht sonderlich darauf Acht, nur schien ihr, dass er allzu viel Aufhebens von einer geträumten Gefahr mache. Wenn der Alte später wieder auf dieses wirre Zeug von dem Priester und vom Galgen zurückkam, erinnerte sie sich, dass sie ihm eines Morgens diesen Traum erzählt hatte. Doch so viel Mühe sie sich auch gab, ihn davon zu überzeugen, dass alles nur ein nächtliches Phantasiegespinst gewesen war, Chirichillo wollte keine Vernunft annehmen und beschwor sie, von anderem zu reden, um nur ja einen Glauben nicht zu erschüttern, von dem sein ganzes Glück abhing.

In dieser Weise war das Leben des Mädchens bis zu seinem elften Lebensjahr sanft und sehr einförmig dahingeflossen, als Chirichillo sich besann, dass ein Mädchen außer in Lesen und Schreiben ja noch in vielen anderen Dingen unterwiesen werden muss, die er ihr nicht beibringen konnte. Schon bald wurde er sich mit einer tüchtigen Lehrerin einig, und da es sich bei der Schülerin um die Tochter des Podestà handelte, fand sie sich bereit, zum Handarbeitsunterricht ins Haus zu kommen, wie der Gerichtsschreiber es verlangte. Trotz aller Sorglosigkeit hatte Valiner diesen Mangel bei Morosina schon viel früher bemerkt als Chirichillo, aber er kümmerte sich darum genauso wenig wie um alle andern Dinge dieser Welt. Nur wenn er sah, wie das Mädchen sich rittlings auf die Knie setzte oder begierig in den Akten des Gerichtsschreibers las oder an einem Ende des Tisches vor sich hin kritzelte, mochte er wohl ausrufen: «Ach, wenn doch die selige Chiaretta noch auf der Welt wäre, dann würdest du ganz andere Dinge können, mein Schätzchen! Deine Mutter, siehst du, das war eine Frau ...! Bete für sie, hörst du, Kleine; bete, denn du bist gut, und der Herr wird deine Vaterunser eher erhören als meine ...» Damit sprach er eine Wahrheit aus, denn Vaterunser stimmte er nur ein einziges in der Woche an, nämlich sonntags in der Messe, und er brach auch immer in der Mitte ab, weil er den zweiten

Teil vergessen hatte, und fing dann beim wohlvertrauten Ave-Maria wieder an. Im Übrigen führte er sein gewohntes Leben weiter wie bisher, nachdem er zwischen zwei und drei aus dem Bett gekrochen war, legte er sich um zehn Uhr wieder hinein und fand den Tag deshalb keineswegs zu kurz. Es stimmt schon, in den ersten Jahren seiner beamteten Pilgerschaft hatte es ihn einige Mühe gekostet, so bald am Abend die Augen zu schließen, weil er wie alle Venezianer gewohnt war, erst im Morgengrauen schlafen zu gehen, doch mit der Zeit hatte er diese Unart ablegen können, sodass er in Monfalcone mehrmals noch in Kleidern auf dem Bett einschlief. Diese glückliche Wendung zum Besseren wurde, das muss gesagt sein, sehr befördert durch den köstlichen Wein, der auf jenen Hügeln gedeiht und der hymnischen Lobpreisungen eines Redi[31] würdig ist. So wurde nach und nach die alte Gewohnheit, bei Sonnenaufgang einzuschlafen, ausgetrieben durch die ebenso hartnäckige, bei Anbruch der Nacht den Kopf auf den Tisch zu legen; wortgetreue und höchst passende Auslegung des Sprichworts: den Teufel mit dem Beelzebub austreiben.

Zum ersten Mal sah Morosina Celio, ihren kleinen Freund aus Kindertagen, in Castelfranco wieder, dorthin kam er mehrmals aus Padua zu

Besuch, wo er dem Studium der Rechte oblag. Er war damals etwa achtzehn Jahre alt, groß und von schlankem Wuchs, mit strahlenden braunen Augen; ein schwarzes Bärtchen zierte seine Oberlippe, und er war schon ein Meister in gewandtem Auftreten und Galanterie. Der männliche Gesichtsausdruck wie auch sein offenes, entschlossenes Wesen unterschieden ihn jedoch vom Gros der Jugend dieser Zeit und trugen ihm zugleich die Sympathie des Mädchens ein. Das Zusammensein mit dem jungen Mann, versüßt durch die Erinnerung an frühere, nun verbotene, aber insgeheim immer noch ersehnte Vertraulichkeit, bildete im Herzen des jungen Mädchens den Keim zu einer vollkommen reinen Liebe. Weder wurde sie es gewahr, noch belastete es sie. Celio begegnete ihr jedoch keineswegs in gleicher Weise; verdorben durch allzu große Freizügigkeit in jungen Jahren, erblickte er ganz im Gegenteil in der Fortsetzung dieser Kinderfreundschaft die Anbahnung eines künftigen Liebesverhältnisses.

Obwohl man hätte meinen können, er habe den Kopf in den Wolken, war Chirichillo doch viel zu besorgt um sein Mädchen, als dass er die Absichten des jungen Mannes nicht durchschaut hätte, und so war er bestrebt, sie durch seine Anwesenheit zu vereiteln und auch durch gute Ratschläge, die er freilich ganz allgemein hielt, um Morosinas jungfräuliche Seele nicht durch vorzeitige Ängste zu verstören.

In Castelfranco blieben sie zwei Jahre, und auch wenn Celio im Herzen des Mädchens zu seiner großen Genugtuung erhebliche Fortschritte gemacht hatte, war er seinem eigentlichen Ziel doch in nichts nähergekommen.

Unterdessen musste Valiner wieder einmal den Ort wechseln, und durch Fürsprache Formianis wurde ihm die Podesteria von Muggia in Istrien zugeteilt; doch dieses Mal kam mit der Ernennungsurkunde ein Schreiben seines Gönners, worin ihm befohlen wurde, sich unverzüglich nach Venedig zu begeben. Ganz allein brach er auf und sollte nicht mehr wiederkehren; erst einen Monat später vermeldete er aus Muggia, dass er dort mit einer hochadeligen venezianischen Dame eingetroffen sei, die eingewilligt habe, seine Frau zu werden und zugleich dem Töchterchen eine liebevolle Mutter. Am folgenden Tag solle die Hochzeit gefeiert werden; er brenne darauf, Morosina wiederzusehen, doch im Augenblick hinderten andere Verpflichtungen ihn daran; Chirichillo solle das Mädchen vorerst nach Venedig bringen und sie im Namen Seiner Exzellenz Formiani dem Kloster der Seraphinerinnen übergeben, wohin er, ihr Vater, und vielleicht auch Signora Cecilia, seine Gemahlin, am letzten Sonntag des April (damals war Januar) kommen würden, um sie in die Arme zu schließen. Chirichillo solle alsdann von Venedig direkt nach Muggia weiterfahren, wie ein beigefügter Befehl der Signoria lautete. Man weiß nicht, bei wem Staunen und Bestürzung über dieses Schreiben größer waren, bei Morosina oder Chirichillo. Gewiss weinten beide bitterlich; doch in ihrem moralischen Wertesystem spielte Geduld eine viel zu große Rolle, als dass sie auch nur einen Impuls der Auflehnung gegen die Ratschlüsse der Vorsehung verspürt hätten. So verfügte denn der Schreiber mit dem wenigen Geld, das er hatte, sich und das Mädchen und den Hausrat von Castelfranco nach Venedig; da er dort keinerlei Ausgaben für die Aussteuer des Mädchens tätigen musste, weil Formiani für alles reichlich gesorgt hatte, blieb ihm in seiner schmalen Börse noch so viel, dass er sich die Überfahrt nach Istrien per Schiff leisten konnte. Aber der Schmerz über die Trennung von der Kleinen und deren Tränen setzten ihm noch monatelang zu; und sein ganzes weiteres Leben war eine einzige Erwartung jenes seligen Tages, an dem sie das Kloster verlassen und ins väterliche Heim zurückkehren würde und in die Arme … «Ach nein, in die Arme nicht mehr!», jammerte er, «aber wenigstens wieder unter die Augen ihres lieben Alten!»

Nachdem sie die schreckliche Traurigkeit der ersten Tage überwunden hatte, war für Morosina das Leben, das ihre Mitschülerinnen in Müßiggang, Klatsch und Gefallsucht führten, etwas Neues. Zunächst wunderte sie sich und lachte darüber; als sie jedoch tieferen Einblick gewann, schämte sie sich für sie; als sie durch lange Gewöhnung an den Umgang im Sprechsaal erkannte, wie diese venezianische Gesellschaft beschaffen war und dass die Sitten der Pensionärinnen nur ein leiser Vorgeschmack darauf waren, erschauderte sie. Die Tatsache, dass sie bei Eintritt in das Institut kein Kind mehr war (sie wurde bald fünfzehn), und die wenn auch nicht vollkommenen, zumindest gesunden Prinzipien, die Chirichillo ihr beigebracht hatte, verhinderten glücklicherweise, dass dieses Gefühl des Abscheus sich bei ihr jemals abschwächte, und wenn sie im Lauf der Zeit auch lernte, mit den Sitten und Gewohnheiten der anderen zurechtzukommen, bewahrte sie sich in ihrem Innern doch umso reiner und tatenfreudiger, als sie ahnungsvoll vor Nichtigkeit und Bequemlichkeit floh. Diesem tief sitzenden Widerwillen gegen alles Unreine, so sehr er auch durch ihre außerordentliche Herzensgüte gemildert, ja im täglichen Umgang kaum merklich schien, verdankte sie die stumme Abneigung der Mitschülerinnen und die nur schlecht verhohlene Missgunst der Lehrerinnen. Hinzu kam noch der Verdacht, hinter solch zimperlicher Tugendhaftigkeit könne sich eine gerissene Spionin des Formiani verbergen, und wenn dieser Verdacht einerseits der Grund für zahllose Vergünstigungen Morosina gegenüber war, brachte er auf der anderen Seite doch so viel ängstliches Misstrauen in die Züge der Klosterschwestern, dass sie das in ihrer reinen und offenherzigen Seele mehr betrübte als alle anderen Misshelligkeiten. Freilich war sie zu arglos, um jede Unhöflichkeit, die man ihr gegenüber beging, zu bemerken, und erklärte sie sich bald durch Zufall, bald durch Unachtsamkeit; ihre Herzensgüte hinderte sie daran, auf dem Grund dieser kleinen Zwischenfälle die böse Absicht zu suchen, der sie entsprangen. Aufrecht ging sie ihren Weg, heiter und freundlich, im Reinen mit sich und daher mit allem Übrigen; eifrig tat sie ihre Pflicht, fügte sich den Weisungen der Oberen und den Wünschen der Mitschülerinnen, und meist bemerkte sie den Groll nicht, der ihr von allen Seiten entgegengebracht wurde, oder tat doch bisweilen so.

Dazumal pflegten die Erziehungsinstitute für gewöhnlich mehr oder weniger unverhohlen Gemeinschaften im Müßiggang zu sein, frivole Lehrstätten des großen gesellschaftlichen Müßiggangs, an dem die edlen Patrizier und edlen Damen, sobald sie der Aufsicht entwachsen waren, bis zu ihrem Tod mitwirkten. Gelernt und geübt wurde wohl auch etwas, aber nur so zum Schein, und zwischen Schülern und Lehrern bestand die stillschweigende Übereinkunft, dass man einträchtig in seliger Unwissenheit leben wolle. Und auch bei den Seraphinerinnen liefen die Dinge nach derselben Ordnung oder Unordnung wie anderswo. Morosina war frei von den Lastern und Begehrlichkeiten, die zum Müßiggang verleiten, sie nahm den Unterricht daher ernst; wenn so viel Naivität ihre Lehrerinnen zunächst überraschte, fügte die Beharrlichkeit des Mädchens der Überraschung dann noch die Schwindelei hinzu. Da sie recht bald bemerkten, dass das Mädchen mehr wusste als sie selbst, versuchten sie, sich dieses Ärgernis vom Hals zu schaffen, indem sie sie lauthals nach allen Seiten als den Gipfel der Gelehrsamkeit priesen. Auf diese Weise meinten die guten Schwestern, zwei Fliegen mit einer Klappe zu schlagen, wie man so schön sagt, denn gewiss musste dem Formiani der Ruhm seines Schützlings willkommen sein, und sie konnten sich unter diesem Vorwand aufs Bequemste der beschwerlichen Erziehungsaufgabe entledigen. So blieb das Mädchen auf sein eigenes Urteilsvermögen angewiesen, das es unbeirrbar und auf geraderen Pfaden ungleich rascher voranbrachte, als diese Tratschweiber von Lehrerinnen es je vermocht hätten.

Einzig der Musiklehrer, ein entsetzlicher Klimperer auf dem Cembalo, der dabei aber, wie es oft geschieht, seine Kunst wie ein Besessener liebte, war selig, nach so vielen anderen endlich eine Schülerin zu finden, die bei seinen faden Sonatinen oder seinen endlosen Ausführungen über den Kontrapunkt nicht umkam vor Langeweile. Das war dem guten Manne ein Trost, es stärkte sein Selbstvertrauen, das schon angegriffen war, und so schüttete er über diese Einzige die ganze Fülle seiner wunderlichen Wissenschaft aus. Aber wenn Morosina auch recht viele Stunden mit diesem Verrückten vertat, blieben diese doch nicht ohne Früchte. Zunächst erwarb sie sich dadurch eine für damalige Zeiten ausgesprochen seltene Fingerfertigkeit; außerdem kam es des Öfteren vor, da ihr Lehrer in seiner Jugend ein Schüler des Porpora[32] gewesen war und ein ausgezeichnetes Gedächtnis besaß, dass er Lektionen wiederholte, die er vor vierzig Jahren bei dem berühmten Komponisten gehört hatte. Freilich färbte er sie auf seine Art mit besonderen Betonungen, Posen und Gesten; aber das Wesentliche blieb doch erhalten, immer waren es die schlichten, klaren, ewigen Prinzipien, die Homer genauso wie Michelangelo und Rossini[33] inspiriert hatten. All dies nahm Morosina mit feinem Gespür auf und wandte es auf die musikalische Praxis an, sodass sie mit dem Wenigen, was er zu bieten hatte, eine gute Cembalospielerin wurde, eine bessere jedenfalls als alle anderen, was Mäßigung in der Spielweise sowie Wahrhaftigkeit und Erhabenheit des Gefühls anging. Doch da diese beiden Eigenschaften damals eher gemieden als gesucht wurden, musste sie, wenn sie öffentlich spielte und den anderen Vergnügen bereiten wollte, ihre Kunstfertigkeit verbergen und die modischen Sperenzchen mitmachen; ihre Phantasien im Stil des Schönen und Schlichten und das Studium der großen Meister der Musik hob sie sich daher auf für die einsamen, der Poesie gewidmeten Stunden.

Der Podestà hatte Wort gehalten und seine Tochter am letzten Sonntag im April besucht, und so geschah es nun jedes Jahr, zum größten Kummer Morosinas, der dieser einmalige Besuch recht wenig erschien. Von der Stiefmutter erhielt sie gelegentlich Briefe, die sie mit kindlicher Pflichtschuldigkeit beantwortete, doch in Venedig hatte die Dame sich nie blicken lassen, obwohl sie ihr diese Freude oft in Aussicht stellte. In den sechs Jahren, die die Gefangenschaft des Mädchens währte, war Chirichillo ein einziges Mal ins Kloster gekommen; und das geschah, als Valiner von dem Posten in Pirano nach Lonigo wechselte. Unter dem Vorwand einer unüberwindlichen Abneigung gegen das Meer hatte die Edeldame der sehr langen Reise auf dem Landweg den Vorzug gegeben, der Gerichtsschreiber aber bat und flehte so sehr, bis man ihm die Fahrt über den Golf gestattete und sein Wunsch, Morosina wiederzusehen, dergestalt in Erfüllung ging. Er fand, sie sei so groß geworden, so schön und gut, dass er Gott mit Tränen in den Augen dafür dankte. Nachdem er Seiner Exzellenz Formiani seine untertänigste Aufwartung gemacht und Briefe seiner Herrin abgeliefert hatte, begab er sich unverzüglich nach Lonigo, wie ihm befohlen war. Der langwierigen Reise wegen trafen der Podestà und seine Frau dort jedoch erst einen Monat später ein, als die zu ihren Ehren errichteten Triumphbögen und papierenen Obelisken längst zerzaust, eingeknickt und verbleicht waren.

Wie merkwürdig! Trotz der großen Umsicht und Fürsorge, die er bei Morosinas Eintritt ins Kloster bewiesen hatte, unternahm Formiani später nie mehr einen Versuch, sie zu sehen, ja, er stellte seine schon früher eher seltenen Besuche bei den Seraphinerinnen gänzlich ein. Auch die Freigebigkeit, womit er ihr eine Aussteuer und alles Nötige hatte zukommen lassen, fand damit ein Ende; die Garderobe der Kleinen wurde von dem wenigen, was der Podestà ihr alljährlich schickte, kärglich aufgestockt, sodass die Superiorin nicht gelogen hatte, als sie zuletzt sagte: Wenn es im Kloster Lumpen gebe, so seien es gewiss ihre. Diese Vorsicht des Inquisitors, mit der er sich fast völlig von ihr fernhielt, bot den Schwestern Anlass zu neuen Verdächtigungen, so hieß es nun, es sei eine ganz durchtriebene Angewohnheit Seiner Exzellenz, Gefühle zu bekunden, die der wahren Empfindung diametral entgegengesetzt seien. Morosina ihrerseits war von Kindheit auf daran gewöhnt, von Formiani als dem Schutzengel ihrer Familie reden zu hören und ihn nie zu sehen, daher konnte sie in seinem Benehmen keine Veränderung erkennen. Sie war ihm nach wie vor dankbar für seine vielen Wohltaten, ohne Neugier oder Staunen über diese Zurückhaltung ihr gegenüber zu empfinden.

Im Übrigen aber war sie im Geiste viel zu sehr mit einem anderen Mann beschäftigt, als dass sie sich mit solchen Nebensächlichkeiten hätte aufhalten können.

Etwa zwei Jahre waren vergangen seit ihrem Eintritt ins Seraphinenkloster, als Celio zum ersten Mal im Sprechsaal erschien. Kaum erblickte sie den geliebten Freund aus Kindertagen, da lebten die Eindrücke dieses unschuldigen Alters in ihrem Geist wieder auf, und ihr erster Impuls war, hinzueilen und ihn zu küssen, doch dieser Wunsch kehrte sogleich um, und sie begnügte sich damit, ihn herzlich willkommen zu heißen und bei der Hand zu nehmen, wie es unter guten alten Freunden üblich ist. Der Cavaliere nahm das als gutes Omen für seine Absichten, da er solche Vertraulichkeit kurzerhand mit dem Benehmen eines Mädchens verwechselte, dessen Herz bereits von unkeuschen Begehrlichkeiten gestreift wurde; diese Meinung änderte er auch nicht, obwohl er niemals auch nur einen Schritt auf dem Weg vorwärtskam, dessen Ende zu erreichen ihm anfangs so leicht erschienen war. Um diese Zeit verlor er den Vater, weshalb er sein Studium abbrach und sich in Venedig niederließ. Macht des schlechten Beispiels, Übermut und Leichtsinn der Jugend, großer Reichtum – man kann sich denken, wie sein Lebenswandel aussah! Nicht dass in seinem Inneren jede Gewissensregung abgestorben gewesen wäre, er sich an plumpen Vergnügungen ergötzt hätte oder das Denken wie seinen schlimmsten Feind hätte scheuen müssen – dies war bei ihm nicht der Fall, wie bei allen anderen leider sehr wohl. Doch führte er dem Anschein nach dasselbe Leben wie sie: Die Nächte verbrachte er in Spielsälen und Bordellen, tagsüber sah man ihn auf der Piazza und in den Cafés, abends scharwenzelte er in den Clubs um die Frauen herum; im Übrigen stets bereit, im Ernst zu widerrufen, was er im Scherz oder weil es gerade Mode war, gesagt hatte, wenn ihm jemand seine dummen oder niederträchtigen Äußerungen vorhielt, und eines Wortes wegen konnte er sich auch schlagen. Eine bei den venezianischen Stutzern unbekannte Torheit, die Celio aber mehrmals gegenüber tüchtigen Fechtern aus dem Ausland oder von der Terraferma beging. Seine Ehre war aus derlei Begegnungen stets unbefleckt hervorgegangen, und zur größten Verwunderung aller hatte das Inquisitionstribunal ihn wegen dieser schweren Vergehen auch niemals zur Rechenschaft gezogen.[34] Aus diesem Benehmen wird man unschwer ableiten können, wie seine Unterhaltungen mit Morosina aussahen: voller Galanterien, Frivolitäten, ja Zudringlichkeiten. Gewappnet durch ihre Unschuld, dabei aber doch an die freizügigen Reden im Sprechsaal gewöhnt, zeigte sie sich weder beschämt, noch stimmte sie in Celios losen Ton ein, den sie für eine allgemeine Modeerscheinung hielt. Der junge Mann hingegen fasste diese Nachsicht als keckes Entgegenkommen auf und brüstete sich vor seinen Kumpanen damit, wie man es damals mit Liebeseroberungen zu tun pflegte, und beschloss, die unter einem glücklichen Zeichen stehende Bestürmung zu verstärken. Doch da war es mit seinen Triumphen vorbei; was immer er auch tun und sagen mochte, es gelang ihm nur, Morosina von seiner Liebe zu überzeugen; das arme, unerfahrene Ding hielt die süßen Worte und die freizügigen Geständnisse eines Lebemannes für Liebeserklärungen. Doch da dieser Kleinkrieg nun schon Jahre währte und Celio sich immer mehr hineinverbiss, wäre er Gefahr gelaufen, sich lächerlich zu machen, wenn er den anderen erklärt hätte, wie die Dinge wirklich lagen, deshalb benahm er sich so, dass man glauben konnte, ihm sei, was er begehrte, schon gewährt worden. Und das gelang ihm so vortrefflich, dass von da an die öffentliche Meinung in Venedig lautete, Morosina Valiner sei die künftige Mätresse des Cavalier Terni. In diesen Ruf hatten nicht zuletzt ihre Mitschülerinnen sie gebracht, die ihre Keuschheit weniger neidisch machte als vielmehr kränkte; und die Nonnen wussten ihnen dafür noch Dank, denn es kam ihnen gar nicht ungelegen, dass sich diesem wandelnden Spottbild ihrer eigenen Verweltlichung und Unbildung ein Makel anhängen ließ.

So weit waren die Dinge bis zur lebensbedrohlichen Erkrankung des Inquisitors gediehen, als die Feindseligkeiten gegen Morosina offen zum Ausbruch kamen. Und obwohl die gegen sie erhobenen Verdächtigungen nicht ausgesprochen wurden, weil selbst ein Grabstein nicht ausreichend schien, die Rache eines solchen Mannes aufzuhalten, ließen weder die Nonnen noch die Zöglinge irgendeine Gelegenheit aus, das herabzusetzen, was sie hochmütige und wohlfeile Heuchelei nannten.

All das bemerkte Celio an jenem Abend, mit dem unsere Erzählung einsetzte. Im vielsagenden Lächeln der Damen und im Spott der Stutzer traten Celio die bösen Folgen der Verleumdungen deutlich vor Augen, die er durch vage Andeutungen und fahrlässiges Schweigen befördert hatte. Er empfand Scham vor derjenigen, die er feige seiner Eitelkeit zum Opfer gebracht hatte, und das rief sein schlummerndes Gewissen wach; zum ersten Mal erschien es ihm als Schande, den Ruf des Mädchens ohne jeden Nutzen zu schädigen, weshalb er sich vornahm, auf der Stelle mit ihr zu brechen, und als er zu ihr hinüberging, um sie wegen der Grobheiten der Superiorin zu trösten, hatte er sich binnen weniger Minuten so sehr verändert, dass Morosina sich nur wundern und erschrecken konnte. So unschlüssig war sie auch noch während der Anwesenheit des Inquisitors, als sie aber im allgemeinen Durcheinander des Aufbruchs Celio einen ihrer zärtlichsten Blicke schenkte, dieser sie zum Abschied dagegen nur kalt und zerstreut grüßte, da hatte sie keinen Zweifel mehr und erklärte sich die Veränderung im Benehmen des jungen Mannes durch das Schwinden seiner Liebe.

Bis dahin hatte sie sich über das Gefühl, das sie an Celio band, nie Gedanken gemacht. Froh, ständig an ihn denken zu können, befragte sie ihren Verstand nicht nach dem Grund für dieses Vergnügen. Zukunftsträume konnten es nicht sein; die Liebesverhältnisse, die sie vor Augen hatte, vermochten kaum ihr Verlangen zu wecken, die Ehe war gewöhnlich eine so schäbige Angelegenheit und hatte mit Liebe so wenig zu tun, dass ihre Phantasie keine Handbreit festen Boden fand, worauf sich Luftschlösser hätten bauen lassen. Sie lebte also von Liebe, hoffte auf die Liebe, ohne wirklich zu wissen, wovon sie lebte und worauf sie hoffte; sie war sich allerdings sicher, dass sie nicht von dem lebte und nicht das erhoffte, was die Tage und Vorstellungen der anderen mit Lust erfüllte.

Der oben erwähnten Verwandlung Celios verdankte Morosina also ihren ersten Gedanken an Liebe, ihren ersten Liebeskummer. Und sie wurde nachdenklich und litt doppelt und dreifach, als Celio beim nächsten Empfangstag gar nicht erschien, beim dritten und vierten wohl kam, aber so zerstreut war und sich so sehr scheute, ihr nahezukommen, und so ängstlich auf Augen und Ohren der anderen achtete, dass es zum Erbarmen war. Morosina hielt die Tränen zurück, ihre Vorwürfe aber nicht, die sie offen aussprach, wie es ihr gutes Recht war; doch es nützte ihr nichts, zu ihrem großen Kummer musste sie mit ansehen, dass Celio beim letzten Mal noch finsterer und zurückhaltender war als zuvor. Das war der Hauptgrund für ihre Schwermut in diesen letzten Wochen im Kloster. Dennoch hoffte sie, wenn sie erst in Asolo wäre, würde Celio ihr durch die Anziehungskraft der Liebe folgen, und dort oben in der ländlichen Abgeschiedenheit würden sie die Harmonie und Vertraulichkeit ihrer Kinderjahre im Jugendalter noch einmal und noch schöner wiederaufleben lassen.

III
Seine Exzellenz der Inquisitor

Endlich kam auch dieser lange Monat an ein Ende, und es brach der Tag an, da dem sechs Jahre in Gefangenschaft gehaltenen Vögelchen Stimme und Flügel gelöst werden sollten. An diesem Morgen erhob sich Morosina, ganz erfüllt von lebendigstem Glauben, und dieses göttliche Gefühl ließ ihr Antlitz in all seinen Zügen im vollen Glanz einer neuen Schönheit erstrahlen. Rasch war sie in ein Kleidchen aus einfachem Tuch geschlüpft und hatte ihre paar Habseligkeiten in eine Kiste gepackt, ehe sie zur Morgenandacht in die Kirche hinunterstieg. Doch ihre ins Weite schweifenden Gedanken zu einem Gebet auf ihren Lippen zu bändigen, vermochte sie an diesem Tag nicht, zu sehr verwirrte sie das Übermaß ihrer Dankbarkeit. So mächtig war die Freude über ein ihren eigenen Vorstellungen gemäßes Leben, das ihr nun endlich wiedergeschenkt werden sollte, dass sich sogar die Zweifel, die sie hinsichtlich der Gefühle Celios hegte, in unerschütterliche Gewissheit verwandelten. Beim Frühmahl brachte sie es nicht über sich, etwas anzurühren, und die Zeit schien ihr endlos, bis sie wieder in ihr Zimmer hinaufgehen konnte, um dort ungestört zu warten.

Ein jeder schimpft auf diesen äußerst lebhaften Seelenzustand der Erwartung; jeder, sogar diejenigen, die seine strenge, aber fruchtbare Zucht aus Erfahrung kennen. Der Geist, der nur selten voll und ganz auf eine Handlung konzentriert ist, sich vielmehr meist in unendlich vielen Gedanken, Sorgen, Gefühlen verzettelt, findet nur dann zu einer festen Einheit, wenn Hoffnung oder heftige Furcht vor etwas ihn dazu zwingen. So große, auf eine einzige Regung konzentrierte Kraft erlangt etwas Übermenschliches, das unsere schwache Hülle nur mit Mühe zu bändigen vermag, und daher kommt diese Rastlosigkeit, dieses Herzrasen, diese Beklemmung in der Brust, diese zu Kopf steigende Hitze, weshalb die Erwartung in schwachen Gemütern leicht den Anschein einer Qual annimmt. Doch im Gegensatz zwischen überschwänglichem Geist und niedergedrückter, festgehaltener Materie, welche Leichtigkeit erringt da nicht die Seele, wenn sie ihrem Wunsche folgend alle Räume durchmisst! Welche Kühnheit der Vorstellungskraft, wenn sie die blühenden Auen der Hoffnung in den anmutigsten Farben ausmalt! Welche Erlesenheit des Gefühls, wenn es den süßen Reiz heimlicher Seufzer und die liebevollen Täuschungen der Scheu erlernt! Für starke Seelen ist die Erwartung gewiss eine Übung in Tugend, Standhaftigkeit und Feingefühl; dies Urteil wollen wir aber nicht angewandt sehen auf Gemüter, die aus Schwäche ungeduldig, aus Feigheit unentschlossen sind oder der bösen Früchte ihrer Ungerechtigkeit gewärtig sein müssen.

Zurückgekehrt in ihr kleines Zimmer, das bereits all der Anzeichen entblößt war, die einen Raum als bewohnt kenntlich machen und an denen sich Gewohnheiten und mitunter auch die geheimsten Regungen seines Bewohners ablesen lassen, öffnete Morosina noch einmal die Kiste, entnahm ihr ein Buch, setzte sich ans Fenster und *wartete*. Dank der Höhe des Klosterbaus genoss man von dort über die Gärten der Giudecca und den Sandstrand des Lido hinweg freie Sicht auf die Weite des Meeres. Bald glühend rot im Gesicht, bald blass, warf das Mädchen einen Blick auf das Buch, eine Gedichtsammlung des Petrarca[35]; sodann ließ sie ihn über dieses endlos weite Blau schweifen, das sich unter der lichten Himmelswölbung vor ihr dehnte, hie und da von weißer Gischt gesprenkelt oder von einem sehr ruhigen Grün durchzogen. Wie viel Poesie, wie viel Leben hatte nicht in den vergangenen sechs Jahren ihr Geist aus diesem Anblick gesogen, wie viel Poesie, wie viel Leben ihr Herz! Und wie viel Fruchtbares hatte sie nicht dem Bändchen zu verdanken, das sie in Händen hielt! In ihm hatte die keusche Seele Empfindungen kennengelernt, die den ihrigen vollkommen glichen. Wenn sie wieder und wieder diese bewunderungswürdigen Verse las, die sie meist mehr durch intuitives Erfassen begriff als durch analytisches Verstehen, wollte sie darin die ewige Sprache des Herzens erkennen und erachtete die schändlichen Leidenschaften, von deren widerwärtigem Gebrodel sie sich umgeben sah, für nicht mehr als monströse Erscheinungsformen vergänglicher Laster. Jetzt allerdings vermochten weder das Meer, die höchste Inspirationsquelle, noch die keuschen Verse des Petrarca durch die Blicke, die sie ihnen von Zeit zu Zeit schenkte, Morosinas Seele zu berühren. Eine andere Welt war zwischen sie getreten, ein anderer Gedanke: das Leben. Bisher hatte sich ihr ganzes Sinnen und Trachten auf ein vorsichtiges Sich-Heraushalten beschränkt, auf ein Auf-der-Hut-Sein vor den Legionen von Lastern und lasterhaften Menschen, die sie ringsum bedrängten. Jetzt begann ein neuer Lebensabschnitt, worin ihre Gefühle wohl mit den Gefühlen anderer in Widerstreit treten würden, ihr Wirken am Wirken anderer scheitern oder darüber triumphieren würde. So tauchte im Augenblick ihres tiefsten jugendlichen Friedens eine unaussprechliche Beklemmung auf und vergällte ihr alle Zufriedenheit. Denn die Ärmste, sie fühlte, dass sie zu gut war, um diesen Kampf, in den neue Wünsche sie drängten, erfolgreich und glücklich bestehen zu können. Welche der Befürchtungen und Wünsche dann überwogen und wie die Hoffnung sie schließlich miteinander in Einklang zu bringen vermochte, das weiß jeder, der einmal jenes Vergessen alles Bösen, jenen Glauben an alles Gute erfahren hat, die man Liebe nennt; jene Liebe, der sich ein Leben, ein Jahr, einen Tag oder auch nur eine Stunde lang sämtliche aufrührerischen Bestrebungen unserer Seele unterwerfen. Und Morosina war in Gedanken damals ganz bei Celio; von daher neue Sorgen, neuer Kummer, im Wechsel mit goldenen Träumen vom Glück; da sie aber so gut wie keine Erfahrung besaß, wusste sie diese Liebe mit der Zukunft nicht in Einklang zu bringen, daher war die tröstliche Zuversicht von leisem Zweifel durchzogen. Kaum weniger verwirrte es sie, wenn sie sich die innige und freudige Umarmung des armen Alten ausmalte, der sie in ihrer Kindheit mit so viel Liebe auf seinen Armen gewiegt und mit frommen Lehren großgezogen hatte, und noch inniger und noch freudiger die Rückkehr in den Schoß der Familie und an den Busen des Vaters – und wenn sie dann noch an die Stiefmutter dachte! –, an deren Herz sie nicht zweifelte, weil sie noch nie am Herzen irgendeines Menschen gezweifelt hatte; und doch hatte sie Gründe genug gehabt, daran zu zweifeln, sowohl wegen der förmlichen Briefe, die sie von ihr erhalten, als auch wegen der Gleichgültigkeit, die sie ihr in all jenen Jahren bezeugt hatte! Diese Gedanken nahmen im Inneren des Mädchens jedoch nur vage Gestalt an, sie prallten aufeinander, wechselten sich ab mit Seufzern, Lächeln, Gebeten. Und unterdessen ging sie im Zimmer hin und her, warf einen Blick ins Buch, dann wieder einen aufs Meer und auch einen auf das Bildnis des heiligen Antonius, das in einem schlichten Rahmen am Kopfende des Bettes hing und das sie nicht mitnehmen durfte, da es ihr eine der Schwestern auf ihre Bitte hin geliehen hatte. Gegen elf Uhr hörte sie ein Klopfen an der Tür.

Sie lehnte gerade am Fenster, die Ellbogen auf die Brüstung gestützt. Die stille Betrachtung von Himmel und Meer hatte den inneren Sturm der Gefühle beschwichtigt und ihr Sinnen auf Gott ausgerichtet; sie wandte sich um und hatte kaum nötig, die Hand aufs Herz zu legen, eine so heitere Ruhe hatte diese Andacht ihr eingeflößt.

«Signora Valiner» sagte, indem sie ins Zimmer trat, Schwester Agata, dieselbe, die Formiani solche Herzlichkeit bezeugt hatte, «unten sind Leute, die Sie abholen wollen, und die Superiorin schickt mich nachzusehen, ob Sie bereit sind.»

«Ja, ich bin bereit, wie du siehst, liebe Schwester», antwortete Morosina.

«Und Ihre Sachen?», wandte die Nonne schüchtern ein.

«Das ist alles, was ich habe, und es hinunterzutragen bedarf es keiner starken Arme!», sagte das Mädchen mit einem halb melancholischen, halb liebevollen Blick auf ihre Kiste.

«Mehr ist das nicht?», fragte die Laienschwester noch einmal.

«Mehr nicht!», erwiderte das Mädchen mit engelhaftem Lächeln.

«Nun gut, so gehen Sie hinunter zur Mutter Oberin und nehmen Sie Abschied von ihr», sagte die Schwester, «unterdessen will ich diese Kiste in die Gondel schaffen.»

Zum Zeichen des Gehorsams schlug Morosina die Augen nieder und stieg, die Seele dieses Mal wirklich von reiner Freude erfüllt, zur Äbtissin hinab. Die stand vor einem Nussbaumtisch, auf dem drei wundervolle Atlasroben ausgebreitet lagen, während zwei Schwestern auf einer kleinen Anrichte Schokolade anrührten.

«Meine liebe Tochter», hob die Äbtissin in einem irgendwie wimmernden Tonfall an, den ihre Lungen für sentimentale Auftritte bereithielten, «meine liebe Tochter, der Augenblick ist gekommen, da du uns verlässt. Ach, könntest du doch nur in mein Herz schauen, mein liebes Kind! Aber es gibt Schmerzen, von denen man besser nicht spricht... Gott schickt sie uns... und... wir müssen sie in Demut ertragen!»

Sicherlich ertrug niemand derlei Schmerzen mit größerer Demut als sie; so seufzte sie tief auf bei ihren Worten, allerdings nicht, ohne beiläufig nach der Anrichte zu schielen.

«Meine liebe Tochter», sagte sie erneut aufseufzend, diesmal aber begründet, weil die kleine Erfrischung noch nicht bereit war. «Ich denke, es schickt sich nicht für Euch, das Kloster in diesen schäbigen Kleidern zu verlassen, wie Ihr sie aus frommer Demut stets tragen wolltet. Hier sind drei Kleider, unter denen Ihr dasjenige auswählen mögt, das Euch am besten gefällt.»

«Oh, habt Dank, ehrwürdige Mutter», stammelte Morosina, zu Tränen gerührt, «aber ich fühle mich sehr wohl so, wie ich bin.»

«Nein, nein», entgegnete die Äbtissin, die den beiden an der Schokolade unterdessen einen erzürnten Blick zugeworfen hatte. «Nein, liebste Tochter, man würde ja sagen, dass wir Euch nicht nach Gebühr behandelt haben ... wenngleich Euer Gewissen ... Euch bezeugen kann, wie teuer Ihr mir wart vor allen anderen.»

«O ja, Mutter, ich danke Ihnen dafür und werde mich immer und ewig daran erinnern ...»

«Danke, danke, meine Tochter; doch nun zieht dieses abgetragene Kleidchen aus und dieses an ... dieses hier, mein Kind, es scheint mir das beste; möge es Euch an die guten Schwestern erinnern, die Euch sechs Jahre lang in Gottesfurcht und wahrhaft christlichem Gefühl erzogen haben; alle, seht Ihr, alle sind wir nämlich darin übereingekommen, Euch damit ein Zeichen zu geben für die stete Zuneigung, die Euch an diesem Ort des Friedens bewahrt wird.»

«Oh, ehrwürdige Mutter, Sie beschämen mich, ich verschwinde ja förmlich in diesen vornehmen Kleidern ... auch passen sie nicht zu meinem Stand», antwortete Morosina, die dieses ganze Getue ernst nahm.

«Nein, nein, mein Herz», erwiderte die Äbtissin, und da sie bemerkte, dass ihr Gewimmer so gute Wirkung zeigte, verstärkte sie die Dosis noch, «sträubt Euch nicht, und wenn Ihr es nicht anders wollt, nun, so befehle ich es Euch. Und es soll dies das letzte Mal sein, dass Ihr Euch aus frommem Gehorsam meinen Wünschen fügt.»

«Oh, ehrwürdige Mutter, welche Güte!», rief Morosina schluchzend.

«Die Schokolade ist fertig», unterbrach sie schüchtern eine der beiden Laienschwestern, die ein Tablett mit zwei Tassen und einem Teller mit Gebäck darauf in Händen hielt.

«Setzt Euch also, meine Tochter!», sagte die Superiorin. «Nehmen wir gemeinsam diese kleine Stärkung zu uns, um uns zu wappnen gegen den grausamen Trennungsschmerz, den wir heute werden erdulden müssen... Trennung für immer!» fügte sie nach einer kleinen Pause in einer Art Aufschrei hinzu.

«Für immer? Oh, sagen Sie das nicht, heiligste Mutter!», rief Morosina in einer Aufwallung echter Zärtlichkeit. «Ich schwöre Ihnen, in den Nöten dieser Welt wird es mir immer der süßeste Trost sein, an diesem heiligen Ort, in Ihren mütterlichen Armen meine Zuflucht zu finden... und wenn nicht anders, so doch wenigstens in Gedanken!»

«Gut, gut, meine Tochter!», antwortete die Hochwürdige. «Trinken wir nun also die Schokolade.»

Und während Morosina ihre Tränen trocknete und den einen oder anderen Schluchzer unterdrückte, goss die Äbtissin eine dicke, stark nach

Vanille duftende Flüssigkeit in die beiden Tassen. Das Mädchen zögerte noch näher zu treten, zu groß erschien ihr die Ehre, mit der Äbtissin gemeinsam eine Mahlzeit einnehmen zu dürfen. Die aber tadelte dieses Widerstreben mit übertriebener Herzlichkeit und hieß Morosina sich neben sie setzen. Nachdem sie den Schwestern ein paar Worte ins Ohr geflüstert hatte und diese gegangen waren, begann sie mit fabelhafter Geschwindigkeit, das Gebäck einzutunken, in den Mund zu stecken und hinunterzuschlingen. Sie wollte dem Mädchen noch ein Schlückchen von dem köstlichen Getränk aufnötigen, das lehnte jedoch freundlich ab, da leerte sie unter Seufzen die Kanne, und weil die Flüssigkeit nur noch lauwarm war, trank sie alles in einem Zug aus.

«Und nun wollen wir gehen», sagte sie, «und diese andere Sache in Ordnung bringen.»

Sie gingen in ihr Schlafzimmer, die Äbtissin half Morosina beim Ablegen ihres zerschlissenen Kleides und streifte ihr ein prächtig verbrämtes, mit großartigen Spitzen besetztes Seidenkleid über. Das Mädchen war völlig verwirrt, doch es ließ sie gewähren, widerstrebend im Inneren, nach außen hin dem Willen der Superiorin ergeben.

«Nun betrachtet Euch doch einmal im Spiegel, liebes Kind!», sagte die Äbtissin, als alles fertig war und sie hier und da noch etwas zurechtgezupft hatte. «Seht Euch an und traut Euren Augen, dass Ihr die Schönste seid, so wie ich Euch schwören kann, dass Ihr die Beste und Bravste im ganzen Kloster seid.»

Morosina, in Verlegenheit ebenso wegen des Kleides, in dem sie steckte, wie wegen dieses Lobs, das ihr in den Ohren gellte, ließ sich am Arm vor einen wundervollen alten venezianischen Spiegel zerren und hob den Blick, in dem mehr Scham als Neugier lag. Sie war wirklich eine Schönheit, wie die Ehrwürdige gesagt hatte, aber diese Schönheit hatte nichts mit dem Kleid zu tun, außer vielleicht durch die leichte, reizende Verwirrung, die seinetwegen auf ihren Zügen lag.

«Lasst uns nun also hinuntergehen und von den anderen Klosterfrauen und Schwestern Abschied nehmen», sagte die Äbtissin, nahm Morosina bei der Hand und verließ den Raum. Doch in der Mitte des Korridors machte das Mädchen, durch ein Übermaß an Rührung am Sprechen gehindert, Anstalten umzukehren und löste zugleich sachte ihre Hand aus der der Äbtissin.

«Was wollt Ihr, mein Kind?», fragte diese mit schmeichelnder Stimme.

Morosina bedeutete ihr, dass sie bitte, einen kleinen Augenblick zu warten, wandte sich um und war mit zwei Sätzen in dem Zimmer, wo sie ihr schlichtes Kleid abgelegt hatte. Sie suchte darin und zog das Bändchen Petrarca hervor, an dem ihr offenbar viel lag. Sie nahm es an sich und kehrte zur Äbtissin zurück, deren schwankende Gestalt sie die Treppe hinunter stützte. Gemeinsam betraten sie so das Refektorium, wo die Pensionärinnen mürrisch herumstanden, denn trotz der morgendlichen Predigt der Äbtissin und der Ermahnungen zweier von ihr beauftragter Laienschwestern kam es sie hart an, sich der Valiner gegenüber freundlich zu zeigen.

Und nun begann das Abschiedszeremoniell; Morosina war mit ganzer Seele dabei, aufrichtige, dicke Tränen liefen ihr aus den Augen, die von Herzen kamen. Doch statt diese trägen Geschöpfe milder zu stimmen, riefen ihre Tränen ihnen nur umso lebhafter ins Gedächtnis, dass Morosina ja als Heuchlerin und Spionin galt, und diese Erinnerung, vereint mit dem Ehrgeiz jeder Einzelnen, den anderen in nichts nachstehen zu wollen, führte dazu, dass die erste nach empfangenem Kuss den Mund verzog, die zweite ihn sich verächtlich mit der Schürze abwischte, die dritte in Hohngelächter ausbrach und die vierte ihr den Rücken kehrte. Es waren ihrer achtzig, und bei keinem dieser Küsse konnte die Ärmste eine Spur von Anteilnahme erahnen. Die Nonnen bemerkten, wie fruchtlos ihre Ermahnungen geblieben waren, erschraken aber zu sehr darüber, als dass sie sich hätten freuen können. Während sie sich also doppelt ärgerten, einerseits über Morosina wegen des alten Grolls auf sie, den sie still für sich behalten mussten, andererseits über die Schülerinnen wegen dieser so unziemlichen Rebellion, suchten sie doppelt so viel Honigsüße in ihre Küsse zu legen, doppelt so viel Innigkeit in ihre Umarmungen, und ließen es auch nicht an Schluchzern, Tränen und Krämpfen fehlen. Zuletzt kam die Reihe an die Äbtissin, der es gewöhnlich nur oblag, die Hand hinzustrecken, auf dass man den Ring küsse. Diesmal jedoch hielt sie sich nicht an die Regeln des Zeremoniells, sondern küsste Morosina auf die Stirn und drückte ihr zwei dicke, mütterliche Küsse auf den Mund. Obwohl anfangs durch das Benehmen ihrer Gefährtinnen gekränkt, war das Mädchen doch so gutmütig, dass sie sich zuletzt durch die Gefühlsbekundungen der Lehrerinnen beeindrucken ließ, und die Rührung wurde so groß, dass aller Kummer im Überschwang von Liebe und Dankbarkeit unterging. Und als sie sich von den Lippen der Superiorin löste, beugte sie sich über ihre Hand und bedeckte diese mit Tränen und Küssen.

«Genug, genug, meine Tochter!», sagte dieses Prachtstück von einer Frau, und die Stimme versagte ihr vor geheuchelter Rührung. «Gott segne dich; und im Namen deiner Gefährtinnen und meiner Schwestern in Christo bitte ich dich um Vergebung, falls durch Unachtsamkeit... irgendeine Unannehmlichkeit...»

«Oh, was sagen Sie denn da, ehrwürdige Mutter?», unterbrach sie das Mädchen. «Ich habe um Verzeihung zu bitten, all diese guten Seelen mögen mir meine vielen Verfehlungen vergeben, über die ich tiefere Reue empfinde denn je.»

«Der Himmel segne dich, mein Kind!», wiederholte die Äbtissin, die Arme zum Himmel erhoben. Sodann gab sie einer Schwester ein Zeichen, und die trat an Morosinas Seite, um sie in den Sprechsaal zu führen. Doch ein zweites Mal die Regeln des Zeremoniells durchbrechend, geleitete die Äbtissin sie höchstpersönlich bis an die Klosterpforte, und dort gab es erneut Tränen, Segenswünsche und Danksagungen. Endlich schloss sich die Tür des Sprechsaals und trennte so Lüge von Wahrheit.

Während dieser letzten Stunde waren so ungewohnte, neue Empfindungen auf Morosina eingestürmt, dass sie die Wirklichkeit ganz vergessen hatte und daher wie versteinert stehen blieb, als sie eine ihr völlig unbekannte schwarze Gestalt vor sich sah. «Wo ist denn Chirichillo?», fragte sie, wie aus einem Traum erwacht, mit einem Blick in die Runde.

Als die Schwester, die sie begleitete, diesen fragenden Blick sah, verzog sie den Mund, zuckte mit den Schultern und senkte den Kopf. Die schwarze Gestalt hingegen kam zwei Schritte näher und verneigte sich so tief, dass die Spanne des letzten Schritts, der ihn von dem Mädchen trennte, von seinem Rücken und der Lockenperücke ausgefüllt war, und in dieser demütigen Haltung überreichte er Morosina einen Brief, den diese fast unwillkürlich entgegennahm. Doch als sie ihren eigenen Namen in der Handschrift der Stiefmutter darauf erblickte, öffnete sie ihn, besorgter denn je. Beim Lesen sah man, wie sie zunächst erbleichte, ihr die Arme schlaff herabfielen und sie schließlich am ganzen Leib zitterte. Das Schreiben war wie gewöhnlich von der Stiefmutter, am unteren Ende zog sich jedoch über eine halbe Seite die Unterschrift des Podestà hin, und sein Wortlaut war:

«Geliebtes Töchterchen,

übermorgen sollte Chirichillo bei Dir sein und Dich an jener Stätte des Friedens abholen, wo

Du mit so viel Liebe aufgezogen worden bist. Doch der Mensch denkt, und Gott lenkt, und weder Chirichillo noch ich können von hier fort, da wir mit einer Unzahl hochwichtiger Amtsgeschäfte überhäuft sind. Jedoch auf das Zärtlichste um Dein Wohl besorgt und fest entschlossen, unsere Versprechen Dir gegenüber nicht zu brechen, haben wir auf Anraten Deiner Frau Mutter das großzügige Angebot unseres verehrten Gönners, Seiner Exzellenz Nicolò Formiani angenommen, der am festgesetzten Tag seinen Cappanera schicken wird, um Dich im Sprechsaal der Hochwürdigen Seraphinischen Schwestern in Empfang zu nehmen. Du solltest diesem trefflichen und vornehmen Herrn gehorchen, als ob ich selbst es wäre, und Dich ihm gegenüber als gute und ehrerbietige Tochter erweisen, bis es Seiner Exzellenz beliebt, Dich nach Asolo zu schicken oder in andere Weise über Dich zu verfügen. Die edle Frau Cecilia reicht Dir die Hand zum Kuss; Chirichillo lässt Dich grüßen, ich erteile Dir von ganzem Herzen meinen väterlichen Segen usw.»

Tonfall und Inhalt des Briefes waren nicht dazu angetan, Morosina zu beruhigen und sie über das neue Abhängigkeitsverhältnis aufzuklären, in das sie, dem Klosterjoch kaum entronnen, eintreten sollte. Ihre Seele, die nun schon seit einem Monat in den Hoffnungen auf ein freies Lebens jenseits dieser Mauern geschwelgt hatte, durchfuhr ein eisiger Schauer. Fassungslos blickte sie der Klosterschwester ins Gesicht, dann der schwarzen Gestalt, die sie, wie sie sich jetzt entsann, an jenem abendlichen Empfang bei Formiani gesehen hatte, aber die beiden Personen, obwohl verschiedenen Geschlechts, waren sich doch so ähnlich in der Undurchdringlichkeit ihrer Erscheinung, woraufhin Morosina klar wurde, dass sie nur bei Gott Erleuchtung finden könne. Ihm empfahl sie sich mit einem Blick und antwortete leise, aber gefasst, sie sei wie immer bereit, den Befehlen ihres Vaters zu gehorchen.

«Hier draußen wartet die Gondel», antwortete mit der üblichen Verbeugung der Cappanera, «in zehn Minuten können Euer Gnaden beim Palast Seiner Exzellenz sein.»

«Dann gehen wir!», entgegnete das Mädchen mit einem Seufzer, und nach zwei Worten des Dankes für die Schwester steuerte sie auf die Tür zu, dicht gefolgt vom Cappanera. Schon im Begriff, die letzten Stufen hinabzusteigen, hörte sie eine teilnehmende Stimme verstohlen ihren Namen rufen. «Signora Morosina, Signora Morosina!»

Sie wandte sich um, es war die alte Laienschwester, die eine Stunde zuvor ihre Kiste in die Gondel geschafft hatte. «Signora Morosina», flüsterte sie ihr ins Ohr, mit einem misstrauischen Blick auf Bernardo, der die Gondel an die Kaimauer brachte. «Signora Morosina, ich bitte Sie, schließen Sie mich in Ihre Gebete ein, denn Sie sind wahrhaftig ein Engel; und wenn Sie irgendetwas von hier benötigen, dann fragen Sie nach Schwester Agata, und vor allen Dingen», setzte sie leiser hinzu, «vor allen Dingen vertrauen Sie niemandem hier in Venedig... auch Seiner Exzellenz nicht!»

Nach diesen Worten verabschiedete sie sich noch einmal laut und vernehmlich von Morosina und zog sich in ihr Pförtnerstübchen zurück. Die war völlig verwirrt von diesen Worten, doch der Cappanera, der sie mit größter Wachsamkeit unablässig im Auge behalten hatte, obwohl er sich den Anschein gab, als würde er nach der entgegengesetzten Seite schauen, erlöste sie alsbald aus dieser Konsternation, indem er ihr zum Einstei gen in die Gondel den Arm bot.

«Danke», sage Morosina mit einem Lächeln, stützte sich leicht mit der Hand auf den dargebotenen Arm und sprang auf den Rand der Gondel, die ins Schwanken geriet.

«Hach», rief sie, in kindischer Furcht zusammenschaudernd; doch gleich darauf lachte sie mit fröhlichem Übermut über ihre Schreckhaftigkeit und ließ sich im hinteren Teil des Gefährts nieder.

Das Schaukeln der Barke, die Paläste, an deren Fuß sie dahinglitt, das Helldunkel und die Abgeschiedenheit in diesem beweglichen Gehäuse, die Mittagsbrise, die ihr übers Gesicht strich, hatten bald die Zweifel des Morgens, die heimlichen Ratschläge der Laienschwester und sogar die Ungewissheit über ihre neue Lage im Hause eines Herrn, den sie nur von einer einstündigen Klostervisite kannte, verscheucht. Beim Anblick dieser äußeren Dinge richtete sie sich allmählich wieder auf, und schon bald erreichte sie im Gedanken an Celio den Gipfel aller paradiesischen Träume und kam dort zur Ruhe wie die Seele am Busen Gottes.

So ist es, das Wesen der Jugend – von der Bosheit anderer verursachte Ängste schlagen darin keine Wurzeln, eine frohe Erinnerung, eine Ahnung von Liebe, die Hoffnung auf künftiges Glück verscheuchen derlei Ängste, mit denen der Welterfahrene sich gegen feindliche Angriffe wappnet wie mit einem Harnisch und nicht bemerkt, dass die Last der Rüstung ihn weit eher zu Fall bringen kann als die befürchteten Schläge. Und darin liegt ja der einzigartige Zauber Venedigs, dass angesichts der betörenden Ausblicke, die es überall bietet, kein Gefühl seine Färbung beibehält, dass alles hier schöner und lieblicher wird, es für alles Trost oder Vergessen gibt – eine ganz und gar einzigartige Magie des Orts, weshalb ein Lächeln hier dicht bei den Tränen liegt, Feigheit neben Heldenmut, Aufrichtigkeit neben Heuchelei und Freude nah beim Leid. Entsprechend gestaltet sich das Leben seiner Bewohner, gleichbleibend sind darin nur die plötzlichen Umschwünge: fröhlich wie die Morgenröte auf der Piazzetta, schwermütig wie der Mond auf dem Grund eines Kanals, leicht wie ein Taubenschwarm auf der Piazza San Marco, bedächtig wie die Weisen im Rat der Republik, spottlustig wie eine Maske, bigott, scheu, schwatzhaft wie ein Weib aus dem Castello[36], unerschrocken und geduldig in Seemannskleidung, bescheiden in den Lumpen des Fischers, hochmütig auf den brüchigen Seiten des Goldenen Buches, mehr noch als seine Baudenkmäler durchströmt von wahrer, lebendiger Poesie. Wer das nicht sehen und glauben will, der ist arm dran, alldieweil Gott ihm nicht die Macht verliehen hat, die glühendsten Strahlen des Schönen, die im Stillen unter den Menschen wirksam sind, in sich zu bündeln und von der Zeit die Offenbarung ihres Lichts zu erhoffen.

Während also die Äbtissin der Seraphinerinnen mit großen Schritten das Refektorium durchmaß und über die mangelnde Barmherzigkeit der jungen Damen wetterte und diese bei jeder ihrer Kehrtwendungen tuschelten und sich über eine solche Anwandlung von Angst und christlichem Eifer lustig machten, schmückte Morosina hingegen die herrliche Szenerie des Canal Grande mit Liebesbildern aus. Der Palazzo Formiani lag genau an jener Stelle, an der der Kanal eine majestätische Biegung macht und nach allen Seiten hin den Blick auf die unendliche Flucht seiner marmornen Paläste freigibt. Kaum dort angekommen, sprang der Ruderer vom Vorderboot rasch auf die Landungstreppe, vertäute das Boot und reichte dem Cappanera die Hand, der wiederum Morosina die seine darbot; der zweite Gondoliere schulterte die schäbige Kiste des Mädchens und verschwand damit im Hauseingang und über die Treppe nach oben.

«Das gnädige Fräulein», begann Bernardo, der neben der jungen Frau nun ebenfalls die Stufen hinaufstieg, «wird bis zur Stunde des Mittagsmahls mit der Gesellschaft der Kammerzofen vorliebnehmen müssen. Seine Exzellenz weilt gegenwärtig im Regierungspalast, doch nach seiner Rückkehr wird er sofort von Ihrer Ankunft unterrichtet werden.»

«Danke», antwortete das Mädchen schlicht, wobei sie einen langgestreckten Saal betrat, an dessen beiden Enden jeweils ein dreiflügeliges Fenster mit verziertem Bogen angebracht war. «Ich werde warten, wo Ihr es wünscht, bis es Seiner Exzellenz beliebt, nach mir zu fragen.»

«Hier entlang», sagte Bernardo mit einer Verbeugung und wies auf eine kleine Tür, die auf einen Korridor ging.

Doch als Morosina eben in diesen hinaustreten wollte, kamen da lachend und sich neckend zwei Mädchen dahergestürmt, in offenen Hauskleidern, das volle Haar halb gelöst auf die Schultern herabfallend, ganz Lust und Leben, zwei reizende Persönchen. Als sie auf Morosina trafen, nahmen sie ein wenig Haltung an, aber nur, um den Tonfall ihrer Geplappers zu ändern, das sich nun in Ausdrücken des Lobes, Anerbieten und Höflichkeitsfloskeln erging, sodass das Mädchen, obwohl von den Seraphinerinnen an solche Szenen gewöhnt, doch verblüfft war. Schließlich hakten die beiden sich rechts und links bei ihr unter und zogen sie mit sich durch diesen Korridor und über eine Treppe ein Stockwerk höher bis in ihre Gemächer. Diese Räume bildeten keine Einheit mit dem Palast, sondern lagen in einem angrenzenden Gebäude von bescheidenerem Äußeren, «Palazzina» genannt, das über eine Treppe einen eigenen Zugang zum Kanal sowie einen gesonderten Ausgang auf den Campiello hatte. Doch war es auf allen Ebenen durch Türen und Durchlässe mit dem Palast verbunden, dem es als Garderobe und Gästeunterkunft diente.

Das Zimmer der Mädchen schildern zu wollen, in das Morosina nun als Erste eintrat und wo ihre Kiste Platz gefunden hatte, würde selbst den versiertesten flämischen Genremaler in arge Verlegenheit bringen. Luxus, Schlamperei, Müßiggang und Putzerei hatten hier in wirrem Durcheinander ihre Spuren hinterlassen, und man hätte nicht zu sagen gewusst, was davon vorherrschend war. Hier und da standen vergoldete Stühle herum, wacklige Schemel, umgeworfenen Sessel; darauf zerrissene Gewänder, damastene Hauskleider, Knäuel von Strümpfen jeden Materials, in vielerlei Qualität und Farbe, Tüten, Vasen, Etuis, Flakons. In der Mitte ein großer, wurmstichiger und knarrender Tisch, darauf prächtige Samtjacken, Seidenmäntel in jeder Farbe und Fasson, feinste Spitzen, daneben Fetzen, zerrissene Wäsche, verbeulte Hüte; an einer Wand in der Mitte ein blank polierter, mannshoher Spiegel in einem Rahmen aus reich verzierter Goldbronze; an einem Fenster ein Spieltisch aus Elfenbein, darauf diverse Kartenspiele, laszive Büchlein, Würfelbecher, Nadeldöschen, Seiden- und Zwirnknäuel, Borten und Schnipsel. Auf einer Seite stand ein sehr niedriges Bett, das, seinem völlig zerwühlten Aussehen nach zu urteilen, das Lager dieser Frauen sein musste; ringsumher Schränke, Truhen, verschlossene, halb geöffnete oder weit offen stehende Kästen; im einen lagen Sachen, die seit Jahren nicht angerührt waren, im anderen herrschte ein Durcheinander von unterschiedlichsten, wahllos hineingestopften Dingen, ein dritter war leer, wieder ein anderer seit jeher verschlossen, weil der Schlüssel verloren gegangen war. Das Chaos am Boden lässt sich mit Worten nicht schildern, einfach alles lag in diesem Zimmer, in den Nebenkammern oder auf den Sesseln herum, von jedem Ding fand sich ein Exemplar oder sein Gegenstück, und zwischen Litzen, Stoffresten, Knöpfen, Seidenschnüren, Fingerhüten, Körben, Bügeleisen lagen in heillosem Durcheinander Schuhe, Pantoffeln, Herren- und Damenstiefel herum, verwitwet, da ihres Gesponses verlustig gegangen, von Motten zerfressene Federn, Hütchen, Hauben und schmutzige Perücken; kurzum, auf diesem Fußboden herrschte ein solcher Wirrwarr, dass man es im Dämmerschein für einen Teppich mit dem ausgefallensten Muster hätte halten können.

Zögernd trat Morosina ein. Obwohl sie immer noch vertraulich bei ihr eingehängt waren, bückten sich die beiden Frauen und bemühten sich, ihr mit dem anderen Arm den Weg freizuräumen, und als sie unter Gelächter und Geplauder über tausenderlei Dinge zum Fenster gelangt waren, fragten sie sie, ob sie irgendetwas benötige, sie solle es nur freiheraus sagen.

Nach kurzem Zögern antwortete das Mädchen, sie hätte recht gern dieses Kleid ausgezogen, das ihr lästig sei, und zu diesem Zweck beugte sie sich über ihre Kiste, öffnete sie und holte das schwarze Wollkleid hervor, das sie im Kloster zu einfachen Gottesdiensten getragen hatte. Aber die beiden Zofen ließen sie nicht gewähren, jede an einem Ende der Kiste kniend oder besser kauernd, hatten sie deren Inhalt in kürzester Zeit dem Rest des Zimmers gleichgemacht. Die eine wühlte hier, die andere da, und so bekamen die beiden nebst anderen Sachen je einen Ärmel des Kleides zu fassen und zogen ihn zu sich, das Kleid riss entzwei, aber in zwei ungleiche Hälften, die eine hielt einen Ärmel und das halbe Oberteil, die andere alles Übrige. Über diesen Vorfall, der Morosina doch zu betrüben schien, da sie außer diesem kein anderes Kleid besaß, bogen sich die beiden Zofen vor Lachen – sie hoben die Teile hoch, zeigten sie einander und dem Mädchen und hielten sich den Bauch vor Lachen. Morosina, von Natur aus fröhlich, durch ihre Jugend ebenfalls leichten Sinnes und grenzenlos gutmütig, stimmte schließlich in diese ausgelassene Heiterkeit mit ein, bis es dem Himmel gefiel, ihr ein Ende zu setzen. Die beiden Frauen liefen in das andere Zimmer und schafften einen Armvoll Kleider herbei, unter denen sie für diese Tageshälfte auswählen solle.

«Ach nein, es ist doch einerlei», sagte das Mädchen, «ich behalte das Kleid an, das ich trage, es ist ja gar nicht so übel.»

«Sie dürfen es nicht anbehalten, Sie ersticken ja darin! Sie dürfen es auf gar keinen Fall anbehalten», erwiderte die dunklere und kräftigere der beiden, die durch den Lachanfall von eben noch immer ganz außer Atem war. «Morgen wird die Aussteuer von Euer Exzellenz fertig sein... einstweilen ... wollen Sie vielleicht hiermit vorliebnehmen... mit diesem Hauskleid... Es wird Ihnen... ganz wundervoll stehen.»

«Ja, wahrhaftig, du hast recht, Moretta!», sagte die andere, eine sehr schlanke, typisch venezianische Blondine. «Dieses Kleid von mir wird der Signora wie angegossen sitzen, allerdings ist es etwas tief ausgeschnitten, und man braucht eine

Bluse. Veronica! Giuliana!», rief sie ans Fenster eilend. «Ein heißes Bügeleisen! Habt ihr verstanden? Ein Bügeleisen...»

«Was sagst du denn da? Bist du nicht ganz bei Sinnen?», erwiderte Moretta und hielt sie am Rockzipfel zurück. «Wozu eine Bluse bei solchen Schultern, wie die Signorina sie zu haben scheint? Schau doch nur, schau!», fuhr sie fort und schob die Ärmel am Kleid des Mädchens hoch. «Sag mir doch, ob das nicht weiß ist...! Und was für Rundungen, was...? Und welche Frische!»

Morosina blickte zu Boden, weil sie sich dieser Verfügung anderer über ihre Person schämte; aber auch Adriana ließ nicht ab, sie aus großen Augen bewundernd anzuschauen. «Wahrhaftig, Moretta, welche Vollkommenheit!», rief sie. «Ihre Schultern sind weicher, weißer und runder als meine! Du hast recht, es wäre schade, derart wundervolle Dinge vor Seiner Exzellenz verborgen zu halten, wo er doch solchen Gefallen daran findet.»

Sie war Moretta nun dabei behilflich, dieses Hauskleid anzupassen, und mit ein paar Nadelstichen wurde es so geschickt umgeändert, dass es wirkte wie von einem Maler einer Venus übergeworfen.

«Ach, wie schön! Ach, wie bildschön!», riefen

die beiden, indem sie wie närrisch um das Mädchen herumhüpften und es von allen Seiten musterten.

«Und heute Abend erst, heute Abend auf der Piazza!», rief Moretta. «Da wird die Signorina eine wahre Leimrute für die Gimpel sein! Welche Eifersüchteleien, welcher Neid!»

«Aber Sie müssen wissen, Signorina», versetzte Adriana, «ich pflege die Verehrer gründlicher zu prüfen als nur mit dem Auge, gewandt und witzig müssen sie sein in der Konversation, keine solchen Tölpel, über die man schon lacht, wenn man nur sieht, wie sie den Hut lüften.»

«Und keck müssen sie sein, keck!», fuhr Moretta fort, «dann haben wenigstens wir die Zügel in der Hand; während nichts entmutigender ist, als wenn man sie ständig anstacheln muss … nicht wahr, Signorina? Als ob wir … na, man weiß schon was wären …»

Und so spielten die beiden einander im Gespräch weiter die Bälle zu. Morosina war überrascht, nicht so sehr über das, was sie da zu hören bekam, denn es glich im Grunde den Unterhaltungen im Kloster, als vielmehr über die Art und Weise. Diese Manier, alles ganz offen auszusprechen und die Dinge ohne Umschweife beim Namen zu nennen, war auf Dauer einigermaßen verletzend für ihr empfindsames Zartgefühl. Aber da sie selbst von ihrem Wesen her freimütig und offenherzig war, schrieb sie diese Abneigung einem Mangel an Erfahrung zu. Sie sagte sich, dass Worte die Dinge nicht hässlicher machen, und so zwang sie sich, ihren Widerwillen zu überwinden, und antwortete munter in ihrer gewohnt gutherzigen und unschuldigen Art. Weshalb die kleinen Zofen fortfuhren in ihrem losen Geplapper und unter schallendem Gelächter Geschichten von genasführten eifersüchtigen Liebhabern erzählten, von blinden und lächerlichen Ehemännern, von unternehmungslustigen Ehefrauen und von Mädchen für die schönen Stunden, um diesem unschuldigen Täubchen, wie sie sich vorgenommen hatten, ein wenig Welterfahrung beizubringen. «Ach herrje», rief plötzlich Adriana, «ob die Zimmer für die Signora wohl hergerichtet sind?»

«Sind nicht Veronica und Giuliana unten?», erwiderte Moretta.

«Ja», bestätigte die andere, «aber du weißt doch, wie diese beiden Alten sind, alles nehmen sie zum Vorwand, um Geschichten von anno dazumal aufzuwärmen oder Lotto zu spielen, und unterdessen bleibt die Arbeit liegen!»

«Giuliana, Giuliana!», rief Moretta.

«Lasst gut ein, macht dieser Frau doch meinetwegen keine Umstände!», entgegnete Morosina. «Ich fühle mich hier vollkommen wohl.»

«Nein, nein, Seine Exzellenz hat es so befohlen, und man muss nachsehen, was diese Schlafmützen zuwege gebracht haben...! Giuliana, Giuliana!», rief sie noch einmal lauter, indem sie sich aus dem Fenster lehnte. «Ich rufe diejenige von den beiden, die die Flinkere und weniger Schwerhörige ist.»

Am unteren Balkon wandte sich ein Gesicht voller Runzeln und Schminke nach oben, bekrönt von einer enormen pechschwarzen Perücke, auf der wiederum eine Haube mit scharlachroten Bändern saß. «Was wollt Ihr, mein Kind?»

«Sind die Zimmer für die Signorina bereit?», rief die von oben hinunter.

«Ja, gleich», antwortete die andere und schwang einen Besenstiel. «Veronica poliert gerade noch die Spiegel und die Böden, und bald wird es in diesen Räumen aussehen wie zu Zeiten der Mutter unseres Herrn.»

«Ach herrje, wie alt Ihr seid», mischte sich Adriana ins Gespräch und beugte sich ebenfalls über den Fenstersims. «An die Zeiten erinnert Ihr Euch noch?»

«Ach, ich doch nicht!», gab Giuliana brummend zurück. «Veronica ist's, die sich erinnert.»

«Ich, ich? Glaubt ihr das bloß nicht!», rief eine andere Megäre und trat, ganz gelb und kahlköpfig, ebenfalls auf den Balkon heraus. «Ich bin zwei Jahre jünger als sie, müsst Ihr wissen!»

«So so, Großmütterchen, wenn es darum geht, mit ihr zu zanken, seid Ihr also durchaus nicht taub!»

«Ich und taub...? Die, die heute auf die Welt kommen, mein Kind, die werden taub», entgegnete Veronica, «aber wir von dazumal, wir gehen heim zu unserem Schöpfer und haben unsere Sinne alle beieinander.»

«Ei, wem wollt Ihr denn das weismachen?», erwiderte Moretta. «Ihr habt wohl schon einiges verloren, ohne es zu merken, und um nur eins zu nennen: Wo sind denn Eure Zähne?»

«Verflucht! Das war mein Mann, Gott hab ihn selig, der hat sie mir mit der Faust ausgeschlagen.»

«Da kommt die Gondel Seiner Exzellenz vom Rialto herüber! Schnell, schnell!», rief Giuliana und eilte mit ihrem Besen ins Zimmer zurück. «Schnell, du Schwätzerin, sehen wir zu, dass wir diese lästige Sache hier hinter uns bringen.»

«Das Täubchen hat uns gerade noch gefehlt», schimpfte Veronica, auf dem Boden kniend, den sie wütend mit einem Lappen bearbeitete. «Ich kann mich nicht entsinnen, je solche Dienste getan zu haben! Und die zwei da oben legen die Hände in den Schoß oder stehen unten am Haustor herum... basta, es reicht!»

«Zu unserer Zeit, ja, da hatte man wenigstens noch Respekt!», fing Giuliana wieder an. «Erinnert Ihr Euch noch an die gute alte Angela? Und an diese andere... wie hieß die noch?»

«Meint Ihr Fiorina?»

«Genau, Fiorina; Fiorina, die von früh bis spät schimpfte. Doch am Ende schufteten beide ganz ordentlich, nicht wahr, und wir konnten mit dem Majordomus ein Schwätzchen halten, mit den Kammerdienern oder mit Don Gasparo... und gelegentlich auch mit einem netten Cavaliere, nicht wahr...? Erinnert Ihr Euch?»

Veronica seufzte und warf den Lappen, den sie in Händen hielt, zum Fenster hinaus.

«Und jetzt haben uns diese beiden Luder unter der Fuchtel! Ist das vielleicht gerecht, hm?», fuhr Giuliana fort und verteilte das bisschen Staub, das sie zusammengekehrt hatte, mit dem Besen wieder in der Gegend. «Jetzt reichts's, die Hütte ist schon viel zu sauber für eine Bernabotta!», stieß sie zwischen den Zähnen hervor.

«Willst du wohl still sein!», rief Veronica mit einem bestürzten und zugleich geheimniskrämerischen Ausdruck. «Willst du wohl still sein, wir wissen doch nicht, was Seine Exzellenz mit ihr vorhat!»

«Das wissen wir nicht? Je nun, das, was er mit den anderen auch gemacht hat!»

«Wenn er könnte!», versetzte da Veronica grinsend.

«Basta», sagte Giuliana, indem sie die Fensterläden zuzog. «Auch das wäre erledigt, und die Residenz für Ihre Majestät die Lumpenkönigin ist bereit.»

Unterdessen hatten die beiden Zofen Morosina geraten, hinunterzusteigen und Seiner Exzellenz entgegenzugehen; da sie gewohnt war, alle Gesichter bei der Nennung seines Namens erbleichen zu sehen, tat sie es widerstrebend. «Mut, nur Mut, Signorina», sagte Moretta. «Seine Exzellenz ist ein ganz umgänglicher Mensch, und ich werde Ihnen zeigen, wie man es anstellen muss, um seine Gunst zu gewinnen.»

Unter diesen Worten stiegen sie die Treppe hinab und gelangten ans Kanalufer, just als der alte Formiani, auf Don Gasparos Arm gestützt, aus der Gondel stieg.

«Guten Tag, Exzellenz! Wie war Ihre Nacht? Haben Sie gut gefrühstückt? Haben Sie heute viel reden müssen? Haben Sie unterwegs unter der Hitze gelitten? Und haben Sie jetzt Appetit?» Unter einer Flut solcher Fragen schob Moretta ihren Arm unter den Seiner Exzellenz und ging, ihn stützend, mit ihm voran.

«Willst du wohl artig sein, mein kleiner Teufel», sagte Formiani lachend. «Wie soll ich denn bei all deinem Geschwätz den Überblick behalten? Es geht mir gut, ja!»

Hier trat Adriana mit einer Verbeugung zurück, um den Herrn vorbeizulassen, und gab den Blick auf Morosina frei; die stand da in diesem tief ausgeschnittenen Kleid, schön wie nie in schamhaft jugendlicher Anmut.

«Oh», rief Seine Exzellenz. «Oh», wiederholte er noch entzückter als zuvor und ließ seinen Blick beifällig auf so viel Vollkommenheit ruhen. «Wahrhaftig, ja, du bist Morosina, mein Patenkind…! Komm her, meine Kleine, sei nicht so schüchtern und gib mir einen dicken Kuss wie damals vor achtzehn Jahren, als du mich mit der guten Chiaretta besuchen kamst und ich dir im Scherz versprach, einen Mann für dich zu finden…! Nur Mut, nur Mut, mein Liebes», fuhr er fort, indem er sich von seinen beiden Stützen losmachte und mit der gütigsten Miene auf Morosina zusteuerte. «Nur Mut, einen dicken Kuss wie ehedem, die Unschuld hat die Seiten gewechselt, und rein sind diese Küsse nun auf andere Weise!»

«Geben Sie acht, Exzellenz, geben Sie acht!», sagte das Mädchen ängstlich, als sie ihn schwanken sah, ließ jede Zurückhaltung fahren und streckte ihm die Hand entgegen.

«Keine Sorge, keine Sorge, mein Patentöchterchen!», antwortete Formiani gut gelaunt, ergriff ihre Hand und näherte sich ihren Wangen, auf die er genussvoll zwei ausgiebige Küsse drückte. «Keine Sorge, mein Töchterchen, aber ich will, dass du dieses langweilige ‹Exzellenz› weglässt, hörst du? Du nennst mich ganz einfach Pate, und so wollen wir es fortan halten.»

Noch ganz rot von den beiden Küssen, stand das Mädchen betreten da.

«Nun gut, bei Tisch werden wir alles regeln», sagte der Alte. «Nein, Don Gasparo, bemüh dich nicht! Von nun an ist Morosina im Haus meine Wärterin, nicht wahr?»

«Oh, von Herzen gern!», antwortete das Mädchen.

«Nun, so hilf mir also diese Treppe hinauf; du, Moretta, veranlasse, dass das Essen aufgetragen wird; du, Adriana, bring diese Papierrolle hinauf, und du, Don Gasparo, leg das Tischtuch auf und sprich drei *Benedicte* auch in unserem Namen. Nicht wahr, Morosinetta», fuhr er fort, während er auf ihren Arm gestützt die Treppe hinaufstieg, «nicht wahr, du wirst meine Wärterin sein?»

«Ja, Exzellenz», antwortete Morosina, die angesichts der umgänglichen Art ihres neuen Beschützers ihr ganzes Selbstgefühl wiederfand.

«Nun hör doch endlich auf mit der Exzellenz!», schimpfte dieser. «Pate sollst du mich nennen. Versuch's einmal! Na komm ... Pate, ja ... Pate ...»

«Ja, mein Pate», erwiderte Morosina schüchtern.

«Danke, mein Patenkind!», sagte der Alte mit einem Händedruck und einem fast väterlichen Blick. «Und nun nimm hier Platz», sagte er, als sie in seinem Arbeitszimmer angelangt waren, «und sag mir, wie viele Tage du mir deine Gesellschaft zu gewähren gedenkst.»

Morosina, die erwartet hatte, in dem Inquisitor einen finsteren und unzugänglichen Kerkermeister zu finden, und stattdessen sah, dass er ihr ihre Freiheit ließ und sie zu ihrer eigenen Herrin machte, fühlte auch die letzte Spur von Groll, den sie am Morgen gegen diesen Verlängerer ihrer Sklaverei gehegt hatte, aus ihrem Herzen weichen. Diese Art, sie von Gleich zu Gleich zu behandeln, sei es nun zum Schein oder in aller Aufrichtigkeit, versöhnte sie schließlich mit ihm und rief in ihr das in ihrer Familie erbliche Gefühl der Ergebenheit gegenüber dem Hause Formiani wieder wach. «Oh, Exzellenz, oh, Pate», antwortete sie mit bebender Stimme, «ich bleibe hier, so lange es Ihnen und meinem Vater beliebt, mich hierbleiben zu lassen.»

«Sehr gut, sehr gut, mein Patentöchterchen!», antwortete Formiani. Er vertauschte seine Amtskleidung, Toga und Perücke, mit einem seidenen Hausmantel und Samtbarett. «Entschuldige», fuhr er fort, «dass ich mir vor dir keinerlei Zwang antue; aber sag mir: Wann bist du ins Haus gekommen?»

«Zu Mittag», antwortete Morosina, «und ich danke Ihnen...»

«Zu Mittag? Und was hast du seither mit diesen beiden Klatschmäulern getrieben? Haben sie dir deine Unterkunft gezeigt? Haben sie die Schneiderin und die Putzmacherin rufen lassen?»

«Sie haben mich recht lustig unterhalten», antwortete Morosina.

«Und sonst nichts? Das denke ich mir, dass sie dich lustig unterhalten haben, diese Spitzbübinnen! Aber ich rate dir, du musst ihrer Zunge Zaum anlegen, denn sonst hast du von früh bis spät ihr Gezwitscher im Ohr!»

«Ich habe mich recht nett mit ihnen unterhalten», versetzte Morosina, aus feinfühliger Herzensgüte das Lob für die beiden Zofen noch einmal betonend.

«Du bist ein gutes Kind», erwiderte Formiani, «begnügst dich mit allem und weißt dich mit allem zu begnügen, aber sieh, du wirst hier auch frohe Tage verleben. Glaub nur ja nicht, dass mein Haus zu jeder Stunde so ist, wie du es heute Morgen vorgefunden hast: ein wahrer Friedhof! Des Nachts kommen hier angesehene Cavalieri und Damen zusammen und junge Fräuleins deines Alters, unter denen du dich hervortun und meinen Gesellschaften neuen Glanz verleihen wirst.»

«Aber Exzellenz, aber Herr Pate …», rief Morosina errötend.

«Du wirst auch alte Bekannte darunter finden … die gräfliche Familie Carmini sowie die Komtess, die erst vor vierzehn Tagen vom Kloster entwöhnt wurde … und den Cavalier Terni …»

«Wer? Der Cavalier Celio?», fragte das Mädchen mit unschuldigem Eifer.

«Ja, meine Liebe, der Cavalier Celio», antwortete Formiani sanft, «den ich so hoch schätze, wie er es verdient. Seit zwei Wochen spricht er oft von dir, und stets voll aufrichtiger und liebevoller Ehrerbietung.»

«Wirklich, Herr Pate?», rief Morosina frohlockend.

«Gewiss doch!», erwiderte der Alte. «Und mit ihm kommen andere vortreffliche Gelehrte und Leute feiner Gesittung. Solcher Umgang wird nicht nur für deine Bildung von großem Nutzen sein, es wird dir auch nicht an Gelegenheiten zur Belustigung mangeln, wie es einem lebhaften Mädchen wohl ansteht.»

Während sie sich in Gedanken von Celio löste und die weiteren Vorzüge eines Aufenthalts in Venedig ins Auge fasste, überkamen das Mädchen jedoch Gewissensbisse, dass sie sich wegen ein paar Annehmlichkeiten so bereitwillig von ihrer Familie und dem armen Chirichillo trennen ließ, und der Verdacht, man könne ihr Fernbleiben nicht so sehr als pflichtschuldigen Gehorsam denn als Mangel an Liebe und jugendlichen Leichtsinn deuten, legte einen Hauch von Trauer auf ihr Gesicht.

«Hast du denn keine Freude an schicklichen Zerstreuungen, mein Kind?», fragte Formiani.

«Aber mein Vater!», wagte das Mädchen einzuwenden.

«Dein Vater ist mit alldem sehr einverstanden und hofft, es könne sich hier vielleicht die Gelegenheit bieten, dich ehrbar zu verheiraten, woran in dieser Wüstenei von Asolo ja nicht zu denken ist.»

Das kam unerwartet für Morosina und brachte sie auf Gedanken, die ihrem Köpfchen noch so fremd waren, dass sie ganz bestürzt war, ohne zu wissen warum.

«Deinem Gesicht nach zu urteilen hast du es nicht so eilig mit dem Heiraten, mein Schatz!», fuhr Formiani fort. «Aber sei unbesorgt, deinen Vater siehst du schon in wenigen Tagen, und mit ihm wirst du dich beraten, was das Beste für dich ist.»

«Wie? Mein Herr Vater kommt hierher?», rief Morosina erfreut.

«Ja, und zwar bald, denn erst heute habe ich ihm geschrieben und ihn zur Eile gemahnt.»

«Danke, danke, Exzellenz.»

«Pate, habe ich gesagt!»

«O ja, und ich danke Ihnen, Herr Pate, denn es ist mein sehnlichster Wunsch, meinen Papa umarmen zu können...! Und der arme Chirichillo, wie traurig er sein wird, dass er mich nicht sehen kann!»

«Ich habe verfügt, er solle ebenfalls kommen!»

«Oh, wie mich das freut! Und die Frau Mutter?»

«Nun, die fühlt sich sehr wohl dort oben in Asolo und wird schwerlich in diese Gegend...»

«Es scheint mein Schicksal zu sein, dass ich sie nie kennenlernen soll!», rief Morosina betrübt.

«Es ist wirklich Schicksal, mein Liebes!», entgegnete Formiani. «Und man muss sich damit abfinden.»

Inzwischen hatte Moretta durch Rufen und Schreien in sämtlichen Räumen des Erdgeschosses, der Palazzina und in der ganzen Umgebung Koch, Küchenjungen, Küchenverwalter und Diener in die Küche gescheucht; nun endlich klopfte sie an die Tür Seiner Exzellenz und verkündete, die Suppe stehe auf dem Tisch, wie man zu Zeiten unserer Urgroßeltern zu sagen pflegte.

«Wir kommen sofort, Morettina», beschied der Hausherr. Und zu Morosina gewandt: «Sag ehrlich, hattest du dieses Kleidchen denn im Kloster schon?»

Errötend verneinte das Mädchen.

«Und wer hat dich bewogen, es anzuziehen?», fragte er weiter. «Komm, erzähl schon! Ich möchte wetten, sie waren es, die beiden Närrinnen...! Aber wahrhaftig, sie haben nicht unrecht, es kleidet dich vortrefflich.»

Über derlei Gesprächen gelangten sie in den Speisesaal, wo an einer üppig mit Silber und Blumen gedeckten Tafel schon Don Gasparo saß und sich an einem Brötchen zu schaffen machte.[37]

«Hier ist noch ein Schäfchen, das deiner Seelsorge anvertraut wird, lieber Don Gasparo, und es ist hoffentlich fügsamer als ich!», sagte Seine Exzellenz. «Nachdem ich, wie du siehst, eine so schöne Wärterin gefunden habe, bist du von deinem Dienst als Gesellschafter entbunden, kannst dich in deiner Dachkammer einschließen und nach Herzenslust Madrigale und Sonette verfertigen! Es genügt, wenn du sie mir abends vorliest.»

«Dank sei Gott, Euer Exzellenz und der edlen Signorina», erwiderte der Hauskaplan, «denn unter uns gesagt, Geduld gehört nicht eben zu meinen größten Tugenden, es kostet mich schon Mühe genug, meine eigenen Füße voranzuschleppen, als dass ich anderen Leuten auf die ihren helfen könnte. So kann ich mich mit ganzer Kraft meiner Dichtung widmen …»

«Welcher Art ist sie denn: sakral, höfisch, ritterlich oder pikant?»

«Von allem etwas; es geht vor allem um die Ruhmestaten des Hauses Formiani …!»

«Sehr gut, lieber Don Gasparo!», rief der durchtriebende Alte. «Du hast einen scharfen Witz, der wirklich ins Schwarze trifft. Ich nehme die Widmung des Gedichts an, vorausgesetzt, du setzt vorne drauf Vor- und Nachnamen und vor allem sämtliche Titel des Widmungsträgers, ohne ein einziges *et cetera.*»

«Ja, gewiss», antwortete Don Gasparo, während er ein Hühnerbrüstchen zerlegte.

«Ja, gewiss? Aber weißt du denn nicht, dass wir wegen dieser Titel großen Streit miteinander bekommen werden?»

«Aus dem ich als Sieger hervorgehen werde», erwiderte der Priester.

«Wie das, wenn's beliebt?»

«Weil die heilige Mutter Kirche das *jus praecedentiae*[38] hat und ihre Titel alle anderen hintanrücken.»

«Bravo, ha-ha-ha-ha, bravo, mein Pfäffchen!», rief Formiani lachend. «Komm einmal her, Morosina, und sag mir, ob man für einen solchen Hauskaplan nicht zehn Essen am Tag zahlen sollte statt zwei...! ‹Und warum zahlt Ihr ihm zwei?›, wirst du mich fragen. Dir das zu erklären, wäre eine langwierige Angelegenheit, Tatsache ist, ich zahle sie, es sei denn, ich liege falsch und zahle womöglich noch mehr.»

«In der Tat erwerben sich Euer Hochwohlgeboren seit zwei Monaten vor Gott das Verdienst, drei zu bezahlen», bemerkte der Hauskaplan.

«Und wie kommt das, Gasparino?»

«Weil der Mutter der Schwester des Sakristans von San Geremia der Vetter ihres verstorbenen Mannes, mit dem sie zusammenlebte, gestorben ist, und jetzt führt die arme Frau mit ihrer überaus gottesfürchtigen Schwester, die mein Beichtkind ist, ein Leben wie eine Heilige.»

«Aber hör, Gasparino, könnten wir sie nicht als Bettler im Dogenpalast unterbringen? Da sind eben zwei Stellen vakant, um welche sich die Adligen zu Dutzenden bewerben – sie auszustechen, weißt du, wäre ebenso sehr ein Triumph für ihre Eigenliebe wie ein Trost für ihre leeren Taschen.»

«Uff! Bis nach San Marco!», maulte der Priester. «Als geistlicher Vater müsste ich viermal in der Woche bis dort hinübertraben!»

«Na, nichts für ungut, dann mästen wir also diese beiden büßenden Magdalenen in San Geremia vom Unsrigen!»

«Es ist besser so!», antwortete Don Gasparo.

«Aber das Poem, darum möchte ich doch bitten. Du wirst es mir abends vortragen, und das wird mir guttun.»

«Poem in vierundzwanzig Gesängen», brummte der andere, ein leckeres Stück Thunfisch verspeisend, «alle so köstlich wie dieser Thunfisch und mit Reimen, süßer als Zucker.»

Auf diese Weise ging die Mahlzeit herum; im Anschluss daran ließ Seine Exzellenz es sich nicht nehmen, Morosina ihre neue Wohnstatt vorzuführen, und er wies sie auf deren Vorzüge hin, wie die separaten Eingänge aufs Wasser und nach der Straße hin, die Fenster auf den Canal Grande und die Zofen in Rufweite. «Und so», schloss er, «werden wir in Venedig sein, wenn wir in Venedig sein wollen, und gesetzt den Fall, du bist gerade in Asolo und kommst hier vorbei, so fühl dich frei wie der Gebirgswind. Adieu, mein schönes Patenkind!» Dann setzte er noch hinzu: «In einer Stunde schicke ich dir die Kammerzofen, mit deren Hilfe du dich aufs Schönste herausputzen wirst, denn heute Abend machen wir, wenn es dir beliebt, eine Ausfahrt, und später haben wir Gesellschaft hier im Haus. Auf Wiedersehen, mein Kind.»

«Auf Wiedersehen, Herr Pate!», sagte Morosina.

Doch als sie sah, dass der Alte beim Gehen Mühe hatte, lief sie hin, stützte ihn und geleitete ihn bis zum Salon, wo sie von Bernardo abgelöst wurde. Sie kehrte zurück in ihre Gemächer, froh, sich ein wenig mit sich selbst beratschlagen und die unerwarteten Ereignisse dieses halben Tages der Reihe nach alle noch einmal durchgehen zu können.

Formiani begab sich mit dem Cappanera in sein Arbeitszimmer und schickte ihn dann zu den beiden Zofen mit dem Auftrag, sie sollten sich in einer Stunde bei ihrer Herrin einfinden. Sodann nahm er sich die Rolle mit Papieren vor, die er aus dem Senat[39] mitgebracht hatte. Beim Überfliegen nahm er eine ziemlich ernste Miene an, doch dann umspielte nach und nach doch wieder das gewohnte Grinsen seine Lippen, und schließlich warf er die Papiere in eine Schublade, die von anderen, ähnlichen Schriftstücken bereits überquoll. Er schloss sie und machte mit der Hand ein Kreuzzeichen darüber, als Bernardo wieder eintrat.

«Hierher, zu mir, teuerster Sekretär», begann Seine Exzellenz. «Schließ erst einmal den Fensterladen dort, die Sonne reizt mein starres rechtes Auge. Nun gib mir die Tabaksdose und schau nicht so verdrießlich drein wie sonst, denn wir gehen sehr vergnügten Zeiten entgegen. Weißt du, dass ich dich testamentarisch verpflichten will, die Totenrede auf mich zu halten? Ich bin mir sicher, diese Hohlköpfe werden es nicht wagen, dir ins Gesicht zu lachen!»

Bernardo verneigte sich und rieb sich die Hände, eine Pantomime, die bei ihm das Lächeln ersetzte.

«Bravo, Bernardino, und da du gerade bei Laune bist, sag mir doch, ob du nichts Neues von der Familie Carmini weißt», fragte der greise Ratsherr.

«Ich hatte das Glück, Momolino am gewohnten Ort zu treffen.»

«Wo du ihm das gewohnte Frühstück bezahlt hast.»

«Ja, Exzellenz; und wo er mir zwischen zwei Bissen berichtete, der Graf sei heute Morgen außerordentlich erfreut gewesen darüber, dass endlich der Ausweisungsbefehl über diesen Giorgetto verhängt worden ist.»

«Armer Teufel!», rief Formiani. «Es steht übel um ihn, so er keine anderen Freuden hat. Man denke nur! Einen Monat haben sie darauf hingearbeitet! Und was weißt du von Cavalier Terni?»

«Ich weiß, dass er in aller Frühe beim Grafen Fabio war und eine einstündige Unterredung mit ihm hatte!»

«Armer Bursche! Da hatte er ja einiges auszustehen! Und er hat es nicht verdient, das schwöre ich dir. Allein, es freut mich, dass er auch diesmal weder vor Zorn noch vor Verdruss umgekommen ist!»

«Nein, umgekommen ist er nicht, aber als er aus dem Haus des Grafen trat, schien er sehr verärgert, der kam ihm nachgelaufen und sagte mit honigsüßer Stimme: ‹In zwei Monaten, Mitte August, können wir's versuchen, aber jetzt ist es unmöglich.›»

«Und hat sich der Cavaliere damit zufriedengegeben?»

«Er antwortete nur ganz knapp: ‹Einverstanden, und ich schicke die Antwort dort hinauf: bis zum 15. August also.› Dann, ohne sich umzuwenden oder zu grüßen, stürzte er die Treppe hinunter.»

«Also dieser Momolino hat wahrlich ein Talent, seine Berichte dramatisch auszugestalten.»

«Er hat dreimal so viel davon wie seine Herrschaft, die ihn als Papagei im Haus hält.»

«Papagei ist er, und zwar mit großem Erfolg!», rief der Inquisitor. «Jetzt sag mir: Hast du Seine Exzellenz Pitocca[40] gesehen?»

«Als ich Euer Exzellenz im Senat verließ, habe ich eine gute Stunde mit ihm zugebracht. Das, sehen Sie, das ist ein Mann!»

«Ja, ja, Bernardino, das ist bekannt, er ist ein Mann deines Schlages. Und hat er dir nichts von meinem Herrn Neffen erzählt? Du weißt, dass mir viel an diesem trefflichen jungen Mann liegt!»

«Seine Hochwohlgeboren Vettor Formiani hat gestern Morgen bei dem Bankier am Rialto eine weitere Stundung von einem Monat erwirkt und sagt, das werde reichen.»

«Gott strafe ihn! Das wird nicht reichen!» rief der Inquisitor. «Ich hoffe, ich lebe wenigstens noch ein Jahr, um von der Madonna della Salute eine bestimmte Gnade zu erbitten, das soll ihm die Suppe schon versalzen. Und hat er dir noch mehr von dem teuren Vettoretto erzählt?»

«Er hat erzählt, gestern habe er, auf Kredit natürlich, sechzig Ellen Samt für die Trauerdekoration seines Hauses gekauft.»

«Oh, was für ein liebevoller und vorausschauender Neffe!»

«Und dann war er zum Essen bei der Prokuratorin Costanza.»

«Und dann?»

«Dann ist er mit ihr ausgefahren und hat sie zum Spiel beim Durchlauchtigsten Dogen begleitet, wo er zwanzig Zechinen[41] auf eigene Rechnung verlor und zwölf für die Dame bezahlte.»

«Und dann?»

«Dann ward er um elf im *Caffè delle Rive*[42] gesehen, wo er seine Frau wie üblich in Begleitung des französischen Gesandtschaftssekretärs[43] antraf, und hielt sich dort mit ihnen bis Mitternacht auf. Dann wechselte er ins *Bionda di Chioggia*, wo außergewöhnlicher Publikumsandrang herrschte; dort verlor er elf Zechinen und blieb bis zum Morgengrauen. Dann ging er nach Hause, und heute Morgen erschien er zur Stunde der Abstimmung im Senat, um mit der schwarzen Kugel gegen den Antrag Manuelli zu stimmen.[44]»

«Und woher weißt du das?»

«Weil er sich schon vor drei Monaten, als er noch nicht so auf dem Trockenen saß, drei Stimmen in dieser Farbe gekauft hat.»

«Donnerwetter! Auch der Herr Neffe hält etwas auf die Adelsprivilegien! Und nur drei Stimmen hat er gekauft?»

«Es waren drei, aber sie kosteten so viel wie zwanzig gewöhnliche: tausendzweihundert Dukaten!»[45]

«Gut, gut!», rief der Inquisitor erregt und sich die Hände reibend. «Ausgezeichnet, mein teurer Neffe! Du strebst nach dem Dogenamt und hast Angst, der Thron könnte umgestoßen werden, bevor du deinen Allerwertesten darauf plaziert hast! Sei ganz beruhigt und kauf dir deine Stimmen! Stimmen hin oder her, der Thron bleibt, aber dir werden keine Mittel mehr bleiben, ihn zu bezahlen, so wahr ich Formiani heiße!» Und da in diesem Augenblick an der Tür geklopft wurde: «Bist du's, Martino? Komm nur herein!»

Es war der Kammerdiener, er brachte die eingegangenen Briefschaften; Formiani nahm das Päckchen entgegen, warf ein Dutzend Briefe auf den Tisch und behielt nur einen einzigen in Händen. «Ihr könnt gehen!», sagte er zum Cappanera und zum Diener. «Aber die Gondel soll um acht bereit sein!»

Allein geblieben, holte er hinter dem Sessel sein spanisches Rohr hervor und ging auf dieses gestützt und mit dem Brief in der Hand ans Fenster; dort rückte er zwei Sessel heran, auf dem einen ließ er sich nieder, auf dem anderen legte er Fächer, Taschentuch und Tabaksdose ab. Als er es sich so bequem gemacht hatte, setzte er die Brille auf und erbrach das Siegel. Der Brief kam aus Asolo. «Die liebe Cecilia!», murmelte er, nachdem er die ersten drei Zeilen überflogen hatte. «Das ist mir eine rechte Gardinenpredigt, sie ereifert sich wegen diesem Tramontino, den ich ihr entführen ließ...! Ah, ah, sie nimmt die Sache wirklich ernst...! Da sieh einer an», sagte er, vier Zeilen weiter unten angelangt. «Jetzt verfällt sie glatt noch auf die Idee, dem Carmini auf eigene Faust den Krieg zu erklären...! Es stimmt wirklich, eher verliert der Wolf sein Fell als sein Naturell! Und was wird mein werter Kollege Marcoligo sagen, der den Carminis um jeden Preis aus der Patsche helfen will, um dann seinen Sohn mit ihren Zechinen zu vermählen...? Nur gut, dass der Teig, wenn er ihn fertig geknetet hat, in meinem Ofen gebacken wird...!»

So murmelte er spöttisch vor sich hin. Während der weiteren Lektüre wurde er ernst, doch als er den Brief beiseitelegte, lächelte er gutmütig, fast mitleidig: «Ach Cecilietta, jetzt willst du dich auch mit mir anlegen...! Nun, ich will gute Miene zum bösen Spiel machen, und weil ich es mir nun einmal in den Kopf gesetzt habe, werde ich die Zeche zahlen, wie man so schön sagt. Unterdessen aber wird, was wichtiger ist, der gute Papa Valiner hierherkommen, in Begleitung von diesem Spinner mit seinen dreihundert Jahren...! Na, das ist mir eine schöne Familie, die ich mir da zusammengesucht habe...! Aber das ist ja gerade das Gute...! Geduld...! Lieber Neffe, ich arbeite für dich, weißt du...! Sie scheint ein gutes Mädchen zu sein... und hätte einen guten Gatten verdient... Ach, was würde ich nicht geben für einen Stammhalter!»

Allmählich wurden diese zwischen den Zähnen gemurmelten Worte seltener, bis die Augen zugingen, der Kopf tiefer und tiefer sank und auf die Brust herabfiel und wie gewohnt der Nachmittagsschlaf den alten Freund heimsuchte. Um Viertel vor acht klopfte Bernardo an die Tür und verkündete, dass die Gondel bereit sei. Darauf zog Formiani die Glocke, der Kammerdiener erschien und kleidete ihn für den Abend an. Nachdem er sich gewaschen und parfümierte hatte, legte er einen schwarzen Samtanzug an, setzte eine zierliche Lockenperücke auf und klemmte den Hut unter den Arm. In dieser Aufmachung sah er um Jahrzehnte jünger aus, und nach einem Blick in den Spiegel sagte er: «Sollte man nicht meinen, ich ginge auf Freiersfüßen?»

«Seine Exzellenz sehen heute aus wie ein Jüngling», antwortete Bernardino, indem er ihm zum Hinausgehen den Arm bot.

«Nein, nein», entgegnete Formiani, der sich auf seine rüstige Erscheinung einiges einbildete. «Heute will ich's alleine wagen.» Und er ergriff ein sehr langes spanisches Rohr und schritt rasch und kerzengerade auf den Ausgang zu.

«Da fällt mir ein, Bernarduccio», sagte er, sich noch einmal umwendend, «heute Abend musst du Bastianello nach seinen Angelegenheiten ausfragen; es ist sehr gut möglich, dass er dir ein paar Neuigkeiten zu erzählen hat.»

«Wie Exzellenz wünschen.»

«Ich zähle darauf», sagte der Alte.

Und er setzte seinen Weg zu Morosinas Wohnung fort.

«Oh, wie schön du bist, mein Töchterchen!», rief er beim Eintreten. «Bravo, sehr gut, ihr Mädchen! Im Übrigen möchte ich wetten, dass Mutter Natur größeres Verdienst daran hat als ihr beide.»

Morosina trug ein sehr leichtes, ganz mit weißen Spitzen und Blumenstickerei besetztes Kleid; um den Busen, dessen Ansatz zu sehen war, und um die Oberarme waren feuerrote Bänder geschlungen, die Arme bis eine Spanne über die Ellbogen entblößt. Von den Schultern erhob sich, schön gerundet und jedem Schmuck abhold, der Hals und trug anmutig das zarte Oval des Kopfes, an dessen beiden Seiten die Flechten zu enormen Spiralen gewunden waren. Die rosigen und fleischigen Ohrläppchen waren halb verdeckt von dieser Masse blonden Haars, und ein leichter, mit Silber durchwirkter Schleier fiel vom Scheitel bis auf die Schultern herab.

«Wie eine Königin würdest du aussehen mit Perlen im Haar!», sagte Formiani. «Aber warte, warte! Wenn es Mädchen auch verboten ist, großen Kopfputz zu tragen, so kann mich doch kein Gesetz daran hindern, dir ein paar Kleinigkeiten anzustecken, die ich für dich in diesem Kästchen bereitgelegt habe. Und wenn die Luxusaufseher[16] Anstoß daran nehmen sollten, dann sagst du ihnen eben, das seien meine Sachen, und weil ich sie verkaufen wolle, hätte ich sie dir angelegt, um sie recht zur Geltung zu bringen.»

Man muss nämlich wissen, dass vor geraumer Zeit einige Leute mit großem Herzen und kleinem Verstand den erschreckenden Verfall der Republik erkannt hatten und ihm wirksam begegnen wollten; mit der uns Sterblichen eigenen Ungeduld, die alle Übel am liebsten mit der Rute der Alcina[47] austreiben möchte, hatten sie als probates Mittel den Vorschlag unterbreitet, sämtliche Anzeichen dieses Niedergangs zu verbannen, darunter nicht das Geringste der maßlose Luxus war, dem sämtliche Stände der Gesellschaft dazumal frönten. Giusti schreibt:

> «Der Riss im Putz zeigt an,
> dass die Wand bald einstürzen wird...»[48]

Diese werten Herren Baumeister meinten nun, eine Wand zu festigen, indem sie den Riss mit irgendeiner Paste zukitteten. Verbote von Luxus bleiben bekanntlich entweder wirkungslos, oder wenn sie Wirkung zeigen, wird davon jener Teil der Gesellschaft unwiderruflich paralysiert, der sein Auskommen mit den Luxusaufwendungen findet, die von diesen verboten werden. In der Republik Venedig traten nun beide Übel auf, da solche Gesetze, kaum erlassen, dahinsiechende Erwerbszweige wie florierende Geschäfte zugrunde richteten; als die Luxusmanie dann aber wieder auflebte, als diese Ressourcen im Land eben nicht mehr vorhanden waren, zog das durch die gestiegenen Preise den Ruin großer Adelsgeschlechter nach sich und führte aufgrund der Abhängigkeit von ausländischen Manufakturen zur Verarmung des Staates. Zu den Kosten für den Luxus selbst kamen nach dessen illegalem Wiederaufleben nun auch noch die Bestechungsgelder für die Luxusaufseher hinzu, die, von der Regierung bestallt, übertriebenen Aufwand einzudämmen, sich ihr Nichteinschreiten vom Prunk treibenden Publikum teuer bezahlen ließen. Auf diese Mitwirkenden an der allgemeinen Korruption spielte der Inquisitor an, der sich wie alle anderen auch öffentlich über sie lustig machte; wäre jedoch im Großen Rat jemand für die Abschaffung ihres bestechlichen Wirkens eingetreten, so hätte er lauthals auf Hochverrat plädiert.

Unterdessen hatte er mit einem kleinen Schlüssel, den er in der Westentasche trug, die Schatulle geöffnet und zwei Armreifen, zwei mit Perlen besetzte Schleifen, zwei Brillantgehänge und eine Halskette daraus hervorgeholt. «Nimm», sagte er zu Adriana, «und leg ihr diese Kleinodien an, und du, Moretta, sag mir, was du davon hältst.»

Adriana schlang die Perlenkette zweifach um Morosinas Hals, streifte ihr die Armreifen über, setzte die Diamanten an die Stelle der bescheidenen Ohrgehänge, und die beiden Schleifen befestigte sie hinter den Schläfen mitten auf den beiden prachtvoll gewundenen Flechten, die sie wie eine Krone zierten.

«Wunderschön!», urteilte Moretta. «Allerdings würde ich die Perlenkette nur einmal schlingen und lose lassen, das erscheint mir vornehmer.»

«Nein, nein, meine Liebe!», widersprach Adriana. «Gestern Abend trug die Prokuratorin sie genauso doppelt geschlungen, und ich kann dir versichern, dass das dem Hals nur umso mehr schmeichelt!»

Morosina ließ sie reden und gewähren, denn in ihrer Unerfahrenheit erschien ihr an diesem Tag das ganze Leben wie ein Traum oder wie eine Komödie. Dennoch besann sie sich der Ohrringe, die sie bis dahin getragen hatte, und fragte Adriana danach.

«Ich habe sie dort aufs Bett geworfen», antwortete diese.

Da nahm das Mädchen sie mit einer Art Ehrerbietung an sich und barg sie in einem Seitenfach der Schatulle. «Sie sind das einzige Andenken an meine Mutter, das mir geblieben ist», sagte sie mit einem Seufzer zu Adriana.

«Achja, die gute Chiaretta!», versetzte Formiani. «Es ist doch recht, diese Andenken in Ehren zu halten?», begann Morosina erneut. «Wenn man eine geliebte Seele im Paradies hat, muss man an sie denken und sich ihr empfehlen, sie möge bei der Muttergottes für uns bitten, dass sie uns, wenn unsere Stunde gekommen ist, auch zu sich ruft.»

Die beiden Zofen sahen einander an, und es war ein Wunder, dass sie sich das Lachen über diese frommen Sprüche verkneifen konnten. Der Alte lachte keineswegs, sah Morosina aber halb verwundert, halb ungläubig an, sodass man annehmen musste, er sei zwar ein zu guter Christ, um über solche Sätze zu erstaunen, sei aber letztlich entweder von der Heiligkeit der Mutter oder von der Aufrichtigkeit der Tochter nicht so recht überzeugt.

«Ja, ja, mein Töchterchen», sagte er nach kurzem Zögern, «bewahrt diese Kleinigkeiten nur recht sorgfältig auf, denn man soll seine Eltern immer in Ehren halten, seien sie tot oder am Leben.»

Mit diesen Worten trat er ans Fenster, um etwas Luft zu schöpfen, und nach dieser Antwort schien er über sich selbst noch erstaunter als zuvor über die naiven Sentenzen des Mädchens. Moretta zupfte Adriana am Kleid, und die wäre fast herausgeplatzt, aber sie konnte das Lachen noch rechtzeitig durch ein Niesen kaschieren.

«Was gibt es denn da zu lachen?», sagte Seine

Exzellenz und wandte sich um, leicht verärgert über den Spott, der ihm in diesem unterdrückten Lachen zu liegen schien.

«Nichts, Exzellenz!», antwortete Adriana.

«Nichts!», wiederholte Moretta. Diese, als die vorwitzigere von beiden, sprang zu Formiani hin und sagte: «Um Himmels willen, Exzellenz, hüten Sie sich bloß, mit einem so verrutschten Zopf aus dem Haus zu gehen!»

Und dabei gab sie Adriana einen Wink, während sie sich am Zopf des Inquisitors zu schaffen machte. Morosina lächelte ebenfalls über den Mutwillen der beiden Schelminnen, worauf der Alte sich der Mehrheit fügte: «Ihr macht euch lustig über mich, stimmt's?», versetzte er freundlich. «Nun, habt nur euren Spaß, aber es ist Zeit zu gehen, denn ich sehe schon etliche Gondeln auf dem Kanal... Apropos, Moretta, denk daran, im Saal die Kerzen anzünden zu lassen.»

«Es soll geschehen», antwortete diese.

Langsam machte Formiani sich, den Korridor durchquerend, auf den Weg, Morosina folgte ihm. Als sie merkte, dass er aus einem gewissen Altersstolz heraus, weil er sich gut zu Fuß zeigen wollte, schneller ging, als er es eigentlich vermochte, hütete sie sich wohl, ihm den Arm zu bieten, zögerte vielmehr ein wenig auf der Treppe, indem sie so tat, als mache sie sich an einem Handschuh zu schaffen, und bot ihm so auf liebenswürdige Weise einen Vorwand, den Schritt zu verlangsamen. Dergestalt erreichten sie gemächlich die Gondel. «Die Dame zuerst!», rief der Inquisitor, indem er sich mit dem einen Arm auf seinen Rohrstock stützte und den anderen dem Mädchen bot.

Errötend und zitternd sprang Morosina auf den Rand der Gondel, doch als sie die Sitzplätze erreicht hatte, blieb sie respektvoll stehen. «Setz dich dort rechts hin, mein Töchterchen!», sagte der Alte, der auf die Schulter des Kammerdieners gestützt in die Gondel stieg.

Sodann streckte er sich zufrieden lächelnd neben seiner Patentochter auf den überaus weichen schwarzen Kissen aus. «Addio, Martino!», sagte er zum Kammerdiener. «Was meinst du? Bin ich heute Abend fünfzehn oder zweiundsechzig Jahre alt?»

«Fünfzehn, da möchte ich wetten», antwortete Martino.

«Hm, das glaube ich nicht», murmelte Formiani und sah seine schöne und schamhafte Begleiterin von der Seite her an.

Ein kräftiger Stoß mit der Hand, und die Gondel legte vom Palazzo ab; dann tauchten zwei Ruder mit regelmäßigen Schlägen ins Wasser, und schon war sie in der Mitte des Kanals, sich geschickt zwischen den Tausenden ihrer Schwestern hindurchschlängelnd.

«Schau dir Seine Exzellenz an», sagte auf dem Balkon Adriana. «Ich möchte wetten, dass ihm wieder Zähne und schwarze Haare wachsen!»

«Gott gebe es, er ist ein guter Herr», sagte Moretta.

«Und dabei wird er hier dermaßen gefürchtet, dass es sich gar nicht sagen lässt!»

«Bei Gott, ich weiß, wie sehr er gefürchtet wird! Er ist es doch, der sämtliche Venezianer vom Gebrauch ihrer Verstandeskräfte entbindet.»

«Ob es stimmt, dass er einer der Inquisitoren ist?»

«Er ist nicht nur einer von ihnen, sondern man kann sagen, er gilt für alle drei, denn sowie er da ist, zählen die anderen nicht mehr.»[49]

«Und ob es wahr ist, dass er viele hat köpfen lassen und unendlich viele ins Wasser werfen?», fragte Adriana nachdenklich.

«Meiner Treu, und ob das wahr ist!», antwortete die andere. «Und er hat sehr gut daran getan; wir wollen hier von Trübsinn nichts wissen, wir wollen lustig sein, und wenn die Spielverderber jammern wollen, dann sollen sie nur im Canale Orfano[50] fischen gehen!»

«Fürchtest du dich denn nicht, wenn du an diese Gräueltaten denkst?»

«Mich fürchten? Aber wenn ich dir doch sage, ich würde es selbst genauso machen! Wenn einer an seinen eigenen Angelegenheiten nicht genug hat und sich in die der anderen einmischt, ist es da nicht letztendlich ein großer Gewinn, wenn er von dieser Last befreit wird? Ein Sturz ins Wasser, und gute Nacht! Er gibt Ruh', und die anderen haben ihre Ruh'.»

«Heilige Muttergottes! Und Giorgetto, ob man den auch ertränkt hat?», rief Adriana.

«Ach herrje, denkst du denn immer noch an diesen Prahlhans?»

«Wie denn nicht? An gewissen Abenden geht er mir nicht aus dem Sinn! Du weißt, er war ein hübscher Cavaliere!»

«Ja, einer von den Cavalieri aus Sorrent, von denen es Hunderttausende gibt und deren Einkünfte sich auf jährlich tausend Dukaten Schulden belaufen!»

«Und doch, siehst du, habe ich Gewissensbisse, dass ich mich so gar nicht um ihn kümmere; manchmal liegt es mir auf der Zunge, und ich möchte Seine Exzellenz nach ihm fragen.»

«I wo! Seine Exzellenz wird sich ausgerechnet mit dir über Staatsgeschäfte unterhalten! Und dann, was hast du denn mit diesem Möchtegerngrafen am Hut? Als er hinter Schloss und Riegel kam, hattet ihr da nicht schon miteinander gebrochen? War da nicht schon Patron Carlino dran?»

«Ja, aber der war neu... und er...»

«Er liegt dir also wirklich am Herzen, dieser Graf vom Vesuv...? Ja...? Nun, dann will ich dir heute Abend das Neueste von ihm erzählen.»

«Dein Ehrenwort?», rief Adriana.

«Ehrenwort eines ehrbaren Mädchens!», antwortete Moretta mit einem Händedruck. «Und jetzt leg den Schleier an, und wir gehen zu Catte, der Ärmsten! Die hat wirklich Pech mit ihrem Sohn, der sich bei der Marine hat anwerben lassen!»

«Schönes Pech, das!», erwiderte Adriana. «Du hättest sagen sollen, er hat sich zum Nichtstun anwerben lassen...! Das ganze Jahr am Lido herumlungern und die Segel von Malamocco[51] und den Campanile von San Marco anstarren. Für solch ein Seemannsleben würde auch ich mich in Sold nehmen lassen!»

«Aber ein Pech ist es doch», bemerkte Moretta ernst. «Vor allem hat die arme Catte nun niemanden mehr auf der Welt, der ihr den Kaffee röstet und ihr den Laden sauber hält. Dann kommt hinzu, dass der Ärmste seine Entscheidung schon bereut. Wenn du wüsstest, was für ein Leben das dort ist! Und welche Gefahren bei Tag und bei Nacht!»

«Große Gefahren, das!», sagte Adriana. «Sich den Bauch mit Austern vollschlagen und nachts schlecht schlafen ...! Das ist alles!»

«Willst du mich foppen?», entgegnete Moretta. «Und wenn der arme Teufel nun zufällig auf Deck einschläft und ins Wasser fällt?»

«Sicher ...! Dann bauen sich die Sardinen in seinem Bauch ein Nest, und es ergeht ihm wie diesem slawonischen Kapitän, von dem uns Patron Carlino gestern erzählt hat.»

«Nein, die Sardinen haben nichts damit zu schaffen! Aber unterdessen muss der arme Mann ertrinken, weil er nicht schwimmen kann!»

«Ein Matrose der Republik, der nicht schwimmen kann!»

«Und was ist so Absonderliches daran ...? Es steht ja schließlich nirgendwo geschrieben, dass man schwimmen können muss ...! Aber es kommt noch schlimmer. Stell dir vor, einmal, als der Ärmste zu Hause war, hat er mir erzählt, dass von den hundert Mann einer Fregattenbesatzung zwei Drittel in Venedig sind, und von den übrigen dreißig müssen sechs die ganze Nacht hindurch die Pumpe bedienen, und wenn sie eine Stunde

Pause machen oder ein Schlückchen zu viel trinken und die Augen nicht ordentlich offen halten, dann adieu, Back, Fregatte und Mannschaft! Und am Morgen schaut dann nur noch die Mastspitze aus dem Wasser!»

«Ah, das ist gut!», rief Adriana lachend.

«Das ist gut? Was gibt es denn da zu lachen? Zunächst einmal hätte die arme Catte dann überhaupt keine Kinder mehr ...! Wenn man bedenkt, dass sie fünfzehn zur Welt gebracht hat; und jetzt hat sie nur noch diesen einen!»

«Ich werde bestimmt nicht so viele auf die Welt bringen!», beteuerte Adriana.

«Sie hätte bestimmt auch nicht so viele zur Welt gebracht, wenn sie gewusst hätte, dass sie sie alle verlieren würde, und den Letzten auf so erbärmliche Weise!»

«Ja, gibst du ihn denn schon verloren?», rief die andere. «Dabei hast du doch gar keinen Grund zum Verzweifeln! Verliert die Catte diesen Sohn, so bleibt ihr von ihren fünfzehn Kindern kein Einziges mehr, dir aber bleiben, sollte er wirklich zum Teufel gehen, neun andere quicklebendige und gesunde Verehrer, oder liege ich da etwa falsch?»

«Also, kommst du mit?», sagte Moretta mit einem Achselzucken.

«Gut, gehen wir!», sagte die andere, trat vom Balkon ins Zimmer und schnappte sich aufs Geratewohl einen der Schleier, die auf den Sesseln herumlagen.

Alle schönen Frauen habe ihre Bühne, und fünf Minuten später waren die beiden Zofen vor dem nahe gelegenen Café die Königinnen, umringt von einer Schar von Bootsführern, Tratschweibern, Dienern und vor allem Barbieren.

IV
Liebesseligkeit

Auf dem Canal Grande war mit sanftem Wogen die wunderschöne Stunde des Sonnenuntergangs vorübergegangen, ihre ganze Farbenpracht ausbreitend; jetzt lag über allem nur noch das letzte, weißliche Dämmerlicht. Beinah allerorten durch den gewundenen Verlauf der Ufer gedämpft, brach das Licht nur hier und da noch einmal unversehens, durch eine nach Westen hin sich öffnende Häuserflucht, in hellem Strahl hervor, und wenn die Gondeln diese breiten Lichtschneisen durchquerten, erschienen darin, wie eben erst von Feenhand erschaffen, die reizendsten Damen, weich in den Kissen ruhend; die Kleider schimmerten weiß, die Edelsteine funkelten, Blicke flogen blitzend hin und her. Bis ein Ruderschlag die Erscheinung im dunklen Schatten eines Palazzo zum Verschwinden brachte und man nur noch, da keine Bilder mehr vor Augen standen, ein allmählich verklingendes, leises Stimmengewirr voller Zärtlichkeit und Liebe vernahm.

Doch andere Gondeln, glänzender als die ersten, folgten nach; bei der kurzen Fahrt durch dieses Licht tauchten andere Gesellschaften auf, noch verführerischere Damen, noch weißere Schleier, wollüstigere Posen und noch süßerer Wohllaut der Stimmen, dem Geräusch inniger Küsse gleich. Venedig gleicht der Nachtgeranie, die sich in der Morgendämmerung schließt und der Sonne die Gunst ihres Dufts verweigert, ihre Blütenkelche jedoch im ersten kühlen Abendhauch, der sich beim Ave-Maria regt, öffnet. Und wenn jedes andere Lebewesen unter dem Mantel der Dunkelheit erschaudernd verstummt, weiß sie allein der Tauspenderin mit ihren Wohlgerüchen Dank. Auch wenn dieser Vergleich nach Allerweltspoesie klingt, ist er darum doch nicht weniger wahr. Denn während das Ersterben des Lichts das Leben im Universum nach und nach zum Verstummen brachte, nahm hier auf der ganzen Länge des Kanals das festliche Gedränge von

Menschen und Gondeln zu; es war ein unentwegtes Sich-Begegnen, Sich-Fliehen, Sich-Einholen, Einander-Ausweichen, Sich-Annähern und -Täuschen. Die Rufe der Ruderer, das Gelächter der ausgelassenen Gesellschaften, der Gesang der Zecher wurden mit wachsender Dunkelheit immer kecker, und die Gespräche in den Grüppchen, die bis dahin dem vorsichtigen Gewisper hinter dem Rücken eines Eifersüchtigen geglichen hatten, wurden vernehmlicher. Die Erzählung der Ereignisse des Tages strömte freier von den Lippen, und die Sticheleien wurden schärfer. Kurzum, wie eine vorgehaltene Maske schien die Nacht die Seelen von einem letzten Rest an Scham zu befreien.

Staunend betrachtete Morosina diese auf den ersten Blick so gleichförmige und schlichte Szenerie, die indes einen unwiderstehlichen Zauber auf ihre Seele ausübte. So viele Gedanken strömten auf sie ein, dass sie bei keinem verweilen konnte; und unwillkürlich vermischten und verwirrten sie sich mit den in dieser Menschenmenge vorherrschenden Gefühlen. Eine ungewohnte Mattigkeit erfasste ihre Glieder, die von einem unbekannten Feuer erglühenden Augen irrten hierhin und dorthin, wie auf der Suche nach jemandem, ohne dass sie sich diese Unruhe mit Vernunftgründen hätte erklären können. Ohne es zu ahnen, hatte sie vom Zaubertrank der Circe[52] gekostet.

«Sieh doch, sieh doch nur, die reinste Venus, dieses Mädchen!», tuschelte man sich in den benachbarten Gondeln, auf Morosina deutend, ins Ohr.

«Mädchen...? Eine Frau ist sie, sage ich dir...! Siehst du nicht die entblößten Arme...? Und die Perlen und Bänder!»

«Wem gehört denn diese Gondel?», fragten andere.

«Donnerwetter...! Ja...! O nein...! Aber ja doch, ich sage es Euch doch...! Es ist Seine Exzellenz Formiani, der dahinten in den Kissen lehnt.»

«Ach, kann es etwas Vollkommeneres geben?»

«Wer ist das? Wer ist denn das?», fragten die Damen.

«Wer ist die junge Dame dort an der Seite des Ratsherrn Formiani?», wiederholten alle.

«Eine Enkelin.»

«Aber wenn er doch keine Enkel hat!»

«Dann wird es eine Geliebte von ihm sein!»

«Aber hört doch auf! Wenn er doch neulich erst todkrank war!»

«Ein Grund mehr, das Leben zu genießen.»

Die größte Mühe herauszufinden, wer Formianis neue Freundin sei, gab sich freilich Seine Exzellenz Vettore, der feine Herr Neffe, den wir vom Hörensagen bereits kennen. Er hatte schon bei diesem und jenem herumgefragt und zermarterte sich das Hirn, um hinter die Sache zu kommen; und als er in der Gondel der Prokuratorin nichts ausrichten konnte, wechselte er in die seiner Frau. Auch hier neue Fragen, erneute Verwunderung, neue und noch verstiegenere Mutmaßungen, aber keine Lösung des Rätsels. Nur darin, die Anmut dieses Geschöpfes in den Himmel zu heben, stimmten alle überein. Und tatsächlich sah Morosina, so schwankend zwischen Überraschung und Verwirrung, zwischen Ängstlichkeit und Unschuld, derart bezaubernd aus, dass sie der halben Republik den Kopf verdrehte.

«Dies ist dein erster Triumph, mein Töchterchen», sagte der Inquisitor zu ihr, «und heute Abend wirst du dich rühmen können, den Großen Rat mehr beschäftigt zu haben als der Erbfolgekrieg[53].»

«Was hat Euer Exzellenz gesagt?», fragte das Mädchen, indem es einen seiner schweifenden und flammenden Blicke auf ihn heftete.

Auch der alte Mann war gebannt von deren Zauber, aber anscheinend mehr aus aufrichtiger Bewunderung denn aus einer postumen Regung des Verlangens. Tatsächlich sagte er nach einem

Augenblick des Schweigens mit leiser, sanft bewegter Stimme: «Weißt du, mein Kind, dass sich in dir von Stunde zu Stunde neue Schönheiten entfalten, gleich Blüten an amerikanischen Pflanzen?»

Morosina blickte um sich, fast als zweifle sie daran, dass diese Worte ihr gälten; denn sie war so bestürzt und verwirrt, dass sie sich eher verspottet als in ihrem Liebreiz erhöht fühlte. «Mir ist heiß», sagte sie, da sie auf Formianis Kompliment nichts anderes zu erwidern wusste.

«Oh, du hast keinen Fächer …? Die vergesslichen Dinger! Dir keinen Fächer zu geben …! Hier, nimm unterdessen meinen …! Ach, sieh da, sieh da, die Familie Carmini! Donnerwetter, schau dir das genau an: Sie hat es in kurzer Zeit weit gebracht, deine Klostergenossin! Sieh sie dir an, wie sie da in traulichem Gespräch mit dem jungen Marcoligo auf der Vorderbank sitzt …! Nun, wirklich nicht übel; er ist ein Einfaltspinsel, aber im Übrigen ein braver Junge und recht gut frisiert …»

«Wahrhaftig! Jetzt sehe ich Costanza!», rief Morosina, hocherfreut, ein Bindeglied gefunden zu haben, wodurch sich dieser letzte Tag mit klareren und ruhigeren Erinnerungen verknüpfen ließ. «Und wie ernst sie neben dem jungen Mann sitzt!

Dabei hat sie mich im Kloster immer gehänselt wegen meiner Griesgrämigkeit!»

«Jetzt lacht ihre Mutter an ihrer Stelle!», versetzte Formiani. «Siehst du sie da neben diesem imposanten Mann! Das ist der hochwohlgeborene Marcoligo, mein Kollege im Rat der Zehn. So grüß ihn jetzt, mein Töchterchen, denn einen aufgeblaseneren Laffen gibt es in ganz Venedig nicht...! Hörst du, hörst du, wie lustig die Mutter ist...? Ah, jetzt lachen sie nicht mehr... das kommt, weil sie uns gesehen haben...! Schau, schau, wie sie sich davonmachen...! Ich möchte wetten, mein Patentöchterchen, dass die Alte deine Gegenwart flieht, aus Angst, sie könnte einen Schwiegersohn verlieren!»

Formianis Gondel scherte aus dem Hauptstrom des Gondelcorsos[54] aus und hatte binnen Kurzem das äußerste Ende des Kanals erreicht, wo er sich verbreitert und zum Festland hin in eine Lagune übergeht. Wenn überall sonst Festtagslaune und Heiterkeit herrschten, so lag hier eine melancholische Düsternis über den reglosen, stillen Gewässern, und der Widerhall des Lärms aus der Ferne drang nur säuselnd wie ein Chor von Seufzern hierher. Seine Exzellenz wandte sich zu dem hinteren Ruderer um und fragte: «Wie spät ist es, Bastianello?»

«Es hat eben neun geschlagen», antwortete dieser.

«Gut», sagte Formiani. «Mach hier ein wenig Halt, ich bin des ganzen Trubels überdrüssig.»

Fünf Minuten später sahen sie aus dem Dunkel eine kleine, einsame Gondel auftauchen, die in der abendlichen Kühle nicht geöffnet, sondern rundum geschlossen war und quer über die Wasserfläche auf die dunkle Einfahrt eines Seitenkanals zusteuerte. «Bastianello, drei Ruderschläge zu dieser Gondel hin», sagte der Inquisitor. «Und dann ruf: ‹Seine Exzellenz Niccolò, rudere zurück!›»

Bastianello tauchte das Ruder dreimal ins Wasser und steuerte dabei nach links, und als er gerufen hatte, wie ihm geheißen war, sah man die geheimnisvolle Gondel sich einmal um sich selbst drehen und Seite an Seite an Formianis Barke anlegen. «Massimo!», rief dieser, und sogleich ertönte es aus deren Innerem: «Hier bin ich, Exzellenz.»

«Der Spaziergang ist aufgeschoben», sagte Formiani. «Gute Nacht...! Rudere weiter, Bastianello, hier ist es zu kühl.»

Und während das Gefährt des Inquisitors in das muntere Treiben des Gondelcorsos zurückkehrte, überquerte die kleine Gondel erneut den

Kanal und verschwand zwischen zwei riesigen Palästen, dort, wo sie ein paar Minuten zuvor herausgekommen war.

Morosina hatte den Zwischenfall kaum bemerkt und fand auch nichts Befremdliches daran. Formiani hingegen schien lange darüber nachzusinnen, denn seine Stirn blieb umwölkt bis ungefähr zum Rialto. Erst da fand er, sei es, weil er den Ärger überwunden hatte, sei es, weil er ihn der Menge nicht zeigen wollte, seine Beredsamkeit und sein Lächeln wieder. «Du bist aber wortkarg, mein Töchterchen», sagte er da. «Solltest du in diesem Punkt nicht nach deiner Mutter geraten...? Oh, oder vielleicht verdrießt dich dieses Umherschaukeln zwischen so vielen Leuten? Sag es nur freiheraus, mein Kind!»

«O nein, es verdrießt mich nicht», rief Morosina heiter, wobei sie den Kopf immer weiter nach hinten drehte, damit ihr im Vorangleiten der Gondel nicht der einzige Anblick entschwände, der sie in dem ganzen Schauspiel dieses reizenden Durcheinanders fesselte.

Formiani wandte ebenfalls vorsichtig den Kopf und erblickte die Gondel Celios, die der seinen langsam folgte. «Oh, der Cavalier Terni!», rief er aus. «Bastianello, rudere etwas langsamer, wir wollen hören, was es bei ihm Neues gibt.»

Morosina wusste nicht, wohin sie ihre Blicke richten sollte, ihrem Wunsch folgend auf Celio oder zum Dank für seine gütigen Worte auf ihren Paten.

«Guten Tag, Cavaliere!», sagte Formiani, als die Gondel in Rufweite war. «Wie ist es Euch seit gestern Abend ergangen?»

«Was die Gesundheit angeht, recht leidlich, im Übrigen aber schlecht, Exzellenz», antwortete Celio, der schon so nah herangekommen war, dass er Morosina mit dem Ellbogen berühren konnte. «Und Ihnen geht es scheint's ebenfalls passabel, wenn ich Sie hier bei der abendlichen Ausfahrt sehe...! Und auch Ihnen, Signorina», setzte er zu dem Mädchen gewandt hinzu, «denn für die Nachtigall, die sechs Jahre lang im Käfig saß, muss der erste Flug ja köstlich sein.»

«Bisher kam alles so überraschend für mich, dass ich die Freude nicht von meinen anderen Gefühlen unterscheiden konnte», antwortete das Mädchen, am ganzen Leib zitternd.

«Und nun?», fragte Celio leise.

«Nun gewöhne ich mich daran und habe ziemliches Vergnügen dabei», kam es treuherzig aus Morosinas Mund.

«Sie versteht sich darauf, sie versteht sich darauf!», dachte Formiani bei sich, solch jungfräuliche Offenherzigkeit mit Koketterie verwechselnd. «Die Seraphinerinnen haben ihre Zeit nicht vergeudet...! Kommt, Cavaliere», fuhr er mit lauter Stimme fort, «kommt zu uns herüber, wir sind nämlich allein. Das wird uns ein wenig zerstreuen, denn wie Ihr Euch denken könnt, will zwischen einem alten Mann und einem jungen Mädchen keine rechte Fröhlichkeit aufkommen.»

«Danke», erwiderte der Cavaliere und setzte behende von einer Gondel in die andere über. «Ihr könnt nach Hause fahren», sagte er zu den eigenen Gondolieri.

«Seht doch, seht doch», wurde indessen ringsum getuschelt. «Cavalier Terni steigt bei Formiani ein! Sapperlot, eine dicke Freundschaft in kaum mehr als drei Wochen!»

«Ei, wisst Ihr denn nicht», fuhren andere fort, «er hat seine Mätresse im Hause Formiani, der kleine Cavaliere...! Die Tochter eines Klienten Seiner Exzellenz... der Podestà in Dalmatien sein muss oder sonst irgendwo... derjenige, welcher die intrigante Cecilia geheiratet hat...»

«Ha, ha, aber ja, haha...! Jetzt erinnere ich mich, ein rechter Tölpel...! Eine hübsche Posse ist mir das...! Und ob das wohl ein Abkommen auf Halbpart ist zwischen dem Alten und dem Jungen?»

«Haha...! Sprechen wir von anderem, ich bitte Euch.»

Wie man sieht, war Morosina von einigen Stutzern, die bei den Seraphinerinnen verkehrten, erkannt worden, und da nahmen die Lästereien dieser Laffen gar kein Ende mehr. Sie indes blickte voller Vertrauen Celio an und schwelgte unter den böswilligen und lüsternen Blicken der Menge in der Seligkeit reinster Liebe.

«Wenn ihr nichts dagegen einzuwenden habt», sagte der Inquisitor, als sie auf der Höhe von Santa Maria della Salute[55] angelangt waren, «müsste ich am Dogenpalast aussteigen. Ihr, meine Kinder, könnt unterdessen eine kleine Runde durch die Lagune drehen und mich auf dem Rückweg wieder abholen, in etwa vierzig Minuten habe ich alles erledigt... Ihr seid doch heute Abend unser Gast, Cavaliere?!»

«Danke, Euer Exzellenz», sagte Celio mit einer Verbeugung.

«Nun gut, ich vertraue Euch mein Adoptivtöchterchen an», setzte Formiani hinzu. «Leistet ihr angenehme Gesellschaft, solange ich mir den Kopf bei diesen vermaledeiten Amtsgeschäften zerbrechen muss.»

«Ein großer Sprung, nicht wahr», meinte Celio, «so mir nichts dir nichts vom Gondelkorso auf dem Kanal überzuwechseln zu einer Ratssitzung, wo möglicherweise über das Wohl des Staates entschieden wird!»

«Oh, die Zeiten sind vorbei», erwiderte Formiani traurig. «Und das Wohl des Staates, glaubt mir, hängt auch nicht mehr von einem Dekret des Rats der Zehn ab. Man hält die Maschinerie in Gang, damit der Rost die Zahnräder nicht völlig zerfrisst. So weit ist es gekommen, dass wir uns keinen besseren Rat mehr wissen als die alte Bauernregel: Ich mache es so, weil mein Großvater es auch schon so gemacht hat!»

Indessen glitt die Gondel an die Riva della Piazzetta heran, wo der Inquisitor zu halten befahl und, von Celio gestützt, das Pflaster betrat. Wenn die Lagune dort verlassen vor ihnen lag, weil sich alle Gondeln im Kanal drängten, so war das an der Riva[56] und der Piazza keineswegs so, dort herrschte dichtes Gedränge, verschiedenste Unterhaltungen in den Gesellschaften waren zu vernehmen, Fußescharren, Kleiderrascheln und laute Rufe der Obstverkäufer, Wasserträger, Sorbetverkäufer und Harlekine, die an den Ständen der Puppenspieler einen großen Kreis von Zuschauern um sich scharten.

«Zuanne, du kommst mit mir!», sagte Formiani zu dem jungen Ruderer vorn an der Gondel.

«Und ihr, Kinder, erkältet euch nicht, legt meinen Marderpelz um, und auf Wiedersehen in höchstens einer Dreiviertelstunde.»

«Gott erleuchte Euer Exzellenz», sagte Celio und erhob sich von der Seitenbank, um sich neben Morosina zu setzen.

«Am Licht würde es ja nicht fehlen, wohl aber am Öl!», entgegnete Formiani. «Nochmals, leb wohl, mein Töchterchen!» Und bei diesen Worten verschwand er, auf Zuannes Arm gestützt, in der Menge.

«Gott stehe Ihnen bei, Herr Pate!», sagte endlich Morosina, die gar nicht begriff, wie ihr geschah. «Und sputen Sie sich», setzte sie halblaut hinzu.

Welche Empfindungen dem Mädchen diese letzte Bemerkung eingegeben haben mochten, die im Übrigen in den Wind gesprochen war, weil Formiani sich schon weit vom Ufer entfernt hatte, wüssten wir nicht zu ergründen. Gewiss mischte sich einige Bangigkeit in die geheime Lust, sich so ganz allein mit Celio zu sehen – ob diese dadurch verdorben oder gesteigert wurde, will ich nicht sagen. Herauszufinden, wie ein so großes, fast überwältigendes Glück in den launischen Fingern des Zufalls zustande gekommen sein mochte, war sie in ihrer Aufregung nicht imstande, und nach

Art aller gutartigen Wesen, denen wegen ihres unerschütterlichen Zutrauens die Vernunft eine viel gefährlichere Führerin ist als der Instinkt, ließ sie sich von den Ereignissen treiben.

Unter den Stößen des einzigen verbliebenen Ruders bewegte sich die Gondel langsam auf die Lagune hinaus, dann, als sie so weit vom Ufer entfernt war, dass von den Geräuschen der Stadt nur noch diffuse Laute herüberdrangen, schwenkte sie nach links und hielt in gerader Linie auf die Spitze des Arsenals zu. In dieser dunklen Stille war von dem großen Gedränge an der Riva degli Schiavoni für die Sinne nur so viel vernehmbar, wie vielleicht bloße Geister von den Dingen dieser Welt noch wahrnehmen mögen: ein leises Murmeln, ein Gewimmel von schwarzen Punkten rings um die wenigen Laternen, das war alles, was man von der unendlichen Menge hörte und sah. Darüber erhoben sich, ein Mahnmal aus anderen Zeiten, die bizarren Zinnen des Dogenpalasts und die byzantinischen Kuppeln von San Marco, sodass von nah und fern die Majestät dieser Gebäude der Kleinheit der Menschen Hohn zu sprechen schien. Ob in einem der Säle dieses Palasts der Doge das abendliche *Sette e mezzo* eröffnete; ob auf einem anderen Stockwerk der Rat der Zehn über die beste Ausrede beratschlagte, um sich aus dem

Erbfolgekrieg heraushalten zu können, der zwischen dem Reich, Neapel und Spanien ausgefochten wurde; ob weiter unten ein kleiner Schwindler, von der kindischen Furcht der Patrizier zu einem Masianello[57] aufgebläht, in seinem Verlies schmachtete; ob unter den Prokurazien Edelleute ihren Klienten, Mittelsmännern und Wucherern Audienz gewährten; ob sich in den Regimentern Spione und Kuppler um die Fahnen scharten; ob all diese Menschen den Rest ihres Tages allenthalben mit Dummheit, Unzucht und Nichtigkeiten hinbrachten – was kümmerte das Celio, der sich ganz allein in Gesellschaft eines so reizenden und begehrten jungen Mädchens befand? Tausende Male hatte er mit diesem Rezept seinen Magen beschwichtigt, der gegen die Schande aufbegehrte – und doch seufzte er beim Blick auf Venedig. Dann aber kehrte er dem Schauspiel den Rücken und wandte sich, als wolle er sich ganz dem einzigen Entzücken an seiner Seite widmen, seiner Begleiterin zu. Doch diesmal verfolgten ihn derlei Gedanken auch bis in die Schlupfwinkel der Liebe, und er seufzte noch tiefer auf.

Fast schien Morosina sich über diese Seufzer zu freuen, vielleicht, weil sie den Freund damit bei etwas ertappte, was sie sich in den vergangenen Tagen selbst oft zum Vorwurf gemacht hatte.

Und wenn diese Seufzer einen Gleichklang der Gefühle erkennen ließen, so hatte das Mädchen allen Grund, sich darüber zu freuen. Die Genugtuung, die sie darüber empfand, kam in einem abermaligen Seufzer zum Ausdruck, und Celio wandte sich scherzend an sie: «Seine Exzellenz hat uns befohlen, fröhlich zu sein, nicht zu seufzen. Und die Befehle eines Inquisitors müssen auf das Gewissenhafteste befolgt werden. Nun, so wollen wir also fröhlich sein», fuhr er fort, indem er näher an sie heranrückte. «Es sollte uns nicht schwer fallen. Erinnert Ihr Euch nicht, wie viele Stunden wir spielend miteinander verbracht haben? Und wie wir zusammen gelacht haben, hm, Morosina? Man braucht nur eine Dreiviertelstunde von jenen köstlichen Jahren herzunehmen und wiederzubeleben, und ich bin mir sicher, wir werden im Nu Lust bekommen, noch viele andere wiederauferstehen zu lassen.»

Jeder aufgeweckte Zeitgenosse hätte, wäre ihm von einem Inquisitor so unverhohlen ein nächtliches Stelldichein angeboten worden, wer weiß welchen tödlichen Hinterhalt unter den Lilien und Rosen gewittert, und wenn er auch nicht weiter nach dem Wie und Warum forschte, wäre er doch sehr auf der Hut gewesen und hätte sich auf eine so heikle Geschichte nicht eingelassen.

Celio aber war in einer anderen Schule groß geworden. Gewohnt, für seine Vergnügungen jegliche Vorsicht fahren zu lassen (in besseren Zeiten eine tadelnswerte Eigenschaft, damals jedoch ein Merkmal einzigartiger Tugend), achtete er nicht auf die leisen Warnrufe der Angst; im Gegenteil, aufgrund seiner natürlichen Kühnheit und dank eines unerklärlichen Zaubers, der an jenem Abend Morosinas Augen entströmte, fühlte er seine hochheiligen Vorsätze zur Keuschheit schwinden und die Flamme seines lang gehegten Begehrens auflodern. So vergaß er alles um sich herum, einzig dessen eingedenk, dass die heiß geliebte Morosina und er alleine waren. «Wisst Ihr», hob er wieder an, als er sah, dass sie keine Anstalten machte, das Schweigen zu brechen, «wisst Ihr, meine liebe Morosina, dass ich in den drei gemeinsamen Jahren unserer Kindheit mehr gelebt habe als in den darauffolgenden zwölf Jahren? Wahrhaftig, im Geiste bin ich immer noch dort... und mit dem Herzen auch!», fügte er nach einer kurzen Pause mit sanfterer Stimme hinzu. «Und Ihr, und Ihr?», fuhr er fort, so dicht an ihrem Ohr, dass seine Lippen ihr Haar streiften. «Und Ihr, Morosina, wo habt Ihr denn nun Euer Herz?»

Morosina machte eine Bewegung, wie um von ihm abzurücken, doch ihr war, als sei sie auf ihrem

Platz festgenagelt und habe auch nicht die Kraft, sich zu rühren. Antworten wollte sie aber, und da geschah es zum ersten Mal in den zwanzig Jahren ihres Lebens, dass ihr ein Wort auf die Lippen kam und diese sich scheuten, es laut und damit lebendig werden zu lassen. Bis dahin hatte sie ihre Tage hingebracht wie in einem Reigen, in dem man vom Schweigen des Nichts emporsteigt zum Himmel seliger Ewigkeit, alles in ihr war Güte, Frieden, Eintracht gewesen, und all ihr Sinnen und Trachten hatte anderen gegolten; eine so heitere Ausgeglichenheit herrschte in ihrem Gemüt, dass sie für sich selbst weder Furcht noch Zweifel noch Hoffnung gekannt hatte. Nun fühlte sie, wie diese Frage Celios sie mit einem Mal auf sie selbst zurückwarf.

«Wo habt Ihr Euer Herz?» – Ja, wo hatte sie ihr Herz?

«Bei dir, bei dir!», hatte es in ihr aus ganzer Seele geantwortet; aber stimmte das denn auch? Oder war ihr Herz nicht viel eher dort oben in Asolo bei ihrer Familie …? Das gestand sie sich selbst ein, indes der Mund immer noch am liebsten die erste Antwort gegeben hätte. Und da sie keine anderen Worte fand, die ihr Genüge getan hätten, schwieg sie, preßte die Hand auf den Busen und seufzte noch einmal tief auf.

«Erinnert Ihr Euch», fuhr Celio fort, indem er sich in der Dunkelheit ganz über die Schulter des Mädchens beugte, und seine Stimme ließ das Lächeln erahnen, von dem die Worte begleitet waren. «Erinnert Ihr Euch, wie lieb wir uns hatten? Nun, Morosina … sagt schon! Erinnert Ihr Euch?»

«Immer werde ich mich daran erinnern!», antwortete das Mädchen im Tonfall eines Engels. Das Geständnis der reinsten Liebe hatte endlich den keuschen Schleier gefunden, in den es sich hüllen konnte, und in seiner jungfräulichen Scheu erschien es Celio noch tausendmal schöner.

«Ah, Ihr erinnert Euch also?», erwiderte er und ließ in seinen Worten all die Freude mitschwingen, die er empfunden hätte, wenn dieses Geständnis unerwartet für ihn gekommen wäre. «Aber wenn Ihr mich damals lieb hattet, dann wird das jetzt doch auch noch so sein? Sind wir nicht immer dieselben geblieben …? Hat nicht der Zufall selbst es so gefügt, dass wir uns lieben sollen, wenn wir durch seine Gunst hier ganz allein miteinander sind, da man es am wenigsten vermutet hätte?»

Das Mädchen wandte sich rasch nach dem Heck der Gondel um, denn unwillkürlich erschrak sie bei dem Gedanken, ganz allein mit Celio zu sein, sodass sie für einen Moment fürchtete, der Gondoliere könne verschwunden sein. Doch der beugte sich in gleichmäßigen Bewegungen über sein Ruder und sah angelegentlich auf den Campanile von San Marco, der hinter ihm lag, ganz als sähe er ihn zum ersten Mal. Manch einer wird solche Ängstlichkeit bei einer Jungfrau weder natürlich noch erbaulich finden; doch in der Zeit, von der ich erzähle, war es für Jungfrauen statthaft, über so einiges Bescheid zu wissen, und es war eben Morosinas seltenes Verdienst, sich bei derart schlechten Vorbildern und Reden so rein erhalten zu haben. Celio entging diese unwillkürliche Regung der Furcht nicht, und er war hocherfreut darüber, wusste er doch geringes Zutrauen zu den eigenen Kräften als gutes Vorzeichen zu schätzen. Er hielt es jedoch nicht für zweckmäßig, sich diese Genugtuung anmerken zu lassen, ja, er tat sogar, als sei er verärgert: «Angst habt Ihr, hm?», sagte er bitter. «Angst vor mir, der ich Euch immer der zärtlichste Freund und ergebener Beschützer war? Vor mir, der ich Euch seit Kindertagen eine fast religiöse Liebe geweiht habe …? Und anderen würdet Ihr Euch furchtlos anvertrauen, überzeugt, ausreichend Kraft zu besitzen, um sie zurückzuweisen und zu beschämen? Doch was Ihr über andere mit einem Verweis oder einem Befehl vermögt, vermögt Ihr das Nämliche über mich nicht mit einem Seufzer oder einem bloßen Blick? Ja, sollte es mir überhaupt möglich sein, Euch mit den gleichen Augen anzusehen, mit denen andere Euch betrachten?» Der Cavaliere hatte diese Rüge in listiger Absicht begonnen, um sie zu guter Letzt für wahr und berechtigt zu halten.

«Über die anderen würde ich lachen!», sagte das Mädchen treuherzig.

«Und mir misstraut Ihr!», erwiderte Celio, schwankend zwischen Wahrheit und Lüge, zwischen echtem Gefühl und Komödie. «Aber wahrhaftig, ich ziehe ebenfalls das Ausgelachtwerden diesem beständigen Argwohn vor... Ja, lacht nur auch über mich...! Die Heiterkeit wird Euch wenigstens guttun, während das Misstrauen mit seiner Bitterkeit Euch nur alles vergällen kann!»

«Oh, Celio, Celio!», rief Morosina, den Tränen nahe.

«Nur zu, lacht doch, ich gönne es Euch von Herzen!», insistierte er grausam.

Ein angstvolles Schluchzen hob den Busen des Mädchens, und zwei heiße Tränen fielen auf Celios Hand, mit der er in perfekt gespieltem Zorn die Hand des Mädchens umklammert hielt.

«Ihr weint? Nun weint Ihr?», fuhr der junge Mann mit veränderter Stimme fort und gab sich bestürzt. «Mein Gott», sprach er weiter, umschlang sie ganz mit einem Arm, nahm ihr das Taschentuch aus dem Schoß und trocknete ihr damit die Augen, alles natürlich, um sie zu trösten. «Oh, wenn Ihr wüsstet, wie weh mir Eure Tränen tun...! Es ist, als wolltet Ihr mir sagen: ‹Ja, Celio, ich habe Mitleid mit Euch; ich sehe ein, dass ich Euch lieben sollte...! Aber ich kann nicht, versteht Ihr? Ich kann nicht...! Der Liebe kann man nicht befehlen; sie lässt sich nicht erzwingen, weder durch die Macht der Erinnerung noch durch die Macht der Liebe. Die Liebe fällt vom Himmel, und durch geheime, stets rätselhafte, oft geringfügige, manchmal widersprüchliche Motive verbindet sie eine Seele mit der anderen. Blind, wie sie ist, wirft die Liebe sich Feinden in die Arme und flieht, vergisst, opfert die Freunde...!› Und du, Morosina, du tötest mich, so wahr es einen Gott gibt!»

Das echte Gefühl, das in Celios Herzen keimte, verlieh dieser komischen Tirade den Ton der Wahrheit; woraufhin Morosina, die den schmerzlichen Widerstreit zwischen Scham und Leidenschaft in ihrem Herzen nicht mehr bemeistern konnte, in heftiges Schluchzen ausbrach. Der Gondoliere wurde seinem geliebten Campanile einen Augenblick lang untreu und sah verstohlen nach den beiden jungen Leuten; dann stimmte er eine Oktave des Tasso[58] an, wie das damals allgemein üblich war.

«Um Himmels willen, um Himmels willen, Morosina», fuhr Celio nun mit flehender und einschmeichelnder Stimme fort. «Sag mir, sag mir, ob du mich nicht mehr liebst! Ich schwöre dir, wenn es so ist, fliehe ich weit, weit weg von dir, wo du nie mehr etwas von mir hören wirst, ob ich nun tot bin oder lebendig, und nie mehr will ich, ob tot oder lebendig, deinen Augen eine einzige Träne entlocken...! Sprich... um Himmels willen!», setzte er hinzu, sie mit den Armen umschlingend und in ihren Augen nach einer Antwort forschend. Doch die schweiften, von Nacht und Tränen verschleiert, durch die dunstigen Nebel der Lagune, während ihr die Sinne im Aufruhr der Leidenschaften zu schwinden drohten. «Sprich, Morosina, wenn du mich nicht liebst...»

«Oh, ich liebe dich», murmelte das Mädchen unter einem erneuten Schwall von Tränen, als ob sie mit dieser Antwort sich selbst ein schreckliches Unheil verkündete.

Beglückt atmete Celio auf und schwieg, als würde er sich ganz sammeln im Staunen über eine so himmlische Freude; nur sein Arm umschlang zärtlich die reizende Gestalt des Mädchens. So verharrten sie ein Weilchen, bis Morosina sich wieder fasste und Anstalten machte, sich aus der Umarmung, die sie ihm unwillkürlich gewährt hatte, zu befreien.

«Jetzt, gerade jetzt, da ich so glücklich bin», hob er wieder an, «willst du dich mir entziehen...? Doch ja, du hast ja recht», fuhr er dann fort, wie entrückt in überirdischer Verzückung. «So viel Glück muss reichen für mich!» Bei diesen Worten zog er den Arm zurück, um zugleich sein Gesicht dem des Mädchens zu nähern. «Aber du liebst mich doch, nicht wahr?», sagte er. «Und wirst du mich immer so lieben wie jetzt? Und wirst mich selig machen mit jedem Lächeln, mit jedem Blick, mit jedem deiner Gedanken...? Liebst du mich...? Ach, es nur ein einziges Mal zu hören, ist wenig, weißt du...! Sollte es dich vielleicht... reuen...? Nein, nein...! Du liebst mich noch...»

«Ja, ich liebe dich und habe dich immer geliebt», antwortete Morosina vollkommen ruhig. Bei diesem Geständnis, das nunmehr auch durch die Vernunft bekräftigt wurde, wandte sie sich Celio offen zu.

Die Lippen des jungen Mannes waren ganz dicht bei den ihren und berührten sie in einem hauchzarten Kuss, der so leise war, dass nichts davon an die aufmerksam lauschenden Ohren des

Gondoliere drang; eine wunderbare Harmonie erfüllte indes die Seelen der beiden jungen Leute; und sogar Celio, der doch an ganz andere Sinnenfreuden gewohnt war, staunte über die geheimnisvolle Lust, die er nun in dieser sonst so teilnahmslos genossenen Sache entdeckte. «Liebst du mich also?», fragte er noch einmal.

«Ja!», antwortete Morosina aufrichtig. «Aber...»

«Aber...?», fragte Celio, als er sah, dass sie zögerte weiterzusprechen.

«Aber», begann Morosina wieder, «ich weiß selbst nicht, was ich sagen wollte!»

Bei all ihrer Liebe empfand die Ärmste das Bedürfnis nach einer gewissen Zurückhaltung, doch obwohl sie dies offen zu erkennen gab, war sie in derlei Dingen nicht erfahren genug, um dieses Gefühl in Worte fassen zu können. In der Vorahnung, dass der Sinn dieses «aber» seinen Hoffnungen nicht eben günstig sein würde, bestand Celio dagegen auf dessen Erklärung. Da gab Bastianello, der im Rahmen seiner Pflicht der nachgiebigste Mensch war, jenseits dessen aber gestrenger als jeder Sbirre oder Häscher, auf sein Ruder gestützt bekannt, dass es zehn Uhr schlage und von den vierzig Minuten, die Seine Exzellenz bewilligt habe, nur noch zehn übrig blieben. «Rudere also zum Ufer zurück!», antwortete Celio schweren

Herzens und wunderte sich, wie schnell diese halbe Stunde verflogen war.

Und da es ihm nicht ratsam schien, das geheime Misstrauen Morosinas weiter aufzuklären und die schweifende Aufmerksamkeit ihrer Seele durch lästiges Insistieren darauf hinzulenken, ja, da es ihm im Gegenteil das Klügste erschien, sie recht bald von dieser gefährlichen Stelle wegzulotsen, drang er mit jeder Art von Schwüren und Liebenswürdigkeiten in sie, die sie mit den süßesten Ausrufen und bezauberndem Lächeln beantwortete, und es war schade, dass Letzteres in der Dunkelheit vergeudet war. In der Seele des Mädchens hatte sich der Übergang von der Unbekümmertheit der Unschuld zur süßen Bangigkeit der Liebe bereits vollzogen. Den Meisten ist die Liebe eine unsichere Angelegenheit, ihr aber, die gefestigt war durch ihre Redlichkeit, ihr tiefes Gefühl und ihre Güte, stellte sie sich so schön und heiter dar wie der Frieden ihrer Kindertage. Noch nie hatte dieser Frieden so reiche Freuden verheißen, wie ihr Herz sie jetzt erahnte, und während sie bald ihre Ruhe wiederfand, kostete sie zugleich die lebhafte Hoffnung auf ein noch größeres Glück.

Bastianello vervielfachte seine Ruderschläge derart, dass er nun in zehn Minuten die Strecke zurücklegte, für die er zuvor dreißig gebraucht hatte, und sie kamen am Ufer an, unmittelbar bevor Seine Exzellenz und Zuanne dort eintrafen.

«Oh, glücklich wieder da, meine Kinder!», rief Formiani, indem er in die Gondel stieg und sich auf den Platz setzte, den in seiner Abwesenheit Celio eingenommen hatte. «Zum Teufel, wo habt ihr meinen Marderpelz hingetan...? Ah, da liegt er ja unter meinen Füßen...! Anscheinend bemerkt ihr gar nicht diesen frischen Luftzug, der einem in die Nase beißt! Ach ja, auch mir erging es nicht anders, als ich jung war...!»

«Die Brise ist eben erst aufgekommen», antwortete Celio, «und weil sie vom Meer her weht, haben wir sie in der kurzen Zeit, die wir für die Rückkehr brauchten, gar nicht bemerkt... Ein vortrefflicher Ruderer, den Sie da haben, Exzellenz!», sagte er, nach rückwärts weisend. «Lassen sie ihn dieses Jahr an der Regatta teilnehmen?»

«Hörst du, Bastianello!», sagte der Inquisitor lachend. «Der Cavaliere hier fragt, ob du dich in der Regatta versuchen willst!»

Bastianello murmelte etwas in seinen Bart, was aber keine verständliche Antwort ergab.

«Es ist so, müsst Ihr wissen», ergriff Formiani wieder das Wort, «dass Bastianello seine Kunst aus tiefstem Herzen verachtet, oder besser gesagt, dass er geringschätzig auf seine Berufsgenossen herabsieht und es verschmäht, sich mit ihnen zu messen.»

«Teufel! Das nenne ich Hochmut!», rief Celio lachend. «Und mit mir, würdest du dich mit mir messen wollen, Bastianello? Ein Wettkampf mit einem Dilettanten bringt nie Schande, und wenn du mich übertriffst, was ich hoffe, gewinnst du ein paar Zechinen dabei, andernfalls gebührt mir der Ruhm, und die Zechinen bekommst du trotzdem.»

«Wann es Ihnen beliebt, Euer Hochwohlgeboren!», entgegnete der Gondoliere.

«Gut, also morgen am späten Abend, damit uns nicht zu heiß wird, auf dem Giudecca-Kanal», antwortete Celio.

Morosina schwieg, sie war so versunken in den ersten Wonnen der Liebe, dass sie sich gar nicht wunderte über die Leichtigkeit, in der Celio vom himmlischen Zwiegespräch der Seelen zu Scherzen mit einem Bootsführer überging.

«Warum bist du so nachdenklich?», fragte der Inquisitor sie schließlich.

«Ich denke nach!», antwortete Morosina in diesem einschmeichelnden venezianischen Tonfall, der aus jedem einzelnen Wort eine ganze Melodie macht.

«Aber nicht doch, meine Kleine», versetzte

er, «jetzt solltest du dich vergnügen, nachdenken kann man, wenn man alt ist; glaub mir, ich bereue sogar die wenigen Augenblicke, die ich in meiner Jugend mit Nachdenken zubringen musste. Schau», fuhr er in einem gewissen sarkastischen Tonfall fort, so als entwickle er hier einen schon länger gehegten Gedanken, «ich habe sehr wenig nachgedacht, und in diese traurige Verlegenheit kam ich zur Zeit des Morea-Kriegs, den wir Gott sei Dank verloren haben, und so war weiteres Nachdenken nicht nötig. Mein Vater hat in seinem Leben etwas mehr nachgedacht als ich; der arme Teufel, er dauert mich – er hatte Zeiten gesehen, in denen größerer Ernst herrschte, und konnte sich nicht damit abfinden, in einer Posse zu leben. Mein Großvater, Gott hab ihn selig, beharrte auf der Verteidigung Candias, als alle anderen es übergeben wollten, und schlug sich mit noch ärgeren Gedanken herum als sein Sohn. Und der Urgroßvater, der Ärmste, stellt euch vor, wie angestrengt der hat nachdenken müssen, da er zur Zeit der Liga an der Spitze des Rats der Zehn stand! Und dessen Vater wiederum war noch schlimmer dran, da er vor lauter Nachdenken im Krieg von Chioggia ums Leben kam.[59] Ein Beweis dafür, meine liebe Morosina, dass die Zeiten von Tag zu Tag besser werden ...! Amüsiert euch also, Kinder…! Wer weiß, was später kommt…! Schlimmeres, als sterben zu müssen, kann euch gewiss nicht widerfahren, und dann werdet ihr dort unten in den Eleusinischen Gefilden das Glück haben, Sokrates, Plato, Galilei und Fra Paolo[60] die Philosophie zu lehren!»

Hier wollte ihm scheinen, sein Tonfall habe zu deutlich den gegenteiligen Sinn dessen erkennen lassen, was er gesagt hatte, und da es ihm nicht behagte, restlos verstanden zu werden, korrigierte er dies, indem er eine Koda mit Lobpreisungen der damaligen Jugend anhängte, die so fügsam sei, so viel Ehrfurcht vor den Gesetzen und der Regierung habe, vielleicht mehr als nötig, und sodann behauptete, diese guten Eigenschaften seien allesamt Auswirkung von ehrbaren Vergnügungen.

«Und schaut!», fuhr er im Brustton der Überzeugung fort. «Sogar Gott der Allerhöchste ist uns dankbar für diese Schwächelei, und während er uns in früheren Jahrhunderten bisweilen mit der Pest heimsuchte, vergisst er uns jetzt geflissentlich. Und dies sei gesagt, ohne mit den Aufsehern gegen Gotteslästerung in Konflikt geraten zu wollen!»[61]

Wir wissen nicht, ob Celio und Morosina die Überlegungen verstanden, die der Inquisitor stoßweise und wie im Selbstgespräch vorbrachte; gewiss ist jedoch, dass beim Betreten des Palazzo alle drei eine finstere Miene zeigten. Im Licht freilich fanden die beiden jungen Leute dank ihrer Jugend bald zu ihrem gewöhnlichen Aussehen zurück, wohingegen Formiani den ganzen Abend hindurch melancholisch und nachdenklich blieb. Dabei war die Spielpartie außerordentlich glänzend, und in dem mit Spiegeln und Samttapeten ausgekleideten Saal fanden sich wie üblich Damen und Herren jeden Alters in prunkvoller Toilette ein. Das Verhältnis der Lebensalter war allerdings völlig aus den Fugen geraten, abnorme Erschlaffung bei den Jungen und kindisches Getue bei den Älteren ließen kaum mehr Unterschiede erkennen, Perücken und Puder taten das Ihrige dazu, den letzten Unterschied zu verwischen. So schienen in dieser Gesellschaft von halben Gelehrten, halben Politikern, halben Aspasien[62], halben Geistlichen, halben Menschen die Gefühle von Respekt, Freundschaft, Liebe, wie man sie für gewöhnlich Älteren, Gleichaltrigen und Jüngeren entgegenbringt, noch nicht geradezu auf den Kopf gestellt, wie das später bei noch weiter fortgeschrittener Dekadenz der Fall sein sollte, wohl aber vor der Tür gelassen und durch ein leichtsinniges und kraftloses Hermaphroditentum ersetzt zu sein.

Nachdem Seine Exzellenz Formiani Morosina als seine Patentochter und neue Gesellschafterin vorgestellt hatte, mag sich jeder selbst ausmalen, welch ein Gerangel da sechs oder sieben Senatoren und zwei Prokuratoren von San Marco rings um sie veranstalteten! Sie drängten sich zu ihr hin und stimmten einen Chor von Schmeicheleien und Lobhudeleien an, mit denen sie zu wenig vertraut war, als dass sie diese gebührend hätte quittieren können. Doch endlich befreite die Eröffnung des Spiels sie von dieser Greisenbelagerung, und als die Tresette-, Piquet- und Zecchinett-Tische[63] ringsum aufgestellt waren, konnte sie erleichtert aufatmen und sich auf der Suche nach einem Moment der Einsamkeit auf einen Balkon begeben. Doch sie fand Besseres, denn auch Cavalier Terni hatte sich, da er gegen seine sonstige Gewohnheit keine Lust zum Spiel hatte, zurückgezogen, um den Mond zu betrachten, der eben über den Dächern der gegenüberliegenden Palazzi heraufzog. Schon lange hatte der Cavaliere sich nicht mehr allein in Gesellschaft dieses Verbündeten der Liebenden befunden, weshalb er den alten Bekannten in allen Ehren begrüßte. Es fehlte ihm durchaus nicht an feinem Sinn für das Schöne und auch nicht an Empfänglichkeit für anrührende Poesie; doch durch das jugendliche

Verlangen nach Trubel und Gesellschaft von seinen natürlichen Neigungen abgelenkt, erschien ihm das unschuldige Vergnügen, mit den Sternen und den eigenen Phantasien Zwiesprache zu halten, was wiederum die Erinnerung an andere Freuden in ihm wachrief, dermaßen neu und unerhört, dass er darüber staunen musste. Woher kam nur seit ein paar Wochen dieses unentwegte Stochern in der Vergangenheit und diese unwillkürliche Selbsteinkehr, weswegen er voller Abscheu die üblichen Zerstreuungen floh und sich in solchen Abgeschmacktheiten gefiel? Unser junger Mann hatte sich ausreichend Übung im Denken und Selbsterkenntnis bewahrt, um sich diese Frage klar und deutlich zu stellen; und er musste sich eingestehen, dass er von einer einzigen Idee, von einer unwandelbaren Leidenschaft beherrscht wurde, weshalb jeder Versuch, sich davon loszumachen, schmerzlich war, jedes Verweilen bei ihr angenehm und eine Wonne jeder Gedanke, jede Erinnerung, die sie noch fester in ihm verankerten. So beherrschte die Liebe zu Morosina ihn ganz; und obwohl er sich sagte, der Appetit schwinde mit dem Essen, und genauso werde auch diese schwermütige Stimmung vorübergehen, war doch nicht weniger wahr, dass ihn angesichts dieses jungen Mädchens sein gewohntes Draufgängertum verließ, das ihm bei anderen Frauen unfehlbar zum Erfolg verhalf. Er sagte sich nochmals, dass solche Phantastereien kindisch seien, und wollte sich eben vom Mond abwenden und in den Saal zurückkehren, als Morosina, wie erwähnt, an die andere Balkontür trat. Ob er wollte oder nicht, die kindische Regung erfasste ihn augenblicklich wieder, und im Schatten, den ein Pfeiler auf die Brüstung warf, folgte er ihr. «Sei mir gegrüßt, Morosina!», flüsterte er dem Mädchen ins Ohr.

Die wandte sich erschrocken nach dem Saal um, als würde man sie, sollten andere diese Worte hören, bei einem Verbrechen ertappen. Doch die Regung resultierte nicht nur aus Scham, sondern auch aus Furcht, denn die Liebe mag sich nicht nackt wie ein neugeborenes Küken aufscheuchen lassen, noch bevor ihre Schwingen kräftig genug sind zum Flug.

«Was schaust du dort hinein?», sagte Celio, wieder ganz den Phantastereien verfallen, die er kurz zuvor noch geglaubt hatte, mit einem höhnischen Grinsen abtun zu können. «Schaust du auf diesen Haufen von Schwachköpfen, die sich den Anschein geben, als würden sie sich amüsieren, während die Langeweile ihre ausgestopften Seelen nach Strich und Faden martert…? Schau lieber in mein Herz, da wirst du finden, was dir wieder ein wenig Gottvertrauen geben kann; wenn ich dagegen sie anschaue, möchte ich Ihn bisweilen verfluchen, ich schwör's dir!»

«O nein, Celio, wir dürfen unsresgleichen nicht so blind verachten», erwiderte Morosina. «Alles Schlechte hat doch auch seine gute Seite, denn sonst würde Gott es nicht dulden, und wenn man ein Urteil fällt, muss man auch dies berücksichtigen.»

«Die und etwas Gutes haben! Die und unsresgleichen!», antwortete Celio. «O nein, sag so etwas Falsches nie mehr! Wenn ich sie verachte, weißt du, dann tue ich das nicht blind, wie du meinst, sondern aufgrund langer Erfahrung, und anfangs habe ich ihnen das auch mit jeder Geste und jedem Wort gezeigt. Aber sie sind zu erbärmlich, um es zu bemerken, unfähig, es gewahr zu werden, weshalb ich nun mit ihnen umgehe und spreche, als wären sie bloß nichtige Schatten, und genauso halte ich es mit ihren Frauen, den würdigen Erzieherinnen, Verführerinnen und Gebieterinnen solcher Kreaturen!»

Der Cavaliere sprach mit aufrichtigem Gefühl, doch so, wie er jetzt behauptete, war es nicht immer gewesen, und viele der vornehmen Damen am Zecchinett-Tisch hätten ihn Lügen strafen können. «Hör doch, hör doch nur ihre Reden!», fuhr er fort. «Ich bitte dich, gehen wir woanders hin, wo meine Ohren, die geweiht sind durch die göttlichen Worte, die du eben sprachst, nicht länger von ihnen beleidigt werden.»

Mit diesen Worten zog er Morosina am Arm auf die rechte Seite des Balkons, wo vier Stufen zu einer kleinen, an der Ecke zwischen Canal Grande und Calle del Traghetto gelegenen Terrasse hinunterführten. Hierher flüchteten gelegentlich die Damen vor der übergroßen Hitze im Saal oder die Herren, wenn ihnen das Glück im Spiel allzu hartnäckig abhold war, weshalb ringsum überall Stühle aufgestellt waren. In diesem Augenblick war der Ort aber verlassen, nur zahlreiche Blumentöpfe mit Oleander, Nelken und Verbenen warfen im Mondlicht ihre Schatten und schirmten den Ort zum Vorteil der Liebenden nach außen hin ab.

Sei es, weil die Jahreszeit noch nicht wirklich sommerlich war, sei es aus einem anderen Grund, jedenfalls blieben sie köstliche zwei Stunden lang gänzlich ungestört. Welcher Art ihre Unterhaltung war, kann sich jeder Leser denken; Morosina freilich, die noch zu unerfahren war in der Liebe, um wortreich darüber zu reden, ließ sich zu den vertraulichsten Geständnissen hinreißen, als das

Gespräch auf ihre Vergangenheit kam, mit diesem refrainartig sich wiederholenden «Weißt du noch?», worin sich die Existenz zu verdoppeln scheint; das Gegenwärtige wird zurückversetzt in das Vergangene, um in ihr ein zweites Mal zu leben; und umso zauberhafter, der Wirklichkeit umso überlegener ist diese Wiederauferstehung in der Einbildungskraft, als nur diejenigen Dinge aus der Vergangenheit vergegenwärtigt werden, die uns am teuersten und angenehmsten sind. So hatte Morosina keine Scheu, Celio ihre kindliche Neigung einzugestehen und ihre Hoffnungen auf ein Wiedersehen während jener ersten, sehr langen Trennung, ihre Freude, als diese Hoffnung in Castelfranco in Erfüllung ging, den erneuten Kummer beim Eintritt ins Kloster, die andächtige Liebe, die sie dem Petrarca-Bändchen weihte, das sie von ihm zum Geschenk bekommen hatte, die frohe Überraschung über ihre Begegnung im Sprechsaal der Seraphinerinnen und wie die Zeit sich hinzog zwischen einem Empfangstag und dem nächsten – von alldem erzählte sie ihm; von allem, sogar von der Entdeckung, oder besser gesagt, dem Eingeständnis ihrer Liebe zu ihm, das sie vor sich selbst ablegen musste, als sie meinte, eine gewisse Zurückhaltung bei ihm zu bemerken, und von dem Schmerz, aber zugleich der Freude, die diese Entdeckung ihr bereitete; kurz, von allem, außer der reinen Seligkeit dieses letzten Abends, an die zu rühren ihr wie ein Sakrileg erschienen wäre.

Noch nie hatte Celio eine Frau so ihre Worte setzen hören, mit solch jungfräulicher Farbigkeit und Frische der Bilder, mit solcher Innigkeit und Aufrichtigkeit des Gefühls; deshalb lauschte er ihr. Fern von ihr nahm er sich vor, sie ohne Umstände seinen Wünschen gefügig zu machen, hier neben ihr aber war er der Unterworfene und sie, ohne es zu wissen, Königin. Da schlug es ein Uhr.

«Das Spiel wird bald zu Ende sein», murmelte Celio, «gehen wir einmal nachsehen, wie diese Idioten unterdessen ihre Zeit totgeschlagen haben!» Bei diesen Worten erinnerte der Ärmste sich wohl nicht, dass er in seinem Leben auch schon üblerem Zeitvertreib gefrönt hatte als jene in den letzten zwei Stunden.

Als sie in den Saal zurückkehrten, war der Inquisitor nicht da, und das Spiel verlief wie gewohnt. Doch wenig später tauchte Seine Exzellenz wieder auf, und das war wie das Zeichen zum Aufbruch, also verabschiedeten sich alle binnen kürzester Zeit, und außer den Alten und Kranken brachen alle in ihren Gondeln hierhin und dorthin auf zu den üblichen Lokalen und Spielstätten, wo sich ihr Tag noch bis zum Morgengrauen hinzog. Auch Celio ging, über die halbe Treppe hinab von guten Wünschen und Einladungen des Hausherrn begleitet; und obwohl dieses unvermittelte Wohlwollen ihm hätte zu denken geben müssen, achtete er an diesem Abend nicht darauf, so sehr war er von seiner Seligkeit in Anspruch genommen. Erst als er an den Kanal gelangte, fiel ihm ein, dass er die Gondel ja ohne weitere Befehle nach Hause geschickt hatte, daher ging er zu Fuß. Ganz in Gedanken versunken schritt er dahin und kam von seinem Heimweg ab; im Morgengrauen fand er sich am äußersten Punkt des Castello-Viertels nach Murano zu. So sah er zum ersten Mal nach fünfzehn Jahren die Morgensonne wieder, und er begriff die stille Poesie des Augenblicks, wenn sie ihre ersten Strahlen wie einen purpurgesäumten Goldmantel über das Meer breitet.

Auch Morosina, die sich nach einer kaum angerührten Abendmahlzeit und einem Kuss Formianis in ihre Gemächer zurückgezogen hatte, verspürte kein Verlangen zu schlafen, setzte sich ans Fenster und betrachtete den untergehenden Mond. Doch Adriana kam und riss sie aus diesen Betrachtungen mit der Frage, ob sie entkleidet werden wolle, und als sie verneint und gesagt hatte, Adriana solle nur ruhig zu Bett gehen, murmelte diese: «Es ist nur, sehen Sie… ich möchte gern…»

«Was möchtest du, mein Kind?»

«Ich möchte Sie um eine Gefälligkeit bitten.»

«Um eine Gefälligkeit? Mich?»

«Ja, Sie, Exzellenz», versetzte Adriana mit völlig verstörtem Gesicht, wie man es vier Stunden zuvor nicht für möglich gehalten hätte.

«Sprich, sprich nur», sagte das Mädchen freundlich, «ich will für dich tun, was ich kann.»

«Es ist nur, sehen Sie, ich möchte Seine Exzellenz unseren Herrn um Nachricht von einem jungen Mann bitten… der mein Geliebter war…, nein, ist, und… ich traue mich nicht.»

«Ist das die ganze Gefälligkeit?», fragte Morosina lächelnd.

«Ja, das ist alles», antwortete die Zofe, «aber Sie wissen wohl gar nicht, wo der arme Giorgetto sich aufhält?»

«Ja, wo denn?»

«Er sitzt seit drei Monaten im Gefängnis!»

«Oh, er hat also gestohlen?», rief das Mädchen naiv.

«Aber nein», antwortete die Zofe. «Sehen Sie, ins Gefängnis werfen sie einen manchmal auch, ohne dass man so recht wüsste, warum… und ich, sehen Sie, ich habe Grund anzunehmen… dass

Giorgetto da drin sitzt wegen ein paar kleinen Reibereien, die er mit den Edelleuten von Venedig hatte. Aber nichts Schlimmes, sehen Sie, Gott bewahre …! Er hatte tausend andere Gründe, und gar nicht so verkehrte, wie mir scheint… Einmal habe ich ihn tatsächlich nach der Ursache für seinen Groll gefragt, und jetzt erinnere ich mich nicht mehr genau daran, aber damals hat er mir alles so ausführlich erklärt, dass ich ihm beipflichten und sagen musste: ‹Ja, da hast du recht…!› Aber sagen Sie nur ja nichts davon weiter, denn sonst, sehen Sie, wäre man imstande, auch mich einzusperren, obwohl ich nur ein armes Mädchen bin!»

Morosina lächelte traurig, denn mittlerweile wusste auch sie, wie schnell die Meinungen der Geliebten bei den Frauen Glauben finden.

«Nun sag mir also», fragte sie, «wonach genau soll ich mich bei Seiner Exzellenz erkundigen? Mir scheint, du weißt recht gut, wie es um deinen armen Giorgetto steht!»

«Ja, bis gestern wusste ich es; aber heute, sehen Sie, habe ich Moretta von meinen Sorgen erzählt und dass ich mir Vorwürfe mache, weil ich mich nicht um ihn kümmere, und sie versprach, mir heute Abend ausführlichst Bescheid zu geben. Und wirklich habe ich heute durch sie erfahren, und sie ihrerseits hat diese Dinge von einem Gefängniswärter der Inquisitoren, einem neuen Verehrer von ihr, dass Giorgetto in aller Heimlichkeit mit einer Gondel aus dem Gefängnis geholt worden ist, anscheinend war er zur Verbannung verurteilt, was ja das geringere Übel wäre; stattdessen ist er eine Stunde später wieder zurückgebracht und in ein noch tieferes Verlies gesperrt worden, was nach Aussage dieses Gefängniswärters ein sehr schlechtes Zeichen ist, und nun habe ich Angst, dass man ihn in den Canale Orfano wirft.»

«Lass mich nur machen», sagte Morosina, «ich werde Seiner Exzellenz diese Sache ans Herz legen. Aber warum hast du nicht selbst schon früher mit ihm gesprochen?»

«Ich hatte Angst», antwortete Adriana.

«Angst vor dem Herrn Paten? Aber wenn er doch so gut und liebenswürdig ist, wie ein Mensch nur sein kann!»

«Ja, aber in Staatsgeschäften, sehen Sie, da hat es mit der Güte bald ein Ende, und ein Mensch zählt da weniger als eine Fliege.»

«Ach, hör doch auf, du Närrin!», erwiderte Morosina. «Sei unbesorgt, bald wird dein Giorgetto dich besuchen kommen.»

«Das gebe Gott», rief Adriana, von der Zuversicht ihrer Herrin unwillkürlich angesteckt. «Um seinetwillen würde ich auch dem Patron Carlino den Laufpass geben, der mich um jeden Preis heiraten will…! Wenn Sie wüssten, wie eifersüchtig er war…! Wehe, wenn ich mit irgendeinem im Torweg oder in der Gasse beisammenstand! Und so haben wir aus purem Starrsinn miteinander gebrochen, aber ich bin ihm immer noch von ganzem Herzen gut… Ich empfehle mich Ihnen also, und Gott gebe Ihnen ein gute Nacht!»

«Leb wohl, mein Kind», sagte Morosina, «und verlass dich auf mich und den Paten.»

Als sie allein war, setzte sie sich wieder ans Fenster, von wo aus sie drei Stunden später sah, wie die Sonnenstrahlen am Himmel emporstiegen und einen Feuersaum um einige bläuliche Wölkchen legten, während Celio die Strahlen am Ufer von Castello auf den Schaumkronen der Meereswogen spielen sah.

Auch Formiani, obwohl dank seines Alters gegen durchwachte Nächte aus Liebe gefeit, fand in dieser Nacht erst spät in den Schlaf. Nachdem er sich mit Martinos Hilfe entkleidet und zu Bett begeben hatte, ließ er wie gewöhnlich den Cappanera rufen. «Setz dich, Bernarduccio», sagte er, indem er die Nachtmütze zurechtrückte und einen Schluck von einem speziellen Trank nahm.

Bernardo bedurfte allabendlich dieser Aufforderung, um die Knie anzuwinkeln und sich bescheiden auf die Kante eines Stuhls zu setzen, vor dem stehend er Abend für Abend diesen Introitus seines Herrn erwartete. Hätte der alte Kammerdiener beim Aufräumen des Zimmers diesen Stuhl verrückt – eine allerdings völlig absurde Annahme –, so hätte der Sekretär seine Hinterbacken unweigerlich auf den Boden gesetzt und wäre mit dem Kopf gegen die stuckverzierte Wand geschlagen. Doch auch an dem Abend, von dem hier die Rede ist, war der Stuhl an seinem Platz, und Bernardo fand in der gewohnten Höhe seine Sitzfläche.

«Hast du mit Bastianello geplaudert, mein Alter, hm?»

«So zum Zeitvertreib habe ich ein wenig mit ihm geplaudert», antwortete der Sekretär bescheiden.

«Ich habe es bemerkt, denn während des Spiels habe ich dich mehrmals gesucht und konnte deiner nicht habhaft werden.»

«Ich war in anderen hochwichtigen Angelegenheiten unterwegs», bemerkte Bernardo mit stolz erhobenem Kopf.

«Bravo, bravo. Nun sag mir aber, ob Bastianello sich heute Abend bei der Spazierfahrt gut unterhalten hat.»

«Nun... soso lala...! Es war ziemlich frisch...!»

«Und sonst nichts?»

«Außerdem hat er sich auch noch an einer Posse ergötzt, wie man so sagt, aber die armen jungen Leute, sie können ja nichts dafür... Sie schön wie ein Engel, der Cavaliere ein stattlicher, schmucker Edelmann... Sapperlot! So ganz allein in der Gondel...!»

«Sprich deutlich, Bernarduccio, und spar dir deine Kommentare.»

«Ja, ja, ich will mich deutlich ausdrücken; diese beiden jungen Leute verstehen sich ganz ausgezeichnet, und sie tun gut daran, meiner Meinung nach...»

«Na bravo, Cavaliere!», rief Formiani fröhlich scherzend. «So also hütet er diese Perle, die ich ihm anvertraut habe...! Das ist ein bisschen zu viel auf einmal!»

«Zu viel für Sie, aber nicht genug für die beiden, Exzellenz!», entgegnete Bernardino, von der jovialen Art seines Herrn ermutigt. «Während im Saal das Spiel im Gange war, hörte Veronica von der Küche aus, dass auf der Terrasse Leute waren, und neugierig, wie sie ist, eilte sie in die Garderobe, von wo aus sie durch einen Spalt, der seit Urzeiten dort ist, die Umgebung auskundschaftete. Und was, glauben Sie, hat sie im Mondschein gesehen, was hat sie mit ihren Ohren, die sich tagsüber taub stellen, gehört…? Die Signora, Euer Exzellenz Patentochter, und den Cavalier Terni, die ein trauliches Schäferstündchen miteinander hielten.»

«Teufel auch, da muss ich mich aber sputen!», murmelte der Inquisitor. «Apropos», setzte er laut hinzu, «was ist mit den Carmini, dass sie mir heute Abend zum Spiel nicht die Ehre gegeben haben?»

«Graf Fabio hat sich gleich nach dem abendlichen Gondelcorso nach Asolo abgesetzt», antwortete Bernardo ernst.

«Das ist ja wirklich das Allerneueste!», sagte Formiani. «Der arme Graf, er wird gefahren sein, um die Heuernte zu beaufsichtigen…! Doch ich möchte wetten, entweder auf mein eigenes Betreiben oder durch Vermittlung des erlauchten Kollegen Marcoligo soll ihm diese Lust am Landleben schon vergehen! Schau, ich will es ja nicht beschwören, aber in höchstens drei Monaten wird Carmini auf die eine oder andere Weise für immer in Venedig ansässig geworden sein!»

Bernardo rieb sich zweimal die Hände. «Das möchte ich sehen», sagte er, «dass der edle Herr Marcoligo eine Partie gegen Euer Exzellenz gewinnen sollte! Er ist zu sehr daran gewöhnt, schwarze Kugeln zu bekommen, und diesmal wird er sie alle im Rücken haben.»

«Wollen wir's hoffen», bemerkte Formiani ergeben.

«Aber auch dort oben», fuhr Bernardo fort, «wird der arme Graf sich nicht ganz der Landwirtschaft widmen können! Heute Abend auf dem Ponte della Malvasia sprach ich mit einem seiner Diener und erfuhr, dass Signora Cecilia ernstlich verärgert über ihn ist, und Sie wissen ja selbst, dass diese Dame, wenn sie sich einmal etwas in den Kopf gesetzt hat, eine Kompanie Slawonier aufwiegt!»

«Wirklich fabelhaft die Idee, sie als Podestà nach Asolo zu schicken!», rief der Inquisitor lachend.

«Stellen Sie sich vor», fuhr der Cappanera fort, «nach dieser Geschichte mit dem Tramontino hat die Edeldame sämtliche Gebirgler gegen ihn aufgehetzt, sodass die Sbirren des Grafen nicht einmal mehr die Nase aus dem Palast herauszustrecken wagen und die Gendarmen der Signoria sich im Umkreis von einer Meile um die Stadt dreist aufführen.»

«Potztausend, was für ein Löwenmut!», rief der Inquisitor mit komischer Miene. «Und was sagt der Graf dazu?»

«Der arme Hund! In den letzten Tagen war er selig, weil alles nach seinen Wünschen lief. Die

Verlegung des Tramontino aus dem Gefängnis von Asolo nach Venedig hatte die Gerüchte dort oben zum Verstummen gebracht; Giorgetto, von Euer Exzellenz vergessen und ganz in der Gewalt des hochwohlgeborenen Marcoligo; selbiger tiefer verschuldet denn je und nur bemüht, diesen Gauner von Sohn für die fünfzigtausend Zechinen der Komtess Costanza zu verschachern; Nicoletto halbwegs überzeugt von den Reizen der Canean, stellen Sie sich das vor...! Dann hört er gestern plötzlich von der Festnahme Giorgettos...! Ein Wunder, dass ihn nicht der Schlag getroffen hat. Trotz der Bitten und Ermahnungen seiner Frau machte er sich halb erschrocken, halb wütend aus dem Staub; und schwor bei Gott, er wolle nach Asolo hinauf und diese alte Hexe in Brand stecken, samt ihrem alten Esel, dem Podestà, und meinem geliebten Chirichillo mit dazu ... und um ihn täte es mir in der Seele weh, obwohl er gewiss schon den Zeitpunkt herbeisehnt, da er den Rock des Gerichtsschreibers abwerfen und den Kaisermantel anlegen kann!»

«Zu solchen Gräueltaten wird es nicht kommen», sagte Formiani grinsend. «Graf Fabio ist ein zu guter Christ... Vermaledeites Opium», setzte er hinzu. «Je mehr ich davon trinke, desto mehr muss ich gähnen, und müde werde ich nie...!

Geh, Bernardino, und hol mir Gasparo, wir wollen es mit diesem Mittel versuchen!»

«Gute Nacht, Exzellenz», sagte der Cappanera mit einer Verbeugung, «soll ich Ihnen die grüne Augenbinde anlegen?»

«Nicht nötig», antwortete der andere. «geh nur und schlaf gut.»

Mit zwei weiteren Verbeugungen verließ Bernardo das Zimmer ohne jedes Rascheln der Portiere, ja, sogar ohne das geringste Knarren der Tür. Und dass dies nicht so sehr Verdienst des Tischlers als Ergebnis umsichtiger Handhabung war, erwies sich mit aller Deutlichkeit beim Eintritt Gasparos, da ächzte die Tür nämlich wie ein Schiff, wenn sich die zweiunddreißig Furien der Windrose daran austoben.

«Was hast du denn unter dem Arm, Meister?»

«Den Tacitus», antwortete Gasparo.

«Ich will keinen Tacitus!», rief Seine Exzellenz. «Du weißt doch, dass er mich aufregt, und bei deiner Art des Vortrags prägt er sich mir dermaßen ein, dass er mir dann die ganze Nacht nicht mehr aus dem Kopf geht.»

«Schade, denn das ist die schönste Ausgabe, die wir in der Bibliothek haben, um abends daraus zu lesen!», murmelte der Abbé.

«Hör zu, Gasparino», fuhr Seine Exzellenz fort,

«bring künftig weder Tacitus noch Persius noch Sallust noch Juvenal[64] mit, sofern ich es nicht ausdrücklich verlange.»

«In diesem Fall», sagte Gasparo in gebieterischem Ton, «werde ich Ihnen achtunddreißig Oktaven aus meinem Poem vortragen, die erst heute nach dem Mittagessen ganz frisch meiner Phantasie entsprungen sind; leider sind die letzten neun noch nicht ganz ausgefeilt...»

«Das macht nichts, das macht nichts, Gasparino», versetzte Formiani, der seinen eigenen Gedanken nachzuhängen schien. «Aber zuvor sag mir noch», fuhr er fort, «ist nach kanonischem Recht eine Befreiung vom Heiratsaufgebot zulässig?»

«Ja gewiss, sie wird erteilt, wenn sehr schwerwiegende Gründe vorliegen», antwortete Don Gasparo, unschlüssig, ob er diese Frage ernst nehmen oder für einen Scherz halten sollte.

«Bestens! Und glaubst du, dass ein alter Mann von über siebzig Jahren noch Nachkommen haben kann, ohne dass das einen Skandal nach sich zieht?»

«Ja gewiss, durch die Gnade Gottes. Und es wäre Gotteslästerung, daran zweifeln zu wollen, haben doch die Patriarchen noch mit über hundert Nachkommen gehabt.»

«Bestens, und nun trag ruhig vor ... – Schade, dass ich nicht Abraham[65] bin», dachte er indessen bei sich.

Don Gasparo zuckte die Achseln, als wolle er sagen: «Meiner Treu, einer von uns beiden muss heute Abend verrückt sein», legte den Tacitus auf einen Schrank und nahm in der Mitte des Zimmers Aufstellung. Von dort wandte er sich zum Alkoven, wo der Inquisitor lag, wie zum Zuschauerraum eines Theaters, sperrte den Mund von einem Ohr bis zum anderen auf und hob mit donnernder Stimme an:

«Höchste, unerhörte, schreckliche Klänge
Entquellen dem Rachen des Sängers vom sumpfigen Born.»

Der kleine Abbé stammte aus dem Sumpfland, er war nämlich in Mazzorbo bei den Acephalen[66] und Seebarben geboren, die der gute Gozzi[67] erwähnt, und dass sein Rachen wirklich offen stand, daran konnte kein Zweifel sein, denn man sah, anatomisch gesprochen, bis in die Speiseröhre und noch weiter hinab, wenn er auf diese Weise deklamierte.

Das Poem ging weiter mit der obligaten Anrede des Mäzens:

«Dich, o mein Herr, ich besinge,
Spross von Ahnen vornehm an Sinn und
Form.»

Dieses «vornehm an Form» kam einer kompletten wissenschaftlichen Abhandlung über den Ursprung des Namens «Formiani» gleich, und auch wenn ein solcher altertumswissenschaftlicher Exkurs im vierten Vers einer Oktave wenig angebracht erscheint, so mag Don Gasparos unbändige Leidenschaft für Etymologien diesen Fehler entschuldigen. Und dann, welcher Fehler würde nicht aufgewogen durch die orientalische Pracht der folgenden Verse:

«Die Leere des Chaos besinge ich, den
schauerlichen Schlund,
Des höchsten Gottes besinge ich das wirkende
Tun,
Das Chaos, dem du entsprangst, den Gott,
Der in dir seiner Macht höchste Entfaltung
erlangt.»

Dass der Inquisitor letztlich tatsächlich dem Chaos entsprungen war, schien nicht nur durch die Genesis bewiesen, sondern jeder, der wollte, konnte sich leicht selbst davon überzeugen, wenn er in den Saal neben Gasparos Kammer hinaufstieg, wo an einem Nagel der Stammbaum des Hauses Formiani hing. Ein größeres Chaos, als darin herrschte, wird selbst der Pinsel eines romantischen Malers nicht zustande bringen. Und wo das Durcheinander nicht reichte, hätten die venezianischen Lästerzungen mehr als genug hinzuzufügen gewusst. Darauf wollte der Dichter wohl anspielen, denn obwohl er miserable Verse drechselte, dumm oder einfältig war er nicht. Aber in diesem Augenblick schienen den Mäzen die Hyperbeln und Epigramme seines Dichters nicht sonderlich zu berühren. «Herrgott!», murmelte er unter halb geschlossenen Lidern. «Ich muss mich sputen...! Ich bin alt...! Der Neffe ist jung...! Man muss auch nach Rom schreiben...! Und dann dauert es immer noch neun Monate!»

«Als der Neid des höchsten Jupiter
Prometheus gekettet an des Tartaros Sphären
Preisgegeben Wind und Wetter
Zum Fraß dem Schnabel des Adlers... und der Bären.»

So fuhr Don Gasparo immer lauter tönend fort, und der Leser möge ihm mit venezianischer Gutwilligkeit den Schnabel nachsehen, den er im vierten Vers um des Reimes willen den Bären zuschrieb. Doch der melodiöse Zauber des Poems vermochte mehr als das Getöse, wovon es begleitet war, und in der Mitte dieser zweiten Oktave verfiel Seine Exzellenz in einen so tiefen Schlaf, dass nicht einmal die erhabene Schilderung der Schlacht von Phlegra[68] mit Minen und Kontraminen, vom Poeten mit seiner donnernden Stimme vorzüglich zum Ausdruck gebracht, ihn mehr aufwecken konnte. Das war doch recht schade, denn in eben diesen Stanzen wurde die legitime Abstammung des Inquisitors von Prometheus bis herab zu seinem verstorbenen Vater nachgewiesen, der *avogador del comun*[69] und Ritter von der Goldenen Stola[70] usw. usf. gewesen war. Nachdem der Abbé mit seinem Geschrei an ein Ende gekommen war, trat er ans Bett Seiner Exzellenz. «Habe ich es doch gleich gesagt», murmelte er. «Die letzten Oktaven waren noch nicht ausgefeilt, und so ist er darüber eingeschlafen. Gute Nacht, Exzellenz!», sagte er mit einer Verbeugung; dann zog er sich so leise wie möglich zurück, allerdings nicht ohne sämtliche Angeln der Tür zum Kreischen gebracht zu haben, und stieg in sein Zimmer hinauf.

Und dort schlief auch er alsbald ein, in Gedanken darüber, wie er wohl die Titulaturen des

Vaters Seiner Exzellenz, die sich auf insgesamt achtundzwanzig Silben beliefen, im Schluss einer Oktave unterbringen könne. Ob er für dieses schwerwiegende prosodische Problem eine Lösung gefunden hat, darüber schweigt die Geschichte.

Ob nun das Opium oder Don Gasparos Poem die Ursache war, jedenfalls schlief der Inquisitor fest bis um halb zehn Uhr und wachte erst auf, als der Diener ihm die Schokolade brachte. «Guten Morgen, Martino!», rief er, indem er sich mit einiger Mühe aufsetzte.

«Haben Euer Exzellenz gut geschlafen?»

«Wie im Himmel!», antwortete er, die Schokolade schlürfend.

«Signorina Morosina hat sich erkundigt, wann Euer Exzellenz aufgestanden sein würden», sagte Martino.

«Hast du eine Ahnung, was sie will, die Kleine?»

«Ich weiß es wirklich nicht, aber anscheinend möchte sie über etwas mit Ihnen reden, was ihr sehr am Herzen liegt.»

«Wenn das so ist, dann lass sie gleich eintreten», antwortete Formiani, Nachtmütze und Bettdecken zurechtrückend.

Bald darauf kam Morosina herein; wegen der auf dem Balkon zugebrachten Nacht war sie etwas blass, aber strahlend vor Glück. «Guten Tag, Herr Pate», sagte sie.

«Guten Tag, mein Patentöchterchen!», antwortete er, indem er sie an der Hand zu sich heranzog und auf beide Wangen küsste. «Was hast du mir zu sagen, das dir so am Herzen liegt, kleine Schelmin? Nun, nur Mut, du weißt ja schon, dass ich dir nichts abschlagen kann.»

«Es ist», antwortete Morosina errötend, «dass ich Sie um eine Gunst bitten möchte.»

«Welches Glück für mich!», rief der Alte. «Du kannst davon ausgehen, dass du sie schon in der Tasche hast.»

«Oh, da wird die arme Adriana sich aber freuen», rief das Mädchen und klatschte in die Hände.

«Ach, die Gunst ist für Adriana?»

«Gewiss, Herr Pate. Es geht um ihren Liebsten, der schon vor Monaten wegen einer Lappalie ins Gefängnis gesperrt wurde; gestern sollte er freikommen, aber dann erging gegenteilige Order, und jetzt bittet sie Sie, sich fur ihn zu verwenden, damit er endlich freigelassen wird.»

«Und wie hat Adriana von dieser Geschichte erfahren?»

«Nun, von Moretta, glaube ich, und die hat es von einem ihrer Verehrer, der in diesem Gefängnis Aufseher ist.»

«Nichts leichter, mein Töchterchen, als sie zufriedenzustellen!», sagte der Inquisitor. «Du kannst Adriana ausrichten, dass ihrem Liebsten kein Haar gekrümmt wird und dass er baldmöglichst freigelassen wird.»

«Oh, wie mich das freut!», versetzte Morosina. «Die Ärmste, sie tut mir wirklich leid, wie sie in Sorge war um den Liebsten im Gefängnis! Ich will gleich zu ihr und sie trösten, und tausend Dank, Herr Pate, danke!», sagte sie und küsste ihm zärtlich die Hand.

«Donnerwetter, sie ist wirklich ein gutes Kind!», dachte der Inquisitor, als sie hinausgegangen war, und läutete, um Bernardo zu rufen. «Und die schlaue Moretta, na, brav sind die alle beide! Morgen werde ich dann wohl um eine Gunst für den Gefängniswärter gebeten …! Aber Teufel auch, will man große Fische fangen, muss man die kleinen als Köder zurückbehalten! Hinterher lassen wir sie laufen … Auf einem alten Schiff ist bekanntlich sogar das kleinste Mäuschen ein mächtiger Feind.»

Über derlei Betrachtungen leerte er seine Tasse Schokolade. Dann unterhielt er sich ein Viertelstündchen mit Bernardo und empfahl ihm vor allen Dingen, noch am selben Morgen Momolino abzupassen, denn wenn er es recht bedachte, war die überstürzte Flucht des Grafen doch irgendwie rätselhaft, und er wollte sich im Hinblick auf diesen seinen Liebling Gewissheit verschaffen. Dann ließ er sich bestimmte Papiere geben, schickte den Cappanera weg und begann, diese durchzusehen.

«Ich hoffe, sie begreifen es in ein oder zwei Wochen», dachte er und verweilte bei einem Blatt, das über und über mit Notizen zur Frage der Neutralität zwischen Spanien und Österreich bedeckt war, die damals den Senat beschäftigte. «Ich hoffe, sie begreifen es, sonst werde ich dafür sorgen, dass diese faule Ausrede, wir würden ja von keiner der streitenden Parteien gedrängt, vom Tisch ist... Herrgott noch mal, was soll denn für uns der Unterschied sein zwischen bewaffneter und unbewaffneter Neutralität...? Leider überhaupt keiner, und da es ja nur um ein Wort geht, das nichts kostet, zückt man besser das erste, um diejenigen zu blenden, die wenig Einblick haben und die Republik Venedig zur Zeit der Kreuzzüge studieren... Verdammt, vor ganz Europa einzugestehen, was wir sind...! Hier geht es um Sein oder Nichtsein, und solange ich lebe, wird eine solche Torheit nicht begangen... Ich wüsste schon, was zu tun wäre, werte Kollegen, ihr mögt ja ruhig die Einfaltspinsel bleiben, die ihr seid, solltet aber wenigstens ein bisschen Muskelkraft in den Armen haben…! Aber es ist längst zu spät», fuhr er fort, beim Nachdenken einzelne Worte laut vor sich hin murmelnd. «Heutigentags taugt ihr zu machtvoller Herrschaft ebenso wenig wie zu ehrbarer Knechtschaft… Man muss sich durchlavieren mit Notlösungen und Blendwerk, bis irgendwer eines Tages den ganzen Moder bemerkt und diese Karkasse mit einem Axthieb zertrümmert…! Ich möchte Julius Cäsar sehen, was er tun würde, wenn er an meiner Stelle wäre, der arme Kerl…! In den Rubikon springen und sich darin ersäufen, statt ihn zu überschreiten, das wäre wohl das Beste für ihn… Für ihn, aber nicht für diese ‹geliebten Ziegelsteine› (dies der ‹Kosename›, mit dem alteingesessener Venezianer unter sich ihre Stadt bezeichneten); und aus Liebe zu ihnen muss die Staatskunst zum Geschwätz verkommen… Man stelle sich nur vor, wenn es zum Beispiel irgendeinem slawonischen Gefreiten in den Sinn käme… Aber nein, das sind ja lauter gutmütige Trottel…!»

Er sah noch andere Papiere durch, dann schloss er die Augen und öffnete sie wieder: «Hoffen wir auf dieses unterirdische Grollen, das Gutes für die Zukunft zu verheißen scheint…! Soll doch diese ganze Bruchbude zusammenfallen», murmelte er, «wenn die neuen Baumeister nur genug Verstand und Material mitbringen, um an ihrer Stelle einen festen Tempel zu errichten! Bis dahin mag alles bleiben, wie es ist, damit es nicht womöglich noch schlimmer wird.»

Nach diesen Worten zog er die Klingel, kleidete sich mit Martinos Hilfe an, bestieg die Gondel und erschien um elf Uhr im Senat. Von dort aus schickte er Bastianello, er solle Morosina benachrichtigen, dass er am heutigen Tag des heiligen Antonius, wie es Brauch war, mit der Signoria und sämtlichen Gesandtschaften bei Seiner Durchlaucht dem Dogen geladen sei; sie möge entschuldigen, dass er ihr am Morgen aus Zerstreutheit nichts davon gesagt habe, und sie möge sich unterdessen mit den Personen, die er ihr zur Gesellschaft schicken werde, gut unterhalten.

V

Die drei Podestà von Asolo

Es war eine höchst eigentümliche Form der Herrschaft, welche die venezianische Signoria über die verschiedenen Gebiete der Terraferma und der Inseln ausübte, eine Herrschaftsform, die sich denn auch nicht im Überblick darstellen lässt, weil sie von Ort zu Ort anders aussah, und dies nicht so sehr wegen unterschiedlicher Voraussetzungen als wegen der ausgesprochenen Nachgiebigkeit, mit der sich die politischen Organe den Bräuchen der Untergebenen, den Ansprüchen des Adels und allen möglichen Formen der Usurpation anpassten. Je nach den Umständen beim Erwerb der Provinzen, nach Lebensdingungen und Wesensart von deren Bevölkerung übte die Signoria an einem Ort umfassend ihre Herrschaft aus, während sie andernorts ihre Autorität von frechen Grundherrn ungestraft usurpiert, angefochten, geteilt oder zu räuberischen Zwecken missbraucht sah und sich wieder anderswo auf ein bloßes Ehrenpatronat oder auf das Willkürrecht zu wucherischen Steuereinnahmen beschränkt fand. Dem ersten Typus gehörten außer der Serenissima selbst und dem Dogat die angrenzenden Provinzen Padua, Polesine[71] und Treviso an; zum zweiten Typus gehörten die übrigen italienischen Provinzen der Terraferma, wo der Adel zwar von jeder politischen Verfügungsgewalt ausgeschlossen, dank seiner Sonderbefugnisse und seiner Gerichtsbarkeit aber doch mächtig war und seinem tief sitzenden Hass auf das herrschende städtische Patriziat durch Willkürmaßnahmen gegen die Landbevölkerung Luft machte; zum dritten Typus gehörten schließlich die Besitzungen in Istrien, Dalmatien,

Albanien und die Inseln. Allenthalben war die politische, administrative und gerichtliche Verfassung ein undurchdringlicher Wust von Bestimmungen aus sämtlichen Jahrhunderten, die in einem Bodensatz von Kleinkrämerei, Beharrungswillen und Ignoranz vor sich hin moderten. Nicht besser als die Institutionen waren die Beamten. Die Höhergestellten unter ihnen – die *rettori*, wie sie im Volk hießen – entstammten dem Schoß der herrschenden Aristokratie, waren aufgeblasen und von Schmeichlern umgeben, wenn reich, schmarotzerhaft und korrupt, wenn arm. Neben der Missachtung jeder Autorität pflanzten sie dem Volk zugleich von Generation zu Generation auch die lasterhaften Sitten der Hauptstadt ein. Um die Situation dieser abgetrennten Glieder der Signoria aber noch verheerender und lächerlicher zu machen, gesellte sich zum völligen Mangel an sittlicher Kraft die beständige Unsicherheit über die materielle Ausstattung sowie die Unzuverlässigkeit der wenigen Sbirren; die wurden in der Regel unter jenen Waffenknechten rekrutiert, die von den Grundherren aufgrund von Untauglichkeit oder wegen Diebstahls entlassen worden waren. Dieses Sbirrenunwesen war die schlimmste Geißel in allen Teilen der Republik, da es organisiertem Raub gleichkam und jeder Form von

Missbrauch Tür und Tor öffnete. Nicht selten im Sold von zwei oder drei Herren gleichzeitig stehend und ausgesandt, irgendeinen aufsässigen Grafen zur Räson zu bringen, schlossen die Sbirren sich womöglich mit dessen Banden zusammen, um gemeinsam die Gegend zu plündern und das Elend zu verschlimmern. Dann erließen die Podestà jeweils große Proklamationen, drohten, aus Venedig eine Kompanie Schiavoni[72] kommen zu lassen – eine wirkungslos gewordene Androhung, seitdem die Schiavoni schlecht ausgebildet und noch schlechter ernährt an dem nach ihnen benannten Ufer als Staffage aufgestellt wurden. Am Ende schnappte man sich den dümmsten und erbärmlichsten unter den gewöhnlichen Verbrechern, renkte ihm mit dem Folterstrick[73] die Knochen aus, und so ward Gerechtigkeit geübt von Hand der Sbirren, die häufig selbst die schlimmsten Schandtaten begingen.

Folge davon war, dass eine derart verlotterte Justiz den Guten ein Schrecken und den Übeltätern ein Gegenstand des Spotts war. Trotz dieses Gebarens der venezianischen Beamten, oder vielleicht gerade wegen ihrer Schwäche, die bei ungleichen Kräfteverhältnissen immer Sympathie erweckt, vielleicht auch aus Hass auf den tyrannischen Provinzadel, dessen raue Sitten in scharfem

Gegensatz zur sprichwörtlichen venezianischen Liebenswürdigkeit standen, legten die Untertanen eine unverkennbare Vorliebe für die Signoria an den Tag; den Namen San Marco auszusprechen war wie das Läuten des Glöckleins bei der Wandlung, alle neigten in Ehrfurcht den Kopf. So viel vermag auf der ganzen Welt die Güte, selbst wenn sie nur vorgetäuscht ist und keine Wirkung zeigt, zieht sie die Seelen doch magisch an und befähigt sie zu den großherzigsten Opfern. Bei der allgemeinen Verehrung der Landbevölkerung für San Marco und seine Abgesandten wurden diese einerseits von den Grundherren nie direkt angegriffen, weil sie sonst einen Massenaufstand im ganzen Land zu gewärtigen gehabt hätten, was für ihre Autorität tödlich gewesen wäre; andererseits hatte das Landvolk seinen Vorteil davon, weil die Signoria sich erkenntlich zeigte, sei es durch eine gewisse Nachsicht bei Steuern oder beim Waffentragen, sei es durch einen günstigen Marktpreis für Salz – seit jeher ein beliebter Köder, mit dem sich viele Fischlein fangen lassen.

Noch absurder wurde dieses Regierungssystem durch die unentwegten Versetzungen der patrizischen Beamten und die ewige Verweildauer der Untergebenen – die blieben an dem Fleck, wo sie geboren und aufgewachsen waren. Sie waren daher in ein Netz von Verpflichtungen, Klientelismus und Rücksichtnahmen verstrickt und pflegten aufgrund ihrer intimen Kenntnis der Amtsgeschäfte ihre Exzellenzen Vorgesetzten an der Nase herumzuführen. Und je gerissener ein Kanzler, ein Korrektor[74] oder Gerichtsschreiber war, umso besser wusste er sich für die paar Monate von dessen Amtsführung vor den Augen auch des umsichtigsten Beamten zu verstellen; und kaum kam der zufällig einer Betrügerei auf die Schliche, da war seine Amtszeit auch schon um, und es traf das Dekret ein, das ihn ans andere Ende der Republik versetzte; es begann das kurze Gastspiel hier eines neuen Podestà, dort eines neuen Inspektors, andernorts wieder eines neuen Grafen oder Schlossherrn, überall und auf jeden Fall aber eine Zielscheibe des Spotts. So sah «die Herrschaft zu Lande und zur See» der Serenissima aus. Wie verhängnisvoll der Zusammenprall der unterschiedlichen Rechtsprechungen war, mit welcher Verzögerung selbst sinnvolle Maßnahmen der Regierung ihre Wirkung entfalteten, wie verderblich sich der Gegensatz der Klassen in diesem schwachen, repressiven, leichtsinnigen, schachernden Staatswesen auswirken musste, das kann jeder mit Händen greifen, wenn er sich von den wenigen Überlebenden jener Zeit, namentlich aus den Gebieten um Brescia und Bergamo, die Geschichte ihrer Jugend erzählen lässt; er wird von Diebstählen, Raub und Totschlag zu hören bekommen, als sei das bis zum Anbruch der napoleonischen Ära[75] das täglich Brot gewesen. In diesen beiden Provinzen waren die Wirren besonders schlimm, einesteils wegen ihrer geografischen Entfernung, was bei unfähigen Regierungen stets ihre Autorität zunichtemacht, andernteils wegen der größeren Gewalttätigkeit der Bevölkerung, dann aber auch wegen des überwältigenden Reichtums der Landadeligen; in etlichen Gemeinden übten sie *de facto* die Herrschaft aus, was in den Familien seit Generationen als Erbrechtsgut betrachtet wurde, obwohl die Signoria ihre Ansprüche geltend gemacht hatte. Es ist zum Lachen und zum Weinen zugleich, wenn man hört, wie es den bettelarmen Vikaren aus Valcamonica[76] ergangen ist, die behaupteten, sie ernährten sich von Schnecken, und ein Plätzchen an der reich gedeckten Gesindetafel eines adligen Herrn wie eine Gnade Gottes anstrebten.

In den ans Meer grenzenden Provinzen trat diese beschämende Lage nicht so zutage, weil der Adel dort entweder durch Engstirnigkeit verarmt, durch verwerfliche Mesalliancen degeneriert oder aufgrund politischer Erwägungen dem herrschenden Patriziat eingegliedert worden war. Anstelle überzogener Vitalitätsbekundungen, wie sie typisch für die westlichen Besitzungen war, hatte sich in den östlichen Provinzen die venezianische Trägheit ausgebreitet, ein viel schlimmeres Übel, weil tief sitzend und verborgen, was seine Heilung schwierig und langwierig macht. Das soll jedoch nicht heißen, dass der in diesen Gebieten ansässige Landadel weniger Groll auf die venezianische Aristokratie gehegt hätte; doch während dieser Groll sich bei den Grundherrn jenseits der Etsch in offener Feindseligkeit und höhnisch bekundeter Verachtung zeigte, kam er diesseits der Etsch eher durch Neid und Missgunst zum Ausdruck; man begnügte sich hier mit geheimem Murren oder lächerlichen Privilegien, die ebenso spärlich geboten wie gierig ergriffen und in Anspruch genommen wurden.

Graf Fabio Carmini entstammte einem uralten Geschlecht, das seit Jahrhunderten in Gardone bei Brescia ansässig war; er hatte sich sehr jung mit der Tochter eines reichen Patriziers vermählt, der damals in dieser Stadt Podestà war. Mit etwa dreißig, keiner weiß so recht warum, hatte er diesen Landsitz verlassen, um sich in Fonte, zwei Meilen oberhalb von Asolo, in der Mark Treviso niederzulassen, wo seine Frau ausgedehnte Ländereien besaß. Viele munkelten, der Schwiegervater, der nur zwei Jahre später verstarb, habe wegen dieses Ortswechsels einige Misshelligkeiten mit der Signoria auszustehen gehabt, die, aus ihrem üblichen Dämmerschlaf erwachend, dem Herrn Grafen ein dreiminütiges Intermezzo zwischen Todero und San Marco angedroht hatte.[77] Der Inquisitor Formiani schien der Angelegenheit nicht gänzlich fremd gegenüberzustehen, ja, seit diesem Zeitpunkt legte der Graf ihm gegenüber ein Verhalten an den Tag, in dem ein solches Gemenge aus Unterwürfigkeit und Angst war, dass es den erfahrenen Staatsmann oft zum Lachen reizte. Wie auch immer, Carmini hatte seine brescianischen Gewohnheiten auf das Gebiet von Treviso verpflanzt und führte sich dort wie ein absolutistischer Herrscher auf; mit diesem Benehmen hatte er sich die ängstlichen Gemüter der Beamten und der benachbarten Adligen so gefügig gemacht, dass er bis an die Pforten Venedigs tun und lassen konnte, was er wollte, und niemand zog ihn wegen dieses Übermuts zur Rechenschaft, ja, man bewunderte ihn sogar, wie der Sperber stets vom Taubenschwarm bewundert wird. Doch wenn er aus irgendeinem Anlass die Lagune überqueren musste (was in den ersten Jahren recht selten geschah), da konnte man ihn sehen, wie er demütig, kriecherisch, unsicher wurde, aber nur, um auf dem Heimweg bei den ersten Häusern von Mestre wieder seinen üblichen Hochmut hervorzukehren.

Seit zwanzig Jahren regierte er das Land nun schon nach seiner Willkür, und dadurch war es ihm zur Selbstverständlichkeit geworden, die Podestà der Umgebung, also die von Cittadella, Castelfranco, Camposampiero und Asolo, wie seine Statthalter zu betrachten, als der hochwohlgeborene Valiner an letztgenanntem Ort eintraf und in seinem Gefolge die edle Dame Cecilia und der Gerichtsschreiber Chirichillo, beide kraft Gewohnheitsrecht Teilhaber von dessen Amtsgewalt. Der Ort hatte das Pech, nicht das Wohlgefallen der edlen Dame zu erregen. Man denke sich nur: die Witwe des Prokurators Favia, gewöhnt, an venezianischen Intrigen mitzuwirken (wodurch sie sich ihren Spitznamen eingehandelt hatte), die in der Hauptstadt ein Leben voller Luxus und raffinierter Vergnügungen geführt hatte – wie hätte ein auf einen Hügel geducktes Nest, dessen Häuser sich verschämt eins hinter das andere zu kauern schienen, für eine solche Dame eine angemessene Heimstatt sein sollen! Es zählte gerade einmal achthundert Seelen, und was für Seelen, gütiger Gott! Man brauchte nur ihr Äußeres anzuschauen, um Bescheid zu wissen: ungebildet, roh, unberührt von jeder verfeinerten Zivilisation, ohne eine Ahnung von der Ehrerbietung, die man Leuten von Stand entgegenzubringen hatte.

Ihrer Meinung nach war dieses Dorf Asolo also ein Affenstall, und da half es auch nichts, dass ihm vor Kurzem ironischerweise der Titel einer Stadt zuerkannt worden war; man musste Verstand und Hände einsetzen, um aus diesen Tieren des Waldes menschenähnliche Wesen zu machen. Dass von den Bergen herab die reinste Luft wehte und die Seelen erquickte, dass die Hügel ringsum sich im festlichen Gepränge von Getreidefeldern und Rebhängen auf und ab schwangen, dass von der Burg aus der Blick über tausend liebliche Szenerien schweifte – Täler, die sich bis in die letzten Ausläufer der Alpen hinein erstreckten, Straßen, die sich Berghänge hinaufschlängelten, schattendunkle Wälder, nur kühle Frische und Vogelgesang, Ebenen fern und nah, da und dort von Bächen und Flüssen durchzogen, unterschiedlich dicht besiedelt, in diversen duftigen Grün- oder Blautönen – all das entging der edlen Dame in den zwei Jahren ihres Aufenthalts dort oben, wohingegen ihr gleich am ersten Abend auffiel, dass der Adel von Asolo kaum an das Kaffeehausleben gewöhnt war, und sie sich vornahm, ihn zu dieser glanzvollen städtischen Sitte zu bekehren, wie sie es zuvor schon mit größter Mühe in Muggia, Pirano und Lonigo getan hatte. Sehr zu Recht behauptete der Podestà, seine Gemahlin sei eine bewunderungswürdige Frau, denn es mangelte ihr gewiss nicht an den stärksten Verstandesgaben und Charaktereigenschaften: Eigensinn, Mut, Scharfblick und Beharrlichkeit besaß sie in höherem Maß als alle männlichen Mitglieder des Großen Rats zusammen. Eine gewöhnliche Frau konnte sie nicht sein, wenn der Prokurator Favia sie zur Gemahlin genommen hatte und wenn dieser alte Fuchs Formiani ihr zwanzig Jahre hindurch, zu Favias Lebzeiten und danach, ununterbrochen zu Diensten gewesen war. Wie dann diese plötzliche Hochzeit mit Valiner zustande kam und wieso sie nach dieser kein einziges Mal mehr in Venedig gesehen ward, hatten viele zu ergründen versucht, doch keinem war es gelungen. Allgemein hieß es, diese Heirat sei der ehrbare Deckmantel für eine geheime Verbannung, zu der die Signora nach tausend vergeblichen Ermahnungen von ihrem ehemaligen Cicisbeo[78] in aller Freundschaft verurteilt worden sei.

Wenn es sich so verhielt, hatte sie ihre schlechte Angewohnheit doch keineswegs abgelegt, und in Muggia, in Pirano und Lonigo hielt sie stets Ausschau nach irgendeiner Verschwörung. Nach der einen Seite spionierte sie die Untertanen aus, nach der anderen die Regierung, weswegen kein Venezianer in ihre Nähe kommen konnte, ohne dass sie ihm mit endlosen Fragen auf den Zahn fühlte, ihm mit gedungenen Spitzeln, vor allem aber mit gewissen durchdringenden, hartnäckigen Äuglein zusetzte, unter deren Blicken sich wohl manche Kleinigkeit vergrößerte, denen aber auch nicht das Geringste entging.

Mit dem Eintritt einer solchen Frau in das Hauswesen des Podestà wurden natürlich sämtliche alten Gewohnheiten über den Haufen geworfen; wo früher Stille, Ordnung und Frieden geherrscht hatten, hielten mit ihr Trubel, Durcheinander und Krieg Einzug. Sie forderte eine Kammerzofe und eine Magd, sie forderte silberne Leuchter und Wachskerzen, sie forderte Gesellschaften und Vergnügungen, sie verlangte mehr Würde und weniger Anhänglichkeit an die Flasche von ihrem Herrn Gemahl, vor allem aber forderte sie widerspruchslosen, uneingeschränkten Gehorsam. Unter den schönen Bräuchen, die bei dieser Erneuerung des Hauswesens verloren gingen, möchte ich nur den einen erwähnen, der mir die Sitten der damaligen Magistratsbeamten an sich schon zur Genüge zu beleuchten scheint. Sie lebten damals in Muggia. Als Signora Cecilia zum ersten Mal die Treppe zur Podesteria hinaufstieg, traf sie in der Mitte derselben den Gerichtsschreiber Chirichillo, der auf einen Stuhl geklettert war und ein leckeres Stück Rindfleisch, zwei fette Kapaune und ein Stück Wild an einem Haken aufhängte. Der Gerichtsschreiber war so sehr davon in Anspruch genommen, diese guten Dinge malerisch zu drapieren, dass er das Heraufkommen der Signora gar nicht bemerkte und in seiner Arbeit fortfuhr, bemüht, dem Ganzen ein gefälliges Aussehen und der Befestigung sicheren Halt zu geben. «Was macht Ihr denn da?», schrie Signora Cecilia und wäre beinah mit dem Kopf gegen den Kamm des Kapauns gestoßen, der am tiefsten herunterhing.

Chirichillo ließ den Blick von seiner künstlerischen Bühne nach unten wandern, zog den Hut und antwortete ganz selbstverständlich, er tue, was er auf Befehl des Podestà auch sonst jede Woche am Gerichtstag zu tun pflege.

«Und was will dieser Dummkopf damit?», erwiderte die Signora erbost und verfing sich mit ihrem Toupet im Kamm des Kapauns.

«Geben Sie acht, geben Sie acht», schrie Chirichillo, «Sie ruinieren mir ja mein ganzes Werk!»

«Was kümmert mich das?», antwortete sie und ging derart heftig auf den Gerichtsschreiber los, als wolle sie ihn von diesem Stuhl und die Treppe hinunterstoßen. «Ich frage Euch, was mein Herr Gemahl mit dieser Geflügelausstellung bezweckt?»

«Sehen Sie, das ist so», antwortete Chirichillo, «die Leute hier sind an gewisse Beamte gewöhnt... ähm, ich weiß nicht, ob Sie mich verstehen...! Für ein kleines Präsent, mit Anstand überreicht, lassen sie die Gerechtigkeit Gerechtigkeit sein; und da ist es gut, die Leute darauf aufmerksam zu machen, dass der Herr Podestà mit Fleisch und allen Gottesgaben versehen ist und keiner Präsente bedarf, um üppig zu speisen!»

«O du Hundsfott, du und deine Präsente!», schrie die Signora voller Wut. Und indem sie sich wohl mehr hinreißen ließ als beabsichtigt, versetzte sie dem Stuhl einen Stoß, sodass er die Beine in die Luft streckte, Chirichillo desgleichen, woraufhin er mit sämtlichen Körperteilen außer den Fußsohlen die zehn unteren Treppenstufen vermaß.

Unten angekommen, erhob er sich wunderbarerweise unverletzt, hinkte allerdings auf einem Fuß. Signora Cecilia, die glaubte, ihn getötet zu haben, eilte ganz entsetzt zu ihm hinunter und befühlte und beschaute ihn überall, um zu sehen, ob er sich auch nichts gebrochen habe. «Ach, du Ärmster!», sagte sie. «Wohin die Wut einen treiben kann! Beinah hätte ich diesen Ehrenmann hier umgebracht! Ach herrje, ich Ärmste, wenn ich mich nicht bessere!»

Indessen waren auf den Lärm hin die Personen, die in ihren Angelegenheiten gekommen waren, sowie die Leute aus der Kanzlei zusammengelaufen und scharten sich um die beiden; davon unbeeindruckt fuhr die Edeldame unbeirrt in ihrer wundärztlichen Untersuchung fort. «Versuch einmal zu laufen!», sagte sie in liebevoller Besorgnis zu dem Gerichtsschreiber.

Der tat zwei Schritte, aber der verstauchte Fuß gab nach, und wäre nicht die Signora zur Stelle gewesen, ihn zu stützen, hätte er einen zweiten Purzelbaum geschlagen.

«Komm, du wirst dich ins Bett legen müssen, du Armer!», sagte die Signora. Sie nahm ihn am Arm und schleppte ihn ungeachtet seiner zaghaften Einwände die Treppe hinauf, durch diese Schar von Leuten hindurch, die sich flüsternd fragten, was denn passiert sei und was das alles zu bedeuten habe.

Die Nächstenliebe und die Reue der Edeldame machten hier aber nicht halt; in den zwanzig Tagen, die Chirichillos Genesung dauerte, wollte sie allein seine Pflege übernehmen; von eigener Hand wechselte sie die Breiumschläge und Zugpflaster und bat ihn tausendmal am Tag um Verzeihung für diesen Wutanfall. Auf diese Weise schlossen sie Frieden, aber von der Geflügelschau am Gerichtstag war fortan nicht mehr die Rede.

Der unter die Vormundschaft seiner Frau geratene Podestà schaute, staunte, becherte, schlief und überließ es ihr, Prozessprotokolle, Dekrete und Urteile zu verfassen, die Kanzlei zu führen, Verbrecher zu verhören, Händel zu schlichten, Disziplinarmaßnahmen über untergeordnete Beamte oder Sbirren zu verhängen und sogar, den Gemeinderat zu leiten. Signora Cecilia verrichtete all diese Dinge mit dem Feuereifer, dessen ein herrschsüchtiges Weib fähig ist. Der Einzige, der diese Tyrannei zu mäßigen wusste, war der brave Chirichillo, der nicht nur den Fuß, nein, seinen Kopf hergegeben hätte, ehe er von der Amtsgewalt, die ihm seiner Ansicht nach von der Vorsehung übertragen war, auch nur einen Fingerbreit abtrat. Nun war aber bei Urteilen in Kriminalprozessen außer der des Podestà auch die Unterschrift des Gerichtsschreibers erforderlich, und da kann man sich vorstellen, was für ein Gerangel es gab, wenn die adlige Herrin und der rechtskundige alte Mann sich uneins waren! Sie, voller Standesdünkel und überzeugt, dass ihr Wille Befehl sei; er, eigensinnig in Erfüllung seiner von strengster Gewissenhaftigkeit diktierten Pflicht, um sich nach dem Tod den Glorienschein im Himmel oder wenigstens die Kaiserkrone auf Erden zu verdienen! Nicht selten wären sie fast handgreiflich geworden, ja, manchmal wurden sie es tatsächlich; doch dieses «wurden sie» ist eigentlich nicht der richtige Ausdruck, und man muss ihn, wenn auch schweren Herzens, korrigieren und schreiben, dass die Edeldame, all ihre Vorsätze zur Mäßigung vergessend, sich zu Tätlichkeiten hinreißen ließ, den armen Chirichillo ohrfeigte, kratzte und ihm auch nach den Augen fuhr; der aber befolgte dann jenen anderen seiner Grundsätze, der da lautete, die Vorgesetzten um jeden Preis zu respektieren, und ließ sich, ohne den Ansinnen der Signora auch nur einen Zollbreit nachzugeben, in jeder Weise von ihr malträtieren. Abgesehen von dem einen oder anderen blauen Auge, das in der sonstigen Leichenblässe des Schreibers nicht weiter auffiel, ging die Sache meist glimpflich ab, und die Edeldame war nach beendeter Schlacht voller Bewunderung für die Standhaftigkeit des Gegners; er war der Einzige, der beherzt genug war, ihr offen die Stirn zu bieten. «Aber ja», sagte sie zuweilen, «du bist wirklich ein braver Kerl, und es tut mir in der Seele leid, dass ich dich so ungerecht behandelt habe.»

Und sie verzieh ihm seine Grillen mit Rücksicht auf die Akkuratesse, womit er ihre Anordnungen befolgte, sobald sie gleicher Auffassung waren.

Kein Wunder, dass einer so energischen Frau die Autorität, die sich ein kleiner Landadeliger wie Graf Carmini dort in der Umgebung und in ihrem eigentlichen Rechtsbezirk anmaßte, unerhört und anstößig erscheinen musste. Der Name war ihr vage erinnerlich als der Signoria wenig genehm, und in ihren eigenen Ohren nahm er gleich am ersten Tag einen üblen Klang an, da sie ihn wohl ein Dutzend Mal mit Ehrerbietung aussprechen hörte. Sobald sie den Grund für diese Popularität erfuhr, war sie eher erstaunt als gekränkt; als sie sich jedoch von diesem Staunen erholt hatte und binnen kürzester Zeit mit Händen zu greifen war, dass der Graf Carmini in Asolo doch tatsächlich größere Macht besaß als die Edeldame Valiner, geriet sie außer sich: Sie schrie, wetterte, drohte. Sie wollte Chirichillo zwingen, Carmini wegen Hochverrats zu belangen; sie schrieb an sämtliche Ämter und staatlichen Stellen in Venedig, an die Inquisitoren, an die Zehn, an den Senat, an die Quarantia criminal, den Großkanzler[79], an die *avogadori*, den Patriarchen und den Dogen. Als sie von diesen hochgestellten Persönlichkeiten keine Antwort erhielt, spie sie zum Zeichen ihrer

Verachtung auf diese aus und schwor, sie werde sich selbst zu behelfen wissen; bei diesen Worten krempelte sie die Ärmel ihres Kleides hoch, als wolle sie aus dem armen Grafen Hackfleisch machen. Doch diesmal wurde daraus nichts, denn der Graf war in seinem Benehmen viel zu gerissen und zu sehr auf der Hut, als dass er Beweisgründe für einen Prozess geliefert hätte.

Zwei Monate später allerdings, gegen Anfang des Winters, als sie mit den Klatschbasen im Dorf Bekanntschaft geschlossen hatte, kam ihr zu Gehör, dass Carmini von Zeit zu Zeit geheimnisvolle englische, französische und deutsche Persönlichkeiten bei sich empfange; dass er den ganzen vergangenen Herbst hindurch einen gewissen neapolitanischen Grafen zu Gast gehabt habe und dass er eine rege Korrespondenz mit dem Ausland unterhalte; dass er sich durch Vergünstigungen und Protektion die Ergebenheit der Holzfäller in den nahe gelegenen Wäldern gesichert habe; das waren raue, wilde Kerle, aber einmal durch einen Eid gebunden von unverbrüchlicher Treue. Kurz, sie erfuhr mehr, als erforderlich war, um hinter diesem verdächtigen Treiben des Grafen eine Verschwörung gegen die Serenissima zu vermuten. Das war in ihren Augen der Grund, weshalb er aus Brescia hierhergekommen war, weshalb er die Wachsamkeit der Vorgänger ihres Mannes mit verschwenderischen Geldgeschenken eingelullt hatte; weshalb er seinen Palazzo in Fonte wie eine Festung gesichert hatte und sich eine Schar furchteinflößender, bis an die Zähne bewaffneter Feldhüter und Jäger hielt. Hinter diesem anmaßenden Gebaren des kleinen Tyrannen musste eine weitverzweigte Verschwörung von Provinzadeligen stecken; wahrscheinlich auf sämtliche venezianischen Besitzungen verteilt, würden die sich eines Tages auf ein Zeichen hin erheben und die Staatsgewalt an sich reißen, unter den Patriziern ein Blutbad anrichten und anstelle des geliebten San Marco irgendeinen ruchlosen Erzketzer auf die Fahnen setzen.

Von da an wurde die kleinste Handlung, jedes Wort, jede Äußerung des Grafen im Lichte des Verdachts auf solch teuflische Ränke als betrügerisch, unaufrichtig oder offen feindselig der Signoria gegenüber gewertet; Signora Cecilia zeichnete all diese Beobachtungen in einem besonderen Buch auf und konnte es kaum erwarten, diese geheimen Ermittlungen so weit gediehen zu sehen, dass sie selbst die Ungläubigsten von der Gewissheit der Bedrohung überzeugen würden.

Carmini indes bemerkte nichts von diesem Überwachungssystem, sonst hätte er nicht von sich aus einen stichhaltigen Anhaltspunkt geliefert, der solchen Hirngespinsten den Anschein von Wahrheit verleihen konnte. Und zwar geschah das, als er wegen irgendeines Angriffs auf einen seiner Leute die Festnahme eines gewissen Andrea Tramontino anordnete, eines Holzfällers aus dem Mantello[80], der als der Schuldige galt. Tramontino, ein ungemein kräftiger Kerl von schlichtem und harmlosem Wesen, wurde im Schlaf an der Seite seiner Frau von fünf Schergen überrascht und an Händen und Füßen gefesselt. Da mochte er sich wehren und schreien, wie er wollte, er erreichte damit nichts weiter, als dass seine Frau außer sich geriet und ihm selbst mit einem mächtigen Knebel der Mund gestopft wurde. Nachdem man ihn im Galopp auf einem Karren zum Palazzo in Fonte geschafft hatte, wurde ihm der Mund dort wieder frei gemacht, doch so sehr er auch seine Unschuld beteuerte und den Grafen zu sehen verlangte, das eine wurde ihm nicht geglaubt und das andere nicht gewährt; gefesselt, wie er war, wurde er unter dem Hohngelächter der Sbirren fluchend und brüllend viermal gewippt.[81] Am ganzen Leib zerschunden, trug man ihn auf ein Felsband vor dem Palast und ließ ihn dort halb ohnmächtig liegen mit der Bemerkung, dort sei er gut aufgehoben und in Sicherheit, er werde bestimmt die ganze Nacht hindurch von niemandem belästigt, außer vielleicht von einem Wolf, der, durch den Geruch einer so leckeren Mahlzeit angelockt, von den Bergen herunterkommen mochte.

So blieb Tramontino bis zum Tagesanbruch liegen, als er von einem Fuhrmann aufgelesen und nach Cornuda geschafft wurde. Von dort schleppte er sich Schritt um Schritt nach Hause; aber auf seinem Weg ahnte der arme Mann ja nicht, welch furchtbares Unheil ihn dort erwartete. In der Tür traf er auf einen Priester; er fuhr zusammen, und ohne zu fragen, stürzte er trotz der Verrenkungen und Wunden, die er am ganzen Leib trug, hastig ins Zimmer. Seine Frau, die Ärmste, schon im fünften Monat schwanger, hatte durch die Schrecken der Nacht eine Fehlgeburt erlitten und war vor einer Stunde verschieden; zwei Frauen waren damit beschäftigt, ihr das Totenhemd anzulegen. Tramontino trug diesen Schicksalsschlag mit unglaublicher Stärke; doch es waren einzig Hass und Rachedurst, die ihn in dieser Weise aufrecht hielten, während ihm die mit solch trostlosen Gefühlen einhergehende Angst das Herz mit doppelter Grausamkeit zerfleischte. Man sah ihn, ganz zerschlagen und noch blutüberströmt, seine Frau trockenen Auges begraben – ein bejammernswertes Schauspiel; kein einziges Totengebet vermochte er für sie zu sprechen. Worauf er sich ins Bett legte und zwei Wochen lang eifrig seine Wunden kurierte; dann erhob er sich, kräftiger denn je und durch das beständige vierzehntägige Brüten in seinem Hass gefestigt. Sein erster Weg führte ihn zum Palazzo des Carmini. Als man ihm dort den Einlass verwehrte, wartete er auf den Treppenstufen bis zum Abend auf das Herauskommen des Grafen. Ihn sehen, sich auf ihn stürzen, ihn an der Gurgel packen und ein Weilchen zudrücken, ihn alsdann zu Boden werfen, mit Füßen treten und wie tot liegen lassen war ein Leichtes für ihn. Der Graf gab keinen Ton von sich und wurde erst fünf Minuten später von der Frau Gräfin gefunden, als sie das Haus verließ und in die Kutsche steigen wollte. Kaum mehr atmend, wurde er hineingetragen, erst nach etlichen Aderlässen kehrte sein Bewusstsein wieder und damit die Erinnerung an das Vorgefallene sowie eine völlig neue Raserei: den Tramontino in die Finger zu bekommen; weshalb er noch mit halb erstickter Stimme sämtlichen Waffenknechten befahl, auf den schnellsten Pferden die Straße nach Cornuda zu nehmen, wohin er seiner Ansicht nach geflohen sein musste, ihn tot oder lebendig gefangen zu nehmen und lebendig oder tot zu Statuierung eines abschreckenden Exempels herbeizuschaffen.

Spornstreichs sprengte der Reitertrupp los nach Cornuda, und von einem Kastaniengehölz aus, wo er sich verborgen gehalten hatte, sah Tramontino die Männer in einer Staubwolke heranjagen. Von der Stelle aus, wo er sich befand, stürzte ein Abhang zwanzig Ellen tief zur Straße hin ab, und gute zwei Meilen weit gab es keine Möglichkeit hinaufzugelangen. Hinter ihm erstreckte sich der Wald – selbst wenn es den Geschicktesten unter ihnen gelungen wäre, den Abhang zu erklimmen, sie hätten ihn doch nicht erwischt, da er hier mit sämtlichen Schleichwegen und den geheimsten Schlupfwinkeln vertraut war. Er trat daher unbesorgt vor bis an den Rand des Abhangs und fragte mit dröhnender Stimme, ob sie etwa die Seele ihres Herrn suchten. Auf der Stelle hielten die Reiter inne in ihrem wilden Lauf, wandten sich nach der Stimme um, und Tramontino wiederholte seine Frage in höhnischem Ton.

«Der Graf ist am Leben und wohlauf!», antwortete der, welcher der Anführer zu sein schien. «Und er schickt dir dies!»

Tramontino sah, wie fünf Musketen sich auf ihn richteten, und hatte kaum noch Zeit, den Kopf hinter dem Felsen zu bergen, als auch schon fünf Kugeln über ihn hinwegpfiffen. «Ah, die Hunde, die Verräter», murmelte er. Mit unglaublicher Behendigkeit trat er auf allen Vieren den Rückzug an und richtete sich erst hinter den ersten Bäumen wieder auf.

Bis dahin gelangten die Kugeln nicht, doch sehr wohl gelangte der mächtige Schall seiner Stimme ans Ohr dieser Schergen, als er rief: «Wenn euer Herr nicht in der Hölle ist, meine Herren Christenschlächter, so richtet ihm aus, dass ich mich in die Gefangenschaft der Signoria begebe und dass er es mit ihr und mit mir zu tun bekommen wird. Ich kenn' mich da aus. Gute Nacht!»

Zwei Stunden später stellte er sich freiwillig dem Podestà von Asolo, und als die Edeldame Cecilia hörte, er habe hochwichtige Eröffnungen bezüglich des Grafen Carmini zu machen, nahm sie dies trotz der vorgerückten Stunde sogleich zu Protokoll. Man denke sich nur, wie selig die Signora war, als sie ihre Verdächtigungen durch beeidete Aussage bestätigt fand; außerdem, dass der Graf schon seit vielen Jahren unter den Holzfällern von Mantello das Gerücht streute, es werde im Land zu einem Aufstand kommen, und ihnen tausend Zechinen in Gold versprach, wenn sie ihm halfen, diesen zu seinen Gunsten zu wenden. Dass ein Aufstand der Signoria nicht zum Vorteil gereichen würde, war nicht nur überflüssig zu beweisen, sondern wurde durch die Heimlichkeit der Intrige sowie durch die Tatsache zur Evidenz gebracht, dass er sich seine Parteigänger unter den Holzfällern von Mantello suchte, die, seitdem ihnen unlängst verboten worden war, wie seit jeher Brauch im Wald, nach eigenem Gutdünken Holz zu schlagen, einen gewissen Groll auf San Marco hegten. Tramontino wurde also festgehalten, aber nicht als Verbrecher, sondern als äußerst gern gesehener Gast, mit den besten Leckerbissen gefüttert und im luftigsten Zimmer des Amtsgebäudes untergebracht; vor dessen Tür stand einfach so, bloß um ihm Gesellschaft zu leisten und nichts weiter, der umgänglichste Kerl unter den Sbirren, ein ehemaliger Holzfäller und vor Jahren sein engster Freund, dann im Dienst des Carmini, später von diesem als Dieb entlassen und daher schließlich, wie es die gute Ordnung wollte, als Diebshäscher von Signora Cecilia in Sold genommen.

Der Prozess wurde eröffnet, aber nicht, wie Kriminalisten vermuten würden, wegen Tramontinos letztem Vergehen, sondern wegen dem, was Carmini zur Last gelegt wurde; daher sah man, seltsam genug, den Kläger im Gefängnis und den Angeklagten auf freiem Fuß. Frei war er, aber nicht durch den Willen der Signora, sondern weil der Bote, der ihm die Vorladung überbringen sollte, mit der Antwort zurückkehrte, der Graf halte sich seit mehreren Tagen schon im Brescianischen auf, und mit seiner Rückkehr sei so bald wohl auch nicht zu rechnen. Das war in jenen Tagen, da der Podestà in Venedig zu Besuch bei Morosina war und nicht wenig erschrak, dem Carmini zu begegnen, der ihm für diese wenn auch widerwillig unterzeichnete Vorladung nicht eben dankbar sein würde. Als er, aus Venedig zurück, seiner Frau von dieser Neuigkeit berichtete, schalt sie ihn zunächst heftig, dass er es unterlassen habe, dies dem Rat der Zehn oder dem Geheimtribunal anzuzeigen; sodann richtete sie ein langes Mahnschreiben an die Inquisitoren, sie möchten sich doch ja einen so großen Verbrecher nicht entwischen lassen; doch während sie noch darauf vertraute, alsbald die Nachricht von der Enthauptung des Grafen zu erhalten, und Tramontino mit dieser Aussicht tröstete, traf plötzlich in Begleitung von vier Bewaffneten ein Kurier der Serenissima ein mit der Anordnung, dass ihm der Angeklagte Tramontino und die Prozessakten zu übergeben seien. Da galt es, gute Miene zum bösen Spiel zu machen. Tramontino wanderte in die Verliese der Inquisition, und man hörte nichts mehr von ihm; Signora Cecilia bekam ein Gallenleiden; Chirichillo befand, die erlauchten Herren hätten so gehandelt, weil in diesem Prozess trotz seiner Einwände gewisse Verfahrensregeln verletzt worden seien; der Podestà tröstete sich, dass er seine Unterschrift nun nicht mehr auf gewissen brisanten Dokumenten zu sehen brauchte; der Graf seinerseits tauchte zwei Wochen später wieder in Asolo auf, diesmal jedoch halbwegs von seinem üblichen Hochmut kuriert.

Unterdessen hatten sich im Hause Valiner andere, zwar nicht so schwerwiegende, dafür aber umso mysteriösere Dinge ereignet. Während der Podestà noch vorhatte, Chirichillo nach Venedig zu schicken, um Morosina abzuholen, wie mit ihr selbst und seiner Frau vereinbart, änderte letztere urplötzlich ihre Meinung. Woher dieser Meinungsumschwung rührte, war nicht zu ergründen; er schien allerdings durch ein sehr kurzes Schreiben verursacht, das um diese Zeit aus Venedig eintraf und über das sie trotz oder vielleicht gerade wegen seiner Kürze lang nachgegrübelt hatte. Tatsache ist, dass sie in allen Tonlagen – schreiend, singend, trallernd – beteuerte, sie werde der Reise des Mädchens nach Asolo nicht zustimmen, dies sei weder der Ort, um ihre Erziehung zu vervollkommnen, noch sei hier eine passende Partie für sie zu finden; sie werde an einen Verwandten oder Freund in Venedig schreiben, wie zum Beispiel Formiani, damit Morosina dort passend untergebracht werde. Chirichillo weinte heimlich über diese harte Entscheidung, der Podestà weinte vor den Augen seiner Frau, doch sie war nicht umzustimmen; woraufhin Valiner den Appetit verlor, und zwar gar nicht so sehr wegen Morosinas Fernbleiben, daran hatte er sich in den sechs Jahren gewöhnt, ein Monat mehr oder weniger würde da auch nicht mehr viel ändern, sondern weil er begann, sich wegen seiner übertriebenen Willfährigkeit seiner Frau gegenüber die bittersten Vorwürfe zu machen. Der Untröstlichere von den beiden indes war, auch wenn es nicht den Anschein hatte, der Gerichtsschreiber; das ging so weit, dass er bisweilen versäumte mitzuschreiben, wenn die Signora diktierte, andere Male vergaß, einen Angeklagten zu verhören, den er schon zwei Stunden vor sich sitzen hatte, und dass er die Vorhaltungen, die ihm wegen dieser Vergesslichkeiten gemacht wurden, gar nicht hörte, weil er so befangen war in seinem Schmerz über seine zerschellte Hoffnung.

Eines Tages kam er vom Archiv die Straße herunter, ein von der Edeldame verlangtes Aktenbündel in Händen, da vergaß er vor lauter Kummer seine Arme, sie sanken tiefer und tiefer herab, bis das Bündel zu Boden fiel und er mit leeren Händen beim Amtsgebäude ankam. Erst da wurde er des Verlusts gewahr, schaute zuerst in die Luft, dann auf den Boden, und als er dort nichts sah, kehrte er wieder ins Archiv zurück, überzeugt, es dort vergessen zu haben. Doch als er um die erste Ecke bog, fiel sein Blick just auf das Bündel, das in etwa dreißig Schritt Entfernung mitten auf der Straße lag; das Hündchen des Barbiers beschnüffelte es von allen Seiten und verrichtete dann über diesen Papieren, was Hunde ohnehin viel zu häufig zu verrichten pflegen. «Oh, du Racker!», rief Chirichillo, doch das Unglück war bereits geschehen, und er begnügte sich damit, das Aktenbündel, das so durchweicht und übel riechend geworden war, wie es Hadernpapier[82] nach einer solchen Behandlung nur sein kann, mit zwei Fingern aufzuheben. «Was mache ich nur? Was mache ich nur?», fragte der Schreiber sich immer wieder. «Was mache ich mit der Herrin, die so empfindlich ist gegen üble Gerüche …! Was mache ich mit der Signora, die es immer so eilig hat! Ach, das war aber wirklich eine grobe Fahrlässigkeit von mir! Ob man mir das dort oben als Todsünde anrechnet …? Ich glaube nicht …! Dachte ich doch gerade an die arme Morosina!»

Und hier war Chirichillo schon wieder im Begriff, das Aktenbündel zu vergessen, doch der Barbier kam ihm zu Hilfe und fragte ihn, wieso er mit diesen besudelten Papieren in der Hand wie angewurzelt dastehe.

«Was ich da mache, hm...? Was Wunder, was Wunder...! Das geht Euch an, Gevatter, Euch!», rief Chirichillo. «Der Hund hat das Malheur angerichtet, der Herr wird dafür büßen. Habt Ihr nicht etwas Orangenblütenwasser, Essenz oder Pomade?»

«Wozu?», fragte der Barbier verblüfft.

«Dumme Frage! Wozu...?», erwiderte Chirichillo. «Euer Hündchen hat mir diese Papiere so zugerichtet, wie Ihr seht, und es ist an Euch, will mir scheinen, mit Euren Essenzen den Gestank zu entfernen, sonst ist die Signora, die einen sehr empfindlichen Geruchssinn hat, eine Woche lang außer sich.»

«Aber ich habe nur Rosenpomade...!», rief der Barbier.

«Dann eben Rosenpomade!», erwiderte Chirichillo, der nur sehr mäßige Kenntnisse in Parfümeriewaren besaß.

«Aber wartet, dass ich Euch die Papiere erst trockne!», sagte der Barbier, der mit den Akten auf den Ofen zusteuerte.

«Aber schnell!», erwiderte Chirichillo. «Sonst schimpft die Signora über die Verspätung!»

«Die sind ja triefnass», entgegnete der andere

und verbrannte sich die Finger an den Kohlen. «Wie soll ich da schnell machen?»

«Schnell, schnell, die Rosenpomade!», brüllte Chirichillo.

«Na gut, da habt Ihr Eure Rosenpomade», antwortete der Barbier, ärgerlich über die Brandwunde, die er sich zugezogen hatte. «Da, nehmt», fuhr er fort und drückte ihm ein Döschen mit Schweinefett in die Hand, dem zwei Tröpfchen Rosenöl beigemengt waren, eine Mischung, die der Barbier als neapolitanische Pomade verkaufte.

Chirichillo nahm Papiere und Döschen an sich, und teils, weil er in Gedanken schon wieder bei Morosina war, teils aus Angst, wegen des Gestanks ausgeschimpft zu werden, ferner aus Furcht, für die Verspätung gerügt zu werden, eilte er im Laufschritt in Richtung Amtsgebäude, ohne zu wissen, was er tat. Das Hündchen saß immer noch dort, zwei Schritt von der Tür entfernt, und als es den Mann so hastig aus dem Laden seines Herrn stürzen sah mit Sachen aus dessen Geschäft in Händen, war es gewiss nicht abwegig, ihn für einen Dieb zu halten; im Gegenteil, bei dem bisschen Verstand, das Hunden von Natur aus verliehen ist, war das ein geradezu bewunderungswürdiger Vernunftschluss. Bellend heftete es sich also an die Fersen des Flüchtenden, es bellte und lief und lief und bellte, und da weder jener haltmachte noch sein Herr Anstalten, ihn dazu aufzufordern, beschloss es, selbst tätig zu werden, und schlug seine Zähne entschlossen in Chirichillos Wade... Das heißt, damit wir uns recht verstehen, es schlug seine Zähne in das, was aller Erwartung gemäß eine Wade bedecken sollte, und es war nicht seine Schuld, wenn ihm nur zwei Strumpffetzen zwischen den Zähnen hängen blieben, einer aus schwarzem Zwirn und einer aus weißem Hanfleinen. «Oh, du Gauner! Diese Strümpfe wirst du mir bezahlen!», rief immer noch laufend Chirichillo, während das Hündchen die Fetzen losgelassen hatte, mit aufgestelltem Schwanz, gespitzten Ohren und zur Seite geneigtem Kopf stehen blieb und ihn wie verwundert verschwinden sah.

«Ah, endlich bin ich da!», murmelte Chirichillo, als er die Treppe der Podesteria hinaufstieg und den Rest der Pomade auf den armen Papieren verteilte. «Ach, und die liebe Morosina...! Dass ich sie nicht hier haben kann...! Genug», brummte er beim Betreten der Amtsstube, «wenn mir noch ein Tod beschieden ist, so hoffe ich, dass mir diese Schmerzen entgolten werden!»

«Was habt Ihr denn da in Händen?», fragte halb ärgerlich, halb erstaunt die Signora, die mit ihrem vier Spannen hohen Toupet majestätisch auf dem Sessel des Podestà thronte, vor sich eine Flut von Papieren.

Gänzlich in seine Gedanken versunken, hörte Chirichillo die Frage gar nicht und reichte ihr das Paket, von dem, in der Junihitze geschmolzen, zwei enorme Fetttropfen auf das Atlaskleid der Signora fielen.

«Was macht Ihr denn da?», kreischte sie und wich ruckartig mit ihrem ganzen Aufputz von Toupet und Reifrock zurück, und mit ihr zugleich der Sessel, der die Stimme der Edeldame mit dem Gekreisch seiner vier Füße passend untermalte.

Erst da wandte der Schreiber Augen und Sinn wieder seinem Aktenbündel zu, und als er es in dem erbärmlichen Zustand sah, in den er es gebracht hatte, rief er, sich an nichts mehr erinnernd, unschuldig aus: «O heilige Muttergottes! Wer hat mir denn diese Papiere so zugerichtet?»

«Ah, jetzt spielt Ihr also den Unschuldigen!», schrie die Signora und lief wie ein verrückt gewordenes Huhn im Zimmer auf und ab, den Rocksaum in der Hand, damit der Fleck sich nicht ausbreitete. «Agata! Lisetta! Ah, das wollt Ihr mir wohl weismachen, so eine Unverschämtheit…? Lisetta, Herrgottnochmal!»

Erschrocken über das wütende Gezeter streckte ein Mädchen von ziemlich bäurischem Aussehen den Kopf bei der Tür herein, und als sie die Herrin erblickte, doppelt so rot wie sonst und die Nase noch einmal so spitz und bös, brach ihr der kalte Schweiß aus.

«Wasser! Seife!», schrie die Signora.

Lisetta verschwand wie der Blitz. «Aha, nun seid Ihr also auch noch zum Betrüger geworden, ein krummer Mohammed», fuhr sie zu Chirichillo gewandt fort, der die Augen reuevoll auf sein Bündel geheftet hielt, es mit dem Ärmel abwischte und gar nicht bemerkte, welchen Schaden er damit seinem einzigen Kleidungsstück zufügte.

Wutentbrannt kam die Signora auf ihn zu, und schon war der arme Mann auf jene Prozedur gefasst, die die Venezianer in früheren Zeiten ihren Dogen hatten angedeihen lassen, bevor sie sie davonjagten.[83] Doch sie begnügte sich damit, ihm das Bündel aus den Händen zu reißen und es ihm, nachdem sie sich auf die Zehenspitzen gestellt hatte, gehörig unter die Nase zu reiben.

«Fort mit Euch», sagte sie dann, zu ihrem Sessel zurückkehrend, und warf ihm das schmutzige und zerknitterte Bündel an den Kopf, «und kommt mir nie wieder unter die Augen, sofern ich es nicht befehle.»

Ungerührt stieg Chirichillo zwei weitere Treppen hinauf in sein Zimmer. Dort wusch er sich das Gesicht, besah sich die zerrissenen Strümpfe, setzte sich auf eine Truhe, die zusammen mit einem Bett das ganze Mobiliar dieses Mäuselochs ausmachte, und murmelte: «Mein Gott, soll ich meine liebe Kleine wirklich nie mehr wiedersehen?»

Die Vorsehung erfüllte ihm seinen Wunsch früher, als er zu hoffen gewagt hatte. Zwei Tage nach der Tragödie mit den Akten, dem Hündchen und der Pomade erschien Signora Cecilia mit gewichtiger und triumphierender Miene beim Mittagsmahl; nach der Suppe zog sie einen überaus freundlichen Brief Formianis aus der Tasche und las ihn den beiden Alten vor. Darin hieß es, er, Formiani, sei «der Bitte seiner teuren Freundin bereitwilligst nachgekommen», und Morosina wohne schon seit dem nämlichen Morgen in seinem Haus, wo sie hoffentlich so viel Aufmerksamkeit und Zuwendung gefunden habe, dass sie die Abwesenheit der Ihrigen verschmerzen, wo nicht vergessen könne. Er setzte jedoch hinzu, dass ein Besuch des Herrn Papa nicht übel angebracht wäre, und wenn Valiner und auch Chirichillo sich der Kutsche bedienen wollten, die er tags darauf nach Asolo schicken werde, würden sie ihm damit einen und dem Mädchen den allergrößten Gefallen tun. «Die Frage der Schicklichkeit eines solchen Besuchs stelle ich Eurem Urteil anheim, liebe Cecilia!»

Damit endete der Brief, weshalb der Podestà, als er die Schlussformel vernommen hatte, die Augen voller Hoffnung, Schrecken und inständigem Bitten seiner Frau zuwandte, sodass Signora Cecilia sich auf die Lippen beißen musste, um nicht loszuprusten. «Ja, ja, Ihr ... Ihr könnt fahren», lautete die feierliche Antwort auf diesen Blick.

Als Chirichillo dieses betonte «Ihr» vernahm, das fast den Ausschluss weiterer Personen zu bedeuten schien, wandte er der Signora eine noch entgeistertere Miene zu als sein Prinzipal.

«Seid unbesorgt!», sagte Signora Cecilia mit einem Lächeln. «Auch Ihr werdet mitfahren, obwohl, wenn es nach den Verdiensten ginge ...! Aber lassen wir das, auch ich habe meine Fehler!»

Dabei reichte sie Chirichillo die Hand, die er mit Küssen und Tränen bedeckte.

Am nächsten Morgen in aller Frühe, als die von Formiani versprochene Kutsche eingetroffen war, schickten sich die beiden Alten, die schon seit dem Morgengrauen reisefertig waren, an, darin Platz zu nehmen, samt ihrem kleinen Bündel, das dem Umfang nach zu schließen nicht mehr als zwei Hemden enthalten konnte. Als der Kutscher schon die Peitsche hob, streckte Signora Cecilia, die zum Abschied heruntergekommen war, den Kopf beim Kutschenfenster herein: «Gebt dem undankbaren Nicoletto einen Kuss von mir», sagte sie, «und sagt Morosina, sie möge Gott und mir danken für das enorme Glück, das ich ihr verschafft habe. Alles in allem betrachtet ist es doch besser, es trifft sie als irgendeine andere!»

«Was für ein Glück?», fragten der Podestà und der Schreiber wie aus einem Mund.

«Enorm groß, ich wiederhole es, mein Wort darauf», entgegnete die Signora. «Doch will ich euch und ihr die Überraschung nicht verderben. Lebt wohl, gute Reise und kommt bald zurück, denn ich bin so daran gewöhnt, euch hier um mich zu haben, dass mir allein recht langweilig sein wird.»

«Danke vielmals, Signora Cecilia!»

«Leb wohl, meine liebe Ceciliétta! Und sei unbesorgt, wir kommen bald zurück, mit Morosina, so Gott will.»

«Morosina wird nicht so dumm sein, als Bettlerin nach Asolo zurückzukehren, wenn sie in Venedig so etwas wie eine Prinzessin sein kann!», murmelte die Edelfrau bei sich, als die Kutsche abgefahren war, und kehrte in das Amtsgebäude zurück, um wer weiß welchen Urteilsspruch zu verfassen.

Nachdem sie in einer Villa Formianis bei Noale die Pferde gewechselt hatten, kamen die beiden Beamten gegen ein Uhr in Mestre an. Um halb vier stiegen sie, vor Staunen noch ganz benommen, in Venedig am Palazzo Formiani aus und wurden in den Speisesaal geführt, wo Morosina, die sich im selben Augenblick zu Tisch gesetzt hatte, bei ihrem unverhofften Anblick fast in Ohnmacht fiel. Cavalier Celio, der ihr allein Gesellschaft leistete (jedenfalls war weiter für niemanden gedeckt), war jedoch zur Stelle und stützte sie, bis er mit einem Riechfläschchen, der Podestà mit Küssen auf den Mund und Chirichillo mit Küssen auf die Hände sie wieder zu sich gebracht hatten. «Ach», rief das Mädchen, als sie wieder ganz bei Sinnen war.

«Das hast du nicht erwartet, liebe Morosina, nicht wahr?», sagte der Podestà.

«Nein, so bald gewiss nicht», stammelte sie, noch ganz bleich von der plötzlichen großen Gemütsbewegung.

Chirichillo kniete, eine Hand des Mädchens in seinen Händen haltend, und war nicht imstande, ein Wort hervorzubringen; endlich wanderten ihre Gedanken auch zu ihm, und kaum hatte sie ihn bemerkt, stieß sie noch einmal einen Freudenschrei aus. «Ach, du bist ja auch da, mein Alter!», rief sie und schlang ihm die Arme um den Hals, heiße Tränen vergießend.

Chirichillo vergoss ebenfalls Tränen in Strömen, der Podestà, rührselig (unter uns gesagt) wie alle Säufer, schloss sich ihnen mit einigen Schluchzern an, und Celio, unschlüssig, wie er sich bei diesem Auftritt verhalten solle, befahl dem Diener, zwei weitere Gedecke aufzulegen. «Wie du siehst, Martino», setzte er lächelnd hinzu, «übernehme ich das Kommando, da die Herrschaften im Augenblick sehr in Anspruch genommen sind!»

Endlich fand dieser Zärtlichkeitsausbruch ein Ende, und man setzte sich wieder zu Tisch, Morosina in der Mitte, der Cavaliere ihr gegenüber und die beiden Reisenden rechts und links von ihr. «Exzellenz Alvise», begann Celio, «Sie sind ja förmlich aufgeblüht in den letzten vier Wochen, und auch der Doktor Chirichillo hier, wahrhaftig! Wer würde sagen, dass sechs Jahre vergangen sind, ja, volle sechs Jahre, will mir scheinen, seit wir uns zum letzten Mal in Castelfranco gesehen haben? Apropos», fuhr er fort, «ich muss Ihnen wohl den eigenartigen Umstand erklären, dass Sie mich hier so ganz allein mit der verehrten Signorina bei Tisch antreffen. Aber Seine Exzellenz nimmt am heutigen Tag des heiligen Antonius am feierlichen Hochamt in der Santa Maria della Salute teil und anschließend an dem obligatorischen Staatsbankett, das Seine Durchlaucht der Doge für die Gesandtschaften gibt, und da hat er mich dieser Ehre gewürdigt. Um die Wahrheit zu sagen, hatte er auch die gräfliche Familie Carmini eingeladen ...»

«Die Carmini?», rief der Podestà und zuckte zusammen. «Gott sei Dank ist der Graf gestern Abend in Asolo eingetroffen, wo er hoffentlich bleibt, bis ich wiederkomme. Und dann, wozu bedarf es dieser Leute, um meinem Töchterchen hier Gesellschaft zu leisten?»

Das junge Mädchen ergriff seine Hand, legte sie sich aufs Herz und hielt sie unter zärtlichem Streicheln lange dort fest, bis er sie ihr mit einer nicht ganz so sanften Bewegung entzog, um sich zu trinken einzuschenken. «Sapperlot, hier in Venedig, inmitten von all dem Salzwasser, bekommt man besser zu trinken als bei uns dort oben!», sagte er und wischte sich den Mund mit dem Handrücken ab, obwohl er sich eine Serviette aus feinstem flandrischen Tuch bereits in den Kragen gesteckt hatte.

«Seine Exzellenz hat schöne Güter bei Conegliano», antwortete Celio, «und die Rebhügel dort sind das Paradies der Weintrinker!»

«Gibt es in Conegliano eine Podestà-Stelle?», fragte Valiner.

«Ja, gewiss!», antwortete Celio.

«Ach, wenn meine Frau nur wollte!», seufzte der andere.

Chirichillo aß und sprach nicht, ja, er holte kaum Luft, so sehr war er darein versunken, seine Morosina anzuschauen; und sie erwiderte seine Blicke liebevoll und ermunterte ihn von Zeit zu Zeit, auch seinem Magen eine Kleinigkeit zukommen zu lassen. Da nahm der gute Schreiber freudestrahlend ein Taubenflügelchen oder ein Scheibchen Kalbfleisch, und diese Mahlzeit, gewürzt mit den süßen Worten, dem Lachen und den Blicken des Mädchens, mundete ihm ganz vorzüglich.

«Und wie ergeht es denn der Frau Mutter?», fragte Morosina. «Von ihr erzählt mir niemand etwas!»

«Es geht ihr gut, ausgezeichnet», antwortete der Podestà, «und sie lässt dich sehr herzlich grüßen, ja, sie lässt dir sagen ... was hat sie uns bei der Abreise noch aufgetragen, Chirichillo?»

«Wahrhaftig – ich erinnere mich nicht mehr daran!»

«Ich mich auch nicht! Kurzum, sie lässt dich grüßen und erwartet dich dort oben ... wann es Gott gefällt!»

«Was hast du, Alter?», fragte Morosina, «warum bist du auf einmal so betrübt?»

«Nichts», antwortete da der Gerichtsschreiber. «Aber wenn ich Sie ansehe, weiß ich nicht mehr, wer ich bin und was ich tue.»

«Was soll denn auf einmal dieses ‹Sie›?», entgegnete das Mädchen. «Ich meine doch, ich hätte mir das damals schon verbeten, als du mich im Kloster besucht hast. Aber das steckt dir offenbar in den Knochen... Früher einmal war das aber nicht so, will mir scheinen, mein Alter, damals sagtest du ganz einfach ‹du› zu mir. Hast du mich vielleicht weniger lieb als damals...? Aber nein, ich weiß doch, dass du mich heute noch viel lieber hast...! Haben wir uns also verstanden, hm? Ich will kein ‹Sie› mehr hören!»

«Wie Ihr wünscht!», antwortete Chirichillo.

«Was ist denn dieses ‹Ihr›?», fiel ihm das junge Mädchen ins Wort. «Du bist ja richtig stur, weißt du das...? Hast du das denn nicht gleich begriffen...? Du sollst ‹du› sagen, ‹du›, wie damals, als ich klein war und du mir das Abc beibrachtest und mir versprachst, mir das Uhrwerk zu zeigen, wenn ich ohne Fehler bis zum M kam, erinnerst du dich noch, mein Alter?»

«Und ob ich mich erinnere!», rief er, verstohlen eine Träne zerdrückend. «Damals wart Ihr...»

«Aber hör doch auf mit dem ‹Ihr›!», rief Morosina.

«Damals warst du fünf Jahre alt, und wir waren in Caneva.»

«Wo auch der Cavalier Celio war», setzte Morosina hinzu. «So ist's recht...! Erinnerst du dich noch an ihn?»

«Mein rechtes Ohr erinnert sich noch ganz genau», bemerkte der Cavaliere, «es ist einen halben Zoll länger als das andere.»

«Schöne Zeiten, das!», knurrte Chirichillo, beantwortete Morosinas Frage jedoch nicht direkt, und in dem Blick, den er Celio zuwarf, als sie ihn erwähnte, lag mehr Misstrauen als Wohlwollen.

So ging das Mittagessen herum; um fünf saßen sie auf der kleinen Terrasse und tranken den Kaffee, wobei sie ihre trauliche Unterhaltung fortsetzten, die, schlicht und innig, diesen wundersamen Schleier aus Blicken, Lächeln und halb gesagten Worten webt, der sich so gar nicht ins schwarze Gewand des Gedruckten fügen will. Gegen sechs tauchte die Gondel Seiner Exzellenz auf, und mit zwei Sätzen waren alle im Vestibül, wo Formiani Valiner umarmte und, nachdem er Chirichillo freundlich die Hand gedrückt hatte, Morosina fragte, ob alles zu ihrer Zufriedenheit verlaufen sei und ob sie finde, dass er Versprechungen zu halten wisse. «Guten Tag, guten Tag, mein Alter», fuhr er fort, sich wieder dem Schreiber zuwendend. «Verflixt, habe ich ‹Alter› gesagt? Ich bin wirklich beschämt, dich so rüstig und munter zu sehen, und ich, der ich dir nur wenig an Jahren voraus bin, schau mich an, wie steif und lahm ich bin!» Allerdings war dies ein guter Tag für den Inquisitor, denn er stieg die Treppe hinauf, ohne den Stock zu Hilfe zu nehmen.

«Hat der Cavaliere dir auch gebührend Gesellschaft geleistet?», fragte er das Mädchen scherzend.

«Mein Verdienst ist dabei gering», antwortete ihm Celio. «Kaum hatten wir uns zu Tisch gesetzt, trafen ‹die beiden Erwarteten› ein, und ihnen gebührt die ganze Ehre.»

Morosina warf Celio einen Blick zu, um zu ergründen, ob er vorsätzlich die Unwahrheit gesagt habe; und tatsächlich, ein unmerkliches kleines Lächeln bewies es ihr.

«Ah, so früh seid ihr also schon gekommen?», sagte Seine Exzellenz, ließ sich auf der Terrasse nieder und fächelte sich mit dem Fächer Luft zu. «Hätte ich gewusst, dass ich in Noale so vortreffliche Pferde habe, hätte ich den Cavaliere bestimmt nicht bemüht.»

«Bemüht...?», rief der Cavaliere mit einem Ausdruck des Stutzens.

«Gewiss!», ergriff Formiani wieder das Wort. «Doch wie hätte ich mir behelfen sollen? Heute ist nämlich Montag, müsst ihr wissen, und da isst sogar Don Gasparo außer Haus, oben in San Geremia! Und wenn ich eher daran gedacht hätte, so hätte es tausend Möglichkeiten gegeben, aber heute Morgen war mir dieser Umstand mit dem Hochamt völlig entfallen. Und so habe ich in aller Eile die paar Freunde gebeten... Apropos, wo sind denn die Carmini? Sind sie etwa schon wieder gegangen?»

«Ich glaube, sie sind gestern Abend oder heute nach Asolo abgereist», antwortete der Cavaliere.

«Oh, das tut mir aufrichtig leid für Euch, Cavaliere», erwiderte Formiani. «Aber umso mehr danke ich Euch, dass Ihr die Mühe ganz allein auf Euch genommen habt.»

«Oh, Sie beschämen mich wirklich, Exzellenz, und Sie wissen besser als ich, welches Vergnügen und welche Ehre Sie mir dadurch erwiesen haben.»

«Nun ja, Ihr habt recht, der Irrtum ist auf meiner Seite!», bemerkte Formiani schlau.

Bald darauf empfahl sich der Cavaliere bis zum Abend, wenn er sich, wie er sagte, zur Nachtwache wieder einfinden werde. Und Morosina bemerkte ein flüchtiges Winken der Hand, als seine Gondel die Biegung des Kanals erreicht hatte. Auch Chirichillo beobachtete die Gondel, und als sie verschwunden war, musterte er insgeheim Morosina und stieß einen Seufzer aus. Der Inquisitor sah verstohlen bald den Schreiber, bald das Mädchen an, als könne er in ihrer Seele lesen wie in einem Buch. Nur der vollkommen ahnungslose Podestà gab sich aus ganzer Seele dem Geschäft der Verdauung hin, ohne sich im Geringsten um die anderen zu bekümmern.

«Holla, mein lieber Alvise», rief Formiani ihn plötzlich an und störte ihn aus seiner philosophischen Mittagsruhe auf, «es sieht so aus, als würde Cecilia dich in puncto Kleidung recht knapphalten!»

«Ach, was wollen Sie», antwortete der Podestà und sah sich um. «Sie möchte eben nicht, dass ich zu glanzvoll auftrete.»

«Ich verstehe», erwiderte der andere, «den Glanz beansprucht sie für sich selbst. An dieser Stelle hier glänzt es aber doch etwas zu sehr», sagte er und wies auf den Kragen des Podestà.

«Das scheint mir speckig zu sein», sagte dieser, ungerührt eine Prise Schnupftabak nehmend.

«Das scheint mir auch so», bestätigte Formiani.

«Könntet ihr nicht hinaufgehen zu Moretta und euch alle beide ein wenig gesellschaftsfähiger ausstaffieren lassen?»

«Ach, ist Moretta immer noch da?», rief Valiner.

«Da lachst du, hm, du Schelm, weil du eine Schwäche hattest für das Mädchen. Aber sei getrost, ja, sie ist noch bei mir. Das weißt du doch, dass in meinem Haus nur der Tod die Dienstboten entlässt, und da hat sie noch lange hin, denn sie ist, glaube ich, nicht einmal fünfundzwanzig Jahre alt.»

«So alt schon?»

«Findest du das etwa zu viel? Du möchtest wohl nicht gern alt sein? Da hast du hundertmal recht, mein lieber Alvise, denn schon die Römer sagten: *senectus ipsa morbus est*[84]!»

Der Podestà machte große Augen.

«Na, na», fuhr Formiani fort, «nun weck mir doch erst einmal Chirichillo und Morosina auf, die scheinen ja auf Wolken zu schweben, und lass dich zur Garderobe bringen... Morosina», setzte er hinzu, «führ unsere beiden Provinzler zu Moretta, sie soll ihnen ein wenig venezianischen Anstrich geben! Kleidung habe ich ja in allen Größen. Letztes Jahr war ich ziemlich wassersüchtig, und die Sachen werden deinem Vater passen; unterdessen bin ich abgemagert, dass Gott erbarm', und da wird auch Chirichillo etwas Passendes für sich finden.»

Während die beiden Magistratsbeamten aus Asolo sich zum Umkleiden in die Garderobe Seiner Exzellenz begaben, ging dieser in sein Arbeitszimmer, überflog kurz die Papiere, die Bernardo wie üblich aus dem Senat mitgebracht hatte, und nachdem er den Rock ausgezogen hatte, machte er es sich auf dem Platz am Fenster zu seinem üblichen Nachmittagsschläfchen bequem. Doch der Freund wollte sich nicht einstellen, also war er genötigt, sich so gut wie möglich mit sich selbst zu unterhalten; anderthalb Stunden lang gingen da in seinem kahlen, wie altes Pergament glänzenden Schädel gewiss die unterschiedlichsten Gedanken herum, denn Lippen, Augen und Augenbrauen standen nicht einen Moment lang still. Und so war die Miene des betagten Patriziers, sobald er sich allein in seinem Zimmer wähnte, merkwürdig bewegt und ließ in ihrer ständigen Unruhe einigen inneren Aufruhr erkennen, vielleicht als Ausgleich für die vollkommene Ruhe, die er ihr vor anderen auferlegte.

Um acht Uhr trat Bernardo ein.

«Ah, da bist du ja!», rief der Inquisitor. «Dich hätte ich dringend gebraucht, ich konnte nicht einschlafen, und da überkam mich die Melancholie. Hast du Momolino gesehen? Hat er dir hübsche Neuigkeiten berichtet? Ist Nicolettos Heirat beschlossene Sache oder findet erst die Hochzeit der kleinen Costanza statt?»

«Es wird alles in einem Aufwasch gemacht», antwortete Bernardo. «Gestern ist der Vertrag zwischen Marcoligo, der Jungfer Canean und dem Grafen geschlossen worden. Der teure Momolino war als Zeuge dabei.»

«Der hat doch überall seine Hand im Spiel, dieser Teufelskerl...! Und sag mir, ist Nicoletto nun endlich von der Schönheit seiner Braut überzeugt...? Sapperlot, wie glücklich er sein muss! Sie ist dümmer als er, buckliger als er, zehn Jahre älter als er, kurz, sie übertrifft ihn in allem! Freilich hapert es am Geld, aber das Geschlecht der Canean ist doch eines der ältesten, und wenn es bisher auch noch keinen Dogen vorzuweisen hat, wird es den nun in der weiblichen Linie hervorbringen, denn die beiden Brautleute scheinen mir eigens dafür gemacht, der Republik dieses Horn[85] zu bescheren.»

Bernardo rieb sich mehrmals die Hände.

«Warum lachst du denn so?», fragte ihn Formiani.

«Nun, herrje, ist das denn nicht zum Lachen?», erwiderte er. «Den armen Jungen einer solchen

Harpyie[86] zu opfern, nur um in den Großen Rat zu kommen!»

«Still, willst du wohl still sein!», rief der Inquisitor. «Um ins Goldene Buch eingetragen zu werden und sich dessen würdig zu erweisen, haben unsere Ahnen ihr Leben geopfert; da können die Nachfahren doch guten Gewissens eine Flause ihrer Kinder opfern…! A propos, ist Momolino denn noch hier?»

«Er ist heute mit den Damen abgereist, um in Asolo mit dem Grafen zusammenzutreffen», antwortete der Cappanera.

«Bestens! Wir werden ihn für diesen Streich am 15. August noch brauchen!», sagte Formiani. «Aber einstweilen wird er von sich hören lassen, hoffe ich!»

«Ganz gewiss! Er korrespondiert mit Seiner Exzellenz Pitocca, der eitle Tropf, und auf diesem Weg erfahren wir alles über ihn.»

«Über ihn und andere», setzte Formiani hinzu.

«Und andere», wiederholte Bernardo.

«Jetzt geh und ruf mir Martino. Ich bin wieder zum Jüngling geworden, und ich sollte mich auf die Regel der fünf Mäntel[87] besinnen, ich hatte sie schon fast vergessen.»

Für diejenigen, die mit der damaligen venezianischen Mode nicht vertraut sind, sei gesagt, dass jeder vollendete Edelmann damals fünf Mäntel benötigte, für Winter und Sommer je verschieden, und zwar waren das der rote Mantel für die Promenade, der weiße für Besuche, der blaue für Alltagsgeschäfte, der bestickte für Galafeierlichkeiten und der schwarze für die Nacht. Und stets trug man den Mantel oder Tabarro entweder über die Schulter zurückgeschlagen, um die Spitzen an der Hemdbrust, die Mosaikknöpfe an der Weste und den reich verzierten Griff des Degens zu zeigen, oder über den Arm gelegt, um die Figur und den ganzen Prunk der Aufmachung offen sehen zu lassen.

Wenig später ging der Inquisitor, aufgeputzt wie ein Stutzer, aus den Händen Martinos hervor und stieg sehr leise zu Morosinas Gemächern hinauf, wohin sich, wie ihm gesagt wurde, die Fremden zurückgezogen hatten, um letzte Hand an ihre Toiletten zu legen. Chirichillo war bereits von Kopf bis Fuß fertig, er trug einen schwarzen Rock mit riesigen Goldknöpfen, und auch alles Übrige war schwarz. Ja, wegen seiner Liebe zu dieser Farbe hatte er, weil keine anderen da waren, ein Paar schwarze Hosen anziehen müssen, die Formiani zur Zeit seines größten Körperumfangs getragen hatte, weshalb die Schenkel des Gerichtsschreibers darin staken wie Flintenläufe in Kanonenrohren. Der Podestà hingegen, geblendet von all diesen Kleidungsstücken, welche die Zofen wahllos vor ihm ausbreiteten, hatte zu den kräftigsten Farben gegriffen, wie es wohl auch Art der Rindviecher ist. Er hatte einen scharlachroten Rock mit Silberstickerei, ein himmelblaues Hemd und eng anliegende, kanellierte Beinkleider gewählt. In diesem Aufzug sah er wirklich aus wie in einem Karnevalskostüm. Der Inquisitor lachte ein wenig darüber, auch Morosina lachte darüber, obwohl sie eigentlich nicht wusste warum, war sie es doch von dem Podestà gewöhnt, dass er immer, ganz gleich in welcher Tracht, eine lächerliche Figur abgab. Wer sich aber, wohl wissend warum, vor Lachen schier ausschütten wollte, waren die beiden närrischen Zofen, die nicht wenig Einfluss auf die Wahl des Podestà gehabt hatten. Als sie dann, nachdem sie ihn so zugerichtet hatten, bemerkten, dass die Hosen zu eng waren und der Rock zu weit, machten sie sich mit Nadeln und Faden an ihm zu schaffen, um die Knöpfe zu versetzen.

«Autsch, Moretta – au!», rief der Patient und machte der jungen Frau schöne Augen. «Stich mich doch nicht so, verflixt! Au!»

«Um Himmels willen, quält mir doch meinen Gast nicht», mischte sich Formiani ein. «Wann werdet ihr endlich vernünftig, meine Kinder?»

«Wenn der Tag dafür gekommen ist», antwortete Moretta schlagfertig, «und nach allem, was die Weisheitslehre dazu sagt, tritt dieser Tag erst nach dem Tod ein.»

«Gebt doch acht! Au!», schrie Valiner.

Nachdem der Tollpatsch angezogen und zugeknöpft war, wurde ihm als Kopfbedeckung ein bestimmter, nach Schergenart aufgebogener Dreispitz aus billigem Leder aufgesetzt, der ihm die Perücke kaum zu einem Drittel bedeckte. So geschniegelt und von Kopf bis Fuß völlig neu ausstaffiert, schleiften die beiden Gehilfinnen ihn vor einen Spiegel. «Oh, das macht sich gut!», sagte der Podestà und legte die Hand an den Griff seines Degens, ein Familienerbstück, das auszutauschen die beiden Zofen sich wohl hüteten. «Das macht sich gut, Donnerwetter, und ich hätte jetzt nicht übel Lust, dem Sultan, dem Großmogul und dem Papst meine Aufwartung zu machen!»

«Heute Abend fahren wir allerdings nur mit der Gondel aus», bemerkte Formiani. «Wohlan, Chirichillo, willst du deine langen Stelzen nicht in Bewegung setzen?»

«Wenn Euer Exzellenz gestatten», antwortet dieser, «würde ich gern im Haus bleiben und auf Don Gasparo warten, er muss jeden Augenblick kommen, wie die Mädchen hier sagen, ich kann es kaum erwarten, ihn zu begrüßen. Und ich würde auch gern in Ruhe mit Bernardo plaudern, den ich heute Morgen nur flüchtig gesehen habe.»

«Tu, wie dir beliebt, alter Freund», antwortete Formiani.

«Addio, mein Alter», sagte Morosina und warf ihm beim Hinuntergehen eine Kusshand zu.

«Hm, wie sie sich in zwei Tagen an dieses vornehme Wesen gewöhnt hat!», dachte Chirichillo. «Ihr Herz hat sie sich allerdings bewahrt...! Ein gutes Zeichen...! Gott liebt sie!»

Eine Stunde später kehrte die Gondel leer zurück, weil alle zusammen auf die Piazza gegangen waren, um Sorbet zu essen. Als sie in Gesellschaft des Cavalier Terni von dort zurückkamen, nahm der Abend seinen üblichen Verlauf, außer dass die Erscheinung des Podestà und die unverhohlene Knauserigkeit eines Spielers, der gewohnt war, in Asolo mit den Damen Tresette-Partien um einen Soldo zu spielen, erheblich zur Erheiterung der Gesellschaft beitrugen. Celio und Morosina bemerkten von alledem natürlich nichts, weil ihnen auch an diesem Abend die Terrasse kühler, bequemer und verlockender erschien als der Saal und sie sich dort aufhielten, bis allgemeines Stühlerücken ihnen das Ende des Spiels ankündigte. Im Übrigen hatte die Gesellschaft das vertrauliche Verhältnis der beiden jungen Leute sehr wohl bemerkt, das vom Hausherrn nahezu protegiert, gewiss aber gebilligt wurde, und obwohl alle, weil es sich um eine Angelegenheit des Inquisitors handelte, nur mit gedämpfter Stimme sprachen, wurden doch beim Fortgehen allerhand Vermutungen angestellt. Man redete viel, vieles behielt man für sich, keiner aber kam, weder in Worten noch in Gedanken, der Wahrheit wirklich nahe.

Nach dem Abendessen schleifte Formiani Valiner am Arm mit in sein Schlafzimmer, während er Don Gasparo sagte, für diesen Abend sei er vom Vorlesen dispensiert. «Lieber Alvise, ich hätte ein Wörtchen mit Euch zu reden», begann der Inquisitor.

«Wie Euer Exzellenz befehlen», antwortete Valiner, der beim Abendessen die an der Mittagstafel gewonnene Vorliebe für den Wein aus Conegliano wohl etwas zu eifrig bekräftigt hatte.

«Eure Tochter ist noch niemandem versprochen?», fragte Seine Exzellenz.

«Sie ist vollkommen frei! Sie kommt eben aus dem Kloster!»

«Nun denn, wollt Ihr sie mir zur Frau geben?»

«Wem?», fragte der Podestà mit glasigem Blick.

«Mir, sage ich Euch!»

«Ach so, ich verstehe!», murmelte der andere.

«Wenn Ihr verstanden habt, umso besser...! Gute Nacht, und denkt darüber nach», bemerkte Formiani. «Aber bis zur Hochzeit Stillschweigen wie ein Kartäusermönch.» Nachdem er ihn zur Tür hinausgeleitet und diese hinter ihm geschlossen hatte, wiederholte er noch einmal: «Gute Nacht!»

Der Podestà blieb fünf Minuten stehen und betrachtete stumm und wie blöde bald die Kerze, die er in der Hand hielt, bald diese Tür, die sich hinter ihm geschlossen hatte. Endlich wankte er seinem Zimmer zu, voller Verzweiflung darüber, dass er dem Befehl Seiner Exzellenz nicht entsprechen und schwerlich über etwas nachdenken konnte, was er gar nicht verstanden hatte.

«Schauen wir einmal», sagte er, sich widerwillig entkleidend. «Hat er gesagt ‹Wollt Ihr mir die Frau geben›...? Aber nein, ich Rindvieh...! Er hat tatsächlich gesagt: ‹Wollt Ihr sie mir zur Frau geben?› Ja, aber wen denn, zum Teufel, wen soll ich ihm denn zur Frau geben? Die Edeldame Cecilia? Pah... Das wäre mir aber wirklich sehr unangenehm, denn dann müsste ich ja selbst wieder als Podestà wirken...! Aber jetzt, wenn ich es recht bedenke... dort in Muggia haben wir geheiratet, bei Gott...! Ja, bei Gott, zehn Priester waren bei der Trauung... Und dieser köstliche Wein aus

Pirano beim Mahl...! Also... An was dachte ich eben noch...? Also... also... Ach ja, wenn Signora Cecilia denn mit mir verheiratet ist, so kann sie sich doch mit niemand anderem vermählen...! Das ist doch klar wie Öl aus Lucca[88] ...! Und was hat Seine Exzellenz mich noch gefragt...? Sapperlot, jetzt hab ich's...! Er hat von der Kleinen gesprochen...! Und was habe ich ihm zur Antwort gegeben...? Nichts, will mir scheinen...! Und er? ‹Wollt Ihr sie mir zur Frau geben?› Aber für wen will er sie denn haben...? Will er sie vielleicht verschenken, an... an... Also wahrhaftig, ich wüsste nicht, an wen.»

Über derlei vollendeten Gedankengängen hatte der Podestà sich entkleidet, ins Bett gelegt und blies nun das Licht aus, um ungestört von dessen Schein diesen Dialog noch einmal ordnen zu können. Aber statt nachzudenken, wie Seine Exzellenz ihm geraten hatte, schlief er alsbald ein und erwachte frisch und munter am nächsten Morgen um neun Uhr. Als er sich mit den Händen an den Kopf fuhr, um sich von einer ganz eigenen Hitze zu befreien, die er dort verspürte, bemerkte er, dass er mit Perücke geschlafen hatte. «Teufel aber auch!», brummte er.

Doch dann kamen ihm, reichlich verschwommen, die Bilder des Vortags wieder in den Sinn, und es wollte ihm scheinen und auch wieder nicht, als habe Formiani Morosina zur Frau begehrt. «Ja aber für wen denn?», rief der arme Mann noch völlig verwirrt vom vorherigen Abend. «Ich werde Chirichillo um Rat fragen», beschloss er endlich. Er sprang aus dem Bett und bemerkte, dass er die Hosen noch anhatte. «Offenbar war ich sehr zerstreut gestern», sagte er sich. «Sapperlot, Gott weiß, von was für hochwichtigen Dingen gestern zwischen Seiner Exzellenz und mir die Rede war! Aber Chirichillo …»

An diesem Punkt seines Selbstgesprächs angelangt, fiel ihm gerade noch rechtzeitig das Stillschweigen eines Kartäusermönchs ein, das ihm zwischen Tür und Angel auferlegt worden war. Als er sich derart jeder Hilfe beraubt sah, sank er kraftlos auf einen Stuhl, als ob man ihn eben aus den Halterungen der Tortur genommen hätte.

VI
Ehe auf Venezianisch

Nach der vorherigen durchwachten Nacht war Morosina müde und schlief noch, als Moretta ganz verstört und wie außer sich ins Zimmer trat, um sie zu wecken. Das Mädchen richtete sich im Bett auf und grüßte die Zofe freundlich, doch als sie sah, wie verwirrt die andere war und dass sie auf ihre vertraulichen Worte gar nicht einging, fragte sie: «Was hast du denn, Morettina? In all diesen Tagen hast du noch nie ein so finstres Gesicht gemacht!»

Ohne eine Antwort zu geben, öffnete die Zofe die Fensterläden, indem sie sie heftig gegen die Hauswand knallte, riss die Vorhänge auf, wobei eine Quaste abging, dann trat sie zu Morosina ans Bett, die Tränen liefen ihr herunter, und es war nicht klar, ob aus Wut oder Schmerz.

«Nun komm, sag schon, was hast du denn?», wiederholte diese.

«Es ist, es ist», erwiderte Moretta, «wenn sie ihn nicht auf der Stelle freilassen, geh' ich und stürz' mich geradewegs in den Kanal.»

«Um Himmels willen, was sagst du denn da?», versetzte Morosina. «Niemals darfst du so hässliche Dinge denken, mein Herz, denn Gott will nicht, dass wir an ihm irrewerden. Komm... vertrau dich lieber mir an! Wer weiß...»

«Ja, ja, mich Ihnen anvertrauen...! Aber Sie werden Seine Exzellenz doch nicht jeden Tag mit derselben Leier langweilen wollen!»

«Ach Unsinn – geht es immer noch um den Verehrer von Adriana?»

«Nein, es geht um den meinen…!», entgegnete Moretta mit einem lauten Aufschrei. «Und an ihm selbst würde mir ja eigentlich gar nicht so viel liegen, sehen Sie, aber wenn man bedenkt, dass ihm dieses Unglück durch meine Schuld widerfahren ist…! Das ist wirklich zum Heulen…! Hu, hu!»

«Aber was ist denn passiert? Was ist deinem Freund denn zugestoßen?»

«Man hat auch ihn ins Gefängnis gesperrt! Hu… hu, hu!»

«Ihn auch…? Darf man erfahren, was er verbrochen hat?»

«Ja, ich habe es erfahren, er selbst hat es mir ausrichten lassen; und zwar musste er um elf aufbrechen, wenn er zu mir wollte, sein Dienst ging aber bis Mitternacht, und so ist er beim dritten Mal erwischt worden, und jetzt büßt er dafür, muss Kälte essen und Hitze trinken.»

Und wieder begann das Mädchen zu weinen.

«Komm, komm, man soll sich nicht unnütz aufregen!», sagte Morosina zu ihr. «Das Vergehen ist ein geringes, und gering wird auch die Strafe sein. Weißt du was, ich werde auch für ihn bei Seiner Exzellenz ein Wort einlegen, heute Morgen, bevor er in den Senat geht. Ja, trag Martino auf, dass er mir Bescheid geben soll, wenn der Pate aufgestanden ist.»

«Jawohl!», antwortete Moretta und ging aus dem Zimmer, sich mit dem Schürzenzipfel die Augen wischend.

Morosina erhob sich vom Bett und dachte an diese beiden losen Dinger, die sich aber doch so sehr um ihre Liebsten grämten; bei ihrer geringen Kenntnis des menschlichen Herzens musste ihr das wohl recht seltsam erscheinen, was es aber nicht ist; die Mehrzahl der venezianischen Frauen ist so beschaffen, wie Lord Byron bezeugt, der es aus eigener Erfahrung wusste:[89] Ihre Art ist Folge einer angeborenen Güte, der kein Sittenverfall etwas anhaben kann. Sie dachte also an Adriana und Moretta, dann an ihren Vater; und fast wollte sie schon rasch in sein Zimmer eilen, doch dann erinnerte sie sich, dass er erst um zwei Uhr nachmittags aufzustehen pflegte, und ließ es bleiben. Schließlich holte sie ihr Petrarca-Bändchen hervor, lehnte sich damit lesend an die Fensterbrüstung und überflog zwei oder drei Sonette, solche, die ihr durch Innigkeit des Gefühls oder jungfräuliche Keuschheit am vertrautesten waren; dann vergaß sie Petrarca, und eine andere Liebe als die Lauras, eine Liebe, an der sie, so mannigfach sie auch abgelenkt sein mochte, im Innersten ihrer Seele beständig festhielt, lenkte ihre Blicke vom Himmel weg und hinab auf die dunklen Fluten des Kanals. So stand sie in köstlicher Verzückung da, als sich ihren Blicken ganz in der Ferne, fast beim Rialto, eine Gondel zeigte, die langsam in ihre Richtung ruderte. Die Luxusgesetze schrieben, ausnahmsweise einmal nicht vergebens, ein einheitliches Aussehen der Gondeln vor; trotzdem sah sie, fühlte, ahnte oder hoffte sie, diese eine möge etwas Lieberes, Kostbareres bergen als die hundert anderen, die Stunde um Stunde vorüberfuhren, und konnte die Augen nicht mehr von ihr wenden. Als die Gondel in der Nähe des Palazzos angelangt war, kam eine Hand zum Vorschein, und da, ein Kopf schaute aus dem Fenster. «Wusste ich es doch!», murmelte das Mädchen errötend, obwohl sie ganz allein im Raum war.

Ein verstohlener Kuss wurde von der Gondel zum Balkon des Mädchens heraufgeworfen, und dann wandte dieser Kopf sich eine Weile lang immer wieder um; schließlich verschwand die Gondel, und im selben Augenblick kam Moretta herein und gab Bescheid, dass Seine Exzellenz im Aufbruch sei.

«Ich komme, mein Kind!», antwortete Morosina, die an diesem Morgen doppelt zur Güte aufgelegt war.

Auf dem Weg zu seinen Gemächern stieß sie auf Formiani, der in Toga und Amtsperücke herauskam. «Herr Pate!», murmelt Morosina, mit einer Verbeugung zur Seite tretend.

«Guten Tag, mein Töchterchen!», antwortete der Alte; und da sie ihm zum Hinuntergehen den Arm reichen wollte, setzte er hinzu: «Nein, nein, Gott sei Dank brauche ich das nicht, trotz des etwas gewagten Ausflugs gestern Abend ist mein Befinden heute Morgen doch recht zufriedenstellend.»

«Dann müssen Sie besonders weitherzig und in der Stimmung sein, Gutes zu tun», bemerkte Morosina.

«Warum nicht…? Aber soll das eine Ermahnung oder eine Vorrede sein?»

«Es ist eine Vorrede, Herr Pate, denn ich möchte Euch noch um einen weiteren Gefallen bitten.»

«Da haben wir's», dachte der Inquisitor. «Ich möchte wetten, dass es sich um diesen Gefängniswärter handelt.»

«Stellen Sie sich vor», fuhr Morosina fort, «einer kleinen Nachlässigkeit wegen ist Morettas Verehrer, der, wie mir scheint, Aufseher in den Gefängnissen der Inquisition ist, eingekerkert worden.»

«Sprichst du im Ernst, mein Töchterchen?»

«Ja, im Ernst; und die Ärmste ist ganz verzweifelt, weil diese Nachlässigkeit um ihretwillen begangen wurde.»

«Oh, ich denke, die Strafe wird kurz bemessen

sein!», erwiderte der Alte. «Sei ruhig, sei ganz beruhigt, mein Kind, und sag Moretta, ich werde mich selbst erkundigen und mich für ihn einsetzen, und die kurze Weile, die ihr Liebster im Käfig sitzt, soll er mit den feinsten Leckerbissen genährt werden.»

«Und könnte man ihn nicht einfach herausholen aus diesem schrecklichen Verlies?», fing Morosina schmeichelnd wieder an.

«Hör zu», entgegnete Formiani ernst und machte auf der untersten Treppenstufe halt, wie er es bisher schon einige Male getan hatte. «Auch ich habe dich um einen Gefallen zu bitten!»

«Oh, sprechen Sie, Herr Pate, sprechen Sie!», rief Morosina erfreut.

«Nein, dein Vater wird es dir sagen, ich habe gestern Abend ein wenig mit ihm darüber geredet. Geh zu ihm hinauf und macht das unter euch ab, und bei Tisch sagen wir uns dann gegenseitig Dank.»

«Oh, ich will gleich gehen und die arme Moretta trösten», rief das Mädchen. «Und wird ihr Verehrer denn vor dem Abend frei sein?»

«Liegt dir denn gar nichts daran zu wissen, um welche Gunst ich dich im Tausch dafür bitte?», fragte Formiani.

«Was spielt das für eine Rolle?», antwortete

Morosina. «Was auch immer es sei, ich habe es schon von Herzen gewährt.»

«Addio, mein Töchterchen!», sagte Formiani und küsste sie auf die Stirn.

«Guten Tag und vielen Dank, Herr Pate!», entgegnete Morosina.

Mit einem Ruderschlag hatte sich die Gondel zwanzig Schritt weit entfernt; und sie, gemäß ihrer Gewohnheit, sich immer erst um die anderen zu kümmern und erst dann um sich selbst, ging hinein und dachte an die Freude, die Moretta bei dieser frohen Botschaft empfinden würde. Im Übrigen aber war ihr, als Formiani diese Gunst erwähnte, eine Ahnung durch den Kopf geschossen, ob er sie vielleicht zu seiner Gesellschaft in Venedig behalten wolle; und so schwer es ihr, seit dem Besuch ihres Vaters und Chirichillos, auch fiel, in Anbetracht der Güte, die Formiani ihr erwies, und des Umgangs mit Celio fühlte sie sich geneigt, sie zu gewähren.

Als der Inquisitor fort war, fiel ihr von der Unterredung mit ihm zuerst die noch für denselbigen Tag versprochene Freilassung des Gefängniswärters wieder ein, und die Vorstellung der Freude, die sich auf dem gequälten Gesicht des Mädchens breitmachen würde, beflügelte ihre Schritte beim Hinaufsteigen der Treppe.

«Heute noch kommt er frei, heute kommt er frei!», rief sie beim Betreten des Arbeitszimmers, wo die beiden Mädchen auf ihrem Lager ausgestreckt lagen.

«Hat er Ihnen wirklich versprochen, dass er freikommt?», rief Moretta und sprang auf.

«Und auch Giorgetto kommt heute frei?», fragte Adriana.

«Ach, nach dem habe ich heute Morgen nicht gefragt!», antwortete das junge Mädchen ganz bekümmert über ihre Vergesslichkeit.

Schmollend drehte Adriana sich zur Wand.

«Komm, komm», fuhr das gute Kind fort und fiel ihr um den Hals. «Eben erinnere ich mich, dass ich Seiner Exzellenz ebenfalls eine Gunst erweisen soll, und ich werde dies an die Bedingung knüpfen, dass auch dem Deinen die Flügel gelöst werden!»

«O ja, o ja!», rief Adriana, sprang ebenfalls auf und klatschte in die Hände.

«Einen guten Tag nun, meine Mädchen!», sagte Morosina. «Schläft mein Vater noch, soweit ihr wisst?»

«Nein, nein!», antwortet Moretta. «Jetzt schlägt es elf, aber es war noch keine zehn, als ich im Korridor an seinem Zimmer vorüberging, und da habe ich ihn schreien und laut mit sich selbst reden hören ...»

«Immer derselbe!», sagte das Mädchen lächelnd. «Aber da ist er heute doch wahrhaftig früh aufgestanden, ganz anders als sonst.»

Mit diesen Worten schlüpfte sie rasch zur Tür hinaus, eilte zwei Treppen hinunter, klopfte an der Tür des Podestà, stürmte ins Zimmer und umarmte ihn, der noch in dem Sessel saß, in den er nach den Schreien, die Moretta vernommen hatte, tonlos niedergesunken war und von dem er sich diese ganze Stunde hindurch nicht mehr erhoben hatte.

«Was haben Sie denn, Herr Vater?», fragte das gute Kind im Ton sanften Vorwurfs, als sie spürte, dass er ihre Küsse nicht erwiderte.

«Weißt du es nicht?», fragte der Podestà und sah sie groß an.

«Ich? Rein gar nichts», antwortete Morosina ganz erstaunt. «Was wollen Sie damit sagen?»

«Vorerst will ich dir noch nichts sagen», erwiderte der Podestà. «Aber ...»

«Aber was?», fragte das junge Mädchen beunruhigt.

«Still!», entgegnete der Alte mit geheimnisvoller Gebärde.

«Was heißt hier ‹still›? Um Himmels willen», rief Morosina, «wenn ein Unglück geschehen ist, dann lassen Sie mich auch daran teilhaben.»

«Ein Unglück…? Ein ausgemachtes Glück ist es!», rief der Podestà. «Stellt Euch vor, man will Euch…»

«Was will man?»

«Man will…»

«Aber ich bitte Euch, mein lieber Vater!»

«Jetzt habe ich es zur Hälfte schon gesagt… da kann ich es auch gleich ganz sagen…! Wohlan, mein Kind, man will dich verheiraten…! Im Grunde genommen», setzte er für sich hinzu, «Stillschweigen hin oder her, es geht sie ja wohl etwas an, und früher oder später wird sie es ohnedies erfahren müssen.»

Nachdem er das Geheimnis, das ihn zu ersticken drohte, losgeworden war, fand der Podestà wieder zu seiner gewohnten Haltung zurück und begann sich anzukleiden.

Morosina hingegen stand da, als ob ihr Vater arabisch mit ihr gesprochen hätte. Für sie war dieses «Heiraten» ohne jede Bedeutung; es war ein vollkommen nichtssagendes Verb, solange nicht das Objekt hinzukam und ihm Leben verlieh. Auch von der Ehe hatte sie keine klare Vorstellung, da diese in der damaligen Gesellschaft so entartet war, dass sie sich nur durch eine ganz besondere Art der Langeweile und Schändlichkeit von jeder anderen Bindung zwischen Mann und

Frau unterschied. Versteht sich, dass es nur wenig bedurft hätte, um diesen Begriff von der Ehe in Morosinas Geist zurechtzurücken; und hätte der Vater zu ihr gesagt: ‹Meine Liebe, morgen wirst du die Ehe mit Cavalier Celio eingehen!›, so hätte sie deren keusche Wonnen und heiligen Pflichten auf Anhieb erfasst. Doch solange sie auf eine so abstrakte Ansicht von der Sache beschränkt blieb, verstand sie nicht viel davon und empfand sogar insgeheim Ekel davor. Muss ich diesen Sachverhalt durch ein Gleichnis erläutern? Nun, so seht denn! Es gibt da ein gewisses Porzellangefäß, das, wenn es aus der Manufaktur kommt, so rein ist wie das Gewissen des heiligen Ludwig. Doch die Gewohnheit, Abfälle und andere schmutzige Dinge in diesen Gefäßen zu erblicken, führt dazu, dass man sich davor ekelt und gewiss nicht seine Suppe daraus essen würde. Führt nun bei euren Kindern die Mode ein, schöne, duftende Blumen, leckere Pasteten oder Vögelchen in solchen Gefäßen zu sehen, und sie werden sie mit höchstem Entzücken an Lippen und Nasen führen. Kurz, Morosina war eher erschrocken als erfreut über die Mitteilung, dass man sie verheiraten wolle, und während sie nachdenklich und mit gesenktem Kopf vor ihrem Vater stand, kam ihr mehrmals die fatale Frage «mit wem denn?» auf die Lippen, deren Beantwortung sie, das spürte sie, dieser peinlichen Ungewissheit überhoben hätte.

Doch in den letzten zwei Tagen war sie zu befangen geworden, um unbedacht diese Frage zu stellen, erst im neunten oder zehnten Anlauf trug ihre Wissbegier den Sieg davon, und die Frage kam so ängstlich, schamhaft und hoffnungsbang aus ihrem Munde, dass sogar die nicht eben zartfühlende Seele des Podestà davon gerührt wurde.

«Mit wem?», gab dieser zur Antwort. «Das möchtest du wohl gern wissen, mein Kind? Aber das ist ja das Schöne, ich weiß es selbst nicht. Seine Exzellenz hat es mir gestern Abend gesagt, und da er selbst sich dieser Sache annimmt, kannst du sicher sein, dass alles gut wird!»

Zu dieser Lösung des schwierigen Problems war er nach langem Nachdenken gelangt; ähnlich dem Menschen, der ein entlaufenes Pferd sucht und an einer Weggabelung kehrtmacht, weil er sich sagt: «Ich könnte auf beiden Wegen fehlgehen; üben wir uns also in Geduld und vertrauen wir auf die Vorsehung!»

Morosina hatte dieser Resignation aus Bequemlichkeit auch nichts entgegenzusetzen, zu viele Gedanken stürmten auf sie ein, und es war schwer zu entscheiden, an welchen man sich halten konnte. «Der Pate will mich verheiraten?», überlegte sie. «Mit wem wohl? Mit wem ...?», fragte sie sich wohl hundertmal. Der einzige Mensch, mit dem sie in diesen Tagen gesprochen hatte, war Celio; der einzige Mann, dessen vertraulicher Umgang Formiani genehm zu sein schien, war Celio; der Einzige, der für würdig befunden wurde, sie auf dieser Spazierfahrt durch die Lagune in seine Obhut zu nehmen und sie tags davor in Abwesenheit des Inquisitors zu unterhalten, war Celio; das einzige Wesen, das ihrem Herzen teuer war und am Anfang und Ende all ihres Sinnens und Trachtens stand, war Celio, sodass sie nach langem Zögern die Antwort wagte: «Mit Celio?»

Das dünkte sie zunächst ein solches Glück, dass es ihr vermessen schien, es für so nah und leicht erreichbar zu halten; nach gründlicherem Nachdenken fühlte sie sich jedoch in dieser Überzeugung bestärkt, denn wenn es Formianis Absicht war, sie zu verheiraten (wie ihr Vater behauptete), dann konnte das nur sein, indem er sie mit dem Cavalier Terni vermählte. «Sollte das die ganze Gunst sein, um die mein Vater mich im Namen des Herrn Paten bitten sollte?», dachte sie. Auf diese zweite Frage antwortete stürmisches Herzklopfen, das besagen sollte: «Um eine solche Gunst zu erlangen, bedarf es keiner Bitte!»

Am Ende war der Podestà schon fertig angekleidet, während sie noch immer solch teuren Illusionen nachhing. Die Institution der Ehe, die sie gestern noch als abgeschmackt und schändlich angesehen hatte, nun offenbarte sie der keuschen Seele des Mädchens ihre ganze Heiligkeit! Da wurde sie als jenes siebte Sakrament erkennbar, das die Religionslehrerin bei den Seraphinerinnen gelegentlich erwähnt hatte, wenn auch nur flüchtig. Die Liebe zur Familie, die so mächtig und unantastbar in ihr verankert war, dass nicht einmal die Plumpheit und Ignoranz ihres Vaters ihr Abbruch tun konnten, nun fand sie in der verkannten und viel geschmähten Ehe ihren Quell, ihre Erfüllung und Vervollkommnung!

«Hör zu, mein Liebling!», sagte Valiner mit einem Lächeln. «Wollen wir nicht hinuntergehen und frühstücken?»

«Aber gern, lieber Vater», antwortete das Mädchen, sich aus ihrer süßen Verzückung losreißend. «Ob der Alte wohl noch schläft?»

«Wer? Chirichillo? Der ist doch schon vor dem ersten Hahnenschrei auf den Beinen», erwiderte der Podestà. «Aber geh nur nachsehen, wenn du magst; ich kenne mich schon aus im Haus und warte in der Küche auf euch.»

Chirichillo war nicht in seinem Zimmer, und als sie die Zofen nach ihm fragte, antworteten die, er sei schon in aller Herrgottsfrühe aus dem Haus gegangen, ohne irgendjemandem etwas zu sagen, und sei seither im Palazzo auch nicht mehr gesehen worden. Daher stieg Morosina hinunter in die Küche, wo der Podestà, eine Flasche Wein vor sich, fröhlich an einer Anrichte saß, einen Truthahnflügel abnagte und sich angeregt mit dem Koch unterhielt.

«Sie denken wohl noch an die Pastetchen, die es vor einem Monat gab, hm?», sagte dieser. «Nun gut, morgen werde ich Ihnen noch schmackhaftere zubereiten.»

«Ja, ja, morgen, und je eher, desto besser», antwortete der Podestà, dessen glänzende Äuglein zärtlich auf einem zu drei Viertel gefüllten Glas mit dem lieblichen Wein aus Conegliano ruhten. «Ich weiß nicht, wann ich nach Asolo zurück muss, und es sollte mir leidtun, wenn ich heimfahren müsste, ohne die Erinnerung an diese Leckerbissen aufgefrischt zu haben.» Nach diesen Worten führte er das Glas zum Mund, seine Augen strahlten in himmlischer Wonne, und je mehr der Pegel im Glas sank, desto mehr schlossen sie sich in frommer Andacht.

«Und Don Gasparo?», fragte Valiner, aus dieser Verzückung erwachend. «Ist er noch nicht her untergekommen?»

«Ich bin Don Gasparo eben auf der Treppe begegnet», antwortete Morosina, die im selben Augenblick eintrat.

«Wahrhaftig, ich möchte ihn wohl in aller Ruhe begrüßen!», versetzte der Alte, indem er aufstand und sich mit dem Ärmel seines scharlachroten Rocks den Mund wischte.

Und so stieg er zum Haushofmeister hinauf, der ihm nach kurzer Begrüßung die neununddreißig Oktaven vortrug, von denen zuvor schon die Rede war, sowie weitere zwanzig, die er am Morgen erst gedichtet hatte. Sie waren jedoch noch nicht bei der zwanzigsten angelangt, als der Gerichtsschreiber erschien, aus dessen Miene alle Düsterkeit vom Abend zuvor gewichen war.

«Grüß Euch, Don Gasparo», rief er beim Eintreten.

Der Meister ließ sich in seinem Vortrag nicht beirren, machte aber eine Geste, wie um zu sagen: «Wartet ein wenig»; und erst als er neunundfünfzig fest gefügte Stanzen in einem wahrhaft rossinischen Crescendo zu Ende gebracht hatte, erwiderte er in tragischem Tonfall: «Grüß Euch, Freund Chirichillo!»

«Dank Euch, Don Gasparo!», antwortete dieser. «Ei, wo steckt Ihr denn den ganzen Morgen? Nie kann man Euch seine Aufwartung machen!»

«Ah, was für Verse!», sagte der Abbé. «Aber das kostet Schweiß, weißt du!»

«Das sehe ich», erwiderte dieser. «Ihr trieft ja förmlich.»

«Sieh her, sieh her», sagte der Meister, voller Stolz, jemanden gefunden zu haben, der seine Mühen zu würdigen wusste. «Sieh her, sage ich», wiederholte er, wischte sich die Tropfen von der Stirn und wies dem Gerichtsschreiber die klatschnassen Handflächen vor. «Und heute Abend die Wiederholung, falls du das noch nicht weißt; Seine Exzellenz verlangt es so; und da muss ich Ehre einlegen, verstehst du; da reicht es nicht, dass die Verse gut sind, vielmehr muss man ihnen ein gewisses Kolorit, eine gewisse mimetische Harmonie verleihen …! Apropos, Chirichillo, wo du doch schon so oft gelebt hast, bist du denn auch einmal Dichter gewesen?»

«Nicht dass ich wüsste», versetzte der Gerichtsschreiber trocken.

«Ha …», rief da der Podestà, der wohl vom Aussetzen des Reimgetöses aufgewacht war, so wie der Müller erwacht, wenn das Mühlrad stillsteht.

«Nun, habt Ihr gehört? Was für eine großartige Sache!», rief der Meister, zu ihm gewandt.

«Was denn?», erwiderte Valiner, sich die Augen reibend.

«Ah, ich weiß schon! Ihr seid überwältigt, geblendet...! Diese Schilderung der Schlacht bei Flegra... ha, und dieser Kanonendonner...! Bumm!», brüllte Don Gasparo.

Endlich löste das Erscheinen des Kammerdieners diese merkwürdige akademische Runde auf, und unsere Freunde gingen in den Speisesaal hinunter, wo Seine Exzellenz seit fünf Minuten verstohlen die neben ihm sitzende Morosina beobachtete. Als ob er ihr den sehnlichen Wunsch, den Namen des Bräutigams zu erfahren, an den Augen würde ablesen können, saß sie völlig verwirrt und mit gesenktem Blick da; doch diesmal las der Inquisitor falsch in ihrem Herzen und führte diese Verschämtheit auf ganz andere Gründe zurück. «Hast du es ihr gesagt?», flüsterte er Valiner ins Ohr und begleitete seine Frage mit einem Lächeln und einem Kopfnicken in Richtung Morosina.

«Ja, Exzellenz!», antwortete Valiner mit einem Hüsteln.

«Gut, gut!», erwiderte der andere und nahm Morosina bei der Hand. Dann beugte er sich zu ihr und flüsterte in listigem Ton: «Es ist für jedermann ein Geheimnis, aber ich gestatte dir, es heute Abend dem Cavalier Celio mitzuteilen.»

Vor Freude wäre das Mädchen fast in Ohnmacht gefallen, doch sie fasste sich rasch und warf

Formiani einen Blick voll seliger Dankbarkeit zu. Dem war entgangen, wieviel Himmlisches in diesem Blick lag, und er deutete ihn auf seine Art. «Die Doppelrolle missfällt ihr nicht», dachte er bei sich.

Der Rest des Tages verlief nach der üblichen Ordnung, von der Angelegenheit war nicht mehr die Rede. Erst als der Cavalier Terni im Spielsaal auftauchte, sah man, wie er sich mit dem Hausherrn in eine längere Unterredung vertiefte; der schien ihm eine äußerst erfreuliche Mitteilung zu machen und er selbige mit einem Gemisch aus Überraschung und Freude aufzunehmen. Dann verschwand der Cavaliere auf den Balkon. Morosina erwartete ihn dort, durch die Vorhänge hindurch hatte auch sie seine Unterredung mit Formiani beobachtet. Als sie ihn daher näher kommen sah, wandte sie das Gesicht dem Kanal zu und wartete mit solchem Herzklopfen, dass ihr die kurze Zeit, die er brauchte, um zu ihr auf den Balkon zu treten, wie ein ganzes Jahrhundert erschien. «Guten Abend, mein Schatz!», flüsterte Celio mit einschmeichelnder Stimme.

«Guten Abend, Celio!», antwortete sie mit vor Gefühl erstickter Stimme.

«Wie kommt es, mein Engel, dass ich dich beim Gondelcorso nicht gesehen habe?», sagte der Cavaliere. «Ich habe dich mit den Augen gesucht und mehr noch mit dem Herzen, weißt du das nicht?»

«Papa wollte auf die Piazza gehen», antwortete das Mädchen, «und da sind wir mit ihm gegangen.»

«Wer waren denn diese ‹wir›?», fragte der junge Mann scherzend.

«Seine Exzellenz, Chirichillo und ich», erwiderte das Mädchen treuherzig.

«Ah, Seine Exzellenz war auch dabei?», entgegnete Celio neckend, indem er im äußersten Winkel der Terrasse Platz nahm, wohin sie im Lauf des Gesprächs gelangt waren, und das Mädchens auf seine Knie zog. «Ich habe die Neuigkeit erfahren, weißt du; und ich freue mich darüber.»

«Welche Neuigkeit?», rief Morosina ganz gerührt.

«Ja, Donnerwetter», entgegnete Celio zärtlich. «Willst du es mir etwa vorenthalten, mir, der ich doch dein Freund und dein Vertrauter bin...? Und dann hat Seine Exzellenz es selbst mir ja soeben eröffnet.» Die zärtlichen Worte besiegelte er durch einen Kuss, dem das Mädchen sich nicht widersetzte, so fassungslos war sie vor Staunen und Angst, die diese Rede ihr einflößte.

«Aber was meinst du denn?», fragte sie schließlich äußerst erregt.

«Ja, guter Gott, deine famose Hochzeit!», rief der andere munter. «Deine Hochzeit, deretwegen ich bestimmt nicht eifersüchtig zu werden brauche!»

«*Meine* Hochzeit!», murmelte das Mädchen nun noch verblüffter als vorher. «Aber ist meine Hochzeit denn nicht...» Sie hielt inne, hätte sagen wollen «unsere Hochzeit», doch bei aller ängstlichen Bedrängnis erschien es ihr als Vermessenheit, diesen Satz zu Ende zu führen.

«Nur zu, sprich weiter», versetzte Celio seelenruhig.

Doch die Ärmste schwieg und sah ihn an, als ob sie ihn nicht mehr kennte oder in seinem Gesicht den Ausdruck eines Gefühls finden wollte, das es dort nicht gab.

«Du beliebst zu scherzen, Celio!», murmelte sie und senkte den Blick, obwohl sie bei allem Forschen im Gesicht des Cavaliere keinen Zug entdeckt hatte, der nicht von Ernst gezeugt hätte.

«Aber nein, ich scherze ganz und gar nicht!», antwortete er, der Morosinas Scheu für klösterliche Schamhaftigkeit hielt, und wiegte sie auf seinen Knien, als ob sie ein Kind wäre. «Na komm, was sind denn das für Kindereien, mein Mädchen, mir die Wahrheit vorenthalten zu wollen...! Das ist umso schlimmer, als du weißt, welchen Anteil ich an deinem Geschick nehme ... Na komm, lach doch, so lach doch, meine Kleine!», setzte er hinzu und legte ihr den Finger zwischen die Lippen. «Dein Herr Pate ist alt und krank, aber wie du auch bisher schon sehen konntest, wird er dir ein äußerst taktvoller Ehemann sein!»

«Ah», schrie Morosina auf und warf sich nach hinten, nachdem sich ihr Gesicht bei den letzten Worten des Cavaliers völlig verzerrt hatte.

Es fehlte nicht viel, und die heftige Bewegung hätte sie über die Brüstung hinausgetragen, und wenn Celio sie nicht an einem Arm festgehalten hätte, wäre die Ärmste in den Kanal gestürzt. Bei diesem lauten Aufschrei sprang die Spielgesellschaft auf und eilte in wildem Durcheinander zur Terrasse.

«Nichts, es ist nichts passiert, zum Glück», stammelte der Cavalier Terni den ersten Herbeigeeilten und auch Formiani gegenüber, der etwas später hinzukam und sich zwischen den anderen hindurchdrängte. «Die Signorina hat sich über die Brüstung gebeugt, um diese Nelke dort zu pflücken, aber sie hat sich zu weit vorgelehnt, und als sie spürte, dass sie das Gleichgewicht verliert, hat sie einen Schrei ausgestoßen und ist vor Schreck in Ohnmacht gefallen. Zum Glück habe ich vom Balkon aus alles gesehen, bin blitzschnell herbeigesprungen und konnte sie an den Kleidern festhalten. Oh, es ist nichts weiter», bemerkte er. «Aber vielleicht sollte man sie doch hinlegen und ihr die Kleider öffnen.»

In der Zwischenzeit waren die Zofen gerufen worden und herbeigeeilt; sie nahmen Morosina in die Arme und geleiteten sie in ihre Gemächer, legten sie dort aufs Bett, besprengten ihr das Gesicht mit Wasser und reichten ihr das Riechfläschchen.

«Was ist denn passiert?», fragte unterdessen Seine Exzellenz den Cavaliere.

«Ach herrje», antwortete dieser ganz verwirrt, weil er einsehen musste, wie verkehrt er sich Morosina gegenüber benommen hatte und wie grundfalsch er sie eingeschätzt hatte. «Es war so, wie ich eben erzählt habe!»

«Ist ihr Vater im Haus?», fragte Formiani mit erhobener Stimme. «Vielleicht erleidet sie ja häufiger solche Anfälle, und es wäre gut, das zu wissen.»

«Tatsächlich ist es ihr gestern bei Tisch ähnlich ergangen», stammelte Celio, «aber der Grund dafür war die unverhoffte Ankunft ihres Vaters.»

Unterdessen kam Morosina mit einem tiefen Seufzer wieder zu sich und brach in heftiges Weinen aus, sobald ihr ein Blick auf den Inquisitor und den Cavaliere ihre traurige Lage wieder zu

Bewusstsein brachte. Sie wandte sich an Moretta, die ihr den Kopf stützte, und flüsterte ihr die Frage ins Ohr, wo ihr Vater sei, und als sie hörte, er sei unten in der Küche, bat sie, man möge ihn rufen und ihn mit ihr allein lassen. Valiner erschien bald darauf; wäre die Ohnmacht eine halbe Stunde später eingetreten, so hätte man ihn wohl kaum mehr vom Küchentisch fortbekommen, auf den sein Kopf schon herabgesunken war. Glühend rot im Gesicht, schnaubend und dem einen oder anderen verschlafen ins Gesicht blinzelnd, trat er ans Bett seiner Tochter.

«Oh, der Schlaf hat dich beizeiten eingeholt, mein Töchterchen…! Du warst müde und hast dich aufs Bett geworfen, nicht wahr? Brav, sehr brav!», sagte er, rückte ihr das Kissen zurecht und küsste sie auf die Stirn.

Dann wandte er sich um, als wolle er die Leute, die bei seiner Ankunft noch da gewesen waren, befragen, doch er sah niemanden mehr und fuhr fort: «Teufel, sollte ich mich geirrt haben? Also, äh, meine Liebe, wie ist es dir ergangen beim Spiel da oben…? Ich, siehst du, ich habe mich gestern Abend ziemlich gelangweilt dabei, also mich kriegt man nicht mehr dazu.» Er verstummte, als er sah, dass das Mädchen leichenblass wurde und sich mühsam die Hand aufs Herz legte. «Tut dir vielleicht etwas weh, mein Kindchen?», fragte er ängstlich.

«Stimmt es, lieber Vater», hauchte sie, «dass man mich … dass man mich mit Seiner Exzellenz Formiani verheiraten will?»

«Aber sicher, ja, das ist es …! Wahrhaftig, jetzt entsinne ich mich», rief Valiner fröhlich. «Für sich wollte er dich …! Was für eine Ehre, hm …? Wie findest du das? Lass dich davon bloß nicht schrecken oder einschüchtern, hörst du, damit uns dieses großartige Los nicht entgeht … Ist dir klar, dass das für dich und für uns eine ganz großartige Stellung bedeutet, ganz zu schweigen von …»

Morosina schluckte still ihre Tränen hinunter und ließ ihren Vater des Langen und Breiten über die erfreulichen Umstände dieser Ehe reden. Der arme Teufel fasste die Sache nach seiner Manier auf, hielt er Morosinas Glück doch für garantiert, wenn ihr zeitlebens all die Annehmlichkeiten und der selige Müßiggang gesichert waren, woraus damals das venezianische Leben bestand. Für alles Übrige hatte er kein Verständnis; es war aber auch nicht seine Schuld, wenn Mutter Natur ihn in einem Augenblick der Langeweile oder der Zerstreutheit geschaffen hatte.

«Gute Nacht, Herr Vater …!», sagte Morosina, nur mit größter Mühe die Tränen zurückhaltend;

und doch empfand sie Mitleid mit den immer kleiner werdenden Augen des Podestà. «Sie können jetzt schlafen gehen, denn ich... brauche nichts weiter.»

«Gute Nacht, gute Nacht, mein Schatz...! Gute Nacht, mein Liebling!», sagte der Podestà und küsste sie zärtlich. «Und träum von der Hochzeit, mein Engel. An jenem Tag, ja, da wollen wir fröhlich sein.»

Und der brave Magistratsbeamte verließ das Zimmer und malte sich die Hochzeitstafel seiner Tochter aus, mit hundert Gedecken darauf, einer Unmenge von dampfenden und duftenden Schüsseln, vor allem aber diesen heiß geliebten Flaschen... «Basta!», brummte er auf halbem Weg in sein Zimmer. «Das soll ein großer Tag werden! Bravo, Seine Exzellenz Formiani, fürwahr! So gefällt es mir!» Über solchen Gedanken schlief er eine halbe Stunde später ein.

Vom Unbehagen seiner Tochter und von ihren Seufzern hatte er zuletzt doch etwas bemerkt, aber in seiner ganz aufs Materielle gerichteten Geistesart war er der Meinung, das sei das Getue einer Jungfrau, die sich zimperlich stellt, wenn sie den Namen des Bräutigams erfährt, sich dann aber doch in alles schickt und besser zurechtkommt als alle anderen. Dass es ihr Kummer bereiten könnte, mit dem einen statt mit einem anderen Mann verheiratet zu werden, kam ihm gar nicht in den Sinn. War sie erst einmal die Gemahlin Formianis, konnte sie da nicht nach Belieben unter der gesamten männlichen Jugend Venedigs auswählen? Deshalb hatte er so getan, als bemerke er nichts, er glaubte, ihr diese Flausen schon auszutreiben, wenn er ihr die glänzende Position vor Augen führte, die sie erwartete, und all die Vorteile und Annehmlichkeiten, die ihm selbst daraus erwuchsen. Morosina verstand diese Denkweise ihres Vaters vollkommen, es war ja nicht das erste Mal, dass sie gewahr wurde, wie beschränkt er in seinen Auffassungen war, daher konnte sie ihm die gut gemeinten, obgleich banalen Absichten, die ihn lenkten, nicht verübeln. Und hatte sie gleich den Trost, den sie sich von ihm erhofft hatte, nicht bekommen, so konnte andererseits der Kummer, von dem ihr Herz indessen schier überquoll, auch nicht größer geworden sein. Kaum war sie allein, riss sie sich verzweifelt die Kleider vom Leib, warf sich mit dem Gesicht in die Kissen und brach in hemmungsloses Weinen aus.

Geheimnisvoll ist, wie leider so vieles andere auch, dieser innige Austausch, oder besser, diese unmittelbare Einheit zwischen Geist und Materie, weshalb sie sich in ihrem Leiden gegenseitig

Erleichterung zu verschaffen vermögen. Der von Angst geplagte Geist schöpft aus der Drangsal des Leibes neue Kraft und Vergessen, und dieser spürt durch die Erquickungen der Seele oft die grausamsten Qualen nicht. Und tatsächlich hält die Verzweiflung – dieses blinde Verlangen nach dem, was nicht ist, nach dem Nichts – nur schwer dem Andrang der Tränen stand; von Tränen benetzt, verlieren selbst die schmerzlichsten Leidenschaften einen Gutteil ihrer zerstörerischen Kraft, und sanfter träufeln sie der Seele jenes Gran Hoffnung ein, das auf dem Grund einer jeglichen von ihnen ruht. So erging es Morosina auch – es war, als hätte dieser reichliche Tränenfluss alles Harte an ihrem Kummer hinweggespült und in ihrem ganzen Wesen nur eine matte, resignative Schwermut zurückgelassen. Eben noch, man muss es gestehen, war Celio ihr wie ein Henker erschienen, der sich freiwillig erbot, ihr in tausenderlei Arten das Herz zu zerfleischen; jetzt hingegen empfand sie mehr Mitleid als Abscheu für ihn, und zwar so großes Mitleid, dass es schon wieder der Liebe glich. Denn so sind die wahrhaft guten Seelen nun einmal: Je weniger vollkommen sie den geliebten Gegenstand finden, umso teurer ist er ihnen, und sie geben sich Mühe, die ihm fehlenden Tugenden durch die Macht der Liebe zu ersetzen. So ging der Sturm nur ganz sacht über dieses wahrhaft engelsgleiche Herz hinweg; und nicht eine der dort sprießenden Blumen büßte ihren jungfräulichen Duft ein; auch sammelte sich dort nicht der bittere, ungerechte, rachsüchtige Schmerz, der sich in rasender Wut gegen andere richtet.

Sie fühlte auf immer alle Freude und Hoffnung in sich erstorben, lebendig stieg sie ins Grab, ohne einen Gedanken des Hasses oder der Verwünschung für ihre Mörder. Nicht einmal Formiani konnte sie etwas verübeln. War er nicht in gewisser Hinsicht einem armen Mädchen weit überlegen? War es nicht eine wahrhaft beneidenswerte Ehre für sie und ihren Vater, dass sie für würdig erachtet wurde, als Gattin seine Sorgen zu teilen und seinem gebrechlichen Alter eine Stütze zu sein? War die Familie Valiner ihm dieses Opfer von ein paar Jahren nicht schuldig für die Protektion, die das Haus Formiani ihr seit Jahrhunderten gewährte? Und wenn diese Hochzeit in anderer Hinsicht als unpassend erscheinen mochte – stand es ihr zu, ein Urteil darüber zu fällen? Haben Töchter vielleicht umsonst einen Vater? Dürfen sie sich etwa zum Richter über ihn und sein Urteilsvermögen aufwerfen?

Nachdem sie sich selbst mit frommer Beharrlichkeit all diese Gewissenfragen vorgelegt hatte, trocknete Morosina ihre Tränen, zog die übrigen Kleider aus, rückte Decken und Kissen zurecht und streckte sich aus, als glaubte sie, schlafen zu können. Aber wie man leicht einsieht, war all dies ein Streben nach Ergebung, das den tiefen Aufruhr der Seele ganz und gar nicht zu beschwichtigen vermochte. Und die schreckliche Diskrepanz zwischen dem Celio, von dem sie lange Jahre geträumt, und dem anderen, den sie nun eben gesehen, erkannt und berührt hatte, erschütterte ihr Herz und ihren Geist zu tief, als dass der Vorsatz zur Duldsamkeit allein ausgereicht hätte, ihr den Frieden wiederzuschenken, und sei es auch nur Frieden im Schmerz. Sie wiegte sich also in der Illusion, den tödlichen Schlag mit Seelenstärke ertragen zu haben; und dabei bemerkte die Ärmste nicht, dass ihr kleines Herz durch seine heftigen Zuckungen stets kurz vorm Zerspringen stand und dass unentwegt Tränen den Augen entquollen, die sie dem Schlaf so nahe wähnte. Und noch ärger war es, wenn sich ihr Sinn, immer noch geschwächt von der vorherigen Ohnmacht, zwischen Bewusstlosigkeit und Schlummer verlor und die von Liebe erfüllte Phantasie ihr die schönsten Visionen vorgaukelte; wenn sie sich dann unter plötzlichem Erschaudern von diesen losriss und wieder zu sich kam, spürte sie jenen Schmerz, den sie vor sich selbst zu verbergen trachtete, mit tausendfacher Grausamkeit. Auf einmal hörte sie, wie leise an die Tür geklopft wurde. «Wer ist da?», fragte sie etwas ängstlich, nicht so sehr wegen des Klopfens als wegen ihrer tiefen Erregung.

«Ich bin's!», antwortete etwas unruhig die Stimme Chirichillos.

«Herein, mein Alter!», murmelte das Mädchen; im Verlauf ihres inneren Ringens war ihr dieser Lehrmeister aus Kindertagen öfter in den Sinn gekommen, als Spender von Trost und Rat.

Der Gerichtsschreiber trat ein; er war sehr blass; über die Kerze hinweg, die er in Händen hielt, schaute er ängstlich auf Morosina. «Man hat mir gesagt, du seist unpässlich», sagte er, indem er auf das Bett zuging. «Ist das wahr, mein Töchterchen?»

«Mir war ein wenig bang zumute», antwortete das Mädchen und zwang ihre Lippen zu einem Lächeln, aber in den Augen glänzten immer noch Tränen. «Jetzt ist es Gott sei Dank vorüber!»

Der Alte stellte die Kerze auf dem Tisch ab, als er jedoch sah, dass das Licht dem Mädchen in den Augen wehtat, löschte er sie, kehrte zu ihr zurück und setzte sich neben sie. «Nun, lass hören!», sagte er. «Beichte mir: Woher kommen diese Schmerzen?»

«Man will… man will, dass ich mich verheiraten…», sagte das Mädchen leise.

«Ich weiß, ich weiß!», erwiderte Chirichillo und nickte bedeutungsvoll. «Ja, um die Wahrheit zu sagen, ich hatte es selbst schon bemerkt, an den Umtrieben Seiner Exzellenz!»

«Und hast mir nichts davon gesagt?», rief das Mädchen verzweifelt.

«Ich habe etwas Besseres getan», antwortete der Alte. «Da nicht klar war, ob der Bräutigam zu dir passt oder nicht, bin ich von heute früh bis zu Mittag und danach bis gerade eben durch ganz Venedig gelaufen und habe Schwätzchen gehalten, wie man so sagt, habe Erkundigungen über ihn eingezogen… Was willst du? Für den Fall, dass man eine Entscheidung von dir verlangte, wollte ich nicht, dass wir blind in irgendetwas hineintappen…! Aber du kannst unbesorgt sein, obwohl er auf den ersten Blick wirkt wie alle anderen und auch auf mich diesen Eindruck gemacht hat; aus dem, was die Leute sagen, höre ich aber heraus, dass er im Grunde überhaupt nichts mit ihnen gemein hat. Er ist keins der üblichen Herdentiere, weißt du, und gewisse alte Wüstlinge laufen Gefahr, sich im Hinblick auf ihn zu täuschen. Mit einem Wort, ich bin recht froh, dass du diesen jungen Mann heiratest.»

Morosina hatte eine Hand des Gerichtsschreibers ergriffen, beugte den Kopf darüber und benetzte sie mit Tränen.

«Was hast du, was hast du denn, mein Kind?», fragte er; ganz davon in Anspruch genommen, das Lob des Cavaliere zu singen, hatte er diesen neuerlichen Schmerzensausbruch erst spät bemerkt.

«Oh, also dann... also dann weißt auch du nicht... dass ich... dass ich... Seine Exzellenz Formiani heiraten soll!», brachte Morosina unter Schluchzen hervor.

«Was sagst du...? Seine Exzellenz? Du den Formiani heiraten?», rief Chirichillo entsetzt und tat einen Satz auf seinem Stuhl. «Wirklich, Seine Exzellenz hast du gesagt?»

«Ja», antwortete Morosina, deren Tränen nun ruhiger flossen.

«Und wer hat dir das gesagt?», fragte der Alte beunruhigt.

«Er, er hat es mir gesagt!»

«Wer, ‹er›?»

«Celio!», murmelte Morosina, diesen Namen trotz allem in einem gewissen liebevollen Tonfall aussprechend.

«Ah!», rief Chirichillo aus und schlug sich mit der Hand vor die Stirn. «Ah!» wiederholte er, haute sich auf die Knie und sprang auf. «Jetzt, jetzt ahne ich alles! Alles das Gegenteil von dem, was ich befürchtete! Genau das Gegenteil! Und ich Dummkopf, ich dreimal dummer Tor, ich bin von dem ausgegangen, wie es zu meiner Zeit üblich war, als Seine Exzellenz fünfundzwanzig Jahre alt war! Jetzt, ja, jetzt verstehe ich, was Bernardo meinte, als er von dem Unglück sprach, das dem edlen Herrn Vettore drohe! Was ist nun zu tun?»

«Was ist zu tun?», wiederholte Morosina, die sich an diese Frage des Alten klammerte wie an einen Strohhalm, obwohl sie in ihrem Herzen wusste, dass ihr nur zwei Möglichkeiten blieben, die beide gleich aussichtslos waren.

«Hast du mit deinem Vater gesprochen?», fragte Chirichillo.

«Er war vor wenigen Minuten hier», antwortete Morosina traurig.

«Und was hat er gesagt?»

«Nun, er war sehr erfreut über mein glänzendes Los», erwiderte sie bitter.

«Dann hat er dir also geraten, den Antrag anzunehmen?»

«Es ist ihm nicht einmal ein Verdacht gekommen, dass ich mich weigern, mich seinen und

Seiner Exzellenz Wünschen widersetzen könnte oder wollte.»

«Dann», sagte Chirichillo mit einem Seufzer, «dann hilft nur ein Mittel.»

«Welches?», rief das Mädchen und richtete sich auf; sie hing an Chirichillos Lippen, wie um zu sagen: «Sprich mir vom Unmöglichen, und ich will es glauben, heiß mich ein Wunder tun, und ich will versuchen, es zu vollbringen.»

«Gehorchen!», antwortete der mit tiefer Stimme.

Die Ärmste erschauderte am ganzen Leib, und der Schmerz, der einen Augenblick lang nachgelassen hatte, fiel ihr mit umso größerer Wucht wieder auf die Seele.

«Denen gehorchen, die Gott über dich gestellt hat; und sollte dir später scheinen, dass ihr Wille und ihr Wunsch den himmlischen Geboten widersprechen, Gott um Erleuchtung anflehen und nur ihm allein gehorchen.»

Das Mädchen ließ sich in die Kissen zurückfallen; mit geschlossenen Augen, den Mund halb geöffnet, eine schreckliche Blässe im ganzen Gesicht, lag sie da wie tot.

«Nein, mein Kind, verzweifeln gilt nicht», flüsterte der Gerichtsschreiber ihr ins Ohr. «Bedenke, dass du hier auf Erden und im Himmel eine ganze Ewigkeit zu leben hast und dass diese Opfer dir einst die höchste Glückseligkeit eintragen werden und die Macht, diese an andere weiterzugeben, was ein noch größeres Gut ist. Deshalb ertrag diese traurigen Tage, die rasch vorübergehen, mit Gleichmut und weihe sie dem, der sie dir auferlegt, heiteren Sinnes; und verwende sie zum Wohl der Seelen, denen dich Gott in Seinem unerforschlichen Ratschluss und Seiner Güte trotz aller Ungleichheit zur Seite hat geben wollen.»

Morosina seufzte, sagte aber kein Wort.

«Schließlich, mein Kind», fuhr der Alte fort, «ist das Übel auferlegt als Buße: Frag nicht, woher noch warum oder wann, sondern ertrage es in Demut. Oft auch ist das Übel Quell des Guten; ertrage es also mit Zuversicht. Gott sei Dank sind in deiner Seele Prinzipien verankert, die dich nicht lange in dieser Niedergeschlagenheit werden verharren lassen. Richte dich also auf und sei stark: stark in deiner Güte, im Ertragen all jener Dinge, die dir aus deiner beschränkten Sicht unheilvoll erscheinen.»

Die Ärmste faltete die Hände und wandte den Blick gen Himmel.

«So, so will ich dich sehen!», rief Chirichillo frohlockend. «Warum hast du nicht schon vor einer Stunde diese Haltung eingenommen…? Zum jetzigen Zeitpunkt würde ich es sein, der deines Trosts bedarf, nicht du des meinigen. Nach oben, ja, nach oben muss man sich wenden, mein Kind; immer nach oben, wenn unsere Kräfte schwinden. Und beten, beten, um sich dann umso erbarmungsvoller und tatkräftiger wieder dem Leben zuzuwenden.»

«Ich werde gehorchen!», sagte Morosina leise.

«So ist's recht, meine Tochter!», sagte der Alte. «Du wirst gehorchen und damit eine hochheilige Pflicht erfüllen. Wer weiß, zu welchem guten Zweck der Herr dich auserwählt hat, um dich auf diesen Weg zu führen? Wer weiß, welche Belohnung dich erwartet, vielleicht nicht hier, nicht hier, aber in anderen Zeiten, anderen Ländern, vielleicht auch droben im Himmel, für deine Güte und deine Stärke!»

Nach und nach ließ das Mädchen sich von den warm empfundenen Worten des Alten überzeugen und zu solchem Heroismus der Resignation bekehren; sie warf sich an seinen Hals und sagte: «Gebe Gott, mein Alter, gebe Gott, dass wir für immer vereint bleiben, wie unsere Herzen es auf immer sind.»

«Addio, mein Kind», sagte Chirichillo und küsste sie auf die Stirn. «Erbitte Erquickung vom

Schlaf, auf dass du morgen im Fleische ebenso gefasst sein mögest wie im Geiste.»

«Ich werde schlafen», entgegnete Morosina, «und auch dir eine gute Nacht, mein Alter!», sagte sie, drückte ihn fest ans Herz und ließ ihn fast nicht wieder los, als ahne sie, wie viel von ihrem Mut ihr sein Fortgehen nehmen würde.

Und doch, als er draußen war, verfiel sie nicht wieder in die haltlose Verzweiflung von vorher. Dieser Schmerz war keine unsägliche Qual mehr, dass ihr allein beim Gedanken daran schon schwindelte; es war vielmehr eine mehr oder weniger lang bemessene Zeit des Erduldens und des Opfers; immer noch war der Schmerz schrecklich, aber er hatte nun ein Maß, immer noch war er immens, raubte ihr aber nicht mehr die Besinnung. Wenn der Schlaf also auch zögerte, sich auf diese Lider herabzusenken, denen unwillkürlich immer noch Tränen entquollen, so kam er im Morgengrauen schließlich doch und gewährte ihr bis neun Uhr eine erquickende Ruhe, nach der sie sich erhob, in ihren frommen Vorsätzen gestärkter denn je und nun auch gewappnet mit den entsprechenden Kräften.

Erst zur Stunde der Mittagsmahlzeit trafen die Valiner im Speisesaal mit Formiani zusammen, der am Vormittag zweimal in den Palazzo geschickt und sich nach Morosinas Befinden hatte erkundigen lassen, wie es auch – fast unnötig zu sagen – Cavalier Terni getan hatte. «Wie geht es dir, mein Schätzchen?», fragte Seine Exzellenz, sobald er das Mädchen sah, und legte ihr einen Arm um den Nacken.

«Es geht mir gut, Gott sei Dank!», antwortete Morosina vollkommen ruhig. «Und Ihnen, Herr Pate?»

«Den Paten wollen wir uns schenken», versetzte er Inquisitor scherzend, «und deswegen habe ich auch schon an den Kardinal Rezzonico[90] in Rom geschrieben. Wir werden ein hübsches Brautpaar abgeben, weißt du das?»

Morosina hatte die Kraft zu lächeln.

«Also wahrhaftig, dieses Mädchen bringt mich ganz aus der Fassung, ich begreife es nicht», dachte Formiani. Laut setzte er hinzu: «Du brauchst dich vor deinem neuen Stand nicht zu fürchten, weißt du. Du wirst nur das Zimmer wechseln und hier neben mir wohnen, um desto bequemer deinen Dienst als Krankenwärterin bei mir versehen zu können, nicht wahr?»

«Ja, Exzellenz!», antwortete Morosina.

«Teufel!», dachte der Inquisitor wieder, «sollte ich siebzig Jahre alt geworden sein, um mich von einem kleinen Mädchen an der Nase herumführen zu lassen?» – «Nein, nein», sagte er wieder laut, «es ist besser, du bleibst, wo du bist, da hast du mehr Freiheit.»

«Wie Sie wünschen, Exzellenz… nein, Herr Pate.»

«Im Übrigen wird deine Lebensweise genauso sein wie in den letzten drei Tagen; nur wirst du mehr Freiheiten genießen, wie verehelichte Frauen sie in Anspruch nehmen dürfen und müssen. Du wirst empfangen, wen immer du willst, und wirst ausgehen, wie, wann und mit wem es dir beliebt… und du kannst sicher sein, dass ich kein Mann bin, der da nicht großzügig wäre. Familienangehörige, versteht sich, es sind zwar nur wenige, aber du hast welche: die Carmini, zum Beispiel, den Cavalier Terni. Nun, mit denen kannst du völlig zwanglos verkehren, ohne Rücksichten, die ohnehin lächerlich sind, darum schere ich mich gar nicht!»

Während dieser Rede Formianis wurde Morosina abwechselnd rot und blass. Der Podestà rieb sich immer wieder die Hände bei dem Gedanken, welches Glück es für seine Tochter war, einen so vorzüglichen Ehemann zu bekommen. Chirichillo seinerseits ließ sich keine Silbe dieser Ansprache entgehen, obwohl er so tat, als blicke er auf den Kanal hinaus; er verglich sie mit dem, was er vermutet hatte, und murmelte dann und wann: «Genauso habe ich mir das gedacht…! Was für ein Kuddelmuddel…! Nur gut, dass Morosina keine von denen ist!»

So vergingen etliche Tage, in denen sie ein äußerst zurückgezogenes Leben führte und nur Formiani zuliebe bei den Abendgesellschaften erschien.

Auch Cavalier Terni war dabei häufig zu Gast, doch sooft er auch im Saal auf und ab ging und Morosina mit zerknirschter Miene ansah, sooft er von der Terrasse auf den Balkon und vom Balkon auf die Terrasse lief, es gelang ihm nicht, auch nur ein einziges Wort unter vier Augen mit ihr zu wechseln. Ebenso erging es ihm bei den vielen Besuchen, die er ihr abstattete, er wurde nur vorgelassen, wenn Chirichillo oder ihr Vater an ihrer Seite waren; ebenso wenig Glück hatte er bei den seltenen Einladungen zu Tisch, obwohl sein Platz gewöhnlich an der Seite der jungen Braut war.

Da bewahrheitete sich an ihm das alte Sprichwort, das Ariost in seiner Allegorie von den zwei Quellen der Liebe dargestellt hat;[91] je kühler das Mädchen ihm gegenüber schien, desto mehr entfachte das sein Verlangen, sie sich gefügig zu machen. Und so sehr wuchs die Glut dieses Verlangens, dass dies sogar eine gewisse Läuterung in ihm bewirkte, denn in Seelen, die nicht gänzlich verdorben sind, löst sich eine große Leidenschaft, die sich mit aller Macht entfaltet, von den Schlacken der schlechten Vorbilder, um zu ihren geistigen Prinzipien zurückzukehren. Da bedauerte er, nicht früher erkannt zu haben, was für eine engelsgleiche Seele sie war, so dass er sie auf die richtige Weise hätte behandeln und so seine Absichten hätte verwirklichen können.

«Jetzt, ja, jetzt sehe ich vollkommen klar in diesem Köpfchen!», dachte er. «Verflixt, ist es denn meine Schuld, wenn ich das zuerst falsch gesehen habe? Sie sind doch alle gleich, aber die hier ist eine halbe Heilige, und bei ihr muss man zweimal hinschauen. Bei Gott, alles ist mir günstig, nur sie muss die Widerspenstige spielen, sie, die mich fünfzehn Jahre lang geliebt hat, wie sie gestand, sie, die mich trotz ihrer Zurückhaltung immer noch liebt, meinen Kopf würde ich darauf verwetten ...? Oh, wir werden sehen ...!» Nach diesen Überlegungen veränderte er seine Strategie grundlegend: Er spielte den Leidenden, den Melancholischen, den Kranken. Formiani mied er, und Morosina sah er mit verstörtem, flackerndem Blick an; schließlich kam die Nachricht, Cavalier Terni liege mit einem rätselhaften Fieber darnieder, und einen

Monat lang erschien er nicht mehr in den Zirkeln der venezianischen Gesellschaft.

In der Zwischenzeit war aus Rom der Dispens für die Vermählung Formianis mit Morosina eingetroffen. Wie es in deren Innerem aussah, kann sich jeder ausmalen; umso mehr, als sie, nachdem sie von Celios Krankheit vernommen hatte, über die Ursachen derselben nachgrübelte und aus seinem letzthin so sonderbaren Benehmen schloss, sie müsse Folge seines Kummers sein; vielleicht Reue über sein leichtfertiges Benehmen an jenem Abend, Verzweiflung darüber, dies nicht wiedergutmachen zu können, unbezwingliche Liebe, die aber durch die Heiligkeit der Bande, die sie einging, unmöglich gemacht wurde und ihn einem langsamen und qualvollen Tod entgegenführte. Trotzdem nahm sie kein Wort von ihrem Gelöbnis zurück, wankte nicht einen Augenblick, vergoss keine Träne über die bittere Notwendigkeit. Sie betete einzig zu Gott, freute sich am Glück des Vaters, begegnete Formiani mit kindlicher Fürsorge und führte lange Gespräche mit dem alten Gerichtsschreiber; aus diesen Unterredungen bezog sie die Kraft, die ihr allmählich zu schwinden drohte, da sie so viel davon verausgabte.

Seine Exzellenz behandelte das Mädchen nach wie vor mit väterlicher Güte, nur nannte er sie seine kleine Braut und tadelte sie jedes Mal, wenn ihr ein «Pate» oder ein «Exzellenz» entschlüpfte, denn er wollte nunmehr von ihr mit seinem Vornamen Niccolò angeredet werden oder, wie seine Angehörigen sagten, Coletto. Auch er hatte, noch eher als alle anderen, Celios Fernbleiben und dessen Auswirkungen auf Morosina bemerkt, doch das beunruhigte ihn nicht, im Gegenteil, er musste herzlich lachen, als Bernardo ihm eines Abends im Scherz mitteilte, dass der Cavalier Celio, wenn die Hochzeit nicht bald stattfände, es leid sein könnte, mit den Edelleuten aus Treviso Luftschlösser zu bauen, und womöglich vorzeitig von seiner Krankheit genesen würde.

«Die Trauung findet übermorgen statt», hatte der Inquisitor geantwortet, «und du kannst ganz unbesorgt sein, schon am Abend darauf werden wir die bleiche oder mit Mehl bestäubte Gestalt des Cavaliere wie einen Schatten hier aufkreuzen sehen...! Verdammt, was für ein Auftritt! Man wird sich vorkommen wie beim Gastmahl des Don Giovanni...![92] Nur dass es sich dort um einen Komtur aus Stein handelt, hier aber um einen Cavaliere aus Fleisch und Blut.»

Tatsächlich wurde die Trauung eines Montagabends in der Hauskapelle vollzogen; den Segen erteilte Don Gasparo, anwesend waren nur der

Vater der Braut, Chirichillo und Bernardo. In dieser Nacht herrschte tiefe Stille im Hause Formiani, das war die einzige Gunst, die die Braut erbeten hatte. Doch am darauffolgenden Abend wurde in großer Gesellschaft gefeiert; Morosina hingegen saß, müde von all dem Trubel und blass, ganz allein in einem kleinen Nebenraum, war in Gedanken versunken und hatte die Welt um sich her vergessen, als sie plötzlich spürte, wie ihre Hand ergriffen wurde.

«Du wirst deinen Verrat teuer bezahlen, vor mir und vor Gott», raunte dumpf die Stimme eines Mannes, der sich über sie beugte.

Starr vor Schreck hob sie den Blick, und im schwachen Schein eines Spiegels, der das Licht aus den anderen Räumen reflektierte, sah sie Celio, der sich mit finsterem Blick, totenblasser Miene und schwankendem Gang langsam entfernte und drohend die Hand gegen sie ausstreckte.

Bernardo, das Auge Gottes, schilderte dem Inquisitor diese Szene noch am selben Abend.

«Da sind die Rollen vertauscht!», rief dieser. «Wer gestern zögerte, eine Gunst zu gewähren, wird morgen darum betteln...»

Und in dieser überaus schmeichelhaften Gewissheit schlief der unerbittliche Oheim ein.

VII

Verrechnet

In ganz Venedig wurde die Vermählung Seiner Exzellenz Formiani besungen, erörtert, kommentiert. Besungen wurde sie von den Dichtern, deren es allenthalben genug gab, arme, halb verhungerte Zikaden in ihren Löchern, die von den Brosamen vom Tisch der Patrizier kaum satt wurden; besungen auch von der zahlreichen Akademien, in diesen Zeiten geschäftigen Müßiggangs wahre Schulen sinnentleerter Betriebsamkeit; besungen auch, mit mehr Glück als alle anderen, von Don Gasparo, den das Hochzeitsmahl für die bei dieser Gelegenheit herausgeschmetterten zweihundert Terzinen vollauf entschädigte. In sämtlichen Cafés wurde sie erörtert, auf Gesellschaften, in den Sprechsälen der Klöster, in den Spielsälen und an anderen Orten, die man besser nicht erwähnt, die aber bei der venezianischen Aristokratie dieses goldenen Zeitalters über die Maßen beliebt waren. In jedem vertraulichen Zwiegespräch, in jeder einsamen Gondel, in jeder Sakristei wurde sie kommentiert; doch so sehr die Phantasie in diesen hitzigen venezianischen Gemütern auch brodeln mochte, niemandem gelang es doch, sich vorzustellen, was der Inquisitor mit dieser Hochzeit so glücklich meinte bewerkstelligt zu haben. Und das mag als schlagender Beweis dafür dienen, wie haushoch der alte Steuermann selbst im Müßiggang seinen Zeitgenossen überlegen war – an Scharfsinn, in Klugheit des Handelns und in der Wahl von Menschen und Mitteln. Einzig der edle Signor Vettore hatte, mit dem wundersamen Scharfblick, den die Natur einem verarmten Neffen verleiht, in dieser Heirat eine Gefahr erblickt; zunächst schätzte er sie als Gefahr ein, bei näherer Betrachtung erkannte er darin eine Bedrohung und hätte sich um ein Haar aus dem Fenster gestürzt. Nur eine gewisse Anhänglichkeit an das liebe Leben, wie sie für das damalige venezianische Patriziat typisch ist (man schrieb das Jahr 1749[93]), hielt ihn ab von diesem Versuch, und er verlegte sich auf einen anderen, weniger verzweifelten; er kratzte nämlich die letzten Reste aus seiner Geldschatulle zusammen, um vor den wundertätigsten Heiligenbildern Tridua und Novenen[94] lesen zu lassen, auf dass seine Wünsche in Erfüllung gehen mögen. Und diese Wünsche hatten dreierlei Gestalt: entweder, dass der liebe Oheim umgehend zur Glorie des Paradieses erhoben werden oder dass die frisch erworbene junge Tante dem ewigen Frieden entgegenschweben oder aber dass die fromme Frau wenigstens bei ihrem frommen

Lebenswandel bleiben und keine Kinder bekommen möge. Indessen murrten die Gläubiger; doch Signor Vettore wies ihnen die blanke Schatulle vor und wusste sie zu überzeugen, dass sie dem Herrn Oheim durch ihr Gezeter doch ja keinen Vorwand liefern sollten, ihn zu enterben.

Der Podestà war ganz selbstverständlich zu seinem Leben von vor zwanzig Jahren zurückgekehrt. Asolo und Kalkutta waren für ihn mittlerweile ein und dasselbe, und seit der Hochzeit seiner Tochter hatte er noch kein einziges Mal an seinen Amtssitz und an die edle Dame Cecilia gedacht. Doch eines Morgens lief er Gefahr, sich daran zu erinnern, denn als er sich gerade anschickte zu frühstücken, wurde ihm ein Brief aus Asolo übergeben, auf dem in großen Lettern «Eilt» geschrieben stand. «Eilt!?», sagte der Podestà bei sich; und da es ihm nicht eilte, steckte er den Brief in die Tasche.

Zwei Tage fröhlicher Ess- und noch besserer Trinkgelage zogen über dieses «Eilt» hinweg, als dieser Brief dem Valiner bei der Suche nach seinem Taschentuch zufällig wieder in die Finger geriet. Er zog ihn heraus mit einem Gesicht, als hätte er sich die Hände an irgendeiner Schweinerei schrecklich schmutzig gemacht; da fiel sein Blick auf dieses «Eilt», und schon war er im Begriff, den Brief zu öffnen. «Und die Brille?», dachte er. «Wenn ich den Brief jetzt auch erbreche, so wird es mir doch wahrhaftig wenig nützen, wenn ich ihn nicht lesen kann», und er steckte ihn wieder ein.

Schließlich kam ihm der Brief ein drittes Mal unter die Augen, als er dem Kammerdiener beim Ausbürsten des Rocks aus der Tasche glitt. «Ei, sieh da», sagte dieser, «dieser Brief ‹eilt› und ist immer noch versiegelt!» Er reichte ihn also Valiner und fragte ihn, ob er ihn vielleicht vergessen habe.

«Ganz genau, mein Sohn!», antwortete dieser. «Und wo du schon einmal da bist... Du kannst lesen, nicht wahr?»

«Ja, Exzellenz!», antwortete der Kammerdiener.

«Gut, du kannst den Brief aufmachen und ihn mir vorlesen; aber langsam, wenn ich bitten darf, ich verliere leicht den Faden.»

Der Kammerdiener öffnete den Brief und las: «Hochverehrter Herr Gemahl!»

«Teufel, Teufel!», murmelte der Podestà. «Und ich hatte sie doch tatsächlich völlig vergessen...! Lies nur weiter, mein Sohn.»

«Nicht ohne Grund sind Sie Podestà von Asolo», las der Kammerdiener weiter, «und nicht ohne Grund kassiere ich in Ihrem Namen die mit diesem hohen Amt verbundenen Gehaltsbezüge und Vergütungen.»

«Sie soll alles behalten! Ganz gleich. Sie soll nur alles behalten!», rief der Podestà und lief mit großen Schritten und mit den Armen fuchtelnd durchs Zimmer, als müsse er sich gegen Fliegen wehren.

«Wer Rechte hat, hat allerdings auch Pflichten», las der Diener weiter, «wie Justinian in dem Kapitel *De obligationibus* in seinen *Istitutiones*[95] sagt.»

«Danke für den Hinweis!», knurrte Valiner.

«Also müssen Sie Ihre Rechte verteidigen und sich mit allen Mitteln gegen die Anmaßung Dritter zur Wehr setzen, falls erforderlich auch unter Zuhilfenahme der Ordnungskräfte.»

«Ich?», wiederholte der Podestà mit wachsendem Erstaunen.

«Was nun bald notwendig werden könnte», fuhr der Diener fort, «da ich wieder eine ruchlose Verschwörung aufgedeckt habe, die gegen Mitte August in einem bewaffneten Aufstand ausbrechen wird, angestiftet in erster Linie von dem Grafen Fabio ...».

«Um Himmels willen! Genug! Genug!», schrie Valiner, riss dem Vorleser das Papier aus der Hand und zerfetzte es in winzige Stücke. «Um Himmels willen! Was schreibt dieses Weib mir nur, damit dieser besessene Graf mich eines schönen Tages womöglich noch bei lebendigem Leib rösten lässt!»

Auf dieses Gezeter hin kamen die Zofen herbeigelaufen und fanden den Gerichtsherrn von Asolo, wie er schreiend auf den Überresten dieses Blattes herumtrampelte, und den Kammerdiener, der sich den Bauch hielt vor Lachen. Wie sich leicht denken lässt, schlossen sie sich dem Letzteren an, und noch nie hat man geräuschvollere Heiterkeit neben komischerer Wut gesehen. Seit der Freilassung ihres Anbeters, die, wie von Formiani versprochen, am Tag nach seiner Verhaftung stattgefunden hatte, war Moretta noch heiterer als zuvor; und Adriana, obwohl in ihren Hoffnungen enttäuscht, für den Neapolitaner dasselbe zu erwirken, beruhigte sich doch bei den wiederholten Versprechungen Morosinas, man werde ihn bald laufen lassen und bis dahin mit aller erdenklichen Rücksichtnahme behandeln.

Wie man sieht, hatte Morosina über ihrem eigenen Leid den Kummer der anderen nicht vergessen, ja, diesen zu beheben war das einzige Mittel, ihre Gedanken an jenes loszuwerden. Mit frommer Beharrlichkeit suchte sie sich an das einförmige, beschauliche und einsame Leben zu gewöhnen, das sie sich in ihrem neuen Stand auferlegt hatte. Dem Gatten ließ sie alle Pflege angedeihen, derer er bedurfte, und leistete ihm in den wenigen von Staatsgeschäften freien Stunden liebenswürdig Gesellschaft. Den Vater sah sie im Lauf des Tages nur selten, doch diese seltenen Male freute sie sich an seiner Zufriedenheit, als ob diese ihr Werk wäre, und forschte auch nicht weiter nach, ob unmittelbarere Ursachen dafür nicht eher der Wein aus Conigliano oder die Schenken in der Umgebung sein könnten. An Celio dachte sie viel, gab sie sich jedoch auch viel Mühe, diese Gedanken zu verscheuchen; bald darauf aber kehrten sie wieder, einschmeichelnder und rührender denn je, und immer hallte ihr die Drohung im Ohr, die jene plötzliche Erscheinung ausgestoßen hatte und worin sie irgendein schreckliches Geheimnis verborgen wähnte, von dem sie sich aber keine Vorstellung machen konnte. Ihr einziger Trost war es dann, sich mit Chirichillo zu unterhalten, der lang und gern bei ihr verweilte und der, wenn er gegen seinen Willen von ihr getrennt sein musste, immer, auch von ferne, über dieses sein Herzenskind wachte.

Als Morosina den Cavalier Terni zum ersten Mal wieder in der Abendgesellschaft sah, war sie sehr überrascht, ihn nicht mehr so zerschlagen und abgezehrt zu finden, wie er ihr vor Tagen im grünlichen Widerschein des Spiegels erschienen war, und sie war erleichtert, denn da sie selbst sich für die Ursache dieser Verwandlung hielt, war sie deshalb schon sehr betrübt gewesen. Celio richtete den ganzen Abend hindurch nicht einmal das Wort an sie, warf ihr nur von Zeit zu Zeit finstere Blicke zu; doch ein- oder zweimal erhaschte sie einen verstohlenen, liebevollen Blick, der dem ihren rasch auswich, wie um nicht ertappt zu werden, und da sie sich nicht vorstellen konnte, der Groll könne erheuchelt sein, dachte sie, Celios Zorn sei verflogen und ein weiteres Mal von Liebe überwunden worden. Diese Überzeugung, aus der sie, ohne es zu wissen, unendlichen Trost bezog, geriet erneut ins Wanken, als er sich zum Abschied scheinbar ehrfürchtig vor ihr verneigte, dabei aber hastig flüsterte: «Ich bin nur am Leben, um Rache zu nehmen! Auf Wiedersehen!»

Die Ärmste fühlte, wie ihr die Beine den Dienst versagten, und von Neuem fürchtete sie, an jenem verhängnisvollen Abend, als sie in Ohnmacht gefallen war, im Unrecht gewesen zu sein. Wenn sie sich dann aber das Gespräch mit Celio noch einmal vergegenwärtigte, so erschienen ihr seine Absichten so ungehörig, sein Ansinnen so frech und verwerflich, dass sie noch größeren Abscheu verdienten, als sie ihm mit ihrer unwillkürlichen

Ohnmacht bezeigt hatte. «Wenn solch ein Betragen Frauen gegenüber das allgemein übliche ist, kann das eine Entschuldigung sein, sich mir gegenüber auch nicht anders zu benehmen? Wenn ich glaubte, er sei im Grunde wie alle anderen, würde ich ihn dann etwa lieben... hätte ich ihn dann etwa geliebt? (so verbesserte sich das keusche Mädchen sogar in Gedanken). Und wenn ich in allem so wäre wie alle anderen, hätte ich ihn dann etwa auf solche Weise geliebt oder nicht eher... Genug!», sagte sie stirnrunzelnd und schüttelte den Kopf, wie um einen hartnäckigen Gedanken zu verscheuchen: «Gott ist gütig und wird mich nicht verlassen.»

So führte sie dieses stille und melancholische Leben fort, in dem sie sich allerdings mit doppelt so viel Tugend wappnen musste wie in klösterlichen Bußübungen. Allerdings wagte sie nie, Celio allein zu empfangen, so sehr sie auch gewünscht hätte, sich in seinen Augen von aller Schuld reinzuwaschen, die falscher Anschein oder das törichte Geschwätz der Leute auf sie gehäuft haben mochten; und jedes Mal, wenn sie hörte, dass er ihr gemeldet wurde und nicht gerade ihr Vater oder Chirichillo zugegen waren, ließ sie sich verleugnen oder schützte eine Krankheit vor. Diese Lügen kosteten sie viel Überwindung und einige Reue, das ist wohl wahr, doch dann tröstete sie sich durch ein Gebet zu Gott, überzeugt, dass ihr Gewissen und ihr «Alter» ihre Handlungsweise billigten.

Seine Exzellenz ging weiterhin überaus menschlich mit ihr um, ließ sie frei schalten und walten und war bei jeder Begegnung voll der liebenswürdigsten Aufmerksamkeiten für sie. Nur ermahnte er sie von Zeit zu Zeit, geselliger zu werden, sich den Umgang mit ihresgleichen nicht zu verwehren, welcher, so sagte er, in Jugendtagen dem Lebensglück wenig hinzufüge, in reiferen Jahren und im Alter aber alle Annehmlichkeit des Lebens in sich berge. Und man müsse sich schon in jungen Jahren daran gewöhnen, denn sonst, setzte er hinzu, verwildere die Seele, und schwerlich werde freundlich empfangen, wer sich anderer erst in der Not entsinne. «Oh, ich werde mich immer wohlfühlen, so wie ich bin!», erwiderte Morosina treuherzig.

«Nein, mein Weibchen», antwortete Formiani. «Gott hat den Menschen von Natur aus gesellig geschaffen, und er kann nicht gutheißen, dass ein so vorbildlicher Lebenswandel wie der deine in vier Wänden eingeschlossen bleiben soll, jetzt, wo gute Vorbilder so dringend nötig sind.»

Bei solchem Lob senkte Morosina den Kopf und widersprach nicht weiter; dass sie jedoch von den

Predigten ihres Gemahls nicht überzeugt war, bewies sie dadurch, dass sie nach derlei Ermahnungen nichts an ihrer Lebensweise änderte. Wenn sie nach solch ruhigen Auseinandersetzungen, die gewöhnlich stattfanden, nachdem sie dem Alten beim Zubettgehen behilflich gewesen war, stumm hinausging, sah er ihr mit einem undefinierbaren Ausdruck nach. Gefühle der unterschiedlichsten Art lagen in diesem Blick: Ungläubigkeit zum Beispiel, Bewunderung, Ärger, Zärtlichkeit; und jedes hatte seinen Anteil daran, wie auch an dem Gedanken, der diesen Blick begleitete: «Teufel, sollte ich da an eine gar zu fromme Heilige geraten sein?»

Eines Abends, es war gegen Mitte August, und das junge Mädchen hatte sich nach einem dieser Wortgefechte in ihre Gemächer zurückgezogen, fühlte sich der Inquisitor unruhiger als gewöhnlich; er erhob sich vom Bett, zog einen Schlafrock an und ging in sein Arbeitszimmer, wo er, nachdem er einige Briefe durchgesehen hatte, die Glocke zog. Es erschien Bernardo, sein *fidus Achates*[96]. «Dann ist es also sicher, dass der Cavaliere morgen nach Asolo reist?»

«Morgen um fünf, ohne jeden Zweifel», antwortete der Cappanera.

«Da wird er ja heute ziemlich nervös sein, der Ärmste, hm?»

«Mächtig nervös... er hofft... er verzweifelt... er kann es gar nicht erwarten fortzukommen... dann wieder verflucht er den Augenblick, da er sich auf ein so verrücktes Abenteuer mit so untauglichen Gefährten einließ; und all das ist ihm so deutlich vom Gesicht abzulesen, als ob es in meinem Gebetbuch stünde.»

«Aber das Entscheidende ist doch: Wird er fahren?»

«Er wird ganz sicher fahren, denn der Cavaliere steht unverbrüchlich zu seinem Wort, wenn er es einmal gegeben hat, und von dem, was da draußen vorgeht, kann er nichts wissen, weil die Briefkuriere in Fusina und in Mestre rechtzeitig abgefangen worden sind.»

«Ach, der teure Graf», meinte der Inquisitor. «Was für gute Dienste er seinen Freunden erweist! Sogar mit der Galeere will er sie beglücken! Und hast du Neuigkeiten von ihm?»

«Momolino hat geschrieben; und der Herr rührt sich nicht aus Fonte fort.»

«So ein Einfaltspinsel! Er verlässt sich auf die Straffreiheit[97] und auf Marcoligo; aber meiner Einschätzung nach wird diesmal der Spion für alle büßen...! Ist Tramontino bereit?»

«Zusammen mit seinem Kameraden steht er zu Seiner Exzellenz Befehl.»

«Ach, was für ein Spaß! Wie der teure Graf sich wundern wird, wenn dieser Teufelskerl von Giannozzo über ihn herfällt, von dem er glaubte, er hätte ihn in die Bleikammern geschickt, um dort für die anderen den Quartiermeister zu spielen...! Gut, gut...! Unterdessen sag dem Sekretär der Zehn in meinem Namen, dass ich den Bericht über die Frage der Neutralität übermorgen verlesen werde.»

«Es soll geschehen», antwortete Bernardo.

«Und schlaf gut», setzte der Inquisitor noch hinzu, schon wieder auf dem Weg zurück in sein Schlafzimmer. «Schick mir heute Abend Don Gasparo, sonst kann ich wegen gewisser Sorgen trotz Opium nicht mehr einschlafen.»

Als der Meister wenig später mit einem riesigen Stoß Papieren unterm Arm herunterkam, fand er seinen Herrn schon wieder im Bett. «Wie viele Oktaven hast du seit dem letzten Mal neu hinzugedichtet?», fragte der ihn.

«Einhundertzweiundneunzig!», rief Gasparo in lehrmeisterhaftem Ton, «und damit beende ich den achten Gesang.»

«Das ist mehr als genug», murmelte der Inquisitor. «Und du trägst sie jetzt zum ersten Mal vor?»

«Zum ersten Mal?», erwiderte der Meister. «Sagen Sie lieber, zum dritten Mal! Heute Morgen habe ich sie Doktor Chirichillo aufgesagt und vor dem Essen dem Podestà Valiner, der davon immer, nun, sagen wir einmal, recht benommen wird.»

«Lies nur vor, oder deklamier sie, ganz wie du willst», sagte Formiani zu ihm. Und ausnahmsweise hielt er diesmal länger durch als bis zur vierten Stanze; man darf wohl annehmen, dass ihm an diesem Abend viele und schwerwiegende Dinge durch den Kopf gingen, wenn er erst bei der zwölften einschlief.

Am nächsten Tag saß Morosina ganz allein in ihrem Arbeitszimmerchen, als unversehens ihr Gemahl eintrat. «Guten Tag, meine kleine Braut», sagte er mit einem Kuss auf ihren Mund. «Da habe ich dich überrascht, nicht wahr?»

Tatsächlich geschah es zum ersten Mal, dass er den Fuß in das Zimmer seiner Frau setzte.

«Sehr angenehm überrascht», antwortete Morosina, wobei sie irgendeine Handarbeit von dem Stuhl an ihrer Seite nahm, um ihm Platz zu machen.

«Heute bin ich ganz für dich da, mein Schatz», sagte Formiani, indem er sich setzte, «das heißt, bis zu einem bestimmten Zeitpunkt... Und da dachte ich mir, ich nutze diesen Moment der Freiheit, um mich an deiner erbaulichen Gesellschaft zu erfreuen.»

«Danke, danke!», antwortete Morosina voller Güte. «Ich wünschte, mir wäre gegeben, Euch öfter in meine Nähe zu locken.»

Derart plauderten sie eine ganze Weile, und Formiani war so liebenswürdig, jedes Wort in dieser Unterhaltung verströmte nach echt venezianischer Sitte so viel Witz und so viel Güte, dass Morosina darüber ihr seit Langem verlorenes Lächeln wiederfand und der abgeklärten Heiterkeit des Gemahls ihre jugendliche Lebhaftigkeit beigesellte. Im Nu waren die Stunden verflogen, sodass sie sich wunderten, als es zwei Uhr schlug.

«Ja, es ist zwei Uhr!», sagte Formiani mit einem Blick auf seine Taschenuhr. Und als er hörte, wie gleichzeitig im Korridor eine Tür geöffnet wurde, setzte er hinzu: «Ich werde mich sputen müssen, auf dass ich fortkomme. Auch mir ist die Zeit wie im Flug vergangen, mein Weibchen – du bist eine wunderbare Fee, dass du sie zum Verschwinden bringst!»

Seine Exzellenz war im Begriff zu gehen, als Bernardo hereinkam und den Cavalier Terni meldete. «Oh, der liebe Celio!», rief Formiani laut und ging ihm entgegen, ehe sich Morosina, wie sie es andere Male getan hatte, dem Besuch des Cavaliere entziehen konnte. «Oh, mein hübscher kleiner Cavaliere», wiederholte er, hakte den Eintretenden unter und führte ihn zu seiner Frau. «Ihr macht Euch ja wahrhaftig rar!»

Celio entgegnete nichts auf die freundlichen Worte Formianis, machte nur wortlos eine tiefe Verbeugung vor Morosina. Diese, halb sitzend, halb stehend, einen Ausdruck des Schreckens und zugleich des Flehens im Gesicht, erwiderte seinen Gruß; doch in ihrem Inneren herrschte eine solche Verwirrung, dass diese Handlungen gleichsam ohne Zutun ihres Willens abliefen.

«Es tut mir von Herzen leid, teuerster Cavaliere», sagte Seine Exzellenz unterdessen. «Aber Ihr seht ja, ich war schon im Aufbruch, man erwartet mich im Rat. Ja, im Vertrauen gesagt, es war die Schuld meiner Frau, dass ich mich länger aufgehalten habe, als ich gesollt hätte … Oh, leb wohl!», setzte er, schon auf der Schwelle, hinzu. «Guten Tag, mein Herz, und auf Wiedersehen bei Tisch.»

Seine Schritte verhallten, Stille kehrte wieder ein in diesem Zimmer und ringsumher, und die beiden jungen Leute verharrten immer noch in ihren anfänglichen Positionen: Morosina fassungslos an die Wand gelehnt, Celio aufrecht vor ihr, zwischen Mitleid und Verachtung. Das Mädchen kam indessen so weit zu sich, dass es gewahr wurde, wo und in wessen Gegenwart es sich befand, und griff nach der Kordel des Glockenzugs.

«Das ist nicht nötig!», rief Celio mit einer solchen Grabesstimme, dass ihr der Arm mitten in der Bewegung erstarrte. «Es ist nicht nötig, Signora! Ich kam, um Reue zu wecken, nicht um mir selbst welche aufzuladen. Ich bitte Euch, beruhigt Euch und nehmt Platz.»

Morosina war zu aufrichtig und zu wenig welterfahren, um diesem tragischen Gestus zu misstrauen und den Schachzug dessen dahinter zu sehen, der die eigene Schuld auf andere abzuwälzen sucht und daher zu den schlimmsten Lügen greift; sie war völlig niedergeschmettert von diesen Worten, diesem Tonfall, diesen feierlichen Gebärden, und sank zitternd auf den Stuhl, den der Cavaliere ihr angeboten hatte.

«Hört mich an», begann dieser wieder, «hört mich an mit heiliger Geduld, nachdem Ihr ja hier die Heilige spielt. Ich will Euch jetzt nicht fragen, um welchen Preis Ihr Eure Seele verkauft habt, ob für einen großen Namen oder für den Reichtum, der Euch umgibt... Nein, ich bitte Euch nur, mich anzuhören.»

Morosina öffnete den Mund zu einer Antwort; aber vor Überraschung und Schreck blieb ihr der Sinn dieser Vorrede verborgen, weshalb sie nicht wusste, was sie sagen sollte.

«Hört mich nur ruhig an», fuhr Celio fort.

«Glaubt Ihr, die Seele des Menschen ist bloß ein Häuflein Asche, ein Windhauch, ein Nichts...? Wenn Ihr das glaubt, umso besser für Euch; Eure Seele wird nach dem Tod in Rauch aufgehen, so wie unter diesen Euren Blicken meine Rachepläne in Rauch aufgegangen sind. Doch wenn nicht alles an Euch Lug und Trug ist, wenn Ihr Euch auf dem Grunde Eures Herzens einen Rest von Gottvertrauen bewahrt habt, wenn Ihr glaubt, dass es einen Gott gibt und dass unsere Seelen unsterblich sind, oh, dann seht mir ins Gesicht, bei Gott, ja, seht mich an, wie Ihr jetzt tut, und rühmt Euch und sagt: ‹Ich habe die Seele dieses Mannes zugrunde gerichtet, wie ich meine eigene Seele zugrunde gerichtet habe!›»

«O Gott, o mein Gott, welche Lästerungen!», murmelte Morosina, für die diese Worte einen fürchterlichen Klang hatten, ohne dass sie etwas davon begriffen hätte.

«Lästerungen, hm?», erwiderte Celio in höhnischem Ton. «Aber in gewissen Lästerungen liegen Wahrheiten verborgen; und dies ist eine davon, hört sie an, Signora Formiani. Durch Eure Heirat mit dem Inquisitor habt Ihr meine Seele in ewige Verdammnis gestürzt.»

«Aber um Himmels willen, Celio, um Himmels willen!», sagte die Ärmste und wäre fast auf die Knie gefallen, bereit, alle Schuld auf sich zu nehmen, wenn das nur die Raserei beschwichtigte, von der er ihr besessen schien. «Erinnerst du dich denn nicht mehr an jenen Abend...!», murmelte sie bei sich und fuhr sich mit der Hand durchs Haar, wie um dort den Rest von Vernunft festzuhalten, den sie schon schwinden fühlte.

«Ach ja!», antwortete der Cavaliere bitter. «Jetzt kommen wir also wieder zu dieser Farce mit der Ohnmacht...»

«O Gott, o Gott», rief Morosina unter Schluchzen. «Und was Ihr an jenem Abend zu mir sagtet...? Diese Glückwünsche...?»

«Das waren die letzten Waffen, die ich einsetzte, um dich zu einer zwar späten, aber noch ehrenhaften Umkehr zu bewegen», sagte der Cavaliere. «Ich kannte ja die ganze Geschichte! Ich wusste von deiner Einwilligung in die Ehe mit Formiani! Zwei Minuten zuvor hatte Seine Exzellenz mir davon erzählt, und ich versuchte... ja, ich versuchte es in einem letzten Anlauf mit Ironie, mit Sarkasmus...! Nichts, nichts hat gefruchtet!»

«Aber ich, ich wusste damals doch noch gar nichts davon!», rief Morosina und stand angesichts dieser unerwarteten Anklage auf.

«Um Himmels willen, schweig!», sagte Celio, die Stimme senkend, «und nimm mir nicht das letzte Selbstvertrauen. Hör zu, wenn ich dich nach zwei Monaten schon so verstockt sehe in Heuchelei, kann ich an nichts mehr glauben, weder an dich noch an mich noch an Gott.»

Die Ärmste rang die Hände und konnte kein Wort erwidern, so gelähmt war sie im Inneren vor Schmerz und Empörung.

«Oh, aber ich weiß, wem ich diesen Verrat deiner Seele zuzuschreiben habe!», schrie Celio. «Dieser verruchten und widerwärtigen Exzellenzenbrut!»

«Um Himmels willen, Celio! Um Himmels willen, sei still!», bat das Mädchen, sich an ihn klammernd.

Doch er war eben jetzt von der Heuchelei zur Wahrheit vorgedrungen und war nicht zu bremsen. «Verkommenes Natterngezücht», fuhr er außer sich fort, «wir werden sie in ihrem eigenen Dreck begraben … Oder aber sie werden uns aufknüpfen mit der Schlinge des Verrats oder uns abschlachten lassen, für zwanzig Zechinen pro Mann; was soll's …? Unser Beispiel wird künftigen, glücklicheren Generationen eine Lehre sein.»

«Oh, Celio, schweig, um Himmels willen!», flüsterte das Mädchen ganz entsetzt und warf sich vor ihm nieder.

Dergestalt im Palazzo eines Inquisitors herumzubrüllen, von überwältigender Leidenschaft dazu getrieben – das war der äußerste und größte Liebesbeweis, den Celio ihr bieten konnte. Er bemerkte es erst später; aber zu diesem Gebrüll hatte er sich unbedacht hinreißen lassen; und als geschickter Fechter versuchte er nun, aus seiner Stellung den größtmöglichen Vorteil zu ziehen. Nachdem er sich mehrmals forschend umgesehen hatte, ließ er diese Zornesattacke mit einem Mal ganz fallen und setzte sich still, wie in verzweifeltem Schmerz versunken, auf einen Stuhl. So verharrte er eine Weile, die Ellbogen auf die Knie gestützt, die Fäuste gegen die Stirn gepresst, den Blick stier auf den Boden geheftet, und er wusste, dass dieser ganze Auftritt Morosinas empfindsames Herz mächtig rühren würde. Der war das Rollenfach des Zweiten Liebhabers gänzlich unbekannt, und sie erschrak allen Ernstes; abermals siegte ihre natürliche Herzensgüte über weibliche Zurückhaltung – schwankend stand sie auf und trat zu ihm hin. Der junge Mann war zur anderen Seite gewandt, schien ihre Nähe jedoch zu bemerken, denn ein Schauder lief ihm durch alle Glieder. Dann fuhr er bebend hoch wie aus einem Alptraum, warf ihr einen halb verzeihenden, halb flehenden Blick zu und brach in Tränen aus. Diese Tränen entsprangen der Reue, und sie waren echt.

Was da in Morosinas Herz vorging, können nur ähnlich geartete Seelen begreifen. Voller Mitleid sah sie ihn an; doch ein anderes Gefühl, süßer und stärker zugleich, schwang in ihrer Stimme mit, als sie ihn, um diesen Tränen Einhalt zu gebieten, etliche Male beim Namen rief. «Celio... Celio...! Hört doch auf, beruhigt Euch doch!» Da dieser heftige Schmerzensausbruch aber nicht aufhören wollte, setzte sie hinzu: «Was tut Ihr, Celio? Warum diese Tränen? Warum eine solche Schwäche bei Euch, der Ihr doch ein Mann von großem Geist und großem Herzen seid...? Um Himmels willen, sagt es mir! Seht Ihr Euch vielleicht einer großen Gefahr ausgesetzt...? So redet doch, Celio...! Sprecht offen mit mir, ich bin zwar nur eine schwache Frau, das stimmt, aber mitunter vermögen die Frauen viel, mit Tränen und mit List... Ja, ich will auch schlau sein... wenn Ihr es wollt.»

Sie verstummte, weil ihr schien, sie habe schon zu viel gesagt; Celio war höchst erfreut über die Wegstrecke, die sie ihm durch diese Wiederbelebung der früheren Zärtlichkeit abnahm; als er jedoch sah, dass sie zu weiterem Entgegenkommen nicht bereit sein würde, erkannte er, dass es an der Zeit war, das sicher Erworbene zu nutzen.

«Oh, alles hättet Ihr vermocht!», antwortete er unter Schluchzen. «Alles hättet Ihr vermocht, alles…! Warum habt Ihr mir an jenem Abend nicht offen gesagt: ‹Celio, ich verabscheue dieses Joch, das man mir auferlegen will! Ich liebe Euch, Euch will ich…! Kommt, gehen wir, fliehen wir gemeinsam!›?»

«Aber ich dachte doch, Ihr wärt mit dieser Hochzeit einverstanden», stammelte Morosina. «Ich wusste nicht…»

«Schwör bei der Seele deiner Mutter, dass du nichts davon wusstest, bevor ich es erwähnte!», rief Celio, stürmisch aufspringend, und streckte ihr seine Rechte entgegen.

«Ich schwöre es bei der Seele meiner Mutter und meiner eigenen!», antwortete das Mädchen und ergriff diese Hand.

«Dann also… wenn dem so ist… fliehen wir… fliehen wir, gehen wir weit, weit fort, wohin kein Laut aus dieser verruchten Welt dringt… fliehen wir… komm… Aber nein!», fuhr er mit veränderter Stimme fort, indem er seine Hand aus der des Mädchens zog und sie sich aufs Herz legte. «Ich bin nun verurteilt, hierzubleiben… und zu sterben!»

«Aber Celio, du phantasierst… du träumst!»

«Ich träume, ich phantasiere?», erwiderte er, wobei er einen weniger verzweifelten als vielmehr traurigen Ton anschlug. «Das weiß Gott, ob ich phantasiere; es weiß dieses Herz, das schier brechen wollte einen ganzen Monat lang, und ich glaubte, die Rache verliehe ihm Glut und Leben, dabei war es die Liebe!»

«O Celio!», rief Morosina schwer atmend und versuchte sich aus seinen Armen zu befreien, mit denen er ihren Nacken umschlungen hielt.

«Ja, die Liebe», fing er mit größerem Nachdruck noch einmal an, «die Liebe, die mich ein letztes Mal zu dir führt...! Ein letztes Mal!», wiederholte er mit gedämpfter, leidenschaftlich erregter Stimme, wobei er seine glühenden Lippen dem Gesicht des Mädchens näherte, wie um ein furchtbares Geheimnis auf kleinsten Raum zu bannen. «Ein letztes Mal, verstehst du, und dann der Tod! Der Tod, einsam, verlassen, verraten von dir und von allen; ein Tod ohne Glauben an irgendetwas, ohne deine Liebe!»

«O Celio, Celio!», rief Morosina mit der ganzen Gewalt der Leidenschaft, die unversehens aus ihr hervorbrach. «Celio», wiederholte sie im Ton sanften Vorwurfs, als ließen sämtliche Gedanken sich nur noch in diesen einen geliebten Namen kleiden.

Der Cavaliere hielt ein Weilchen inne und sah sie von der Seite an, gleichsam schwankend zwischen Furcht und Hoffnung; die Gewohnheit der

Verstellung führte ihn ein weiteres Mal vom Weg ab. «Nein, es ist nicht wahr», hob er mit dumpfer und schneidender Stimme wieder an, um den letzten Streich gegen das Herz der Ärmsten zu führen. «Nein, es ist nicht wahr, was du mir bei deiner und der Seele deiner Mutter geschworen hast! Es ist nicht wahr, was du mir jetzt mit Augen, Stimme und Gebärden sagst…! Sie ist nicht wahr, diese deine Unschuld, die du als Maske trägst, um mich in meinen letzten Tagen grausam zu täuschen! Besser wäre es, du würdest ganz offen sagen: ‹Celio, ich habe Euch nie geliebt! Geht hin und sterbt, wo es Euch gefällt, ohne mich mit Euren Klagen zu belästigen und durch Eure Raserei zu verstören…!› Nein, leugne nicht, was ich hier in deinem Namen ausspreche…! Ich bin für dich nur noch ein Nichts, und ob mich nach dem Kopfgeld begierige Sbirren oder Bauern durch die Berge von Asolo hetzen, ob man mir mit ein paar Armbrustpfeilen die Brust durchbohrt oder ob ich lebend gefasst und auf der Piazzetta gerichtet werde, das ist dir nunmehr völlig einerlei! Du liebst mich nicht mehr…! Du hast mich nie geliebt…! Und du, Patrizierin, Tochter und Frau von Patriziern, Gemahlin eines Inquisitors – zusammen mit deiner ganzen adligen Sippschaft wirst du vor Gott Rechenschaft ablegen müssen über mein Blut…!»

«Ich?», stammelte das Mädchen wankend und mit tonloser Stimme.

Da erkannte der Cavaliere, dass er nur noch ein Haarbreit vom Abgrund entfernt war, weil er einen Zügel zu straff angezogen hatte; daher beeilte er sich, diesen zu lockern und den anderen anzuziehen, um auf den Weg zurückzukehren und sein angepeiltes Ziel zu erreichen. «Ein wenig Liebe! Ein wenig Liebe!», rief er schluchzend, erneut die Stillage wechselnd. «Sie ist etwas so Heiliges, so Süßes...! Ein wenig Liebe, doch bloß, um meine Seele zu retten, nichts sonst, um mich der Verzweiflung zu entreißen...! Und du hast nicht gewollt...! Du hast zu mir gesagt: Verfall deiner Verdammnis...! Ach, wenn es hingegen wahr wäre», fuhr er wie in himmlischer Verzückung fort, «wenn du ein Engel wärst...! Nein Gott, mein Gott, uns nie mehr wiederzusehen, nie mehr...! Weder auf Erden noch im Himmel noch in der Hölle!»

Bei diesen Worten drückte Celio Morosina an seine Brust; nach der Ohnmacht, der seine düsteren Prophezeiungen sie ziemlich nahe gebracht hatten, regten sich nun, als sie von «Seele», «Rettung», «Verdammnis» reden hörte, wieder Mitleid und Liebe in ihr, stärker denn je.

«Oh, einmal, ein einziges Mal nur noch!», hob

Celio wieder an. «Sag mir, dass du mich liebst, sag es aus Erbarmen mit einem Sterbenden…! Und sollte es auch nicht wahr sein, aber sag es! Sag es, nur um meine Seele zu retten!»

«Oh, ich liebe dich, ich liebe dich!», rief Morosina mit der ganzen Aufrichtigkeit, die die Unglückliche in diesem Bekenntnis fühlte.

«Und morgen vielleicht sterben!», versetzte Celio mit einem Seufzer und drückte einen Kuss auf die hellblonden Flechten, die sich bei diesen heftigen Bewegungen gelöst hatten.

«Sterben? Oh, mein Gott, nein…! Nein, Celio!», rief das Mädchen.

«Aber du liebst mich, ist das wahr? Du liebst mich?», fragte er, als ob ihm ihre Liebe mehr am Herzen läge als sein Leben; und indem er dies sagte, wusste er nicht, ob er eine Rolle spielte oder die Wahrheit sprach.

«Ja, ich liebe dich», rief die Ärmste aus tiefster Seele und schloss ihn in die Arme.

In diesem Augenblick hörte man im Vorzimmer ein flüchtiges Geräusch von Schritten; Celio war noch geistesgegenwärtig genug, es zu bemerken und sich rasch in Ordnung zu bringen, und er bedeutete ihr, desgleichen zu tun. Die Schritte kamen näher, dann schienen sie sich zu entfernen, dann wie ungeduldig zu scharren und erneut näher zu kommen, dann noch einmal zurückzuweichen, sodass dem Mädchen ausreichend Zeit blieb, ihre Flechten wieder hochzustecken. Sie saßen beide in schicklicher Entfernung voneinander, beide reglos und still, Celio ruhig wie ein Meer nach einem Monat der Windstille, Morosina wie ein Meer, das sich nach einem Monat voller Stürme eben geglättet hat, als die Schritte sich langsam der Tür näherten, diese sich langsam in den Angeln drehte, die Portiere gehoben wurde und damit im passendsten Augenblick Chirichillo erst die Locken seiner Perücke, dann die Spitzen seiner Schuhe und schließlich die ganze restliche pechschwarze Person in den Raum schob. Und all diese Teile waren durch Gebärden und Gesten des Zögerns dramaturgisch bestmöglich aufeinander abgestimmt.

«Oh, Seine Exzellenz ist nicht hier …! Entschuldigen Sie, meine Herrschaften, haben Sie Seine Exzellenz nicht gesehen?», fragte er, wobei er sich mit leicht einfältigem Gebaren umsah.

«Nein, nein!», antwortete ihm Celio mit einer Miene, die besagte: «Verschwinde!» – «Seine Exzellenz ist im Rat, dort könnt Ihr ihn finden, wenn es Euch eilt.»

«Also gut, ich werde hier auf ihn warten», be merkte der Gerichtsschreiber mit dem größten

Gleichmut, indem er es sich auf einem reizenden Sesselchen beim Fenster bequem machte. «Na, im Grunde hat es ja gar keine so große Eile! Stellen Sie sich vor, er ist zum Präsidenten auf Lebenszeit der Accademia dei Magnifici[98] ernannt worden!»

Celio machte eine Geste, die besagen sollte: «Was gehen mich Seine Exzellenz und die Magnifici an!»

Doch der Schreiber tat, als verstünde er nicht, wandte geduldig den Kopf zum Fenster und sagte kein Wort mehr.

«O mein Gott!», murmelte der Cavaliere. «Was für eine ewige Plage dieser Schreiber aber auch ist!»

Morosina, aus der Benommenheit erwacht, die sie an Händen und Füßen gefesselt Celio ausgeliefert hatte, fand das Eintreten des Alten überhaupt nicht so unpassend, erblickte vielmehr auch diesmal in ihm ihren Schutzengel.

«Der Ärmste!», sagte sie ebenfalls leise. «Er hat mich so lieb!»

«Ich habe dich noch lieber!», flüsterte Celio ihr ins Ohr. «Ich habe dich noch lieber, und während er dich heute, morgen, immer sehen kann ... muss ich dagegen ...»

Das Mädchen sah abwechselnd Chirichillo und Celio an, aber bei diesen Worten war sie mit ganzer Seele bei dem Letzteren, und fast entsann sie sich nicht mehr, dass noch ein Dritter zugegen war, der jede Geste sah, jedes Wort hörte.

«Mein Gott, immer solche düsteren Vorstellungen!», sagte sie. «Um Himmels willen, Celio, erklärt mir Eure Vorahnungen, woher kommen sie? Welche Notwendigkeit zwingt Euch die Gefahren auf, die Ihr erwähnt? So sprecht doch!»

Auch Celio sah abwechselnd Morosina und den Schreiber an, wie um zu sagen: «Meine Liebe, bittet doch diese pechschwarze Gestalt, nach San Marco zu gehen!» Oder: «Hochverehrter Schreiber, tut mir den Gefallen und verschwindet!» Der aber sah ihn nicht, das Mädchen begriff nichts, und er musste notgedrungen seine Zuflucht bei einer List nehmen: «Das sind Dinge», sagte er so leise, dass nur das gespannt lauschende Ohr des Mädchens es vernahm, «das sind Dinge, die man nicht so offen sagen kann (und dabei sandte er verstohlene Blicke abwechselnd zu Chirichillo und zur Tür), und wenn wir allein wären…», sagte er und sah Morosina liebevoll an.

«Sprecht, sprecht!», sagte sie, unbewusst der Schläue mit Klugheit begegnend. «Tut so, als wäre der Alte gar nicht da, oder sprecht so leise wie eben.»

Ungeduldig wand Celio sich auf seinem Stuhl;

als er jedoch sah, dass er mit seinen Mitteln am Ende war, kapitulierte er auf der Stelle und vertraute Morosina an, dass ihm in wenigen Tagen unausweichlich Lebensgefahr drohe; mehr könne er nicht sagen, aber er überlasse es ihr, sich aufgrund der wenigen Worte, die ihm vor einer halben Stunde entschlüpft waren, seine Seelenqual auszumalen. Auf die wiederholten Bitten, sich dieser Gefahr zu entziehen, auf die Tränen, die, alle anderen Rücksichten missachtend, den verschwollenen Augen des Mädchens entströmten, entgegnete er, Feigheit sei ihm verhasster als der Tod, und außerdem sei ein Eid eine heilige Sache, und man dürfe ihn nicht ungestraft brechen.

«So gibt es also gar keinen Weg der Rettung?», rief sie.

«Doch, einen gibt es», flüsterte Celio, wie berauscht von Liebe. «Es gibt einen, und das wäre, dass du mit mir kommst, um mir den Tod süßer zu machen als das Leben…?! Ein Vorwand, eine Bitte, und Seine Exzellenz wird dir einen Ausflug nach Asolo gestatten…! Wer könnte dir schon eine Bitte abschlagen…? Und wenn sie dir verwehrt würde, nun gut, dann ginge Gewalt gegen Gewalt, ich selbst würde dich entführen… Früher oder später muss dieses Visier ja doch einmal hochgeklappt werden!»

Seit ein paar Minuten hatte Chirichillo sich von der Balkonbrüstung abgewandt und sich auf die Tür zubewegt, und eben als Celio diese Worte vorbrachte, trat der Inquisitor ein und maß ihn mit einem von seiner ganzen Amtswürde erfüllten Blick. Der junge Mann erbleichte und konnte sich kaum auf den Beinen halten, um vor ihm seine Verbeugung zu machen.

«Oh, mein lieber Gerichtsschreiber...! Du hier?», sagte mit halb ärgerlicher, halb spöttischer Miene Formiani. «Sag mir doch, was du hier machst? Scheint es dir ratsam, dein galliges Alter so viel der jugendlichen Freude und Kraft zuzugesellen?»

«Ich habe auf Euer Exzellenz gewartet, um Ihnen die Entscheidung der Accademia dei Magnifici mitzuteilen», antwortete Chirichillo, «die Sie zum Präsidenten auf Lebenszeit ernannt hat.»

«Also?», fragte der Cavaliere Morosina leise.

«Niemals!», antwortete diese mit fester Stimme und trat an die Seite ihres Gatten.

«Hör zu», fuhr dieser fort, «hör zu, mein Alter! Wenn die Magnifici noch einmal solche Botschaften senden, dann sorg dafür, dass mein Küchenjunge ihnen antwortet, ich hätte an einem Akademiker wie Don Gasparo gerade genug. Denn wenn diese hohen Herren alle solche Mägen haben wie der Meister, dann bräuchte ich die Einkünfte der ganzen Serenissima, um sie satt zu kriegen.»

Während dieser kleinen Rede, die offenbar nicht ganz zufällig gehalten wurde, hatte Formiani den schlecht verhohlenen Verdruss Celios, den gefassten Ernst seiner Gattin und die demütige Genugtuung Chirichillos bemerkt. Und als er hinzufügte: «Es ist Zeit, zu Tisch zu gehen, meine Herrschaften!», stand ihm das Ergebnis dieser Prüfung so klar und deutlich vor Augen wie dem Gerichtsschreiber seine Prozesse nach der zehnten Verhandlung.

«Leisten Sie uns Gesellschaft, Cavaliere?», fragte Formiani, als sie schon auf dem Treppenabsatz waren.

«Nein, Exzellenz», antwortete dieser seufzend mit einem Blick auf die Uhr und einem letzten flehenden, inbrünstigen Blick auf Morosina. Die erwiderte ihn mit einem Blick voll schmerzlicher Resignation; dann schlug sie die Augen nieder und hob den Blick nicht mehr.

«Gesegnete Mahlzeit, meine Herrschaften!», rief Celio schroff und stürzte wie wahnsinnig die Treppe hinunter.

Formiani trat ans Fenster und sah ihn in die Gondel springen, und zwar mit solchem Ungestürm, dass sie fast gekippt wäre; dann warf er sich sogleich wütend unter Deck. Von dort hörte man seine Stimme bebend und schrill, wie sie dem Gondoliere zurief: «In drei viertel Stunden in Mestre.»

«Sehr wohl, Verehrtester!», antwortete dieser, und die Gondel flog pfeilschnell davon.

«Da ist nichts zu machen! Man muss ihn ziehen lassen, den armen Jungen», sagte Formiani traurig bei sich. Als er dann sah, dass immer noch nicht angerichtet war, zog er sich in seine Gemächer zurück.

Nachdem er dort in seinem vertrauten Sessel Platz genommen hatte, fuhr er fort: «Was für eine Verwirrung, herrje! Sie ist schon wirklich eigensinnig, meine kleine Frau! Und wen trifft's? Den armen Cavaliere…! Genug; wenn der Waldvogel schlau ist, zieht er sich aus der Schlinge, und ein gewarnter Mann ist schon halb gerettet…! Aber er wird es mit mir zu tun bekommen, der teure Graf… Ich hoffe nur, dass die Straffreiheit…» Hier hatte dieser Monolog einen solchen Kampf mit den acht oder neun Zähnen des Inquisitors zu bestehen, dass nicht einmal Momolino, der beste Lauscher in ganz Venedig, auch nur eine Silbe davon verstanden hätte.

«Bernardo!», rief Formiani plötzlich.

Der war so rasch zur Stelle, als hätte er in einem Möbel im Raum gesteckt.

«Lauf und gib dem Tramontino und seinem Gefährten Order, sie sollen unverzüglich nach Fusina aufbrechen», sagte der Inquisitor. «In Asolo sollen sie dann der Signora Cecilia diesen Brief von mir übergeben, mit dem Befehl, im Notfall dessen Anweisungen strikt zu befolgen. Sonst ist ja alles klar, und im Übrigen: Eile, Verschwiegenheit, Eifer, wenn ich bitten darf.»

«Es soll geschehen!», antwortete Bernardo, und bei diesen Worten war er schon aus dem Zimmer.

«Jetzt gehen wir die Kleine trösten», sagte Formiani bei sich, und machte sich auf den Weg ins Speisezimmer. «Die Ärmste! Aber letztendlich ist sie es selbst, die sich diesen Verdruss zuzieht...! Wenn sie nur wollte...!»

VIII
Die Holzfäller vom Mantello

Hin- und hergerissen von den verschiedenen Gefühlen, die ihn der Reihe nach jeweils ganz beherrschten, bestärkte sich Celio indessen immer mehr im Entschluss zu seinem verzweifelten Vorhaben. Als Morosina ihm zum ersten Mal durch eine Ohnmacht die Schändlichkeit seiner Absichten vorgehalten hatte, war er wütend über diese Demütigung von dem Mädchen gegangen, zugleich aber voller Mitleid und Bewunderung. Nun aber hatte er mit Händen greifen können, wie groß die Liebe war, die Morosina für ihn hegte, hatte mitansehen müssen, wie sie sich nach kurzem Schwanken nur umso fester hinter dem verschanzte, was sie ihre Pflicht nannte und was für das Gros der damaligen Ehefrauen keine Pflicht, sondern eine bloße Farce war, hatte erkennen müssen, dass seine Pläne vereitelt, seine siegesgewisse und draufgängerische Liebe für immer enttäuscht waren, und das verdoppelte seine Bewunderung und seine Wut. Da endlich wurde ihm klar, dass dies keine Liebe wie alle anderen war, und er verfluchte sich ein ums andere Mal, es dem Mädchen nicht an Zutrauen und Großherzigkeit gleichgetan und geradewegs bei Formiani um ihre Hand angehalten zu haben, als dieser sie ihm beim ersten Mal so freundschaftlich vorstellte.

«Ja, das war ich!», dachte er. «Ich, ein erbärmlicher und feiger Mann, der diese verkommenen Exzellenzen zwar verachtet, aber doch mitmacht bei ihrem Spiel; wohl verabscheue ich ihre Schändlichkeit, aber nur, um mir selbst noch einmal so viel herauszunehmen, sodass schließlich jeder moralische Maßstab verloren geht und ich jene sittliche Reinheit nicht mehr erkenne, worin ich Meister sein will...! Wahrhaftig, ein würdiger Meister...! Gott strafe mich, wenn ich mich nicht geringer schätze als den heruntergekommensten und lästerlichsten Bernabotto...! Ja, meiner Treu, meine Verachtung nehme ich zurück und breite sie um mich herum...! Oh, besser, ich mache ein Ende...! Ob diese Fabii Maximi[99] nun bereit sind oder nicht, ob dieser elende Graf nun kommt oder nicht, ich werde jedenfalls vorangehen und mich töten lassen...! Besser so! Morgen entledigen wir uns des Lebens, dieser lästigen Bürde, und der Liebe gleich mit, die offenbar eine zu hohe Anforderung ist für meine schwachen Kräfte.»

Bestürmt von solch düsteren Gedanken ging Celio in Mestre an Land, mit glühenden Augen, leichenblassem Gesicht, unruhig an allen Gliedern und im Kopf wirrer denn je, gefestigt nur in dem Entschluss, sich dorthin zu begeben, wo die größte Lebensgefahr samt der baldigen und dauerhaften Lösung seiner Zweifel und Ängste lockte. Er schickte die Gondel zurück, bestieg ein Reitpferd, das seit dem Vortag im Stall des «Weißen Löwen» für ihn bereitstand, und ritt mit verhängtem Zügel in Richtung Noale. Als er in der Dämmerung dort ankam, stieg er am äußersten Rand der Ortschaft ab, wo in einem Dickicht aus Maulbeerbäumen und Rebstöcken eine kleine Hütte verborgen lag. Er ging um die armselige Behausung herum, die nach örtlichem Brauch aus Lehm und Stroh erbaut war, spähte in alle schattigen Winkel ringsum und suchte nach dem Pferdestall; doch schien nicht zu finden zu sein, wonach er suchte. Wohl stand da ein Pferd, wie sein eigenes von sehr schlankem Wuchs, das, erstaunt, sich in diesem feuchten und schmucklosen Gemäuer eingeschlossen zu sehen, verächtlich in die Futterraufe schnob; doch hielt Celio sich dabei nicht auf und setzte seine Erkundungen fort. In der Küche stieß er endlich auf das einzige vernunftbegabte Wesen, eine schlafende alte Frau. Doch wenn man diese der Erscheinung nach, welche die Natur ihr verliehen hatte, auch für vernunftbegabt hätte halten sollen, so war sie es doch in Wirklichkeit nicht; durch Tücke oder Gnade der allen gemeinsamen Stiefmutter war ihr nämlich der erbärmlichere Teil davon genommen, das, was wir Erkenntnisvermögen nennen, dadurch aber zugleich auch die Empfindung für das tiefe Elend, das in dieser Hütte herrschte, gemindert. Als Celio sie weckte, schien sie zuerst zu erschrecken, sich dann aber über seine Anwesenheit zu freuen. Doch auf seine drängenden Fragen bekam er als Antwort nur ein *Salve regina*, das die Alte mit so vielen Fehlern herunterleierte, wie ein italienischer Mund sie in einem lateinischen Gebet nur unterzubringen vermag. Ärgerlich über diese Unterhaltung stieß Celio einen Fluch aus und trat aus der Hütte, nahm dem Pferd, von dem er abgestiegen war, das Zaumzeug ab, holte das andere aus dem Stall, ohne sich die Mühe zu machen, das eigene hineinzuführen, legte ihm das Zaumzeug an, saß auf und nahm seinen aberwitzigen Ritt nach Asolo wieder auf. Bei seiner Villa angekommen, die dort gleich am Ortsrand auf halber Höhe lag, ließ er die Zügel los, saß mit einem Satz ab, und nachdem er das Tier, das ganz weiß war vor Schaum, zwei oder drei Bauern übergeben hatte, die auf das Hufegeklapper hin herausgekommen waren, stieg er zur Eingangstür hinauf, die er mit einem Schlüssel öffnete. Drinnen zündete er eine Lampe an, und nachdem er sich eiligst in Jagdmontur geworfen hatte, eilte er, ein Gewehr über der Schulter und ein Messer im Gürtel, durch einen Hinterhof wieder hinaus und erreichte, den Ort in weitem Bogen umgehend, auf verschiedenen, schwer passierbaren Wegen die Villa in Fonte. Auch dort erschien es ihm nicht ratsam, offen sichtbar einzutreten, weshalb er dicht an der Einfassungsmauer entlangging und durch eine halb hinter Brennnesseln verborgene Pforte trat und im Inneren unter einen Säulengang kam. Von dort gelangte er durch die Stallungen in einen dunklen Korridor und zu einer Treppe, die er sehr gut zu kennen schien, eilte sodann durch ein Gewirr von Korridoren und Zimmern, und so stand er schließlich im Vorzimmer des Grafen. «Marco», sagte er hier zu einem Mann, halb Majordomus, halb Sbirrenführer, der auf einem Lehnstuhl lümmelte, «ist der Herr zu Hause?»

Der Kerl richtete sich zu seiner vollen Größe von gut sechs Fuß auf, dann hob er wortlos die Portiere und öffnete die Tür zu einem Kabinett, das weniger sparsam beleuchtet war als das Vorzimmer. Celio stellte das Gewehr in einer Ecke ab und betrat den Raum; dort saß, über einen mächtigen Schreibtisch gebeugt, der überladen war mit Papieren und allem möglichen Kram, der Graf.

Der war ein unbedeutender und ehrgeiziger Mensch; und zwar so ehrgeizig, dass man ihm dieses Hauptlaster vom Gesicht ablesen konnte, trotz der Vorsicht, womit er seine vielen anderen und keineswegs geringfügigen Laster verbarg. Er mochte um die fünfzig Jahre alt sein, und die fleischigen und wulstig aufgeworfenen Lippen, die niedrige, gefurchte Stirn sowie die vorspringenden und rastlosen Augen ließen eine rohe Natur und die Borniertheit der Ansichten erkennen.

Mittlerweile hatte die patrizische Trägheit, womit seine Frau ihn angesteckt hatte, jeden Rest von Draufgängertum aus dieser Visage getilgt, das er in der Jugend vielleicht mehr zur Schau gestellt als wirklich besessen haben mochte. Wie wir wissen, war er steinreich, und da man damals mit Gold alles vermochte, hatten sich schon früh all die missgünstigen, zornigen und unzufriedenen Elemente des Provinzadels um ihn geschart, und diese schäbigen Gefühle verrührte er zu einer einzigen Empfindung des Hasses und schürte diesen zu eigenen Zwecken, in der Hoffnung, eines Tages vielleicht aus dessen Ausbruch oder auch aus dessen Eindämmung Nutzen ziehen zu können.

So sehr er im Übrigen am Beginn seines politischen Wirkens aus jugendlicher Prahlsucht oder aufgrund von Erinnerungen an jüngst erlittenes Unrecht der ersten Haltung zuneigte, so sehr tendierte er später entweder aufgrund schwindenden Muts oder dank der Einflüsterungen der Gräfin zur zweiten. Und gar jetzt, da sie ihm durch die Verheiratung der Tochter mit einem Marcoligo und durch die Nicolettos mit einer Canean Hoffnungen machte, einen Platz im Goldenen Buch einnehmen zu können, hätte er gewiss bereitwillig im Guten oder im Bösen mit diesen einstigen Gefährten gebrochen, wären da nicht auch von dieser Seite böse Überraschungen zu befürchten gewesen. Die paar philosophischen Leitgedanken, die Sekten gewöhnlich zu ihrem Credo erheben und die nur von Neulingen oder Eiferern für bare Münze genommen werden, waren in seinem Kopf nie herumgespukt; und wenn er vor Jahren gehofft hatte, durch einen gewaltsamen Umsturz an die Macht zu kommen, hätte er es nun für verrückt gehalten, an diesen gefährlichen Bestrebungen festzuhalten, wenn sich ihm durch Stimmenkauf, die Aussetzung einer Mitgift oder durch Aufnahme einer bleichen, schiefgewachsenen Schwiegertochter in die Familie ein so viel einfacherer Weg bot, einen kleinen Anteil an der Herrschaft zu ergattern. Gleichgesinnten gegenüber, deren er in Venedig viele fand, machte er aus diesem Gesinnungswandel kein Hehl, und dort bekannte er sich auch lautstark zu den neuen Prinzipien, woraus ersichtlich wurde, dass er bald mit Würde den Posten jener bekleiden könnte, deren Zaudern und Nachgiebigkeit er vor zehn Jahren so sehr gescholten hatte. Begegnete er jedoch jemandem, dessen feste und unwandelbare Gesinnung ihm bekannt war, so legte er diese zweite Maske ab und setzte wieder die erste auf; und so bestand seine Taktik darin, bei den Löwen Löwe, bei den Füchsen Fuchs zu sein.

All das hätte wunderbar hingehen können, wenn der Graf es nur mit unterwürfigen kleinen Landadeligen zu tun gehabt hätte und wenn zu dieser schwachbrüstigen Verschwörung nicht eine größere Umsturzbewegung hinzugetreten wäre; gemeint ist jene halb politische, halb philosophische Sekte, die aus Frankreich und Deutschland zu uns gekommen ist und die im Guten wie im Schlechten sehr viel zur Zersetzung des Leichnams der Serenissima beigetragen hat.[100] Als dieser Tropf von einem Grafen sich vor Jahren auf die weitverzweigte Erneuerungsbewegung einließ, glaubte er, deren mächtige Mittel zum eigenen Vorteil nutzen zu können, und erst spät wurde ihm klar, dass er durch die zahlenmäßige Übermacht und den Willen der Mehrheit erdrückt und oft zu Dingen verleitet wurde, die er gar nicht wollte. Aber die Angst vor der Geheimgesellschaft war dann im entscheidenden Augenblick stärker als alle anderen Bedenken; bloß dass er nach jeder dieser Eskapaden dann nach Venedig eilte, um dort in allen Ehren dafür Abbitte zu leisten. So glaubte er sich durchzulavieren, bis er ein Zipfelchen venezianischen Adels ergattert hätte und dadurch im Rat der Zehn oder in irgendeinem anderen Geheimtribunal auftreten könnte, um dort, beschlagen, wie er in der Materie war (der arme

Narr!), gewisse Maßnahmen zur Zerschlagung dieser obskuren Brüderschaften zu veranlassen.

So kam es, dass Celio, der einen offenen und entschlossenen Charakter besaß, von daher leicht zu täuschen, aber niemals zu beugen war, und der aus jugendlicher Unrast in diesen trüben Gewässern fischte, sich an der Seite des Grafen Carmini fand. Anfangs bewunderte er ihn wegen gewisser kühner Reden und seines rauen, kriegerischen Auftretens, das sich so sehr von der venezianischen Schlaffheit abhob. Nach und nach glaubte er jedoch zu bemerken, dass Carmini sich insgeheim Gewalt antun musste, um diese Rolle eines Gracchus[101] aufrechtzuerhalten, und schließlich schienen ihm Taten und Worte immer mehr auseinanderzuklaffen, und in Letzteren schien etwas Unaufrichtiges zu liegen, weshalb von der Loyalität des Grafen nichts Gutes zu erhoffen war. Er ließ also seinen Mitbrüdern gegenüber etwas von seinen Zweifeln durchblicken – hätte er das doch nie getan! Ein Celio Terni, ein Milchbart, ein Nichtstuer, tapfer nur aus kindischem Übermut und im Übrigen vom venezianischen Wohlleben verweichlicht, wollte seine Stimme gegen einen solchen Volkstribun erheben! Es hätte nicht viel gefehlt, und man hätte diese Verleumdung auf Ängstlichkeit zurückgeführt und auf die Absicht, sich davonzustehlen, um seine Haut zu retten; weshalb Celio, dem Grafen gegenüber misstrauischer denn je und durch die Spötteleien seiner Kameraden nunmehr besser mit den einzelnen Vorhaben vertraut, den Entschluss fasste, bei nächstbester Gelegenheit unbedingt unter Beweis zu stellen, wie viel er, der verwöhnte Milchbart, taugte und wie viel dieser ihr gereifter und unbestechlicher Tribun.

Schon seit geraumer Zeit waren in den Provinzen der Terraferma Vorbereitungen zu einem Aufstand im Gange, womit diese sich Teilhabe an der Regierungsgewalt sichern und sich aus der schmachvollen Bevormundung lösen wollten, in der sie nun schon seit vier Jahrhunderten dahindämmerten. Mit unterschiedlichen Zielen und Mitteln hatten sich der Landadel und die erwähnte neue philosophische Sekte, in der auch andere, der venezianischen Regierung feindlich gesonnene Elemente zu brodeln begannen, zu diesem Vorhaben zusammengeschlossen. Sie hatten sich nicht nur zusammengeschlossen, sondern waren vielerorts regelrecht miteinander verschmolzen, wobei jeder der beiden Teile meinte, den anderen für die eigenen Zwecke einspannen zu können, wobei sie aber ihre gemeinsame Schwäche übersahen; die bestand nicht so sehr gegenüber der

Signoria, welche bei einem Hauch des Schirokko stürzen würde, als vielmehr gegenüber dem im Müßiggang verkommenen Volk, dem Neuerungen, einerlei ob gute oder schlechte, vollkommen gleichgültig waren. Dem schenkte man aber keine Beachtung, sondern spannte, wie es so schön heißt, den Karren vor die Ochsen. Die einen wollten eine Herrschaft an sich reißen, die über eine ablehnende Mehrheit schlechterdings nicht ausgeübt werden kann; die anderen suchten nach einer Regierungsform, die von denen, über die sie ausgeübt werden sollte, weder verstanden noch gewollt wurde. Die Ersteren wollten die Menge in Sold nehmen, die Zweiten wollten sie aufwiegeln. Das Volk selbst aber in seiner vollständigen Ignoranz machte sich über die einen wie die anderen gleichermaßen lustig; und aus Anhänglichkeit gegenüber dem Althergebrachten, aus Angst vor neuen Lasten sowie aus Widerwillen gegen eine Freiheit, die ihm Mühen abverlangte, hätte das Volk, statt sie zu schüren, diese Unruhen wohl eher bekämpft, da es der verhängnisvollen Tapferkeit der Grundherren ebenso misstraute wie den ketzerischen Lehren der Sekten.

Aus purer Prahlsucht hatte Graf Fabio sich vor Jahren gerühmt, binnen vier Tagen ein Heer ausheben, am fünften Padua einnehmen und vor Ablauf des siebten Tages dort, vor den Toren Venedigs, eine Regierung einsetzen zu können, die diesen erbärmlichen Großen Rat, den Senat und den Dogen zur Abdankung zwingen würde. Seine unmittelbaren Nachbarn hatten ihm aus Dummheit geglaubt; weiter Entfernte hatten ihm, weil sie sehen wollten, wie das Experiment ausging, Hilfe in jeglicher Form zugesichert. Und so war denn dieser Plan zu einem Aufstand unter rund hundert Grafen, Marquis', Tagedieben, entlassenen Sbirren, Scholaren und Hochstaplern ausgeheckt worden. In diesen Tagen des heftigsten verschwörerischen Eifers kam auch die Verbindung zwischen Tramontino und dem Carmini zustande, die Letzterem noch so viele Gefahren und Scherereien eintragen sollte. Da Carmini aber, wie vorhin angedeutet, dank der Ratschläge seiner Frau einen bequemeren Weg gefunden hatte, seine Ambitionen zu verwirklichen, wehrte er sich seither stets dagegen, zur offenen Revolte überzugehen, und schreckte vor einem ernsthaften Versuch umso mehr zurück, als er durch Tramontinos Aussagen all seine windigen Machenschaften aufgedeckt sah. Die Beherzteren unter seinen Gefährten drangen von allen Seiten auf ihn ein und schrien, es sei an der Zeit zu handeln, wolle man dem sicheren Untergang entkommen. Celio setzte ihm mit jugendlichem Ungestüm zu und warf ihm nach so großem Geschrei in der Vergangenheit nun feiges Zaudern vor, doch der Graf hatte ihm geschickt taktierend geantwortet, vor Ablauf von zwei Monaten sei die Sache noch nicht reif, und er habe ein Wundermittel in der Hand, um unterdessen jedes Übel abzuwenden. Dieses Mittel bestand darin, alles haarklein der Inquisition zu erzählen, sich als guter Freund der Signoria zu zeigen, der sich zum Wohl der Republik auf diese Umtriebe eingelassen hatte, und anzubieten, an einem festzusetzenden Tag sämtliche Mitverschworenen an die Sbirren auszuliefern. Formiani höchstpersönlich hatte, aufgrund gewisser eigener Erwägungen, die Festnahme bis Mitte August hinausgeschoben. Unterdessen war Tramontino der Valiner entführt worden, die deswegen Lärm zu schlagen begann, und aus irgendwelchen mysteriösen Gründen war dessen Prozess im Sande verlaufen; beide Vorgänge hatten das Vertrauen der Gefährten in Graf Fabio erhöht und ihm den Ruf eines geschickten Politikers eingetragen …

«Und nun, Graf?», begann Celio und trat einen Schritt auf Carmini zu, der mit einer gewissen Verwirrung bald auf ihn, bald in ein Buch sah, das er vor sich liegen hatte.

«Und nun, Cavaliere?», antwortete der Graf,

um Zeit zu gewinnen. «Wie ist es Euch ergangen in diesen vier Wochen, die wir uns nicht gesehen haben?»

«Nicht gut, Graf», antwortete Celio gereizt. «Doch mir scheint, unsere Unterredung sollte mit anderem als mit dem Austausch von Höflichkeitsfloskeln beginnen. Seht hier!», sagte er und warf ein Dutzend Briefe auf den Schreibtisch.

«Ah, ich verstehe!», entgegnete der Graf und musterte diese kurzen chiffrierten Schriftstücke. «Morgen soll der Krawall also losgehen...! Na ja, das war ja bekannt...! Aber ich sehe keine Briefe aus Treviso.»

«Hier!», sagte der Cavaliere und legte seine Hand auf einen der Briefe.

«Sehr gut!», brummte der Graf, indem er ihn überflog. «Wir sind uns ja schon einig», setzte er hinzu. «Ihr geht nach Mantello hinauf und holt die Leute von dort. Ich werde mit meinen Männern die Gegend nach Castelfranco hin in Aufruhr versetzen, gegen Mittag kommen wir in Noale wieder zusammen und warten auf die aus der Poebene, um dann zwischen Padua und Venedig am Brenta unser Lager aufzuschlagen. Je nachdem, ob Verstärkung kommt und welche Nachrichten aus anderen Gebieten eintreffen, legen wir den weiteren Plan fest.»

«Ja», antwortete Celio, «das ist ja alles gut und schön, aber in Noale habe ich Giannozzo nicht angetroffen, wie es abgemacht war, und ich weiß nicht...»

«Ach», unterbrach ihn der Graf, «verzeiht; ich vergaß, Euch das gleich am Anfang zu sagen: Ich habe den Holzfäller über den Piave geschickt, um den Gruppen dort drüben Bescheid zu geben; also wird er Euch das Pferd im Stall gelassen haben und gleich aufgebrochen sein. Und damit hat er sich seinen Taglohn verdient, fürwahr!» –

«Mein lieber Giannozzo», dachte Carmini bei diesen Worten, «ich wäre ja verrückt, wollte ich dich in diesem Aufruhr frei herumlaufen lassen! Ich möchte nicht, dass du auf den Gedanken kommst, mir aus Liebe zu deinem geliebten Tramontino irgendeinen üblen Streich zu spielen; und zu dieser Stunde bist du hoffentlich dort unten in einem warmen Zimmer in sicherem Gewahrsam und kannst dich durch dreißig Spannen dicke Mauern mit deinem Freund unterhalten...!»

«Und wann werdet Ihr mit den Euren bereit sein?», fragte Celio.

«Gewiss bei Tagesanbruch», antwortete der Graf mit einem Räuspern.

«Bei Tagesanbruch? Aber ich sehe hier überhaupt keine Vorbereitungen!»

«Still», rief der Graf. «Ich habe meine Leute in den Gehöften ringsum versteckt… ich wollte nicht zu viele auf einem Fleck hier zusammenziehen… Ihr wisst ja, drei Grillen in einem Loch sind schnell ausgeräuchert, auf drei Löcher verteilt dagegen singt die eine und warnt die anderen.»

«Wenn das so ist, bin ich auch bei Tagesanbruch dort oben, um die Meinen zu sammeln. Das Treffen mit den dreien aus Treviso findet in Giannozzos Haus statt, nicht wahr?»

«Ja, genau. Aber wenn ich bitten darf: lieber zu früh als zu spät.»

«Seid unbesorgt! Und welchen Weg soll ich nehmen?»

«Nun…! Welchen Ihr wollt!»

«Dann gehe ich über Cornuda.»

«Vortrefflich, so könnt Ihr die Stimmung in diesen Gemeinden auskundschaften und trefft mit den Leuten zusammen, die heute Nacht den Piave überschreiten.»

«Umso besser; ich gehe. Apropos, wo finde ich Gewehre?»

«Sie sind schon seit zwei Tagen oben im Haus von Giannozzo.»

«Gut», erwiderte Celio im Gehen. «Auf Wiedersehen morgen in Noale, Herr Graf, wenn das Glück Euch hold ist, was ich Euch wünsche.»

Marco war nicht mehr im Vorzimmer, das nun völlig im Dunkeln lag; tastend fand Celio trotzdem den Weg zurück, den er gekommen war, öffnete die kleine Pforte und trat auf die Straße hinaus. Ins Freie gelangt, wandte er sich kopfschüttelnd zum Haus des Carmini um und murmelte: «Gott verzeihe mir, aber der Graf hat so etwas Lustloses…! Doch sei dem, wie es wolle!», setzte er mit einem Achselzucken hinzu und machte sich auf den Heimweg. «Der Reigen ist eröffnet, und nun heißt es tanzen!»

Er blieb bis tief in der Nacht wach, reinigte seine Waffen und brachte einige Papiere in Ordnung, viele verbrannte er auch, dann warf er sich vollständig angekleidet aufs Bett, um wenigstens bis zwei Uhr zu ruhen. Von Einschlafen konnte allerdings nicht die Rede sein, da ihm so viele Sorgen und Gedanken im Kopf herumgingen, dass der zu zerspringen drohte, sowie er ihn aufs Kissen betten wollte. Um Mitternacht lag er immer noch so da und verfluchte bei sich seinen Kleinmut, durch den er Morosina auf ewig verloren hatte. «Auf ewig…!» Lang verweilte er bei diesem Wort, drehte und wendete es und betrachtete es von allen Seiten, und immer erschien es ihm fürchterlich, schmerzlich, unwiderruflich. Auf ewig…! Da kamen ihm Paradies und Hölle in den Sinn, das zügellose Leben, das er bisher geführt hatte, Gott, der straft und der belohnt, und als er bedachte, dass er morgen in Lebensgefahr geraten würde, bereute er, nicht gebeichtet zu haben. «Wer weiß? Vielleicht stimmt es ja!», dachte er. «Auf jeden Fall wäre es gut, einen Fuß im Steigbügel zu haben …! Aber für diesmal mag es hingehen …! Man sagt ja, auch tiefe Zerknirschung über die eigene Schuld genügt, und sollte ich in die Lage kommen, würde ich diese Zerknirschung sicher verspüren … Arme Morosina, dass wir auch im Paradies nicht zueinanderfinden sollen!»

So, hin- und hergerissen zwischen Resten von Kinderfrömmigkeit, den bequemen Glaubensauffassungen der eleganten Welt und Liebeswahn, hörte der Cavaliere es ein Uhr schlagen, dann zwei. Da stand er auf, brachte seine Kleidung in Ordnung und bewaffnete sich bis an die Zähne; er trat aus dem Haus und nahm den direktesten Weg ins Gebirge.

Doch in diesen wenigen Stunden hatten sich in der Villa in Fonte viele Dinge zugetragen, die angezeigt sein wollen, damit die Erzählung gleichmäßig voranschreiten kann.

Kaum war der Cavalier Terni durch das geheime Pförtchen auf die Straße hinausgeschlüpft, zeigte sich an einem Türspalt im Vorzimmer des

Grafen vorsichtig und schüchtern ein Köpfchen; das war Momolino, der Adoptivsohn im Hause Carmini, der Pylades[102] des unschuldigen Nicoletto. Hinter seinem schmächtigen und bartlosen Knabengesicht türmten sich in markantem Gegensatz dazu drei enorme, furchterregende Visagen auf. Das eine war Marco, der Sbirrenführer des durchlauchtigsten Grafen, und sein Gesicht trug den Ausdruck primitiver Gewalttätigkeit; das andere war Giannozzo, der Holzfäller vom Mantello – Hass und Rachedurst standen ihm in furchtbaren Lettern auf die Stirn geschrieben und glommen in seinen Augen; das dritte Gesicht war unter einer Samtmaske verborgen, auf die sich die Krempe eines unförmigen Hutes herabsenkte, ein leichter Mantel aus schwarzem Wollstoff fiel von den Schultern. Das von der schmalen Türöffnung gerahmte Gemälde war von oben erhellt durch eine Lampe, die der im Mantel über die Köpfe der anderen erhoben hielt. Momolino tat zwei wirklich winzige Schrittchen vorwärts, dabei zugleich in alle Richtungen spähend, mit weit aufgerissenen, vorquellenden Augen, gespitzten Ohren und angehaltenem Atem, ein Bein in der Luft.

«Vorwärts, Hasenfuß!», knurrte Giannozzo ihm leise ins Ohr; und die Aufforderung wurde begleitet von einem groben Stoß, der Momolino auf seinen eigentlichen Posten beförderte, nämlich mit dem Auge genau vor dem Schlüsselloch der Tür zum Kabinett.

Bei diesem Geräusch blickte der Graf von seinen Papieren auf. «Marco!», rief er.

«Hier bin ich, Durchlaucht!», antwortet dieser mit einem Grinsen zu seinen zwei Begleitern. «Zu Diensten, Euer Gnaden.»

«Gut, gut!», sagte Carmini. «Rühr dich nicht vom Fleck, bis ich es dir befehle.»

Zitternd wie Espenlaub zog Momolino sich vom Schlüsselloch zurück und näherte sich dem Ohr des Maskierten.

«Es sind die Papiere, die er auf dem Schreibtisch bereitgelegt hat», flüsterte er, «aber sputet Euch, denn er hat Feuer gemacht und schickt sich an, sie zu verbrennen.»

«Ist gut», erwiderte der Unbekannte und ging mit den beiden anderen voran; während sich Momolino, sobald er sah, dass der Ausgang frei war, aus dem Staub machte. Im selben Augenblick hatte Giannozzo mit einer Hand die Tür zum Kabinett aufgestoßen und sich mit einem Messer in der anderen Hand auf den Grafen gestürzt. Er hatte ihn bei der Gurgel gepackt und ihm zugeraunt: «Keinen Mucks!»

Selbst wenn er es gewollt hätte, hätte der Graf

keinen Mucks von sich geben können; den Kopf auf den Tisch niedergedrückt, erwartete er jeden Augenblick, den kühlen Stahl der Klinge, die er mit einem Male jählings in der Luft hatte aufblitzen sehen, an der Kehle zu spüren. Doch daraus wurde nichts. Er fühlte nur, wie sich eine Binde um seine Schläfen legte, ihm ein Seil um Hände und Füße geschlungen und ein Knebel in den Mund geschoben wurde. Niemals hätte der gute Graf gedacht, dass der treue Marco ihm für die geringe Entlohnung von fünfzig Zechinen eine derartige Behandlung angedeihen lassen könnte. Der Maskierte hatte indessen auf dem Schreibtisch die von Momolino genannten Papiere zusammengerafft und in einen Sack gesteckt, den er unter dem Mantel trug. Als alles erledigt war, ging er hinaus, die anderen beiden hoben den Grafen hoch und folgten ihm. Als sie durch das Pförtchen, das auch dem Cavalier Terni so vertraut war, auf die Straße hinausgetreten waren, wollte der Sbirrenführer es schließen.

«Warte!», flüsterte der Maskierte ihm zu, löschte die Lampe und trat zu ihm hin, wie um die Tür zu schließen; doch sobald er dicht bei ihm war, holte er eine Faust unter dem Mantel hervor und schlug ihm damit so hart und gezielt auf den Schädel, dass der treue Marco keine Zeit fand, sich zu schützen oder auch nur ein Stoßgebet zu sprechen. Wie tot sackte er nach hinten und ließ dabei die Schultern seines Herrn los, der seinerseits mit dem Kopf auf der Stufe aufschlug und aus seiner Kehle ein Gurgeln vernehmen ließ, das ganz bestimmt nicht von Wohlbehagen herrührte. Der Unbekannte packte den Körper des Sbirren an den Beinen, schleifte ihn durch das Türchen nach innen und schloss es dann hinter ihm. Dabei brummte er: «Bleib da liegen, du Judas, so bist du noch einmal zu gebrauchen, und von den fünfzig Zechinen, die du kassiert hast, kannst du dir die Nase und die vier Zähne, die dir fehlen, richten lassen!»

Dann packte er den Grafen an den Schultern, und so trugen er und Giannozzo ihn gute zwei Meilen weit, schneller, als man bei einer solchen Last hätte vermuten sollen. Als sie in einem Tal in ein Kastanienwäldchen gelangten, verließ Giannozzo seinen Gefährten einen Augenblick und kam bald darauf zurück, drei Maultiere am Zügel führend.

«Es war abgemacht, dass der Cavaliere zu dir nach Haus kommt, nicht wahr?», flüsterte der Maskierte Giannozzo ins Ohr.

«Ja», antwortete dieser, «so will die Ratte es da oben am Schlüsselloch gehört haben.»

«Nun gut, wohlan und frisch ans Werk!», erwiderte der andere immer noch leise.

Sie luden den Grafen auf eins der Reittiere, ungefähr so, wie Mazeppa[103] dargestellt wird, und nachdem sie ihn gut festgebunden hatten, bestiegen sie die beiden anderen Tiere und ritten in munterem, sicherem Trab davon. Bei Mondenschein ging es auf verlassenen Wegen, über einsame Felder und taufunkelnde Wiesen dahin, und so gelangte der kleine Zug schließlich bis an die Grenze des Mantello, wo Giannozzo seine Hütte hatte. Dort legten sie ihre Last, die wie ein Kohlesack in ihren Armen hing, in einem Hinterzimmer ab, und nachdem einige Fesseln, die sich durch das Gerüttel unterwegs gelockert hatten, wieder festgezurrt waren, nahm man dem armen Grafen den Knebel aus dem Mund und fragte ihn, ob er das Unglück habe, noch am Leben zu sein. Diese Frage richtete Giannozzo mit ausgesuchter Liebenswürdigkeit an ihn, doch als Carmini nicht antwortete, zog der im Mantel ärgerlich eine Flasche Schnaps aus seiner Jacke hervor und übergoss ihm damit großzügig Nase, Mund und Gurgel. Erst da schüttelte der Unglückselige sich und murmelte ein klägliches «O Gott!», wobei er vor Schmerz eine Grimasse schnitt, weil seine Zunge vom Druck des Knebels immer noch gelähmt war.

«O Gott», wiederholte Giannozzo, wie um ihn nachzuäffen. «Hat man den Grafen je mit so sanfter Stimme sprechen hören! Bleiben Sie ein, zwei Wochen bei uns, und wir werden Sie besser singen lehren als Ihr allerliebstes Töchterlein, wenn sie ihre Verehrer bezirzt!»

«Still!», rief Tramontino, den Finger auf den Lippen.

Der Graf machte eine Bewegung, wie um zu erproben, wie weit er sich bewegen konnte; der Versuch fiel nicht zu seiner Zufriedenheit aus, und er wiederholte dieses «O Gott» in weinerlicherem Tonfall.

«Hab ich dir's nicht gesagt?», fing Giannozzo mit verstellter Stimme wieder an. «Hör doch nur, was für eine Nachtigall…! Armer Mann! Aber trösten Sie sich, spätestens morgen wird ein guter Arzt Sie von allen Leiden kurieren…!»

Bei diesen Worten machte Giannozzo zu seinem Gefährten gewandt eine Bewegung, wie die Köchin, wenn sie dem Huhn den Hals umdreht, und unter der Maske hervor erschallte ein teuflisches Lachen. Der Graf wurde seinen eigenen Gedanken überlassen, und die beiden Entführer kehrten in das vordere Zimmer zurück, wo sie sich auf ein Strohlager warfen und zu schlafen versuchten. Der Schlaf des Maskierten schien jedoch nicht allzu fest zu sein, denn als zwei Stunden später draußen dreimal ein ganz leiser Pfiff ertönte, sprang er mit einem Satz auf, rüttelte Giannozzo am Arm und rief: «Da ist er, da ist er!»

«Wer...? Was...?», fragte der Holzfäller, sich die Augen reibend. «Ach ja, ich gehe schon!», sagte er, sobald er Heute und Morgen wieder ins richtige Verhältnis zueinander gesetzt hatte. Während sein Gefährte nach dem Grafen sah, trat er aus der Hütte hinaus und ging dem Cavalier Terni entgegen, der sich ganz verwundert nach allen Seiten umsah; wo er Aufruhr und Getümmel erwartet hatte, lag alles still im Schlaf, und er fragte sich schon, ob diese Helligkeit, die dort hinten heraufzog, die Morgendämmerung war oder doch eher der Mond und ob er sich nicht vielleicht um zwei Stunden vertan hatte. Als er Giannozzo sah, war er etwas erleichtert, und ein Lächeln umspielte seine Lippen.

«Signor Cavaliere», sagte der Holzfäller.

Sehr irritiert ging Celio ihm entgegen, Gesicht und Stimme angespannt. «Seid ihr also bereit? Wohlan, es ist Tag!», sagte er. «Die aus Treviso können jeden Augenblick kommen!»

«Viva San Marco!», rief Giannozzo und warf seinen Hut in die Luft.

«Was faselst du denn da von San Marco?», fragte

Celio, der diesen Ruf für einen Scherz nehmen wollte, aber das Lachen blieb ihm in der Kehle stecken.

«Ich lasse den guten San Marco hochleben, der uns armen Schluckern Gerechtigkeit gebracht hat», entgegnete der Holzfäller, «und uns erlaubt, im Mantello Holz zu schlagen wie seit eh und je.»

«Ach was, du machst nur Spaß, Giannozzo», sagte Celio und setzte den Fuß auf die Schwelle der Hütte.

«Spaß ist es wohl, aber er geht ans Leben», antwortete der andere, ihn am Arm zurückhaltend. «Inzwischen rate ich Ihnen zu Ihrem Besten, wieder ins Bett zurückzukehren, Verehrtester...!»

Celio schnaubte vor Wut, als er den Mann so reden hörte; er sah sich nach allen Seiten um, als hoffe er, seine Verbündeten aus Treviso, mit denen diese Stelle für drei Uhr als Treffpunkt vereinbart war, zwischen den Eichen hervorspringen zu sehen wie die Seelen im Zaubergarten der Alcina.

«Halten Sie Ausschau, ob die Freunde kommen?», fragte Giannozzo, indem er mit spöttischer Geste nach Osten wies.

«Ja, und ich schaue, wohin es mir beliebt!», rief Celio aufsässig.

«Nun, so will ich Ihnen sagen, wie die Dinge liegen», sagte Giannozzo. «Die Herrschaften können nicht kommen, weil sie verhindert sind. Stellen Sie sich vor, gestern Abend waren sie alle mitsammen bei den Herren Inquisitoren in Venedig geladen!»

«Ah, Verräter!», schrie Celio und streckte den Holzfäller, dessen Riesenkräfte durch Überraschung bezwingend, am Eingang der Hütte nieder.

«Immer gemach mit diesem ‹Verräter›!», ertönte eine Stimme aus dem Inneren, und der Mann mit der Maske trat an die Schwelle. «Denken wir erst ein wenig nach, bevor wir dieses Schimpfwort vergeben.»

Beim Ton dieser Stimme lockerte der Cavaliere den eisernen Griff, mit dem er Giannozzo umklammert hielt, woraufhin dieser sich zähneknirschend aufrichtete und gewillt schien, es ihm heimzuzahlen.

«Sache, sachte, Bergwolf!», sagte da der Unbekannte zu ihm. «Der Cavaliere hat so unrecht nicht, ich hätte ihm die Sache erst auseinandersetzen sollen. Das will ich nun tun. Hören Sie also gut zu, Signor Cavaliere! Lassen wir einmal beiseite, dass nicht Ihre, aber die Absichten von euch Herren im Allgemeinen nicht frei sind von persönlichem Interesse; lassen wir auch ein paar Gelegenheiten beiseite, bei denen unsere Abmachungen schmählich verraten wurden, lassen wir all das beiseite; trotz alledem, das dürfen Sie mir glauben, hätten diese braven Leute niemals den Eid, den sie mit dem Herzen geschworen haben, für Geld gebrochen. Wollen Sie sehen, wer der Verräter ist?»

Celio zögerte, die Hand zu ergreifen, die der Unbekannte ihm entgegengestreckte; er glaubte einen alten Bekannten in ihm zu erkennen und doch auch wieder nicht. Schließlich nahm er die Hand und ging hinter ihm in die Hütte.

«Still», sagte der andere und trat leise an einen Spalt in der Tür, durch den man in das zweite Zimmer sehen konnte. «Schauen Sie – aber keinen Ton!»

Celio legte das Auge an den Spalt. «Wusste ich's doch!», rief er, aber die Hand seines Führers verschloss ihm den Mund.

«Er ist es, der Sie, mich, alle verraten hat!», fuhr der andere leise fort, und als er ihn wieder hinaus ins Freie geführt hatte, lüftete er ein wenig die Maske, sodass Celio den Tramontino erkannte. «Erschrecken Sie nicht!», sagte er mit einem wehmütigen Lächeln.

«Ich fürchte nichts!», entgegnete Celio wütend. «Aber dem da könnte ich die Kehle durchschneiden!» Dabei versuchte er sich aus Tramontinos

Griff zu befreien und in die Hütte zurückzukehren.

«Nein, nein, beruhigen Sie sich!», sagte dieser. «Er ist gut aufgehoben, und dafür, dass er der Spion war, bekommt er auch kein luftigeres Gefängnis als die anderen... Aber Sie sollten sich unterdessen aus dem Staub machen, das Klima hier ist nicht bekömmlich... Still», flüsterte er ihm ins Ohr, «es ist Seine Exzellenz der Inquisitor, der Ihnen durch meinen Mund diesen Rat gibt... Die Sache wird sich nicht sehr in die Länge ziehen...! In zwei Monaten ist alles abgetan... unterdessen aber brav sein, ein gutes Pferd, und ab geht's, ein kleiner Ritt übers Gebirge nach Tirol. Aber vor allem, wenn ich bitten darf, ein Schloss vor den Mund, und danken Sie dem Himmel und ein paar Freunden, Cavaliere, dass Sie als Einziger, ja, Sie ganz allein, um diese Stunde nicht im Käfig sitzen.»

Als Celio dies vernommen hatte, überlegte er kurz, dann sagte er entschlossen: «Leb wohl, Tramontino! Pass auf, dass dir die falsche Natter nicht entschlüpft... Ich hatte ihn ja schon ein Weilchen im Verdacht...!»

Giannozzo schaute den Cavaliere immer noch finster an und schien nicht bereit, ihn in Frieden ziehen zu lassen.

«Komm, komm, weniger Hochmut, tu deine Pflicht!», sagte Tramontino scherzend zu ihm.

«Gute Reise», knurrte da der Holzfäller mit einem Blick, der einen ganz anderen Wunsch zum Ausdruck brachte.

«Danke!», antwortete Celio traurig. «Danke, Giannozzo, und sei mir nicht bös, wenn ich dir, ohne es zu wollen, Unrecht getan habe ...!»

«Ach, wo denken Sie hin!», antwortete Giannozzo erfreut und hochzufrieden über diese Entschuldigung. «Gute Reise», wiederholte er, und diesmal kam der Wunsch von Herzen.

Sein Schicksal verfluchend, das neues Leid und Gott weiß wie langes neues Leben für ihn bereithielt, wo er doch gehofft hatte, für immer den Frieden des Jenseits zu erlangen, ging Celio den Weg zurück, den er gekommen war. Solange der Weg am Rand des Mantello entlangführte, war auf den schattigen und verwilderten Waldpfaden ein Kommen und Gehen von Leuten, die sich zusammenschlossen, in Grüppchen beieinanderstanden und wieder auseinandergingen, bei jeder Ansammlung von Hütten ertönten fröhliche Stimmen, und von Tal zu Tal erscholl es: «Viva San Marco», dem ein melancholisches Echo antwortete, wie um die Entweihung dieses Rufs anzuprangern, der mit den glorreichen Tagen von

Morea untergegangen war. Es waren die ersten Holzfäller, denen Giannozzo schon am Vorabend den allergnädigsten Senatsbeschluss mitgeteilt hatte, wodurch wieder Gesetz wurde, was seit jeher Brauch gewesen, und die erzählten es den anderen, und alle miteinander drängten sich um den Boten des Podestà, der durch ihre Dörfer eilte, um den Erlass der Signoria öffentlich anzuschlagen.

«Von wegen Erhebung zum Aufstand! Festtagsgeläut gibt es heute», hieß es allerorten. «San Marco ist noch immer so wie früher.»

«Seht ihr?», sagten die Alten. «Nur Geduld ist vonnöten, Kinder; im Guten erreicht man alles.»

«Ach ja, im Guten, hm…? Angst hatten sie… so liegt die Sache. Meint ihr, wenn wir nicht die Zähne gezeigt hätten, wäre uns diese Gnade in den Schoß gefallen…?!»

Und so waren die einfachen Landleute überzeugt, sie bräuchten nur ihre Axt zu erheben, um den Brotpreis zu drücken und von der Signoria alle erdenklichen Vergünstigungen zu erlangen. Ja, es gab sogar welche, die in den Jubel über diesen ersten Sieg Klagen über den hohen Salzpreis mischten und schließlich andeuteten, man könne ja einen Versuch unternehmen, diesen auf ein gerechtes Maß zurückzubringen.

Während er an diesen Menschengruppen vorüberging, die den Hut vor ihm zogen, ihm nachschauten, nach seinem Namen fragten und diesen voreinander wiederholten, vernahm Celio nur ein einziges Mal den Namen Carmini, und zwar von einer kleinen Familie, die sich hinter einer Hecke zum Frühstück niedergelassen hatte und ihn nicht bemerkte. «Was wird Graf Carmini von uns denken?», fragte einer mit offenbar jugendlicher Stimme.

«Nichts, gar nichts, sei ganz unbesorgt!», antwortete ein anderer, welcher der Vater oder Großvater des ersten Sprechers sein mochte.

«Wie, nichts...? Ja, wisst Ihr denn nicht, dass er eben heute...»

«Ja, freilich, aber weißt du denn nicht, dass der Graf ein viel größerer Freund von San Marco ist, als wir seit gestern Abend...? Viva San Marco!», rief der Alte.

«Viva, viva!», antwortete die ganze Familie im Chor.

Celio beschleunigte den Schritt, den Kopf von Gedanken schwer, das Herz zerrissener denn je zwischen zwei furchtbaren Leidenschaften: Liebe, der er weder Einhalt gebieten noch Erfüllung verheißen konnte, und Wut, die vom Gedanken an den Verrat des Carmini sowie die eigenen zerronnenen Träume immer noch weiter geschürt wurde. Nach und nach aber begann ein anderer Verdacht an seinem Gewissen zu nagen, subtiler und giftiger als jeder Schmerz. «Ich allein», dachte er, «ich allein bin davongekommen...! Alle anderen sitzen im Käfig, wie Tramontino sagt; und ich... Teufel, und wenn die da drin denken sollten... Aber nein, das ist ganz ausgeschlossen...! Ausgeschlossen? Im Gegenteil, sie hätten nicht einmal unrecht», setzte die Vernunft, diese unerbittliche Scharfrichterin, hinzu. «Du, werter Cavaliere, vergnügtest dich in Venedig, als der Befehl, deine Komplizen zu verhaften, schon ergangen war. Ja, obendrein warst du im Haus des Inquisitors, begreifst du?, während deine Mitverschworenen vielleicht einzeln, zu zweien oder zu dritt in die Gondeln des Geheimtribunals steigen mussten...! Vielleicht gingst du im selben Augenblick als freier Mann aus Venedig fort, als sie von den Sbirren dort hingeschleift wurden...!»

Wenig fehlte, und er hätte dem Impuls eines Augenblicks nachgegeben und sich mit einer Unze Blei aus der Welt geschafft; aber diesen seinen Freitod hätte man auf späte Reue und unerträgliche Beschämung zurückführen können, und dann...? Und dann...? In der Tiefe seines Geistes erblickte er einen Lichtschimmer, das war die Hoffnung... und unter diesem einen Namen: Morosina.

«Ich weiß, was ich zu tun habe!», sagte er beim Betreten seines Palazzos in Asolo.

Eine halbe Stunde später brach er zu Pferd von dort auf und machte sich auf den Weg nach Venedig, als er von vier Sbirren angehalten wurde, die ihn im Namen der Serenissima verhafteten und ins Gefängnis des Podestà brachten.

IX

Wer andern eine Grube gräbt, fällt selbst hinein

Keine zwanzig Minuten waren seit Celios Aufbruch vergangen, da zogen Tramontino und Giannozzo, nachdem sie die Maultiere hervorgeholt und ihnen die sorgfältig gefesselte, geknebelte und zugedeckte Last wieder aufgebürdet hatten, zum Piave hinunter. Ihr Weg führte sie durch den Wald von Mantello, damals dicht bestanden mit riesigen, jahrhundertealten Eichen und daher noch würdig, als Vater der Galeeren des großen Morosini gepriesen zu werden.[104]

In den letzten hundert Jahren sind Wälder und Menschen zusehends kleiner geworden, und heute ist auf Kanzeln und in Zeitungen viel davon die Rede, die einen wie die anderen zu alter Größe zurückzuführen; doch zum Ruhm dieses viel geschmähten Adamsgeschlechts muss gesagt werden, dass die Menschen davon bisher mehr profitiert haben als die Pflanzen. Damals allerdings war der Mantello noch ein Wald von majestätischen Ausmaßen und lieferte dem Arsenal von Venedig alljährlich reichen Tribut an Schiffsbauholz, wovon ein Teil auf den Docks verfaulte, ein Teil in den Küchen der Aufseher, Reeder und Kapitäne verheizt wurde, ein Teil schließlich, wirkliches Ausschussmaterial, zum Ausbessern alter Wracks oder zum Bau irgendwelcher neuer Gerätschaften verwendet wurde. Aber die Lustlosigkeit der Arbeiter und die Stümperei der Baumeister wetteiferten darin, die Lagune mit nie gesehenen Schiffsungetümen zu bevölkern, die nicht imstande waren, sich vorwärtszubewegen, geschweige denn zu manövrieren. Indem sie sie dergestalt der Unbequemlichkeit ihres Dienstes enthoben, erwarben sie sich große Sympathien bei den Seeleuten, allergrößte Sympathien bei den Schiffsoffizieren, die so unbehelligt ihren süßen Liebeshändeln mit den schönen Venezianerinnen frönen konnten. Nichtsdestotrotz blickte die Signoria, die sich auf die dreizehn Jahrhunderte ihres Bestehens und ihre sprichwörtliche Weisheit recht viel einbildete, auch weiterhin mit Genugtuung auf die Zahl ihrer Schiffe (von denen nicht wenige unentwegt auf der Werft zu Hause waren) und betrachtete wohlgefällig und mit mütterlichem Blick ihre sechstausend Kanonen, die allesamt sorgsam vor Sonne und Regen geschützt unter dem Dach des Arsenals standen. Das Meer schließlich, alljährlich einmal mittels des Durchlauchtigsten Dogen mit der Republik vermählt, hielt der geifernden Gemahlin eben jene Art von Treue, wie sie nach venezianischer Sitte zwischen Mann und Frau damals üblich war.[105]

Unterdessen hatten die beiden Holzfäller am Ufer des Piave eine dieser Barken losgemacht, wie sie für die Gegend charakteristisch sind: mit geringem Tiefgang, die Seitenränder zum Heck hin abflachend und ohne jeden Pechanstrich, die man ihrer Leichtigkeit wegen in diesem Abschnitt des Flusses zu verwenden pflegt, wo er noch mehr reißender Gebirgsbach als majestätischer Strom ist. Nachdem sie dem Maultier seine Last abgenommen und diese sorgsam im vorderen Teil des Bootes verstaut hatten, stieg Giannozzo mit den Reittieren wieder die Böschung hinan. «Leb wohl, Gevatter!», rief er. «Meine Zeche kannst du bezahlen; wenn du zum Pfarrhaus kommst, dann sag dem Erzpriester, er soll dieses Huhn bloß nicht mästen; es frisst schon seit fünfzig Jahren Reis und dürfte ein rechter Leckerbissen sein.»

«Überlass das nur mir», antwortete Tramontino mit dumpfer Stimme. Dann erhob er sich zunächst auf die Zehenspitzen, packte die Stange an ihrem oberen Ende und stieß sie kräftig in den Grund; je weiter der Stoß ihn hinaustrug, desto tiefer duckte er sich nach und nach hinunter und warf sich mit den Schultern gegen die eine und die andere Bootswand, um das Fahrzeug auf Kurs zu halten, und so trug die reißende Strömung ihn rasch davon.

O Wunder: In diesem von aller Frischluftzufuhr abgeschnittenen Loch war der Graf weder gestorben noch ohnmächtig geworden; wenngleich etwas entgeistert, stellte er doch ziemlich folgerichtige Überlegungen an. So begriff er zum Beispiel, dass dieser letzte anspielungsreiche Dialog seiner Wächter nichts Gutes verhieß, und hatte Verstand genug, deswegen an allen Gliedern zu zittern. Verflucht, der Vergleich mit dem Huhn war doch zu heikel ...! Sei es nun durch Einbildungskraft oder durch die Wirkung des Knebels, jedenfalls glaubte er schon zu spüren, wie ihm jeden Augenblick der Hals umgedreht wurde. Solange diese unangenehme Empfindung anhielt, konnte er sich mit nichts anderem beschäftigen; aber nach etwa einer Stunde ließ das nach, und er konnte seiner Einbildungskraft etwas Abwechslung gönnen…! «Teufel, wer die zwei wohl sein mögen?», dachte er. «Besser gesagt, dieser eine hier, denn der andere ist ja zurückgeblieben, als sie mich ins Boot schafften… Raue Hände hatten sie…! Ich möchte wetten, das ist ein Akt der Vergeltung meiner teuren Mitverschworenen…! Bestimmt haben diese Laffen in Venedig den einen oder anderen entwischen lassen…! Man denke nur, den Cavalier Terni, zum Beispiel… Uah!»

Bei diesem Gedanken verspürte er erneut einen Druck an der Gurgel. Kaum bekam er wieder Luft, fuhr er fort: «Wohin sie mich wohl bringen…? Ob das wohl der Piave ist oder der Brenta? Wie soll ich das nach so langer Bewusstlosigkeit und dem Im-Kreis-Gehen dieser Mulis wissen…? Und doch dürften wir noch nicht so lange unterwegs sein, weil mein Magen nicht die geringste Empfindung von Hunger zeigt. Und dann dieser verdammte Fluss!», fing er wieder an. «Der nimmt ja gar kein Ende mehr…! Und wer weiß, wo wir landen…! Ah!», sagte er, nicht mit den Lippen, das war ihm verwehrt, sondern in seiner von namenlosem Schrecken erschütterten Phantasie. «Bestimmt ist das der Brenta, bestimmt der Brenta!» Da flackerten vor seinem völlig verängstigten Geist Bilder von den gar grausamen Torturen auf, die besagte Sekte, der er, der kluge Mann, sich törichterweise angeschlossen hatte, über Verräter verhängt. «Nach Ferrara, nach Ferrara, vor das Ordenstribunal bringt man dich», schrie sein Gewissen in den gellendsten Tönen.

Ein weiteres Mal wurde der Graf von der Qual des Denkens erlöst. Wie lang diese Bewusstlosigkeit anhielt, konnte er nicht ermitteln; ihm schien aber, ziemlich lang, denn beim Erwachen verspürte er trotz des Schreckens und trotz der Schmerzen am ganzen Leib quälenden Hunger. Und als eine nicht eben anmutige Hand ihm den Knebel aus dem Mund nahm und einige Bissen kalten Fleischs und ein paar Löffel Suppe hineinschob, schluckte er alles hinunter, ohne Angst vor Schierling oder sonstigen Giften zu empfinden. Er wollte auch ein Gespräch anknüpfen, wurde aber schon bei der ersten Silbe durch ein herrisches «Still!» entmutigt. Der Knebel wurde ihm wieder in den Mund gestopft, und die Flussfahrt ging weiter. Da bemerkte er am Ruderschlag, der das Stoßen mit der Stange abgelöst hatte, sowie an der geringeren Fahrtgeschwindigkeit, dass der Wasserlauf sich geändert und die Zahl der Flussschiffer zugenommen haben musste. Im Übrigen herrschte überall ringsum vollkommene Stille, und es gab keinerlei Anhaltspunkte, um herauszufinden, ob Tag oder Nacht war. Das Boot wurde immer langsamer, bis eine Brise seinen Lauf vollends zu hemmen schien. Doch da verdoppelten die Ruderer ihre Anstrengungen, und bald darauf drang an die angestrengt lauschenden Ohren des Grafen ein fernes Raunen, wie von Leuten, die unentwegt leise miteinander sprechen. «Was mag das sein...? O Jesus Maria, steht mir bei...! Ich bin wohl ein Sünder, indes...»

Dieses Stoßgebet wurde von zwei Fäusten unterbrochen, die ihn grob am Kragen packten. Er wurde ein wenig hochgehoben, dann herabgelassen; an den Füßen spürte er eine Unheil verheißende Kühle, die höherstieg und durch die Kleider drang, bis auch sein Kopf untergetaucht wurde und ihn zugleich mit der Erkenntnis, dass, was ihm den Atem raubte, Wasser war, eine dritte Ohnmacht überkam; und er glaubte, durch Ertrinken oder Panik sei es nun wirklich zu Ende mit ihm. Als er erwachte, war er allerdings am Leben, soweit das nach so vielen Schrecknissen möglich war, und als er die Augen aufschlug, sah er rings um sich dunkle Mauern, ihre Finsternis aufgehellt nur von einem grünlichen Schimmer, der durch ein dicht vergittertes Fenster in einem Gang hereindrang. Sobald er sich von der ersten Überraschung erholt hatte, stand er von dem feuchten, schlüpfrigen Boden auf und begann, um Leute herbeizuholen, zu rufen; aufstehen und rufen konnte er mittlerweile, da keine Stricke oder Knebel ihn mehr behinderten, doch diese Stätte verlassen oder eine Menschenseele herbeiholen war etwas anderes, und so sehr er an den Stäben des Fensterchens rüttelte und so sehr er auch brüllte, er erreichte dadurch nur, dass ihm der düstere und heisere Klang seiner eigenen Stimme Angst einjagte. Der Unglückliche sank in sich zusammen, und das zehrende Hungergefühl des leeren Magens war nichts im Vergleich zu dem krampfhaften Schrecken, der seinen Geist zermalmte. Ich würde nicht sagen, dass er nachdachte, aber gewiss tat er etwas Ähnliches, als er in einem Winkel kauerte und sich die Fäuste wund biss, wie man es auf Abbildungen Ugolino[106] tun sieht.

«In Ferrara, in den Verliesen des Ordenstribunals ...!», das war der erste klare Gedanke, den er zu fassen vermochte; dann nahm er aber doch, ich weiß auch nicht wie, den starken Geruch wahr, der ihm von seinen noch völlig durchnässten Kleidern in die Nase stieg. «Salzwasser!», murmelte er, wobei ihm vor Angst und Kälte die Zähne klapperten. «Sollte ich in Venedig sein?» Hinsichtlich dieses Verdachts konnte er keine Gewissheit erlangen, und das war die Schuld seines Hauslehrers, der es versäumt hatte, ihm zu sagen, ob Ferrara ein

Seehafen oder eine Binnenstadt sei. Da ihm aber alles in allem die Willkürjustiz der Signoria ebenso großes Entsetzen einflößte, hielt er es nicht für angebracht, sich über diese geographische Frage weiter den Kopf zu zerbrechen.

Endlich brachten schwere, gemessene Schritte vom nahe gelegenen Korridor her eine willkommene Abwechslung in sein tristes Selbstgespräch. Doch kaum hatte er sich erhoben, um durch das Gitter zu spähen, dachte er: «Und wenn das nun der Henker wäre? Wenn das ...»

Damals gab es noch weitaus schrecklichere Scharfrichter als den Henker, wie zum Beispiel denjenigen, der die Zangen anlegt, oder denjenigen, der die glühenden Kohlen schürt, und Ähnliches, eine bei den Gerichten in hohem Ansehen stehende Berufsgruppe; diese ganze dunkle Meute blutrünstiger Schlächter zog blitzschnell vor der Phantasie des Grafen vorüber. Als daher auf der rechten Seite seines Kerkerlochs eine schwere Tür aufging und eine riesige Gestalt eintrat, die noch finsterer wirkte als die Finsternis ringsum, empfing er diese nicht mit der Freude, die er noch vor einer Stunde geglaubt hatte empfinden zu müssen, sobald diese trübselige Einsamkeit ein Ende fände. Der Besucher schloss die kleine Tür, und in gebückter Haltung, vielleicht, um sich nicht das

Samtbarett an der nassen Decke schmutzig zu machen, ging er auf Carmini zu. «Bemühen Sie sich nicht, Herr Graf», sagte er mit einer Stimme, in der Spott mitschwang. «Bemühen Sie sich nicht!», wiederholte er, als er sah, dass dieser unablässig immer weiter vor ihm zurückwich.

Als er im äußersten Winkel der Höhle angekommen war, fing der Besucher wieder an: «Jetzt werden Sie erlauben, dass ich mich neben Sie setze und Ihnen ein wenig Gesellschaft leiste.»

Doch der Graf versuchte zu entwischen, indem er zwischen seinen Beinen hindurchschlüpfte. «Oh, gütiger Gott, machen Sie sich doch meinetwegen nicht solche Umstände!», fuhr der finstere Kerl fort und packte den Grafen fest an den Handgelenken.

Der war wie leblos unter diesem Griff, und seine ganze Seele lag in einem erschrockenen Blick, den er auf das Gesicht des Unbekannten heftete; nichts konnte er dort erkennen, weil dieser maskiert war, doch überzeugte ihn sein vor Angst fieberhaft arbeitendes Gedächtnis aufgrund gewisser vager Ähnlichkeiten davon, dass dies derselbe Mensch war, der ihn den langen Weg auf dem Fluss gefahren hatte und ihm vermutlich zum Schluss auch das Wasserbad bereitet hatte, aus dem er so gut wie tot hervorgegangen war. Diese

Erinnerungen waren ihm überhaupt kein Trost, er schloss die Augen und dachte bei sich: «Fahren wir also zur Hölle, dort lebt sich's bestimmt besser als hier!»

«Ah, Sie möchten wissen, wer ich bin!», rief der Unbekannte plötzlich, ohne dabei den Griff zu lockern, mit dem er ihn fest gegen die Wand gepresst hielt.

Der Graf, der im Geiste schon auf halbem Weg zu Satan gewesen war, machte hastig kehrt und riss erneut die Augen auf.

«Nichts leichter als das», fuhr der andere fort. «ich bin immer noch Ihr untertänigster Diener.»

Bei diesen Worten glitt ihm langsam die Maske vom Gesicht, und die Augen des Carmini traten noch weiter aus ihren Höhlen, bis sich vor dem Hintergrund von Finsternis ein bleiches Antlitz abhob, düster durch einen sehr langen Bart und ein schauriges Lachen. Der arme Graf sah es und schrie auf, fuhr krampfhaft zurück und stieß dabei heftig mit dem Kopf gegen die Wand hinter ihm.

«Tramontino!», murmelte er, zähneklappernd vor Angst.

«Ja, Tramontino!», erwiderte der andere. «Tramontino, der zur Bezeugung besonderer Gunst hierherkommt, um Ihnen seine Verehrung darzubringen, Ihnen Seelentrost zu spenden und Sie womöglich auch von allen körperlichen Gebrechen zu heilen.»

Der Graf, dessen feiges Naturell nun vollends zum Vorschein kam, zitterte an allen Gliedern.

«Apropos, Sie müssen ja frieren in diesen durchnässten Kleidern», fing Tramontino wieder an. «Aber ich habe hier alles Nötige, und ich verspreche Ihnen, nur ein wenig herausgeputzt, und Sie werden aussehen wie ein Prokurator von San Marco.» Bei diesen Worten zog er unter seinem langen Mantel ein kleines Bündel hervor, knüpfte es auf und brachte ein Leinenhemd, eine Jacke aus braunem Tuch und eine abgetragene Hose zum Vorschein sowie Schuhe und Strümpfe, die ganz verschimmelt und von Mäusen zerfressen waren. «Das ist mein erstes Geschenk!», sagte er.

«Und wo bin ich denn jetzt, wo sind wir?», murmelte Carmini. «Was für eine Gruft ist das hier ...?»

«Sapperlot, wir sind bei mir zu Hause, Herr Graf!», antwortete Tramontino mit teuflischem Grinsen. «Dort, sehen Sie, genau dort, wo Sie jetzt sitzen, ist vor vier Monaten meine arme Polonia gestorben ...! Ah, Sie erinnern sich bestimmt noch mit Vergnügen an sie ...! Ei, ei, wie Sie zittern ...! Ich möchte wetten, auch Sie haben das hübsche

Weibchen gern gehabt...! Aber wozu wetten...? Die gute Seele hat mir ja alles anvertraut, müssen Sie wissen; gewisse Wörtlein, die Sie ihr zuraunten am Abend nach dem Fest... Kurzum, genug davon, *requiem aeternam*[107]... Nun, soll ich Ihnen also beim Umkleiden behilflich sein?»

Der Graf rührte sich nicht; mit den wenigen ihm noch verbliebenen Kräften versuchte er im Gegenteil, von diesem furchtbaren Gefährten abzurücken.

«Ich sehe schon, ich werde alles allein machen müssen!», fuhr Tramontino fort. Und er begann ihn auszuziehen, zunächst die Jacke, dann die anderen Kleidungsstücke; doch war das ein langwieriges Geschäft, denn die nassen Kleider klebten am Leib, und um schnell zu machen, wurden Ärmel und Hosenbeine allesamt in Fetzen gerissen. «Ein vollendeter Kammerdiener bin ich wohl nicht», redete er weiter, «aber ich werde mich schon eingewöhnen!»

Bei diesen Worten stellte er den Grafen nackt auf die Beine, ließ ihn in Hemd und Hosen schlüpfen, und nachdem er ihm Schuhe, Strümpfe und Jacke angezogen hatte, lehnte er ihn wieder gegen die Wand. «Oh, die Perücke fehlt!», rief da dieser perfekte Aufputzer. «Gewiss, Sie haben sie gestern Morgen beim Ritt auf diesem vermaledeiten ungesattelten Maultier verloren: aber das macht gar nichts; hier habe ich, was Sie brauchen.»

Und er zog eine dieser Wollmützen aus der Tasche, wie die Gebirgler sie unter dem Hut zu tragen pflegen, und setzte sie ihm auf. «Die passt Ihnen wie angegossen!», bemerkte er. «Schauen Sie nur!», setzte er hinzu, indem er ihm den Zipfel nach vorn in die Stirn zog. «Schade, dass wir hier keinen Spiegel haben...! Es sieht fast aus wie die Haube Seiner Durchlaucht, nur dass die hier etwas älter ist...! Ha, ha, das ist wirklich komisch...! Guten Tag, Durchlauchtigster Doge!»

In diesem Augenblick erklangen wieder Schritte im Korridor, und Tramontino wandte sich an Carmini: «Hören Sie, hören Sie nur, Herr Graf! Das ist der Majordomus mit dem Essen. Seien Sie unbesorgt, hier geht es ganz herrschaftlich zu. Hierher, hierher, mein Lieber», sagte er, indem er aufstand, um aus den Händen eines finsteren Gesellen einen Teller mit gekochten Erbsen und einen mit Graubrot entgegenzunehmen. «Los, erweise unserem würdigen Gast deine Referenz!»

«Seine Hochwohlgeboren werden oben im Gesellschaftssaal erwartet», sagte der andere, indem er Tramontino die Teller übergab.

Der Graf war völlig verstummt, als begriffe er nicht, dass von ihm die Rede war.

«Verstehen Sie, Euer Hochwohlgeboren? Sie haben mehr Glück, als ich dachte», bemerkte Tramontino, als der Diener gegangen war. «Man verlangt im Gesellschaftssaal nach Ihnen!»

«Dann gehen wir also!», rief der Graf, als könne er sein unverhofftes Glück kaum fassen.

«Ja, gehen wir, und Sie können mir Dank sagen, dass ich alles getan habe, Ihnen diese erfreuliche Überraschung zu bereiten. Aber zuvor nehmen Sie schnell diese kleine Stärkung zu sich, vorwärts...! Oder wollen Sie etwa eine Krücke gebrauchen müssen, wenn Sie sich in Gesellschaft begeben...? Vorwärts, nur Mut!» Er stellte den Teller vor ihn hin und rührte mit dem Holzlöffel die Suppe um, die im Übrigen vom Vortag und kalt war.

Belebt von der Hoffnung, sich von menschlichen Gesichtern umringt zu sehen, und wären es auch solche von Galeerensträflingen – das war ihm gleichgültig, wenn nur der Schrecken dieses Tête-à-Tête ein Ende nahm –, besann der Graf sich auf seinen Hunger, der ihn völlig entkräftet hatte, ergriff den Löffel und verschlang gierig die Suppe.

«Sehr gut, Euer Gnaden!», rief Tramontino. «Und jetzt sehen Sie zu, dass Sie auch dieses Brötchen hier knabbern, es scheint mir eins vom Stefanitag zu sein …! Haben Sie gute Zähne …? Vorwärts, versuchen Sie's!»

Der Graf achtete überhaupt nicht auf diese Schmähungen, so eilig hatte er es, von dem Holzfäller wegzukommen; er packte das Brot, erhob sich aus seiner liegenden Stellung und schickte sich an, zur Tür zu gehen.[108]

«Gemach, gemach!», sagte Tramontino, der ebenfalls aufgestanden war und ihn am Arm packte. «Es fehlt noch eine kleine Förmlichkeit! Darf sich Ihrer Meinung nach ein Edelmann in der Öffentlichkeit ohne Spitzenmanschetten blicken lassen?»

Tatsächlich, es fehlte ein Strick aus lauter sehr harten Knoten, den Tramontino nun mit aller Sorgfalt um seine Handgelenke schlang. Dann traten sie in den Korridor hinaus, und von dort stiegen sie durch schwach erleuchtete Gänge und dunkle Treppen auf eine Galerie empor.

«Sehen Sie hier!», sagte Tramontino, indem er den Grafen zu einer Nische führte. «Ich habe mir ja alle Mühe gegeben, Sie in süßer Ungewissheit zu lassen! Vorwärts, schauen Sie hier, und Sie werden wissen, wo wir sind.»

Carmini schaute und sah die Rückseite des Dogenpalasts und die Seufzerbrücke. Da erkannte er, dass er sich in den Klauen des Löwen befand, die sich, vom Ruhm träge geworden, hin und wieder doch noch ins Fleisch irgendeines Unglücklichen gruben. Und ob diese Entdeckung ihn tröstete oder erschreckte, hätte er selbst nicht zu sagen gewusst. Sicher war es kein Freudenschauer, der ihn überlief, als Tramontino sagte: «Sehen Euer Gnaden dort unten das grünliche Wasser? Von dieser Stelle des Palasts geht es sechzig Ellen hinunter: Ich garantiere Ihnen, bevor man noch Wasserscheu empfinden kann, ist man bereits ein toter Mann. Der Sturz in den Kanal ist eine allerliebste Erfindung!»

Sie gingen durch noch zwei, drei Gänge, sodass der Graf nicht mehr wusste, wo sie waren; dann blieben sie wieder vor einem Fensterchen stehen, von dem aus sich ein weiter Ausblick auf Himmel und Meer bot. «Kommen Sie näher!», rief Tramontino und versetzte ihm einen Stoß, «und schauen Sie hinunter!»

Schwer fiel Carmini gegen die Brüstung, und den Blick blöde nach unten wendend, sah er unter sich die Riva degli Schiavoni und auf dieser ein Gewimmel von Menschen, Verkaufsständen, Händlern, Magiern und Gauklern; und dazwischen Togen und Perücken, weil an diesem Morgen wohl Sitzung des Großen Rats war.

«Sehen Sie mehr nach rechts!», sagte der Gebirgler, mit der Hand auf die Piazzetta weisend. «Schauen Sie, dort zwischen diesen beiden Säulen wurden schon höhere Häupter abgeschlagen als das Ihre!»

Und mit diesen Worten zwang er ihn kehrtzumachen und schleifte ihn eine nahe gelegene Treppe hinunter. «Überall hier ringsum gibt es entzückende kleine Zellen, aus denen man, wenn man einmal drin ist, nicht wieder herauskommt. Einige davon stehen auch leer, müssen Sie wissen, Herr Graf…! Fünf sind es, wenn ich mich nicht täusche, eine frischer als die andere, Sie brauchen nur zu wählen.»

Wäre der Gang nicht so extrem schmal gewesen, der Unglückselige wäre vornüber auf die Nase gefallen.

«Um Himmels willen», rief Tramontino, den Strick fester anziehend, «machen Sie bloß keinen Unsinn, jetzt, wo Sie im Begriff sind, sich einer so erlesenen Gesellschaft vorzustellen. Hören Sie, hören Sie nur, wie lustig sie sind!»

Tatsächlich hörte man wirren Stimmenlärm, Schreien und Fluchen. «Da wären wir!», sagte Tramontino, indem er eine niedrige, eisenbeschlagene Tür aufschloss.

Mit meisterhafter Geschicklichkeit von seinen Fesseln befreit und mit einem groben Stoß in den

Raum befördert, fand sich der Graf völlig verdutzt in der merkwürdigsten Versammlung wieder, die sich denken lässt.

Dem Aussehen nach waren das alles Leute, die irgendeinem Geschäft nachgingen, aber ihre Aufmachung war so komisch und die Gesichter so verzerrt, dass es eher einem grotesken Komödienaufzug glich als einer wahrhaftigen Gefängnisszene. Hier standen verschiedene Stutzer mit gepuderter Perücke und völlig verschmutzten, zerlumpten und betressten Röcken in Grüppchen beieinander; weiter hinten, vor Schreck versteinert, zwei Doktoren in großen schwarzen Mänteln; noch weiter hinten vier oder fünf Kerle in Hemdsärmeln und zwei oder drei Waffenknechte, ohne Waffen, versteht sich, ja, mit Angstschweiß auf der Stirn. Und solcherlei Gestalten gab es von jeder Art, eine verschreckter und lächerlicher als die andere; und alle redeten gleichzeitig, es war ein Jammern und Wehklagen, ein Gewinsel und Fluchen, die einen beteuerten ihre Unschuld, die anderen schlugen sich an die Brust, riefen Gott und alle Heiligen an; ein jeder gab dabei der Madonna oder dem Heiligen seines Heimatorts den Vorzug, sodass das auf den ersten Blick eine Versammlung von Verrückten schien. Als der Graf sich in ihrer Mitte sah, verdoppelte und verdreifachte das seine

Angst. Er wich zurück bis an die Tür und versuchte, sie mit dem Ellbogen aufzustoßen, doch da ihm mächtige Eisenstangen den Ausgang verwehrten, wandte er ihr das Gesicht zu, um wenigstens nicht erkannt zu werden.

Geraume Zeit schenkte ihm niemand Beachtung, doch endlich bemerkten die Umstehenden diese fest an die Tür gepresste Gestalt, und in der Hoffnung, wie durch ein Wunder einen Fluchtweg gefunden zu haben, fielen sie über ihn her, um ihm diesen streitig zu machen. Der erste, der ihn aus diesem An-der-Tür-Kleben wegriss, scherte sich nicht um die Person, so eilig hatte er es, das Schlupfloch ausfindig zu machen, durch das dieser zu entwischen trachtete; doch in seinen Hoffnungen enttäuscht, wandte er sich um, und die anderen, die ihm nachfolgten, umringten den Grafen, der mit versteinertem Blick, das bleiche Gesicht noch blutverkrustet von den Stößen des Ritts auf dem Maultier und mit dieser in die Stirn gezogenen Mütze, salopp gesagt, so schaurig aussah wie der besoffene Tod persönlich.[109]

«Sollte man nicht meinen ... gleicht er nicht ...», sagte einer.

«Graf Carmini, alle Wetter!», rief da verblüfft Giorgetto, der Neapolitaner, der eben aus seiner Zelle geholt und in die Gesellschaft der anderen gebracht worden war. «Zeigt's ihm, dem abtrünnigen Hund!»

«Graf Carmini!», wurde im ganzen Raum wiederholt.

«Zeigt's ihm, zeigt's ihm, diesem Verräter, Mörder, Feigling!»

Viele vergaßen die eigene Angst, um sich an derjenigen zu weiden, von der das Gesicht des Grafen grauenhaft entstellt war.

«Zeigt's ihm, zeigt's ihm! Elender! Hier, nimm! Hat man dich also auch erwischt, du Judas! Hier, das ist dein Lohn!»

«Das ist nicht wahr, das ist nicht wahr!», brüllte, schluchzte, kreischte der Graf, unter einem Hagel von Fausthieben, Stößen, Knüffen und Fußtritten zu Boden gegangen.

«Ich werd' dir's zeigen, beim heiligen Gennaro!», rief der Neapolitaner. «Ich werd' dir geben, was du verdienst!», fuhr er fort und spuckte ihm ins Gesicht. «Mich monatelang im tiefsten Kerker schmachten zu lassen, ohne dass ich je einen Richter zu Gesicht bekam! Aber warte nur, wenn ich reden kann, dann werde ich alles ausplaudern, hörst du, alles!»

«An den Galgen, an den Galgen mit ihm!», riefen sie.

«Er hat uns verraten, er ganz allein!»

«Wir wissen alles, Leugnen hat keinen Sinn!», riefen sie, indem sie auf ihm herumsprangen und wild mit den Füßen nach ihm traten. «Endlich bist du auch hier gelandet! Es lebe die Gerechtigkeit!»

Alle waren von der gleichen Wut besessen; die Doktoren im Mantel, die Stutzer und die Hemdsärmeligen misshandelten ihn um die Wette, allen voran Giorgetto mit dem dazugehörigen ohrenbetäubenden Gezeter auf Neapolitanisch. Bis dahin hatte dieses Gesindel sich in Kämpfen untereinander aufgerieben und bekriegt; die Adligen aus Padua behaupteten, der Vorwitz derer aus Treviso sei am Scheitern des Unternehmens schuld, die einen wie die anderen bezichtigten sich wechselseitig der Faulheit, und alle zusammen gingen auf die beiden alten Doktoren los, deren übertriebene Vorsicht die Ursache allen Übels gewesen sein sollte. Doch mehr als sie alle miteinander lärmten und tobten drei Studenten aus Padua, die, vom Gerichtsdiener im Schlaf überrascht, keine Zeit gehabt hatten, sich anzukleiden, und nun so gut wie im Hemd dastanden. Die Verwünschungen dieser Letzteren galten keineswegs nur ihren Genossen, denen sie ihr Unglück verdankten, sondern auch der Durchlauchtigsten Signoria, dem Rat der Zehn und vor allem den Inquisitoren, die sie eine zehnstündige Reise von Padua nach

Venedig im Burchiello[110] hatten machen lassen, ohne ihnen Kleidung auszuhändigen. Als die anderen sie derart fluchen hörten, empfahlen sie ihre Seelen Gott und schrien selbst noch lauter, um diese aufwieglerischen Reden zu übertönen; damit erreichten sie aber lediglich, dass die drei Besessenen mit verdoppelter Kraft brüllten, sodass der Sekretär des Rats am anderen Ende des Palasts, ohne Spione oder sonstige Hilfsmittel bemühen zu müssen, ihre Reden gleichsam im Diktat mitschreiben konnte.

Schließlich war Graf Carmini eingetreten und hatte die geballte Wut, die schon nicht mehr wusste, gegen wen sie sich wenden sollte, auf seine Person gezogen; und da die Kunde von seinem Verrat unter diesen Unglückseligen kunstvoll, wie nur im Gefängnis möglich, ausgestreut worden war, fand er alle bereit und zu seinem Unheil verbündet, und da war keiner, selbst unter den Schwächsten und Feigsten nicht, der nicht seine Zähne und Nägel an ihm erproben wollte. Dieses Martyrium hätte kein Ende mehr gefunden, wäre nicht ein Türchen aufgegangen und hätte ein Kopf hereingeschaut, der Ruhe befahl und jedem, der dem anderen auch nur ein Haar zu krümmen wagte, Strafe androhte. Dieser Befehl hatte die Wirkung des magischen *quos ego* des

Vergil,[III] und der ganze Haufen zog sich murrend ans andere Ende des Raums zurück, während der Graf halb tot und am ganzen Leib zerschlagen am Boden liegen blieb.

Tramontino hatte sich an dem Handgemenge ergötzt, und er selbst war es, der diesem ein Ende setzte, damit am nächsten Tag alles wieder von vorne losgehen könne. Er schloss das Türchen und murmelte mit seinem teuflischen Lächeln: «Dieses Vergnügen habe ich mir mit meinem Gewissen erkauft, und ich habe ein Recht darauf, es auszukosten!» Dann stieg er in ein Vorzimmer hinunter, wo er auf einen Mann in ziemlich prunkvoller Aufmachung traf, der ihn zu erwarten schien und dem er ein paar Worte ins Ohr flüsterte.

«Danke, das freut mich ja ganz unbändig…! Ha, ha…», versetzte dieser und bog sich vor Lachen.

«Ich bin froh, Euch diese Freude bereiten zu dürfen», antwortete Tramontino und ging dorthin zurück, woher er gekommen war.

Die Persönlichkeit, die da in diesem Salon auf den Gerichtsdiener der erlauchten Inquisitoren wartete (dieses Amt bekleidete nämlich Tramontino), war niemand Geringeres als jene berühmte Exzellenz Pitocca, die Formiani in seinen Unterredungen mit dem Cappanera so häufig erwähnte. Und wahrhaftig hatte dieser Mann etwas an sich, was jedem die Zunge löste. Man denke sich einen armen Bernabotto, Säufer und Weiberheld, verfressen und schwatzhaft wie nur ein Margutte[112] der neueren Zeiten, der sich allein durch sein bescheidenes Talent die Freundschaft und das Vertrauen der höchsten Würdenträger der Republik erringt, gleichzeitig aber auch die Verehrung sämtlicher Tunichtgute auf der Piazza; der sich der Gunst der Ersteren ebenso wenig rühmt, wie er sich der Gesellschaft der Zweiten schämt, sondern mit Fischhändlern, Gondolieri und Zöllnern verkehrt und die ganze Nacht hindurch mit ihnen zecht, um tags darauf in den Palazzi aufzutauchen und in vergoldeten Sesseln zu sitzen, im selben Anzug und mit demselben Geschwätz auf den Lippen. «So», pflegte er stolz zu sagen (und das war der einzige Anlass, bei dem er sich ein wenig brüstete), «so hat das Benehmen des echten venezianischen Edelmannes auszusehen! Gleich leutselig mit jedermann!» Weder fühlte er sich entehrt durch die Kunst, die er ausübte, noch hielt er sich für etwas Geringeres als alle anderen, wenn er das namen- und gestaltlose Gelichter anführte, das in den Nachtstunden sein Handwerk verrichtet; im Gegenteil, er rühmte sich, dass er mit seinem Geschäft die altehrwürdige Handelstradition des venezianischen Patriziats fortsetze; ein Geschäft ganz neuer Prägung freilich, offen gestanden, war doch die Handelsware recht flüchtig und fand samt und sonders Platz in seinem Kopf, dennoch belegte er es mit diesem ehrbaren Namen.

Rundheraus gesagt, er war das Muster eines Spitzels, der Mittelpunkt der Spitzel, der Mann, in dessen Händen sämtliche Fäden dieses übel riechenden venezianischen Intrigengespinsts zusammenliefen. Und auf dieses Amt verwendete er nicht weniger Einfallsreichtum und Eifer als jeder andere Beamte auch; und da der persönliche Vorteil nun einmal eine viel mächtigere Triebfeder ist als das öffentliche Wohl, ruhte er nie, weder beim Essen noch beim Trinken noch bei den Frauen, und wahrscheinlich heckte er selbst im Schlaf noch irgendwelche Ränke aus, um diesen einen zum Vorteil jenes anderen hereinzulegen.

Mit Tramontino zum Beispiel – dessen Bekanntschaft er für sehr nützlich hielt – hatte er sich auf den Stufen der Riva angefreundet, wo dieser nach seiner Verwandlung vom Gefangenen zum Gefängniswärter lange Stunden in Betrachtung des Mondes hinbrachte und sich das Herz zermarterte. Der Venezianer zeigte sich von Tag zu Tag mehr zu seinem neuen Freund hingezogen, der hatte aber in Wahrheit keine große Eile, diese Neigung zu erwidern. Doch da große

Leidenschaften nun einmal zum Überfließen neigen, kam schließlich der Tag, an dem Tramontino, müde, die Geschichte von sich und seinem Todfeind, dem Grafen Carmini, immer nur sich selbst zu erzählen, dieselbige dem Bernabotto anvertraute. Zwar kannte der durchtriebene Kerl die ganze Geschichte längst in allen Details, tat jedoch erstaunt und hörte sich alles von Anfang bis Ende mit offenem Mund an. Diese gespannte Aufmerksamkeit trug ihm, wie man sich denken kann, die volle Sympathie des schlichten Tramontino ein, der ihm dann unter dem Siegel der Verschwiegenheit von der Unternehmung in Fonte und der Entführung des Grafen Fabio berichtete, und zuletzt offenbarte er ihm im Flüsterton das widrige Geschick des Grafen, der seinen schlimmsten Feinden in die Hände gefallen sei. Diese Neuigkeit war eine gute und nach vielen Seiten hin verwertbare Nachricht, weshalb unser schlauer Fuchs, sobald er sie in der Tasche hatte, frohlockend auf die Piazza hinuntereilte.

Doch kaum hatte er einen Fuß vor den Dogenpalast gesetzt, stieß er auf den Cappanera Formianis.

«Guten Tag, Exzellenz!», sagte dieser.

«Oh, werter Bernardino!», antwortete der Bernabotto mit strahlender Miene. «Heute verdiene ich mir mein Salär; hört dies…», und er erzählte ihm die Sache mit Carmini.

«Schöne Geschichte!», rief Bernardino. «Aber eigentlich sind das Dinge, die wir Euch erzählen müssten. Man denke nur! Als ob wir nicht wüssten, was in unseren Gefängnissen geschieht!»

«Ach, hört mir doch auf, alter Schlaumeier» versetzte der andere, und wandte sich zum Gehen. «Die Rapporte des Kerkermeisters sind keineswegs so prompt wie die meinen, und außerdem ist es manchmal gar nicht schlecht, wenn man sagen kann: ‹Das habe ich nicht gewusst, weil es mir niemand erzählt hat.›»

Bernardo zuckte die Achseln und steuerte auf ein kleines Café zu, wo er stets um die Mittagszeit ein Stündchen zu verbringen pflegte. Aber, o Wunder, da, unter den Arkaden, sah er den pechschwarzen Chirichillo sitzen; was konnte ihm nur zugestoßen sein, dass er aus dem Haus gegangen war? Der schlaue Sekretär hatte da vielleicht eine Idee, denn händereibend ging er auf ihn zu; als er dann aber dicht bei ihm war, nahm er seine natürliche würdevolle Haltung wieder ein: «Du hier?», sagte er. «Aber Gevatter, das ist ja unerhört!»

«Ja… wie du siehst… bin ich hier», antwortete der Gerichtsschreiber, indem er seine Blicke zwischen Bernardo und der Lagune hin- und herwandern ließ, wobei er in Letztere geradezu verliebt zu sein schien. «Ich bin hier … zu meinem Vergnügen!», und gähnte von einem Ohr zu anderen.

«Da, nimm eine Prise!», sagte der Cappanera. «Und die Signorina …? Geht es ihr besser heute?»

«Nun ja …! Sie wollte um jeden Preis aufstehen!», erwiderte Chirichillo und drehte den Kopf bald nach rechts, bald nach links, um sowohl den Freund als auch das Ufer im Auge zu behalten.

«Umso besser!», versetzte Bernardo, sich die Hände reibend, sooft der andere den Kopf abwandte.

«Umso besser, umso besser …! Ich weiß nicht!», entgegnete dieser, indem er die Lippen schürzte. «Wenn Sie sehen könnten, wie blass sie ist …! Aber warte, warte …» Bei diesen Worten sprang er auf, und mit seinen ellenlangen Beinen über Stühle und Bänke hinwegsetzend, rannte er geradewegs aufs Ufer zu. Just in diesem Augenblick legte da eine Gondel an, der ein erlauchter Herr ganz in Spitzen und Schleifen entstieg; Chirichillo aber schien nicht angetan von dieser Pracht und kehrte bedrückt ins Café zurück.

«Und was weißt du denn Neues vom Podestà?», fragte Bernardo kurz darauf.

«Ich …? Von ihm weiß ich wahrhaftig nichts»,

antwortete der Schreiber. «Außer dass er sehr lang schläft und dann zum Meister hinaufsteigt und es sich dort gemütlich macht; und die Gläser, die er beim Essen leert, die zähle, wer kann!»

«Das ist ein ausgezeichneter Herr!», rief der Cappanera.

«Ja!», antwortete Chirichillo. «Aber von bestimmten Dingen versteht er nichts, und das ist schade; stellt Euch vor, heute Morgen ist er gegen zehn ins Zimmer der kleinen Herrin gekommen und wollte mit allen Mitteln, dass sie als Herzstärkung ein Gläschen Malaga trinken solle...! Die Ärmste, die an Herzweh leidet!»

«Herzweh hat sie?»

«So sagte jedenfalls der Arzt gestern Abend!», versetzte Chirichillo knapp.

«Ach, die Ärmste! Aber wenn sie aufgestanden ist, so ist das ein gutes Zeichen, und das Herzweh wird ihr im Schlaf vergangen sein.»

«Ach, es schlägt halb eins!», rief Bernardo. «Entschuldige mich, aber ich muss in den Senat hinauf und dort die Akten für Seine Exzellenz holen.»

«Addio, addio», beeilte sich Chirichillo zu antworten, und die Befriedigung darüber, sich dieser zu jedem anderen Zeitpunkt hochwillkommenen Gesellschaft zu entledigen, stand ihm ins Gesicht geschrieben.

«Auf Wiedersehen», sagte der andere und wandte sich zum Palast.

Der arme Schreiber blieb noch zwei Stunden dort; und bei jeder Gondel, die sich den Stufen näherte, sah man ihn so eilig zum Ufer rennen, als erwarte er sich seine Ernennung zum Kaiser. Doch zehn- oder zwanzigmal kehrte er enttäuscht an seinen Platz zurück, bis er es leid war, unter den Arkaden auszuharren, wo das Gedränge von Augenblick zu Augenblick größer wurde; und er ging und ließ sich an der Todero-Säule nieder. Dort glaubte er, die Gondeln besser beobachten zu können, ohne wie ein Jagdhund hin- und herhetzen zu müssen.

«Die Arme!», murmelte der gute Alte vor sich hin. «Ja, freilich hat sie Herzweh...! Wenn es nicht so wäre, würde ich mich ja nie dazu hergeben... Genug! Gott sieht in mein Herz und wird mir meine guten Absichten anrechnen, wann auch immer das sein wird...! Schließlich und endlich ist ja nichts Böses dabei...! Es geht um ein letztes Wiedersehen...! Und dann wird dieser Bruder Leichtfuß auch Vernunft angenommen haben. Und wenn nicht, dann habe ich ein paar Wörtchen für ihn parat, die ihn schon dazu bringen sollen...! Seine Exzellenz, dieser Schelm, hatte es ja wirklich gut eingefädelt...! Aber er ist ein braver junger Mann; ja, wahrhaftig, und mit einem großen Herzen; und wenn ich ihm sagen würde: ‹Ihr müsst wissen, so und so und so …›, dann bin ich sicher, dass er eher durchs Feuer gehen würde, als … Und dann; ja, ich wette, er hört mich nicht einmal an …! Ich wette, dass er vorläufig keinen Fuß mehr ins Haus des Inquisitors setzen mag; ich wette, schon um der Ehre willen, um nicht Anlass zu geben …»

In diesem Augenblick näherte sich eine vierrudrige Gondel dem Ufer; und noch bevor sie angelegt hatte, sprang ein Cavaliere heraus und stürzte, den Hut in der Hand, auf den Dogenpalast zu. Bei der Riesentreppe[113] angelangt, fühlte er, wie sich eine Hand auf seine Schulter legte, und er wandte sich um. «Chirichillo!», rief er überrascht, erfreut und verdrossen zugleich über diese Begegnung.

«Ich bin's, Signor Celio!», sagte der Gerichtsschreiber. «Seien Sie so gut und kommen Sie von dieser Treppe herunter, damit ich Ihnen im Vertrauen ein paar Worte sagen kann.»

«Ich komme», antwortete der Cavaliere, sich wie vor inneren Schmerzen windend.

Als sie beim Hofbrunnen angekommen waren, flüsterte Chirichillo: «Signora Morosina müsste mit Ihnen sprechen!»

Bei diesen Worten wurde der Cavaliere mit einem Schlag besänftigt, ruhig und heiter. Der Schreiber dagegen wurde etwas verdrießlich und sah ihn scheel an.

«Gehen wir, gehen wir!», sagte der Cavaliere und zog den alten Mann am Arm. «Wo ist Morosina?»

«Im Palazzo Formiani», antwortete der Schreiber knapp und rührte sich nicht vom Fleck.

Als er dies hörte, kam Celio wieder zu sich, und augenblicklich erlosch die jäh aufgeflammte Seligkeit in seinem Herzen und auf seinem Gesicht.

«Grüßt sie in meinem Namen», versetzte er nach einer kleinen Weile und senkte den Kopf. «Sagt ihr, sagt ihr …», fuhr er fast weinend fort, «sagt ihr … dass ich …» Doch dann, wie um nicht erneut einer Anwandlung von Schwäche zu erliegen, stürzte er davon, die Hände am Kopf, und Chirichillo sah ihn, wie er, vier Stufen auf einmal nehmend, die Riesentreppe hinaufstürmte.

«Was für ein Herz!», sagte er und trocknete eine Träne. «Aber recht hat er, die Ehre über alles …! Vielleicht ist es auch besser so …! Meinem Engelchen geht es schlecht, aber wenn die Seele zugrunde geht, ist das schlimmer, als wenn der Körper darbt …! Verflixt! Feuer ans Stroh halten … ein-, zweimal geht das gut, aber beim dritten Mal ist das Stroh trocken, und mit einem Mal geht alles in Flammen auf…! Ah, Seine Exzellenz kennt sich aus, aber da ist Einer über ihm, der sich noch besser auskennt!»

Hier schlug er die Augen zum Himmel auf und nahm den Hut vom Kopf; in derlei Gedanken versunken, kehrte er sodann auf den langen Umwegen, zu denen Fußgänger in Venedig nun einmal genötigt sind, zum Palazzo Formiani zurück.

Unterdessen hatte Celio die Treppe erklommen, in dem heroischen Entschluss, eher zu sterben und Morosina nie mehr wiederzusehen, als auch nur einmal noch einen Fuß in den Palazzo des Inquisitors zu setzen und damit Anlass zu üblen Verleumdungen zu geben. Doch auf der Loggia angelangt, hatte dieser Vorsatz sich gleichsam in eine Wolke gehüllt, und vor seinem Geist stand einzig und allein der darin enthaltene düstere, schreckliche Gedanke – sie nie mehr wiedersehen! Im ersten Aufbrausen hatte Stolz seinem Heroismus als Stütze gedient; jetzt aber, so ganz alleingeblieben, erschien ihm der Schmerz unerträglich. Was tun, was sagen angesichts dieses «nie mehr»? Er begann seine Schritte zu verlangsamen, wurde langsamer und langsamer, bis er sich an eine Brüstung lehnte, von wo aus sein Blick zerstreut zu den niedrigen Fensterchen der Gefängnisse schweifte. Er erbebte am ganzen Leib, und dieses grauenhafte «nie mehr» bohrte sich noch tiefer in sein Herz wie ein glühender Nagel. Wie sehr der Gedanke an einen nahen Tod von gemeinen irdischen Belangen zu läutern und über sie zu erheben vermag, das wissen nur jene, die von der Natur einmal an diesen Punkt geführt und von ihr auch wieder zurückgeholt worden sind. Es ist, als teile die reine, über den letzten Augenblick gebreitete Atmosphäre den menschlichen Empfindungen etwas von ihrer Göttlichkeit mit, weshalb alle verirrten Seelenkräfte wieder ihren Platz einnehmen, verkannte Objekte ihr wahres Aussehen wiedergewinnen und der Intellekt sich seine Klarsicht zurückerobert. Und nichts kann tief greifendere Wandlungen erfahren als die Unterscheidung zwischen Gut und Böse, die, auf ihren wahren Grund zurückgeführt, oft das Gute in dem erweist, was zunächst böse erschien, und umgekehrt das Böse in dem, was als unbeschwertes und beneidenswertes Geschick erschien. Starke Seelen spüren dann, wie sich, was bloß schwache Überzeugung oder vage Hoffnung gewesen war, in festen Glauben und unbezwingliches Begehren verwandelt, so dass allein dieser Aufschwung, der sich in der Todesstunde vollzieht, als Beweis für ein künftiges Leben gelten könnte.

Entschlossen, es mit dem alten Widersacher[114] aufzunehmen (er wusste, welche Strafe auf Hochverrat stand), entschlossen, sich freiwillig den Gefängnissen der Inquisition auszuliefern, um nicht Feigling und Verräter gescholten zu werden, hatte Celio sich seit dem Vortag mit dem Gedanken an seinen nahen Tod vertraut gemacht. So hatte seine Liebe, die schon länger mit den Sitten der Zeit im Streit lag und doch unbewusst stets nach höherer Reinheit strebte, im Angesicht dieses allerhöchsten Prüfsteins, welcher der Tod ist, sich selbst mit einem Mal voll und ganz erkannt. Aus ihren irdischen Verstrickungen gelöst, war seine Seele nunmehr empfänglich für das Licht der ewigen Liebe, und da begriff Celio, von welcher Art Liebe sein muss, um Tugend heißen zu dürfen; er begriff die heilige Süße dieser Verwandtschaft der Geister, die unvergänglich ist; er begriff die erneuernde Kraft dieser Geistesverwandtschaft, wenn sie zur Grundlage von Familie und Gesellschaftsordnung wird. All das sah und empfand er in einem einzigen Augenblick; doch das Paradies, das sich da in strahlendem Lichte vor ihm auftat, verfinsterte sich alsbald wieder unter dem Schleier dieses unausweichlichen «nie mehr»!

«Nie mehr! Nie mehr!», wiederholte er bei sich, die Stirn gegen eine Säule der Loggia gepresst.

«Nie mehr…! Aber warum denn?», fragte er sich dann. «Wäre es denn ein Verbrechen, wenn ich hinginge, um aus ihren Augen Seligkeit, aus ihren Worten noch einmal Trost zu schöpfen? Gewiss nicht. Würden ihre Tränen mich vielleicht ins Wanken bringen? Das würden sie nicht. Und dann, ach: Morosina ist ja viel großherziger und viel gefestigter als ich! Sind also diese Furcht und diese Weigerung, je wieder einen Fuß in den Palazzo Formiani zu setzen, nicht kindisch? Ja, wahrhaft kindisch! Sollen die Dummköpfe doch sagen, was sie wollen – habe ich nicht mein Gewissen? Mein reines Gewissen, das aus meinem Herzen sprechen und von meiner Stirn abzulesen sein wird, zwischen den beiden Säulen dort…? Meinen Geist, der weiterleben wird, dessen bin ich mir gewiss, in neuen Freuden und in neuer Seligkeit…?»

Diese Überlegungen beanspruchten nicht mehr als zwei Minuten, zweimal war er unterdessen zur Treppe gelaufen, und jedes Mal war er wieder umgekehrt, seinen ursprünglichen Vorsatz bekräftigend. Beim dritten Mal setzte er den Fuß auf die oberste Stufe; und als er nun nach reiflicher Überlegung den ersten Schritt getan hatte, da eilte er die anderen im Fluge hinab. Schnurstracks lief er zur Piazzetta, warf sich in eine Gondel und rief: «Mit vier Rudern zum Palazzo Formiani!» Er ließ seinen Blick in die Runde schweifen, wie um zu sagen: «Urteilen könnt ihr über mich zum Schluss!»

In zehn Minuten war er beim Palazzo des Inquisitors angelangt, und ohne die Diener zu bemühen, flog er die Treppe hinauf, so selig, als eilte er zum ersten Liebesstelldichein, dabei war es vielleicht das letzte. Freude und Reinheit der Seele strahlten aus seinem Gesicht, als er Morosinas Zimmer betrat, und da er sie kniend in ihrem Betstuhl fand, warf er sich vor ihr auf die Knie.

Die Arme wandte sich ihm zu, blass und mitgenommen; aber der Friede, der sich durch dieses Flehen zu Gott über ihre Gestalt gebreitet hatte, und die Genügsamkeit ihrer vollkommen keuschen Liebe legten einen paradiesischen Zauber auf ihr Gesicht. Natürlich hatte sie von Formiani erfahren, dass Celio in eine geheime Verschwörung verstrickt war, die man auf dem Festland aufgedeckt hatte; am selben Morgen hatte sie erfahren, dass der Cavaliere es sich den Maßnahmen Seiner Exzellenz zum Trotz in den Kopf gesetzt hatte, sich bei höchster Gefahr für Leib und Leben in Venedig zu stellen, und jeder kann sich ausmalen, wie der Ärmsten bei dieser vertraulichen Mitteilung durch ihren Gatten zumute war.

Mit Chirichillo allein geblieben, kannte ihre Verzweiflung keine Grenzen, und wenn ihr guter Alter ihr nicht versprochen hätte, nach Celio Ausschau zu halten und ihn zu ihr zu führen, bevor er seinen schrecklichen Vorsatz in die Tat umsetzte, hätte sie sich bestimmt zu einem unbedachten Schritt hinreißen lassen.

Ob sie sich vorgenommen hatte, ihn durch Bitten und Tränen umzustimmen, oder ob sie ihn nur einmal noch sehen wollte, um ihn dann tun zu lassen, was die Ehre ihm gebot, das kann niemand wissen, weil selbst die frömmsten Absichten liebender Herzen letztlich in Dunkel gehüllt bleiben. Was Formiani Morosina erzählt hatte, war im Übrigen Punkt für Punkt wahr. Wie wir gesehen haben, war Celio durch die Sbirren von Asolo verhaftet worden, während er sich anschickte, nach Venedig zurückzukehren – und das hatte Signora Cecilia auf Befehl Formianis so veranlasst; wohl ahnend, auf welch verzweifelte Ideen der junge Mann kommen könnte, wenn er von der Vereitelung des Komplotts erführe, sah Formiani in einem vorübergehenden und geheim gehaltenen Aufenthalt im Gefängnis von Asolo eine geringere Gefahr für den jungen Mann als in der unbedachten Auslieferung an die Kerker der Inquisitoren, aus denen selbst er ihn, sei es durch Missgunst der

Kollegen oder sei es durch andere Komplikationen, schwerlich wieder hätte befreien können.

Doch sobald der Cavaliere im Zuge seiner Unterredung mit Signora Cecilia etwas von diesem ganz besonderen Entgegenkommen Formianis ihm gegenüber erriet, das dem Argwohn seiner Gefährten Vorschub leisten konnte, hatte er sich in den Kopf gesetzt, es auf gar keinen Fall in Anspruch zu nehmen. Daher hatte er sich für hundert Zechinen die Gelegenheit erkauft, im Morgengrauen des folgenden Tages zu fliehen, und hatte diese Flucht in der vereinbarten Weise und zum vereinbarten Zeitpunkt ins Werk gesetzt. Signora Cecilia, die von demselben Sbirren, der die Zechinen eingesteckt hatte, atemlos von dieser Flucht in Kenntnis gesetzt wurde, hetzte einerseits die ganze Meute ihrer Häscher auf die Spur des Cavaliere, andererseits schickte sie einen Eilboten nach Venedig, um Seiner Exzellenz den Vorfall anzuzeigen und darauf hinzuweisen, dass der Flüchtende an seinem Vorsatz festhalte, sich gemeinsam mit seinen Komplizen dem Geheimtribunal zu stellen, wie sie seinen Äußerungen am Abend zuvor entnommen habe. Die Sbirren durchkämmten die Gegend bis tief in die Nacht, ergebnislos, obwohl sie einigen Eifer entwickelten (besonders der mit den Zechinen, der hoffte, weitere hundert einzustreichen, wenn eine zweite Festnahme eine zweite Flucht erforderlich machen würde); mit langen Gesichtern kehrten sie ins Amtsgebäude zurück, wo Signora Cecilia henkersmäßig über ihre Dummheit fluchte. Der Eilbote hatte mehr Glück gehabt; dank eines ausgezeichneten Pferdes und vier kräftiger Ruderer, die er in Mestre anmietete, war er gegen zehn Uhr in Venedig eingetroffen, vier Stunden vor Celio, der, um den Nachstellungen der Sbirren zu entgehen, erhebliche Umwege hatte machen müssen, teils zu Fuß, teils auf irgendwelchen Fuhrwerken, und somit erst um zwei Uhr an der Piazzetta angelangt war.

«Morosina, Morosina!», rief er, als er, wie gesagt, vor ihr niederkniete.

«O Celio…!», antwortete das Mädchen und legte in diese wenigen Laute alle ausgestandenen Ängste, innigst empfundene Liebe und gegenwärtige Befürchtungen.

Man sollte mir nicht Mangel an Phantasie vorwerfen, wenn diese Unterredung mit der zweimaligen Ausrufung von Eigennamen begann; abgesehen davon, dass sich die Dinge tatsächlich so zutrugen, wie ich es hier erzähle, kommt zu meiner Rechtfertigung noch hinzu, dass im Wörterbuch der Liebe jedes Wort alles bedeuten kann und keines so abgeschmackt ist, als dass es nicht dem Herzen, das anders hört als das Ohr, wie Himmelsmusik klänge.

«Ich fürchtete, dich nie mehr wiederzusehen, mein Engel», hob Celio abermals an, das Gesicht von heiligem Eifer belebt, den sie ihn zu guter Letzt doch gelehrt hatte.

Das Mädchen erschauderte am ganzen Leib, erhob sich und zog Celio an beiden Händen empor. «Was habt Ihr gesagt?», fragte sie ihn.

«Ich fürchtete, es könnte mir auf lange Zeit verwehrt sein, dich zu sehen», antwortete der junge Mann sanft.

«Und warum?», fragte das Mädchen.

«Weil... weil...», stammelte Celio.

«Ich kenne dieses ‹weil›!», rief Morosina. «Entgegen den guten Absichten derer, die an Euch denken, den Gebeten und Beschwörungen derer, die Euch... lieben, ja, nachgerade gegen den Willen Gottes wollt Ihr um jeden Preis Euer junges Leben einem kindischen Hochmut zum Opfer bringen!»

«Ach, Morosina!», rief er.

«Schweigt!», fuhr sie fort. «Es ist Euer höchster Vorzug, im Übermaß das zu besitzen, was andere gewöhnlich nicht einmal dem Namen nach kennen. Doch Übertreibung nach der einen wie nach der anderen Seite ist immer Indiz einer mittelmäßigen Seele. Geradeaus auf der breiten Straße soll man wandeln, um weder sich selbst noch anderen etwas vorwerfen zu müssen; man sollte die Wohltaten anderer und die Gnade Gottes mit derselben Miene hinnehmen, womit man auch Schandtaten und Schicksalsschläge erträgt, wenn man stark, wahrhaftig und großherzig sein will!»

«O Gott…! Wenn du wüsstest», rief Celio und ergriff eine ihrer Hände, die sie ans Herz gepresst hielt.

«Ich weiß alles!», fuhr das Mädchen fort. «Alles weiß ich, sage ich Euch, und was Ihr mir vor drei Tagen zu verstehen gabt, wurde mir gestern Morgen, ja, eben heute von meinem Gatten auseinandergesetzt. Dass Ihr Euch in ein Komplott verstricken ließt, wo allem Anschein nach Anmaßung und Gemeinheit sich abmühen, den Neid zur Rebellion anzustacheln, ist entschuldbar durch jugendlichen Leichtsinn. Aber Ihr solltet wissen oder zumindest daran glauben, dass Großes nur großen Empfindungen entspringt; als Mann von Geist und Herz solltet Ihr das wissen! Auf anderen Wegen, glaubt mir, wird Gott uns und unser Venedig läutern, nicht durch die Umtriebe anmaßender und verdorbener Männer, zerfressen von Ehrgeiz und Hass, mit denen sich nur wenige großmütige, aber irregeleitete Geister zu ihrem eigenen Schaden zusammentun. Die geistige Reinheit und Lauterkeit des Herzens eines Fischverkäufers werden in Zukunft mehr ausrichten als alles Bemühen jener.»

Noch von keinem Menschen auf der Welt hatte Celio je so hochherzige und verständige Reden gehört. Zuweilen war ihm schon Ähnliches durch den Kopf gegangen, aber das waren nur flüchtige Geistesblitze gewesen, nach deren Verglühen jugendliche Unrast sein Gemüt wieder in Verwirrung stürzte. Als er die junge Frau, die ihm gestern noch so schlicht und bescheiden erschienen war, in dieser Weise reden hörte, hätte er sie beinah für eine Heilige gehalten, und einen Augenblick lang trug – o Wunder über Wunder – Hochachtung den Sieg über seine Liebe davon und ließ sie ihn fast vergessen. Er gab die Hand des Mädchens frei, faltete die eigenen Hände vor der Brust und war im Begriff, erneut vor ihr niederzuknien, diesmal zum Zeichen der Verehrung.

«Stimmt es etwa nicht?», begann Morosina wieder. «Und Ihr wollt nun Eure Freiheit, vielleicht sogar Euer Leben dem Urteil von Menschen zum Opfer bringen, die beschränkt im Geiste und ehrlos sind? Ist das Euer Begriff von Größe und Freiheit der Seele, dass Ihr Euch zum Sklaven der schändlichsten Geschöpfe macht, indem Ihr vor ihren Verleumdungen erzittert?»

«Ihr habt recht!», murmelte Celio.

«Ja, tausendmal habe ich recht», fuhr das Mädchen mit vermehrtem Eifer fort. «Und nun seid darauf bedacht, Euch von diesem unglückseligen Haufen loszusagen. Das Werk unserer Erneuerung hat vielleicht schon begonnen; begonnen hat es aber fern von jenen, und in seinem Fortschreiten und Gedeihen wird es sich immer weiter von ihnen entfernen. Vielleicht kommt ja die Zeit, da am helllichten Tag, aus der Fülle des Lebens heraus und nicht in einem dunklen Kerker oder am Galgen, tapferes Handeln, bedingungslose Ergebenheit und unerschütterlicher Glaube von Euch verlangt werden wird! Dafür haltet Euch bereit, und versteift Euch nicht darauf, eine Sache zu der Eurigen zu machen, die, weil gemein, erbärmlich und ungerecht, die Eure nicht ist.»

Celio war verblüfft, aber nicht überzeugt. Er empfand die ganze Schlüssigkeit dieser Gedankengänge, doch nicht gewohnt, in den heiteren Gefilden der Gerechtigkeit zu wandeln, sondern ganz einer leichtfertigen, betrügerischen Welt verhaftet, urteilte er, sie kämen verspätet und seien unpassend. In der Tat, wo die Tugend, wenn nicht Richtschnur des allgemeinen Handelns, doch wenigstens allgemein geachtet ist, dort ist Mäßigung in allen unseren Unternehmungen ein vorzüglich und löblich Ding; wenn indes jeder Begriff des Rechten verloren gegangen ist, wenn Niedertracht und Bosheit das gängige Urteilsvermögen verheerend trüben, dann ist Mäßigung als Tugend viel zu unscheinbar und schwach, um sich Achtung zu verschaffen; deshalb müssen wahrhaft aufrechte Seelen ihre Tugend anspornen und auf die Spitze treiben, um sich über die allgemeine Verderbtheit erheben und im Stillen über sie richten zu können. Das ist wie bei einem verwöhnten Gaumen, den zu reizen es scharfer Gewürze und gepfefferter Saucen bedarf; es ist wie bei einem ungebildeten und vulgären Publikum, das die plastische Schönheit einer heimischen Komödie verschmäht, den Ungeheuerlichkeiten eines fremdländischen Dramas aber begeistert applaudiert; um die Ziele ihrer Kunst zu verwirklichen, müssen Koch und Theaterdirektor ihre Saucen mit Gewürzen und ihre Aufführungen mit Feuerwerken und Dolchstoßszenen überfrachten.

«Morosina», sagte der Cavaliere unsicher und mit gesenktem Kopf, «Ihr lebt nicht unter uns, daher klingen Eure Worte wie der Ratschlag eines Engels; bedenkt jedoch, dass ich mit dieser verderbten Welt verbunden bin, in vollem Bewusstsein ihren Gesetzen beigepflichtet habe, solange sie mir als Rechtfertigung für ehrlosen Müßiggang und niedere Vergnügungen dienten, weshalb ich mich nun schwerlich dagegen auflehnen kann, wenn diese nämlichen Gesetze mir Sühne auferlegen.»

«Was für Sühne!», rief das Mädchen und zog ihn an einer Hand vor den Betstuhl. «Erfleht sie von diesem Kruzifix, Eure Sühne», fügte sie mit feierlicher Miene hinzu, «nicht von Eurem Stolz und der blinden irdischen Gerechtigkeit.»

«Ja...? Und was gibt dieser Christus mir denn zur Antwort?», erwiderte Celio erschüttert, aber immer noch standhaft in seinem Vorsatz. «Er gibt mir zur Antwort, dass er von dieser blinden irdischen Gerechtigkeit die Sühne für uns alle erwartete.»

«O Celio!», rief Morosina, verzweifelt über so viel Verbohrtheit. «Wer gibt Euch denn das Recht, Euch mit einem Gott gleichzusetzen?»

«Ihr, Ihr gebt es mir», rief der junge Mann leidenschaftlich. «Ihr, die Ihr so gut, so stark, so weise seid; Ihr, die Ihr ein neues Wesen in mir erschaffen oder das einstige wieder zum Leben erweckt habt; Ihr, die Ihr meinen Gefühlen Reinheit wiedergeschenkt habt, Klarheit meinem Urteil, Festigkeit meinen Entschlüssen!»

«O nein, Celio, nein; Ihr täuscht Euch!», murmelte Morosina.

«Nein, ich täusche mich nicht mehr; seitdem ich erkannt habe, wie ich Euch lieben muss; seitdem ich das Verlangen nach dieser Liebe in mir entdeckt und ihre Macht gefühlt habe, erscheint mir alles Irdische verächtlich; nichts dünken mich Reichtum, Ehre, Vergnügungen, Leben im Vergleich zu der neuen Seele, die Ihr mir geschenkt habt und die ich der Euren würdig erhalten muss.»

«O nein! Wehe mir, wehe mir, Celio!»

«Wehe Euch?»

«Ja, wehe mir, wenn der Vorwurf, Euer Unglück verschuldet zu haben, mir Leben und Tod vergiften soll!»

Verwirrt sah Celio um sich; tausend Gefühle bestürmten sein Herz, und dieser innere Kampf zeichnete sich einen Moment lang grausam und furchtbar in seinen Zügen ab. Schließlich verschleierten sich seine Augen, glühende Röte schoss ihm ins Gesicht und färbte seine Wangen; wie in unsäglicher Qual presste er die Hände gegen die Schläfen, und doch öffneten sich die Lippen zu einem seligen Lächeln, als er rief: «O ja …! Ja, vor allem liebe ich dich! Vor allem Denken, vor allem Glauben, vor allem Leben liebe ich dich …! Ja, befiehl du mir, und ich werde gehorchen; verfüge über mich nach deinem Gutdünken, denn nichts, nichts bin ich ohne dich!»

«So flieht, Celio ... bringt Euch in Sicherheit ...», stammelte Morosina.

«Fliehen?», antwortete Celio. «Fliehen und fern von dir sein, mit dem Tod zugleich das Leben fliehen? Oh, da könnte ich ja gleich ...»

«Nein ... nun, so bleib», antwortete das Mädchen vollends verwirrt. «Bleib ... aber versteck dich ... aber ...»

Das war nicht der Augenblick für kluge Ratschläge, beide waren so außer sich, dass sie zu keiner vernünftigen Überlegung imstande waren. Berauscht von der Liebe, deren Glut aus jeder Bewegung, jedem Wort, ja selbst aus der Verwirrung des Mädchens sprach, drückte Celio schließlich ihr tränenüberströmtes Gesicht an seine Brust, und ein Kuss, diesmal so rein, wie er es sich nie hätte träumen lassen, streifte ihre Flechten, die sich gelöst hatten und ihr über die Schultern fielen.

«O Gott, mein Gott!», schluchzte die Arme. «Sind wir durch Gottes Gebot nicht schon weit genug voneinander geschieden, willst du nun auch noch das Grab zwischen uns legen?»

«Nein, geschieden werden wir nie sein!», entgegnete Celio, und diesmal war er es, der das Mädchen an Reinheit des Gefühls übertraf. «Das werden wir nie sein, weil die Seelen unsterblich sind!»

Er wollte sie noch einmal an seine Brust ziehen, als plötzlich die Tür aufging und er sich damit begnügen musste, ihr die Hand zu drücken, die sie in seiner hatte ruhen lassen. Diesmal allerdings war sein Gewissen rein, und Chirichillos Eintreten verursachte ihm weder Verwirrung noch Ärger. Der Schreiber war eben erst heimgekehrt und wollte Morosina vom ungünstigen Ausgang seiner Mission unterrichten, ungünstig in Bezug auf ihre Wünsche, wohlgemerkt, nicht auf seine eigenen geheimen Absichten. Man denke sich sein Erstaunen, als er zwei überglückliche Liebende vorfand, die noch ganz unter dem Eindruck ihrer gegenseitigen Herzensergießungen standen. «Ah, Signor Celio!», rief er, wobei sich sein Gesicht umwölkte wie die Sonne im Januar. «Donnerwetter, das hatte ich nicht erwartet!»

«Ja», stammelte Morosina, «es ist der Cavalier Celio!»

«Ja, ich bin's, lieber Doktor, Ihr könnt mich ruhig betasten!», antwortete dieser mit einem Lächeln über des anderen Fassungslosigkeit. «Ihr scheint mich ja für ein Gespenst zu halten!»

«Sie werden mir meine Überraschung nicht verdenken», antwortete Chirichillo ernst. «Als ich

Sie verließ, schienen Sie nicht geneigt, sich hierherzubegeben.»

«Seine Absichten zu ändern ist menschlich», antwortete Celio.

«Nur zu menschlich!», brummte Chirichillo. «Doch da ich Sie schon einmal hier antreffe, Cavaliere», setzte er nach kurzer Überlegung ernsthafter denn je hinzu, «da ich Sie schon einmal hier antreffe, so hätte ich unter vier Augen ein Wörtchen mit Ihnen zu reden.»

«Sehr gern!», antwortete Celio.

«Bitte, wollen Sie also freundlicherweise hier eintreten», sagte der Gerichtsschreiber mit strenger Miene, wobei er die Tür zu einem Kabinett öffnete und die Portiere hob.

Sie blieben etwa zehn Minuten fort, woraufhin Chirichillo so ernst und feierlich ins Zimmer zurückkehrte, als hätte er einen schrecklichen, aber unvermeidbaren Akt der Gerechtigkeit vollzogen. Celio folgte ihm, nicht mehr strahlend vor Glück und Liebe, sondern blass, traurig, resigniert, und man hätte es kaum für möglich halten sollen, dass er sich in so kurzer Zeit dermaßen verändern könnte.

Gespannt befragte Morosina mit Blicken abwechselnd den einen und den anderen, doch beide hielten den Kopf gesenkt und schienen auch nicht geneigt, das drückende Schweigen zu brechen.

«Addio, Signora!», murmelte der Cavaliere schließlich mit schwacher, tonloser Stimme.

«Addio...? Was soll das heißen!», fragte ihn Morosina.

«Ich kann in diesem Haus nicht bleiben», antwortete der Cavaliere. «Gott will es anders, und ich habe ihm noch Dank zu sagen für die gute Eingebung, die mich hierhergeführt hat, um einen allerletzten Augenblick der Seligkeit zu genießen!»

In den Augen des Mädchens zeichnete sich immer größere Bestürzung ab, und sie streckte die Arme nach ihm aus, als flehe sie um Erbarmen.

«Addio, addio!», sagte Celio noch einmal, fast erstickt von dem Blut, das ihm zum Herzen strömte. «Addio, addio», wiederholte er und küsste mehrmals ihre Hand.

Dann, als fürchte er sich vor dem Reiz dieser von Liebe und Bangigkeit wunderbar erhöhten Schönheit, stürzte er, so wie er war, mit zerrauftem Haar und ohne Hut, aus dem Zimmer.

Die Augen des Mädchens waren weit aufgerissen, krampfhaft streckten sich ihre Arme nach der Tür; sie stellte sich auf die Zehenspitzen, als wolle sie ihm nacheilen; doch zu grausam war der Schmerz, als dass sie diesen fieberhaften Zustand länger hätte ertragen können; ein Schreckensschrei erstarb ihr in der Kehle, und sie sank in Chirichillos Arme.

Man denke sich die Verzweiflung des armen Alten, der in den Qualen des so verehrten Geschöpfes sein eigenes Werk erkennen musste! Doch seine Denkweise war zu großherzig, als dass er bereut hätte, was er getan. «Arme Seele!», murmelte er, indem er den leblosen Körper des Mädchens aufs Bett legte. «Arme Seele, welche Sünden hast du vor deiner Geburt begangen, dass ich dir so bittere Schmerzen zufügen muss…? Aber es hilft nichts!», fuhr er unter Tränen fort, während er sie mit Wasser besprengte, um sie wieder zu Bewusstsein zu bringen. «Wenn man die Wahl hat, ist es besser, der Körper geht zugrunde – der gesundet wieder –, und nicht die Seele – die, einmal verloren, für immer verloren ist! Meine arme Morosina! Wenn du wüsstest, was man aus dir machen will…! Ich bin sicher, lieber würdest du tausend Tode sterben als diesen einen…! Ah, Exzellenz, Exzellenz, das verspreche ich Euch, für Euch ist ein schönes Plätzchen in der Hölle reserviert, wenn Ihr weiterwandelt auf diesem Pfad…!»

«O Gott…!», murmelte Morosina, indem sie die Augen halb aufschlug und sich umsah. «Ach, er ist nicht mehr da», rief sie und sank wie tot zurück.

«Ich bin da!», sagte Chirichillo sanft.

Das Mädchen schlug noch einmal die Augen auf und sah ihn kurz an, dann brach sie in bittere Tränen aus; und das hieß: «Ja, mein Alter, ich glaube dir, du bist mir viel, aber du bist nicht alles…!»

Der Schreiber wurde sehr nachdenklich und versank wieder in seine üblichen Betrachtungen über das menschliche Los. Und wie gewöhnlich brach sich irgendwann auf seinem schmerzverzerrten Gesicht ein himmlisches Lächeln Bahn: «Ein anderes Mal werden wir glücklicher sein!», sagte er, die Augen zum Himmel erhoben. Dann weinte er weiter mit ihr.

X

Das letzte Aufflackern der Kerze

In jenen Tagen war Seine Exzellenz Formiani mit sehr schwerwiegenden Angelegenheiten beschäftigt und schien nicht zu bemerken, was in seinen häuslichen vier Wänden vor sich ging. Solch scheinbare Gleichgültigkeit konnte jedoch diejenigen nicht täuschen, die aus Erfahrung die Allwissenheit des alten Patriziers kannten sowie die unsichtbare Kontrolle über die kleinsten wie die großen Dinge, die er mittels der vielen Satelliten ausübte, zu denen Bernardo die Verbindung hielt und dank derer sich seine Augen und Ohren ins Unendliche vervielfachten. Auch über seine Gemahlin erfuhr er Tag für Tag selbst diejenigen Dinge, die sich seiner minutiösen Beobachtung entzogen; als er daher am Morgen des Tages, an dem die soeben erzählte Begegnung zwischen Celio und Morosina stattfand, den Dogenpalast verließ, um sich nach Hause zu begeben, kannte er deren Ergebnis bereits Punkt für Punkt. Die Ohnmacht seiner Gemahlin, die Anwesenheit Chirichillos bei der Unterredung, die freiwillige Selbstauslieferung des Cavaliere, alles Dinge, die ihm Bernardo nach Schluss der Senatssitzung umgehend mitgeteilt und die ihm ausreichend Anhaltspunkte geliefert hatten, um sich auch die Einzelheiten vorstellen zu können. Im Augenblick war er vor allem von dem äußerst unklugen Entschluss des jungen Mannes überrascht und unangenehm berührt und grübelte während der Heimfahrt nicht wenig darüber nach. Er hatte alles vorhergesehen und alle Vorkehrungen getroffen, um die Umsetzung dieses Vorhabens zu vereiteln; nun aber mit ansehen zu müssen, wie dieser junge Mann sich über alles hinwegsetzte, das ihm gleichsam aufgedrängte Glück hartnäckig verschmähte und ein hoffnungsvolles jungen Leben achtlos wegwarf, das trieb dem alten Inquisitor ehrlich gesagt die Galle hoch. Als er allerdings aus der Gondel stieg, wischte er diese Gedanken mit einer Handbewegung beiseite. «Nun gut, dann machen wir das Türchen eben für alle auf!», brummte er, die Treppe hinaufsteigend. «Wenn wir dann Lust bekommen, sie einzeln wieder einzufangen, wird es uns an Leimruten nicht fehlen.»

Bald darauf trat er ins Zimmer seiner Gemahlin, die sich von ihrer Ohnmacht erholt hatte und mit Chirichillo melancholische Gespräche führte. Er sah die Anzeichen des furchtbaren Schmerzes, die immer noch auf dem bleichen Gesicht des Mädchens lagen, und das bekümmerte ihn sehr, obwohl er so tat, als bemerke er nichts, ja, als hege er ihr gegenüber sogar ein Quäntchen Groll. «Meine liebe Morosina», sagte er, «du kommst mir ein wenig traurig vor heute: Sollte vielleicht das lange Fasten schuld sein…? Komm, komm mit hinüber, die Suppe ist schon aufgetragen, und etwas Warmes wird dir guttun.»

«Danke!», erwiderte das Mädchen, indem sie sich wankend erhob, dennoch aber voll herzlicher Fürsorge dem Gemahl den Arm bot.

«O nein, nein!», rief dieser, gerührt von so viel Güte. «Heute wirst du Wunder erleben…! Ich könnte seiltanzen…! Ja, ich will dir sagen, diese unverhoffte Anwandlung von Kraft lässt mich vermuten, dass es dem Ende zugeht und dass es mir ergeht wie der Kerze, eh sie erlischt.»

«Oh, wie könnt Ihr so reden!», sagte Morosina im Ton himmlischen Erbarmens. «Ich glaube und hoffe, ich bete zu Gott, dass Er Euch noch recht lang im Kreis Eurer Lieben und zum Heil unseres Vaterlandes erhalten möge.»

«Dann ist mein Wohlbefinden vielleicht Wirkung deiner Gebete», meinte Formiani.

Chirichillo, der ihnen folgte, bekreuzigte sich, denn der Tonfall des Inquisitors schien ihm nicht ausreichend von echtem Glauben durchdrungen. Morosina hingegen sah ihren Gemahl liebevoll an und rückte, dem Kammerdiener zuvorkommend, den Stuhl für ihn zurecht, damit er sich setzen könne.

«Und der Podestà…? Und Don Gasparo?», fragte der Inquisitor. «Los, ruf sie, Chirichillo, sonst kommen sie womöglich erst zum Abendessen, der eine, weil er schläft, der andere, weil er deklamiert.»

Doch diesmal bestätigte sich Formianis scharfsinnige Vermutung über die beiden Freunde nicht;

seit einer Stunde saßen sie unten in einer Weinlaube und genehmigten sich einen Vorgeschmack auf das Mittagsmahl.

«Exzellenz Alvise? Exzellenz», hatte der Maestro gerufen, nachdem er die vierzigste Oktave des neunten Gesangs rezitiert hatte.

«Was…? Was gibt's…?», hatte der Podestà geantwortet, die Ellbogen in der Luft und sich mit den Fäusten die Augen reibend. «Teufel, wie mich der Hunger plagt!»

«Das ist eine schreckliche Stunde für Sie, Exzellenz, da Sie trotz Lesung meines Poems so leicht der Schlaf übermannt.»

«Sapperlot, das mag wohl stimmen…! Aber findet Ihr nicht, mein lieber Don Gasparino, dass das Essen sehr lange auf sich warten lässt?»

«Ja, Exzellenz, es lässt lange auf sich warten, es ist bald vier, und der Hausherr ist scheint's noch immer nicht heimgekehrt; aber heute gab es im Senat eine große Debatte um die Neutralität der Republik, und…»

«Genug, genug, ich habe verstanden…! Aber sollen denn wegen der Neutralität wir hier verschmachten…? Könnten wir uns nicht unterdessen in der Weinlaube ein Gläschen genehmigen?»

«Oh, fürwahr! Auch meine Kehle ist etwas trocken geworden!»

«Gehen wir also!»

«Gehen wir.»

Dieser Dialog hatte eine Stunde zuvor stattgefunden und mag erklären, weshalb der Podestà und Don Gasparo dem Essen wenig Ehre erwiesen und ihre Münder mehr zum Gähnen als zum Essen auftaten. Chirichillo war auch nicht besser aufgelegt, und Morosina war schon gar nicht zum Lachen zumute, weshalb Formiani ganz allein die Unterhaltung bestritt, mit jenen Scherzen, die ihm gewöhnlich immer leicht und lebhaft von den Lippen kamen, doch an diesem Tag hatten auch sie etwas Gequältes. So verging dieser Tag, stumm und unter verhaltenen Seufzern, verstohlenen Blicken und geflüsterten Scherzen.

Am Abend blieb der Inquisitor sehr lange wach, führte weder mit Bernardo die üblichen Gespräche, noch nahm er die übliche Dosis Opium in Gestalt von Don Gasparos Poem zu sich, ja, er schickte sogar Martino fort, indem er sagte, er wolle sich allein auskleiden. Noch um zwei saß er in seinem Lehnstuhl, und ihm standen die Vorschläge zu einem Bündnisabkommen mit der Königin von Ungarn vor Augen, die am selben Morgen vom britischen Botschafter, dem Grafen von Holderness[115], unterbreitet worden waren.

«Wir wollen doch sehen, ob dieses Schreckgespenst sie zu einer Entscheidung bewegt!», murmelte er. «Nach langem Hin und Her habe ich diese Herren Engländer schließlich doch dazu gebracht, dass sie uns Druck machen!» Er grübelte, seufzte, murmelte lang vor sich hin; dann machte er sich ein paar Notizen auf ein loses Blatt, zog sich in seinen Alkoven zurück, legte sich ins Bett und schlief bei Morgengrauen ein.

Am nächsten Morgen war er schon um acht Uhr auf den Beinen, und um zehn erhob er sich im Senat, um die Bedingungen zu verlesen, die Maria Theresia für einen Angriffs- und Verteidigungspakt geltend machte. Man stelle sich vor, wie sich die Gesichter der Senatoren verfärbten, als Formiani diesen Vorschlag in festem und bestimmtem Ton vortrug! In die Staatsschatulle greifen, neue Truppen ausheben, Feuer an die Lunten der Kanonen legen, das erschien diesen edlen Catonen[116] gleichbedeutend mit drei Todesurteilen; und ein Schauder der Angst bekundete alsbald deutlicher als jeder Widerspruch, welcher Meinung der Senat hinsichtlich dieses Bündnisses zuneigte. Die Ärmsten! So klein hatten sie sich zusammengeduckt, um von den Vertretern der auswärtigen Mächte übersehen und vergessen zu werden, und ausgerechnet da musste so ein Witzbold von einem Engländer daherkommen und sie aus ihrem Schlupfwinkel hervorzerren! «Ducken wir uns noch mehr zusammen! Verkriechen wir uns unter die Erde! Tauchen wir unter im Wasser, damit man uns in Ruhe lässt wie die harmlosen und unnützen Krebse!» Das war der Ratschluss, zu dem diese bibbernden Herzen gelangten. Endlich fand die Angst Worte; ein Erster erhob sich und sprach sich gegen die Opportunität dieses Abkommens aus; und nach dem Ersten ein Zweiter, nach diesem ein Dritter und so weiter bis zum Siebten; alle bekannten wortreich ihre entsetzliche Furcht vor dem Krieg und ihre unbezwingliche Liebe zu Ruhe und Dämmerschlaf, worin sie aufgewachsen waren und worin sie zu sterben gedachten... Das Wort «sterben» wurde jedoch nie ausgesprochen, denn den Zungen und Ohren der Herren Senatoren war es schlicht unerträglich. Nach sieben solchen Plädoyers, worin die Gefahr eines Krieges für tödlich erklärt wurde, erhob sich Formiani zu einer Antwort. Zunächst beglückwünschte er den Senat zu der edlen Beharrlichkeit, womit dieser an den friedliebenden Traditionen der Republik festhalte; zu der feinen Humanität, die barbarischen Kanonendonner und raues Waffenhandwerk scheue; schließlich zu der umsichtigen Erwägung, den Untertanen keine neuen Lasten aufbürden, der strapazierten Landwirtschaft und dem labilen Handel keine neuen Erschütterungen zumuten zu wollen; dann allerdings wunderte er sich ein wenig, dass die sieben Redner sich so lange dabei aufgehalten hatten, etwas zu beweisen, wovon doch alle fest überzeugt waren.

«Niemand hier hat behauptet, es sei notwendig, mit der Königin von Ungarn ein Bündnis einzugehen», fuhr er fort. «Auch will sich meines Wissens niemand in den unsicheren Sold Ihrer britischen Majestät begeben, wie uns vorgeschlagen wurde.[117] Niemand hält diese Republik für so stark oder so schwach, dass sie sich auf Veranlassung anderer in Streitigkeiten einmischen sollte, aus denen sie sich schon früher zu ihrem Besten herausgehalten hat. Hier endet meine Pflicht als Referent der Tatsachen. Nun möchte ich aber darauf hinweisen, dass es einen Unterschied gibt zwischen der Vorsicht des Klugen und der Vorsicht des Toren, und der besteht darin: Der Tor weicht zurück und reizt mit solcher Furchtsamkeit seine Angreifer immer noch mehr, während der Kluge standhaft bleibt, keinen Schritt vor tut, aber auch keinen zurückweicht und dadurch Feinde wie allzu aufdringliche Freunde gleichermaßen in Schranken hält. Morgen», setzte er hinzu, «werde ich die Mittel aufzeigen, wie wir das Bündnis begründet ablehnen können und den Frieden mit allen erhalten, ohne uns in irgendjemandes Abhängigkeit zu begeben.»

So endete seine Rede an diesem Tag; am folgenden Tag nahm er sie wieder auf und bewies, dass inmitten all der Gefahr die bewaffnete Neutralität der einzig gangbare Weg war. Er sprach über die Ursachen des Krieges, über die militärische Macht der Gegner, die heikle Zwischenposition der Republik; er verschreckte die Kleinmütigen, indem er ausmalte, wie die Königin von Ungarn aus Wut über das verweigerte Bündnis bereit sein würde, mit ihrem Heer, das sie eben in ihren Landen aushob, über die Wehrlosen herzufallen; er köderte die Ruhmsüchtigen, indem er auf die Auszeichnungen anspielte, womit Ihre katholische Majestät[118] die Verfechter einer solchen Neutralität überhäufen würde; er setzte sich also dafür ein, dass der von ihm selbst klug vorgebrachte Bündnisvorschlag zu einem Beschluss führte, so mannhaft, wie die altersschwachen Einrichtungen der Republik und die nachgiebige Trägheit der Signoria es gestatteten. Und so beschloss der Senat noch am selben Tag auf Formianis Vorschlag hin die Aufstellung von 24 000 Mann (keine geringe Zahl für die damalige Zeit) an den Ufern der Etsch.[119] Bei Bedarf konnten die im Verbund mit den spanischen und neapolitanischen Truppen den Unmut der Königin beschwichtigen, verstärkt durch deren Einheiten schienen sie andererseits ein hinlänglich starker Damm gegen die spanischen Übergriffe.[120] Und so kam durch Formianis Wirken das unfassliche Wunder zustande, dass Angst einen festen Entschluss gebiert. Aber das Sprichwort sagt, den Topf muss man beim Henkel anfassen, und auf dieses Sprichwort lief letztlich die ganze Weisheit des alten Politikers hinaus.

Nach dieser Sitzung schien es den Senatoren, als seien sie zu den ruhmreichen Zeiten zurückgekehrt, da Venedig als Schiedsrichterin zwischen den Kreuzfahrernationen aufgetreten war; und ein jeder, noch überrascht von dem, was er getan, hielt sich für einen Fabius oder Camillus.[121] Der Name Formianis aber, des Siegers in dieser denkwürdigen Abstimmung, wurde in allen Cafés und auf allen Plätzen begeistert gefeiert.

«Auch heute haben wir das Leck in der alten Galeere noch einmal gestopft», sagte er sich auf dem Heimweg. «Nun wollen wir an uns selber denken und versuchen, unsere beiden Turteltauben zur Vernunft zu bringen.»

An diesem Tag war er ausgezeichneter Laune, und als er am Abend im Geheimtribunal erschien, trat er vor seinen Kollegen mehr wie ein Vorgesetzter auf denn wie ein Gleichgestellter. Als er daher rundheraus den Vorschlag machte, den Prozess gegen diese lächerliche Adelsverschwörung beizulegen und nicht vor den Rat der Zehn zu bringen, fand er bei Seiner Exzellenz Marcoligo volle Unterstützung, und der dritte Richter widersprach nur sehr leise. «Glaubt mir», entgegnete Formiani diesem in geheimnisvollem Ton, «auf dem Grund dieser Sache liegt ein trüber Bodensatz, den wir besser nicht aufrühren sollten. Ihr wisst ja von der Existenz einer gewissen Geheimgesellschaft mit weitverzweigten Verbindungen, die von einflussreichen Personen des Auslands, sogar von Herrschern gelenkt wird, heißt es... und die sich vorgenommen hat, die Welt reinzuwaschen... Hier bei uns, seht Ihr, verhält sie sich ruhig; lassen wir sie also ihre Pläne zur Reife bringen, die immer auf tönernen Füßen stehen werden... Lassen wir dieses Wespennest in Ruhe, andernfalls, versteht Ihr, könnte man uns von auswärts übel mitspielen... mit was weiß ich... womöglich mit einer Kriegserklärung... natürlich unter anderem Vorwand, versteht sich... und dann, Teufel...! Obendrein bedienen sich diese Gesellschaften nicht eben der harmlosesten Mittel, und eine bittere Schokolade, ein scharf gewürzter Happen, fein in eine Pastete verpackt, könnte demjenigen den Magen verderben, der unsinnigerweise darauf beharrt, sie aufstören zu wollen... Wer weiß, vielleicht haben sie ja bereits jetzt, da ich zu Euch spreche, begonnen...»

«Ja, ja, bereiten wir der Sache ein Ende!», rief mit ersticktem Stimmchen der dritte Kollege und betastete seinen Bauch.

«Ich hätte der Angelegenheit schon seit geraumer Weile eine Ende gemacht», sagte Marcoligo, «und ich hatte alles so eingerichtet, dass man diesen Schafskopf von Carmini mit einer einfachen Standpauke...»

«Ich weiß, ich weiß», fiel ihm Formiani ins Wort, «dass der erlauchte Kollege Marcoligo mit der Dummheit des Grafen Carmini gut fährt; ja, ich weiß sogar, dass er, um dieses sein Schäfchen aus dem Dornengestrüpp zu befreien, eigenmächtig einen gewissen Neapolitaner vor die Tür gesetzt hat...»

«Alles, um der Sache ein Ende zu machen!», murmelte Marcoligo.

«Ach ja, hm? Dann war es also, um alldem ein Ende zu bereiten, dass Ihr vor drei Tagen der Verhaftung dieser Wirrköpfe zugestimmt und dem Carmini Straffreiheit zugesichert habt?»

«Das geschah... Euch zu Gefallen!», erwiderte Marcoligo.

«Genug!», sagte Formiani. «Was ich unter Straffreiheit verstehe, habe ich Euch gezeigt; doch ich versichere Euch, dass Carmini mit den anderen freikommt; ich wollte nur, dass auch er seinen Anteil zahlt, und Euch zugleich vorführen, dass er nicht nur der größte Esel unter den Angeklagten ist – wofür er nichts kann –, sondern auch der größte Schurke.» Bei diesen Worten zog er unter der Toga die Papiere hervor, die Tramontino ihm ausgehändigt hatte.

«Wohlan, ziehen wir einen Schlussstrich darunter», sagte Marcoligo.

«Gnade für alle!», rief der Dritte.

Und sie unterzeichneten den Befehl, dass sämtliche des Vergehens der Rebellion angeklagten und vor drei Tagen in die Gefängnisse der Inquisition verbrachten Personen nebst des seit sechs Monaten dort weilenden Grafen von Sorrent binnen einer Stunde freizulassen wären.

Um halb zehn, nach einem arbeitsreichen Tag, saß Formiani ganz allein in einer Ecke seines Empfangszimmers. «Teufel», murmelte er, «alles glückt mir, nur diese Angelegenheit mit dem Erben will keine Fortschritte machen...! Und dass dieser Taugenichts von Vettore meine Zechinen einstreichen soll... O nein, nein, nein...! Wenn es mir diesmal nicht gelingt, so mag der Name

Formiani zum Teufel gehen, und ich vermache alles... dem Armenhaus...! Ach, meine liebe kleine Gemahlin...! Und dabei weiß man nicht, wie man es anstellen soll, diesem gebenedeiten Weibe böse zu sein...!»

Bald darauf traten Morosina und Chirichillo ein, und scherzend sagte er zu ihnen, er habe eine schöne Überraschung für sie bereit; dabei blickte er fortwährend auf die Uhr, bis gegen elf geräuschvoll die Tür aufging und hinter Bernardo, der die Portiere hochhielt, der Cavalier Terni im Saal erschien.

Unwillkürlich sprang Morosina da von ihrem Stuhl auf; die Ärmste, sie war zu bedauern, denn obwohl sie mit ihrem Mann über Celio gesprochen und dieser ihr mit aller Bestimmtheit versichert hatte, sie könne im Hinblick auf ihn gänzlich beruhigt sein, war sie doch nicht darauf gefasst gewesen, ihn so bald wiederzusehen. Sie verbarg ihre Freude jedoch ganz in ihrem Herzen und setzte sich wieder hin, völlig verwirrt von dieser unbedachten Regung.

Chirichillo, der überhaupt nicht verwundert war, blickte nacheinander den Cavaliere, das Mädchen und den Inquisitor an und begleitete die dreifache Frage mit einem dreifachen Seufzer.

«Oh, die Gefangenschaft war aber eine kurze,

Cavaliere», begann Formiani. «Meinen Glückwunsch.»

«Das verdanke ich Ihnen, Euer Exzellenz!», antwortete Celio mit einer Verbeugung.

«Mir?», erwiderte der alte Herr scherzend. «Der Vorsehung, wolltet Ihr wohl sagen, die sich Eurer annimmt, Euch wohlgesonnen ist und weiß, wie sehr Ihr Euren Altersgenossen in jeder Hinsicht überlegen seid, und die Euch das mit jeder Art von Gunstbezeugung beweisen will...! Nun los, Morosina», setzte er hinzu, «begrüß den Cavaliere und freu dich mit ihm!»

«Ich freue mich, Cavaliere!», sagte das junge Mädchen, wobei sie abwechselnd errötete und erbleichte.

«Ich danke Ihnen für Ihre Güte», antwortete Celio traurig.

«Ei, was für eine Ziererei!», rief der Inquisitor. «Ihr kommt mir ja wahrhaftig vor wie die Marionetten...! Nun gut, wenn es so ist, will ich die Drähte ziehen, damit Ihr eine gute Figur macht...! Los, vorwärts Cavaliere», fuhr er fort, indem er Celio beim Arm nahm und ihn zu seiner Gattin schleifte. «Tut Eurer Höflichkeitspflicht Genüge und küsst der Dame die Hand.»

Am ganzen Leib zitternd und wie widerstrebend kam Celio näher; mit zwei Fingern ergriff er diese schneeweiße und fein geformte Hand und senkte zögernd seine Lippen darauf.

«Sapperlot!», dachte der Inquisitor, «zu meiner Zeit war man nicht so frostig.» Doch rieb er sich die Hände, als er sah, dass der Cavaliere seinen Mund länger auf dieser Hand ruhen ließ, als die Etikette es vorschrieb. In der Tat war Celios Seele ganz darauf ausgerichtet, die reine Wollust dieses Kusses auszukosten, und in diesem Augenblick war alles andere vergessen.

Aufs Höchste verwirrt sah Morosina, die Ärmste, sich um und begegnete einem Blick Chirichillos, der besagte: «Standhaftigkeit!» Der Blick war nicht vergebens, denn das Mädchen fasste sich, lächelte dem Cavaliere zu und sagte zu ihm: «Von ganzen Herzen teile ich die Freude meines Gatten, Sie in so wunderbarer Weise aus der Enge des Kerkers befreit zu sehen!»

«Das war in jeder Hinsicht eine gute Lektion», entgegnete der junge Mann, den die sittsame Zurückhaltung des Mädchens wieder zu sich gebracht hatte und der es ihr nun an Seelenstärke gleichtun wollte. «Seien Sie versichert, dass ich in diesen zwei Tagen mehr gelernt habe als in den vergangenen fünf Jahren, da ich in Padua studierte.»

«Und doch wart Ihr auch dort schon unter den Besten!», mischte Formiani sich ein.

«Ich weiß ja nicht, wie es bei den anderen ist», erwiderte Celio lächelnd. «Von mir weiß ich, dass ich ein echter Hohlkopf war, als ich hinkam, und als ebensolcher wieder abgefahren bin; außer dass ich vielleicht gelernt habe, mich höher einzuschätzen, als ich tatsächlich wert bin.»

«Das ist viel», entgegnete Formiani, «denn diese Meinung von Euch habt Ihr mit den besten und dauerhaftesten Argumenten in den Köpfen der anderen verankert. Wenigstens schlottert dieser Degen, der an Eurer Seite hängt, nicht vor Angst, wie bei unseren kleinen Stutzern, die sich fürchten, ihn geschliffen zu tragen!»

Nachdem so Überraschung und Befangenheit des ersten Augenblicks überwunden waren, kam das Gespräch wie üblich auf die Neuigkeiten des Tages, und man sprach von der bewaffneten Neutralität der Republik, von der Vortrefflichkeit dieses Ratschlags, von der nicht auszuschließenden Möglichkeit eines Krieges und der sichersten Haltung, die in einem solchen Fall einzunehmen wäre. Celio und Morosina, sich selbst und aller anderen Gefühlsbelange vergessend, redeten so, wie im Senat von Venedig seit hundert Jahren nicht mehr geredet worden ist. Aufrechten und von Liebe beseelten Sinnes ergingen sie sich einmütig in wohlbegründeten Überlegungen, treffenden Bemerkungen, leidenschaftlichen Gesten; und es schien ihnen undenkbar, dass angesichts des Hohns von Fremden, die die Republik der Ohnmacht geziehen hatten, das Patriziat nicht zur Kraft und Entschlossenheit eines Dandolo oder eines Zeno zurückfinden sollte.[122] Formiani ließ die beiden jungen Leute reden, und von Zeit zu Zeit zuckte auf dem Grund seiner tief in ihren Höhlen liegenden Augen ein Blitz der Begeisterung auf – so viel vermag großherzige Empfindung, die sich durch Aug und Ohr mitteilt und selbst die skeptischsten Herzen bewegt; doch wie gesagt, das war nur ein Blitz, der auch beinah in einer Träne erloschen wäre, wenn sich nicht wieder das übliche Grinsen auf die schlaffen Lippen des Inquisitors gelegt hätte.

«Nein, ich verzage nicht mehr!», rief Celio schließlich mit einem feurigen Blick auf Morosina. «Wenn ich bedenke, wer ich noch vor drei Monaten und bis vorgestern war; und wenn ich dann in mich gehe und sehe, wer ich jetzt bin, dann habe ich kein Recht mehr, an anderen zu zweifeln.»

Chirichillo, der von dem Winkel aus, in dem er saß, alles beobachtete, hatte diesen Blick des Cavaliere gesehen und war verärgert; Formiani hatte ihn ebenfalls bemerkt und jubelte innerlich.

«Ei, was sagt Ihr denn da, Cavaliere?», bemerkte er nun. «Ihr fühlt Euch so erneuert und habt doch nicht genug Einsicht, um den Abstand zwischen Euch und diesen Schranzen und Scharwenzlern um das Goldene Buch zu ermessen...? Schweigt still!», versetzte er, da er sah, dass Celio antworten wollte. «Ich bin alt und verstehe davon mehr als Ihr. Ihr habt aus bloßem Nachahmungstrieb und jugendlichem Übermut heraus getan, was ich zu meiner Zeit tat und die jungen Leute von heute aus natürlicher Verdorbenheit tun. Ich will Euch Gerechtigkeit widerfahren lassen und deklarieren, dass Ihr besser seid als wir!»

Bewegt und stolz über das hohe Lob, das Celio von einem mit Lob geizenden Mann wie Formiani gespendet wurde, warf Morosina ihrem Gemahl einen Blick des Dankes zu, dem jungen Mann einen Blick der Liebe. Chirichillo bebte, dem Inquisitor aber lachte das Herz.

«Jetzt muss ich gehen», sagte Celio und erhob sich. «Und seien Sie versichert, Exzellenz, dass Ihre Worte den Gewissensbissen, die ich mir wegen meines Hochmuts machte, die Spitze genommen haben. Ich werde Ihnen mein Leben lang dankbar sein dafür!»

«Ihr geht?», sagte Formiani. «So hoffe ich aber doch, dass Ihr uns gestattet, Eure Befreiung morgen bei Tisch zu feiern, und dass Ihr kommt, um mit uns darauf anzustoßen?»

«Das wäre mir eine große Ehre», antwortete Celio bescheiden, «doch schwerwiegende Gründe zwingen mich, Venedig morgen früh bei Tagesanbruch zu verlassen, und es wird mir auch längere Zeit nicht vergönnt sein, an diese bezaubernden Gestade zurückzukehren.»

«Wie ...? Venedig verlassen? Lange nicht zurückkehren?», rief der Inquisitor aufrichtig überrascht und verärgert. «Was ist denn das für ein Tort, den Ihr uns da antut? Ich hoffe sehr, das ist nur ein Scherz?»

Unterdessen hatte er wutentbrannt Morosina und den Cavaliere gemustert, doch als er sie in stillem Einvernehmen sah, unter Schmerzen zwar, aber doch fest entschlossen, die Trennung auf sich zu nehmen, flaute sein Zorn ab und wurde zu Ärger, aus dem Ärger wurde Erbarmen und aus Erbarmen Bewunderung. Der Schreiber, hochzufrieden und gerührt, hatte Mühe sitzen zu bleiben.

«Tut, wie Euch beliebt, Cavaliere», sagte Formiani mit bewegter Stimme und ließ die Arme schlaff herabhängen.

«Danke, Exzellenz!», erwiderte Celio. «Ihre Güte mir gegenüber würde Ihnen alles Recht geben, über mich zu verfügen; danke für diesen Urlaub, und glauben Sie mir, Sie werden nie einen beflisseneren Diener haben als mich.»

«O ja!», rief Morosina, als ob ihre Seele nicht schweigen könne, wenn Celios Seele sprach.

Chirichillo, der sich erhoben hatte, trat hinter sie und zupfte sie am Ärmel, worauf sie sich zu ihm umwandte und ihm ins Ohr flüsterte: «Sei ganz unbesorgt, mein guter Alter, der Cavaliere ist ein Mann von Ehre.»

«So geschehe denn Euer Wille!», sagte Formiani, während er Celio zur Tür begleitete.

«Signora... wenn Sie etwas zu bestellen hätten... nach Asolo», sagte dieser, «so bitte ich Sie... verfügen Sie frei über mich...»

«Empfehlen Sie mich... meiner Frau Mutter sehr... so Sie Gelegenheit haben, sie zu sehen», antwortete Morosina.

Es mag unmöglich scheinen, aber in diesen Worten der beiden jungen Leute lag die gegenseitige Versicherung glühendster Liebe, und wenn nicht der Hoffnung, so doch immerwährender Treue.

Als Celio fort war, trat der Inquisitor in die Mitte des Raums, mit einer Miene, wie man sie noch nie an ihm gesehen hatte. Er war verärgert, gerührt und verwundert zugleich, er sah Chirichillo und dann Morosina in einer Art und Weise an, die sich hier schlecht schildern ließe. Er wollte eben von seiner Gemahlin Abschied nehmen, um sich in seine Gemächer zu begeben, als Adriana und Moretta in den Saal stürmten; hinter ihnen ein sehr schöner und blasser junger Mann mit Bart und langem schwarzem Haar, der sich vor ihm auf die Knie warf. Die Zofen ihrerseits ergriffen die Hände Seiner Exzellenz, küssten und streichelten sie, und alle drei riefen: «Oh, welche Großmut! Welche Dankbarkeit...! Gott segne Sie...! Die Muttergottes und der heilige Gennaro mögen Sie beschützen!»

Das war, wie man sich denken kann, Graf Giorgetto, der sich, eben aus dem Gefängnis entlassen, beeilte, Formiani seine Aufwartung zu machen, denn ihm verdankte er die gute Behandlung in all diesen Monaten und die wiedererlangte Freiheit.

Als er durch das Tor in den Palast hineineilte, hatte er den guten Carlino mit dem Ellbogen angerempelt, sodass dieser der Länge nach aufs Pflaster fiel; doch kaum hatte Adriana den schönen Neapolitaner erblickt, kümmerte sie sich nicht weiter um ihren Liebsten und lief jenem über die Treppe hinauf nach, wo sie auch Moretta begegneten, und so kamen sie alle drei zusammen, um dem Herrn für seine gütige Fürsprache zu danken. Unterdessen war der Verlobte der verführerischen Blondine wieder auf die Beine gekommen, wischte sich die Jacke ab, die ihm bei seinem Sturz von den Schultern gerutscht war, und brummte vor sich hin: «Sapperlot, der reinste Teufel, dieses Mädchen! Ich hab mich gefürchtet vor dem Schatten, der da vorbeigehuscht ist, sie aber wie der Blitz hinterher, um zu sehen, was das ist…! Oh, das Teufelsmädchen; und was für ein Glück, sie bei mir zu haben…! Ich möchte wetten, sie hält mir auch diese Schlange von Vincenzo in Schach…!» In solche Gedanken vertieft, lehnte sich der gute Kerl an die Tür und wartete, dass die Schöne wieder herunterkäme.

Der Inquisitor zeigte sich allerdings nicht sonderlich erbaut von den Segenswünschen und Handküssen des Sorrentiner Grafen und seiner beiden Fürsprecherinnen. Ja, nachdem er einsilbig etwas erwidert hatte, machte er dieser Begeisterung kurzerhand ein Ende, indem er nach Bernardo rief, der wie gewohnt wie ein Kobold zu Stelle war. «Lebt wohl, meine Kinder!», sagte der alte Herr. «Und schlaft gut!»

Dann gab er seiner Gattin einen innigen Kuss und sagte, sie solle nun bald zu Bett gehen, sie müsse müde sein, dann zog er sich selbst in seine Gemächer zurück.

Nach zwanzig Jahren war dies der zweite Abend, an dem er Bernardo nicht dem gewohnten Verhör unterzog, sondern ihn mit ein paar spärlichen Worten entließ, weshalb dieser sich beim Hinausgehen beunruhigt nach seinem Herrn umsah.

«Nichts, nichts, mein Freund!», sagte der Inquisitor, dem nichts entging. «Du wirst mir morgen berichten; heute brauche ich Ruhe.»

In der Tat, kaum war der Cappanera hinausgegangen, löschte er das Licht und streckte sich zum Schlafen aus. «Potztausend!», murmelte er bei sich. «Ich bin doch wirklich übel dran...! Gerade dann, wenn ich es wirklich nicht brauchen kann, laufen mir zwei Heilige über den Weg...! Und bei Gott Heilige, wirkliche Heilige, da kann man nichts sagen...! Ach, aber was für liebe und schöne Seelen dagegen...! Ach, wenn doch nur alle so wären...! O ich Unglückseliger!» Hier verstummte er, wie um einem neuen Gefühl, das sich in seinem Herzen zu regen begann, nachzugehen und zu lauschen. «Ja, es ist besser so!», schloss er befriedigt.

Dann schlief er friedlich ein, und als er am nächsten Morgen von Martino geweckt wurde, löste er sich eben aus einem Traum, in dem er Celio und Morosina zu sehen gemeint hatte, in Weiß gekleidet und mit schneeweißen Rosen bekränzt, wie sie vor ihm niederknieten und er sie von der Höhe herab segnete. «Ach, ich bin mir ein schöner Heiliger, dass ich Segnungen erteilen sollte!», rief er, als er sich aufsetzte, um seine Schokolade zu trinken. «Genug, ich will es versuchen…! So mag der Name Formiani denn erlöschen.»

XI
Die Vorsehung

Vierzehn Tage nach Celios Abreise kehrten auch der Podestà und Chirichillo nach Asolo zurück, dorthin gerufen von den unaufhörlichen Klagen der Signora Cecilia, die sich in diesen zwei Monaten ihrer Abwesenheit zunächst damit vergnügt hatte, die Amtsgeschäfte gründlich durcheinanderzuwirbeln, dieses Zeitvertreibs jedoch nun überdrüssig zu werden begann und ihr einsames Leben langweiliger fand denn je. Morosina trennte sich schweren Herzens von ihren beiden Alten, und ihr Gemahl fühlte mit ihr. Kaum waren sie fort, sagte er, um sie trösten, mit einem traurigen Lächeln zu ihr: «Nun komm, mein Weibchen, diese Trennung wird die letzte und die kürzeste sein.» Und damit schien er sagen zu wollen: «Bald bin ich nicht mehr, und dann kannst du gehen, wohin es dir beliebt.»

Doch das junge Mädchen zeigte sich jedes Mal so betrübt, wenn ihr Gemahl in dieser Weise auf so traurige Ereignisse anspielte, dass er sich beeilte hinzuzusetzen: «Ich wollte sagen, dass wir sie und Signora Cecilia recht bald wieder einladen, und dann geben sie alle miteinander der Podesteria einen Fußtritt und bleiben hier bei uns.»

Doch in Wahrheit fühlte Formiani seit einiger Zeit, wie ihm das Alter immer beschwerlicher wurde; bis Mitte September schleppte er sich noch so dahin, doch er verfiel zusehends, und schließlich musste er das Bett hüten, mit sehr geringer oder gar keiner Hoffnung, je wieder aufzustehen.

Von da an war Morosinas Leben ganz christliche Aufopferung. Unentwegt zu Gott beten für die Ihren und ihren Mann; diesen tagsüber pflegen, des Nachts bei ihm wachen; ihn auf jede erdenkliche Weise von den finsteren Bildern und trüben Gedanken ablenken, die ihn bisweilen quälten; ihn trösten, wenn er verzagt, ihn beschwichtigen, wenn er ungeduldig, ihn bestärken, wenn er gut gelaunt war – so gingen ihre Tage einförmig in frommer Pflichterfüllung dahin. Niemals mehr als jetzt erwies sich der ganze unerschöpfliche

Reichtum ihre Güte; und die völlige Selbstvergessenheit, die eifrige und liebevolle Pflege des Kranken trugen ihr die Bewunderung ihrer ganzen Umgebung ein. Einen solchen Einfluss übte ihr engelgleiches Wesen aus, dass der Patient, dem sonst von Natur aus jeder Lärm, jede Medizin, jede Störung unerträglich waren, sich nach und nach wandelte; und zuletzt beteuerten die älteren Bedienten im Haus, als gesunder, junger Mann sei ihr Herr nie so heiter und ausgeglichen gewesen wie jetzt, obwohl er nun altersschwach und dem Tod nahe war.

Celio hatte treu an seinem im Stillen geleisteten Schwur festgehalten und sich nie mehr in Venedig blicken lassen; auch Morosina wahrte mit peinlichster Gewissenhaftigkeit ihr Gelöbnis, das sie Gott, sich selbst und Chirichillo gegeben hatte, und erwähnte weder je den Namen des jungen Mannes, noch fragte sie nach ihm. Erst als sie nach der Rückkehr des Vaters nach Asolo von diesem einen Brief erhielt, öffnete sie ihn mit heftigem Herzklopfen; und das Auge, unwillkürlicher Übersetzer der geheimsten Wünsche, blieb unvermittelt an zwei Zeilen hängen, in denen es hieß, der Cavalier Terni sei dort oben, man sehe ihn selten, immer blass und einsam, gleichwohl scheine er bei guter Gesundheit; im Übrigen halle der ganze Umkreis wider von Segenswünschen wegen der Wohltaten, die er mit vollen Händen austeile – was beim Lesen dieser Zeilen in Morosinas Herz vorging, kann sich jeder vorstellen; trotzdem empfand sie fast Gewissensbisse wegen dieser geheimen Freude und eilte mit dem Brief ans Bett ihres Gemahls, um ihn ihm zu zeigen.

Als der alte Herr die beiden Zeilen las, lächelte er liebevoll darüber. «Na geh, mein Töchterchen», sagte er, «ihr habt recht, wenn ihr Gutes tut, denn früher oder später wird der Herr es euch lohnen!»

Das junge Mädchen sah ihm ins Gesicht, als verstünde sie nicht, aus welchem Anlass diese im Übrigen vollkommen richtige Maxime vorgebracht wurde.

«Ich weiß, wovon ich spreche!», fuhr der Kranke fort, «und eines Tages werdet ihr es auch wissen.»

Dieser neu erlangte Seelenfrieden Formianis wich nie mehr von ihm, während der ganzen langen und schweren Krankheit nicht; fast hatte es den Anschein, als weite sich der Horizont seines bis dahin aller Hoffnung baren Lebens in dem Maße, in dem er dessen zeitliches Ende näher rücken sah; oder als hätten sich ihm, der bis dahin nur so dahingelebt hatte, nun endlich Grund und Ziel seiner irdischen Pilgerfahrt erschlossen.

Morosina, die dieses Wunder gewirkt hatte, ehrte darin demutsvoll das Werk Gottes.

Die Verhandlungen zwischen Carmini, der Canean und Marcoligo hatten unterdessen zur Doppelhochzeit geführt, die Ende Oktober in der Dogenkapelle[123] von San Marco gefeiert wurde.

Costanzina hatte sich schon im Voraus ihren *cavalier servente*[124] ausgesucht, einen sehr schönen jungen Mann von der geziertesten und geputztesten Art, der bei der Hochzeit als Trauzeuge auftrat. Nicoletto, dieser einfältige Tropf, hatte sich von Momolino einreden lassen, er sei in die Canean verliebt, und merkte erst am Fuß des Altars, dass der Freund nicht recht hatte; aber obwohl er der Braut tausend Grimassen schnitt, sprach er aus Folgsamkeit dann doch das verhängnisvolle «Ja»; Momoletto büßte seinen Einfluss auf den jungen Herrn übrigens nicht ein, ja, er setzte ihm so zu und schmeichelte ihm so sehr, dass er ihn im Verlauf von acht Tagen so weit hatte, dass er Papa und Mama für die vorzügliche Wahl dankte. Erstaunliche Macht der Überredung! Riet die Erfahrung dieser ersten Woche dem armen, unbedarften Kerl doch das genaue Gegenteil. Wie vertraglich vereinbart, bemühten sich die neuen Verwandten um die Aufnahme der Familie Carmini ins Goldene Buch, und das entsprechende Dekret wurde dem Gewissen der Senatoren schließlich gegen Zahlung von dreitausend Zechinen abgepresst. Man denke sich nur, wie eingebildet Graf Fabio nun daherstolzierte!

Nach etwas mehr als einem Monat waren die Wunden, von denen er beim Verlassen des Gefängnisses übersät gewesen war, wohl verheilt, und weitgehend gelegt hatte sich auch sein Groll auf die Signoria, die ihm einen so üblen Streich gespielt hatte; doch erst bei dem Festbankett, das zur Feier eines so großen Familienereignisses ausgerichtet wurde, war er wieder ganz der Alte, und erst da, unter den Vivat-Rufen der Sippschaft, dem Beifall der Schmarotzer, den Huldigungen der Poeten, bei funkelndem Kerzenschein und beim Überschäumen der Gläser trat ihm erneut und verführerischer denn je die erträumte Dogenkappe vor Augen.

Nach ausgiebigem Zechgelage erhob sich die feine respektive unfeine Gesellschaft von der Tafel und begab sich zu den Gondeln; und den Gesetzen der Liebe folgend, verteilte sie sich dort auf verschiedene kleine Grüppchen, wobei natürlich zwischen Ehegatten der größtmögliche Abstand eingehalten werden musste.

Graf Fabio befand sich in einer Gondel mit seiner Schwägerin, der Prokuratorin, und seinem neuen Schwiegersohn Marcoligo, und wie die Gespräche zwischen diesen drei Berauschten aussehen mochten, der eine toll vor Hochmut, die andere vor Liebesgier und der dritte vor Nichtigkeit, das vermag ich mir wohl vorzustellen, aber nicht zu schildern.

Vom Palazzo Carmini, der von der Piazzetta ein gutes Stück weit entfernt lag, führte der Weg zum Canal Grande durch sehr enge Kanäle und unter unzähligen Brücken hindurch. Als sie an die niedrigste und abgelegenste dieser Brücken gelangten, war die Durchfahrt von einem enormen, mit Kohle beladenen Frachtkahn versperrt, und man musste warten, bis der Weg wieder frei wurde. Während nun die Gondolieri auf die Kahnführer einschimpften, löste sich von einem Gerüst, das dort für Reparaturarbeiten im sechsten Stock aufgerichtet war, plötzlich, keiner weiß wie, ein riesiger Stein. Der Graf war eben aufgestanden, um den Drohungen der Gondolieri durch seine Autorität Nachdruck zu verleihen, weshalb der Stein nur die hintere Krempe seines Hutes streifte, mit großem Getöse in die Gondel krachte und den Boden durchschlug; das war indes ein großes Glück für den Grafen, denn wäre er sitzen geblieben, hätte der Stein ihn getroffen. Die Erschütterung, der Lärm und der Schrecken waren dabei so groß, dass die drei Exzellenzen beinah glaubten, sie wären tot. Unterdessen hatte der hintere Ruderer, der durch den Aufprall in den Kanal geschleudert worden war, schwimmend das Ufer erreicht; von dort aus packte er mit Hilfe seiner Kameraden die Gondel, die fast bis oben hin mit Wasser vollgelaufen war, an einer Seite, und es wurden herausgehoben zuerst die ohnmächtig gewordene Edeldame, sodann Graf Fabio, der vor Angst und Ärger ganz gelb im Gesicht war, und schließlich der junge Marcoligo, der plärrte und heulte und im Wasser planschte wie ein Kind.

Für diesen Abend hatten unsere drei Unglückseligen ihre Erfrischung genossen; die Prokuratorin und der Stutzer wurden mit einer anderen Gondel zu ihren Häusern gebracht, um dort die Erkältung, die sie sich geholt hatten, zu kurieren. Der Graf hingegen, obwohl übel zugerichtet und triefnass, blieb stehen und wetterte gegen das Haus, von dem der Stein herabgefallen war. Aber so sehr er sich auch die Seele aus dem Leib schrie und an die Tür pochte, keine Menschenseele ließ sich blicken, und zuletzt wies ihn ein gutmütiger Nachbar darauf hin, dass dieses Haus seit Jahren unbewohnt sei. «Sind denn keine Maurer auf dem Gerüst?», fragte der Graf wütend.

«Bis vor einer Stunde habe ich sie arbeiten hören», antwortete der Nachbar, «aber um diese Zeit sind sie wohl gegangen.»

«Schurken! Ich werde sie alle hängen lassen!», kreischte der kleine Nero.

«Aber glauben Sie mir doch, das war ein Unfall. Und danken Sie Gott, dass Ihnen nichts Schlimmeres passiert ist», mischte sich der Obsthändler von nebenan ins Gespräch.

«Aha, ein Unfall, du lumpiger Hund!», schrie der Graf zu diesem gewandt. «Aha, ‹nichts Schlimmeres› nennst du das, wenn zwei Edelmänner und eine Edeldame von unserem Rang ein solches Bad nehmen müssen! Besser wäre es gewesen, dieser verdammte Stein hätte dir den Schädel eingeschlagen! Ha, ich werd' dir's zeigen, von wegen ‹Unfall› und ‹nichts Schlimmeres› ...!»

Doch für diesmal war es ratsam, die Galle hinunterzuschlucken, nicht zu spucken und still und leise nach Hause zu gehen; ja, auf dem Weg dorthin brachte die kühle Frische seiner Kleider ihn vollends zur Vernunft. Er legte sich umgehend ins Bett, um die Lebensgeister wieder anzufachen, die sich ganz um das Herz zusammengezogen hatten, und obwohl er von grausamer Rache, bis auf die Fundamente eingerissenen Häusern und ganzen Wäldern von Galgen träumte, dauerte dieser Schlaf doch auf die natürlichste Weise bis acht Uhr. Kaum erwacht, rief und klingelte er und verlangte nach der Gondel, warf sich in die Kleider, lief an den Kanal hinunter, schalt die Gondolieri wegen ihrer Saumseligkeit, warf sich unter das Verdeck und befahl: «Zum Dogenpalast! Dort werden wir sehen», sagte er bei sich. «Dieser Hausbesitzer soll mir das Loch in der Gondel mit seinem Kopf stopfen!»

Beglückt erging er sich in solch friedfertigen Gedanken, als er nach einer Biegung besagte Brücke und dieses vermaledeite Haus wieder erreichte; er trat an den Bug und hob herausfordernd den Blick. Doch just in diesem Augenblick hatte sich von einem Balkon im dritten Stock ein riesiger Blumentopf gelöst, der ihm, obwohl er eilends zurückwich, direkt auf den Kopf fiel und ihn am Boden der Gondel niederstreckte. Aus einer klaffenden Wunde oder besser, einem zertrümmerten Schädel troff Blut; Blut aus dem Mund, Blut aus Nase und Ohren, Leichenblässe im übrigen Gesicht, so sah der arme Graf aus, und so schaffte man ihn nach Haus, wo die ganze Familie sich um ihn scharte. Der Arzt, der wenig später herbeieilte, fand indes nur noch einen Leichnam vor. Es folgte ein furioses Spektakel mit Weinkrämpfen und Ohnmachten; aber glücklicherweise sind solche aristokratischen Possen nur Einakter; und vier Stunden später empfing Gräfin Teodora in neuer Trauertoilette die Kondolenzbesuche der feinen venezianischen Gesellschaft, die Komtess tröstete sich bei den Zärtlichkeiten ihres Cicisbeo, und der brave Nicoletto spielte mit seinem treuen Momolino Karten.

Noch am selben Nachmittag erzählte der Cappanera Formiani vom grausamen Schicksal des Carmini. «Armer Graf…!», rief der Inquisitor. «Aber weißt du, das hatte ich mir schon gedacht, dass dieser Tramontino ihm irgendeinen bösen Streich spielen würde…! Er hat bekommen, was er verdiente, und jetzt muss man an die Überlebenden denken, nicht wahr, Bernardo?»

«Ja, Exzellenz!», antwortete dieser.

«Nun denn, so schreib, was ich dir nun sagen werde», begann Formiani wieder; und als der Cappanera sich an den Schreibtisch gesetzt hatte, begann er ihm mit heiserer und abgerissener Stimme zu diktieren:

«Hochverehrte Kollegen vom Rat der Zehn!

Da es dem Diener des hochverehrten Geheimtribunals, Andrea Tramontino, unterlaufen ist, dass ihm aus Unachtsamkeit ein Blumentopf auf den Kopf unseres allseits geliebten Kollegen Graf Fabio Carmini gefallen ist, schlage ich vor, um einer Wiederholung derartiger Fahrlässigkeiten vorzubeugen, dass dem genannten Tramontino eine jährliche Pension von fünfzig Dukaten ausgesetzt und er in seinen Heimatort zurückgeschickt werde. Es bleibt dies dem Gutdünken und Belieben der hochverehrten Herren anheimgestellt.»

Von unsicherer Hand setzte Formiani seine Unterschrift unter dieses Schreiben, und als der Brief versiegelt war, schickte er den Cappanera damit zum Dogenpalast. Eine Stunde später trat der Rat der Zehn zusammen, und trotz der Einwände Marcoligos, der die Enthauptung des Tramontino forderte, wurde dieser aus dem Dienst entlassen und es wurde ihm eine Pension ausgesetzt, wie Formiani es wünschte. Auch vom Sterbelager aus übte er noch immer so viel Macht über seine Kollegen aus, dass sein Ratschlag blindlings befolgt wurde und ein jeder meinte, es liege irgendein hehres politisches Ziel darin verborgen. Diesmal war seine Absicht jedoch einzig und allein die, das schwere Unrecht wiedergutzumachen, das sich die venezianische Justiz dem Tramontino gegenüber hatte zuschulden kommen lassen, und diesen, wenn möglich, auf den Weg wahrer Bußfertigkeit zu führen. Vielleicht wollte er sich auch ein letztes Mal, bevor er diese Welt verließ, über die Albernheit seiner Kollegen lustig machen, indem er sie dazu brachte, den Mörder eines Mannes, den sie am Tag zuvor per Akklamation zum Patrizier gemacht hatten, als Wohltäter des Vaterlands zu preisen.

Was immer der Greis im Sinn gehabt haben mochte, fest steht, dass Tramontino, der in seinen Dienst als Gefängniswärter zurückgekehrt war und sich erwartete, jeden Augenblick festgenommen und wieder in das stinkende Loch geworfen zu werden, wo er schon andere Male monatelang geschmachtet hatte, überraschend Besuch von Seiner Exzellenz Pitocca bekam. Dieser hatte, das sei zur Erklärung des Geschehens gesagt, aus überschwänglicher Freundschaft heraus dem Tramontino Zugang zu jenem Haus verschafft, von dem der Tod des Carmini ausgegangen war; und obwohl er auf das durch Eid besiegelte Schweigen des Gebirglers vertraute, regte sich doch eine gewisse Furcht in ihm; an dem Abend freilich, von dem ich hier berichte, erschien er ganz vergnügt und aufgeräumt bei ihm.

«Was ist?», fragte Tramontino ihn ernst.

«Das ist: Formiani hat die Sache von der guten Seite genommen», flüsterte der andere ihm ins Ohr, «und du bist durch einen soeben gefassten

Beschluss des Rats frei und in den Ruhestand versetzt... Aber komm herunter, und du erfährst mehr, der Cappanera Seiner Exzellenz wartet hier auf dich.»

Langsamen Schrittes ging Tramontino hinunter; von Bernardo eingeladen, stieg er in die Gondel, und so gelangten sie zum Palazzo Formiani, wo der Inquisitor ihn zu sprechen wünschte. Alsbald wurde er in das Krankenzimmer geführt, wo neben dem Bett Morosina saß und ihm bedeutete, still zu sein. Er trat ein wenig zur Seite, bis Seine Exzellenz aus dem Schlummer erwachte; er schlug die Augen auf und ergriff, als er dem Blick seiner Gemahlin begegnete, eine ihrer Hände und drückte sie, so fest er konnte. Morosina sah ihn lächelnd an, und als sie sich umwandte, um dem Holzfäller zu bedeuten, er solle näher kommen, wischte sie verstohlen eine Träne ab.

«Ah, da bist du ja schon, du Gauner!», sagte der Kranke hustend. «Erzähl mir doch ein wenig, wie es bei dem Abenteuer zugegangen ist...!»

«Aber... Exzellenz...!», murmelte Tramontino und deutete mit den Augen auf Morosina.

«Ich verstehe», antwortete der Patient und gab sich Mühe, der geschwächten Stimme Nachdruck zu verleihen, «aber du wirst zugeben, dass es ziemlich üble Taten sein müssen, wenn man sich schämen muss, sie vor einem Mädchen zu bekennen! Wer hat dir denn die Befugnis erteilt, dir selbst dein Recht zu verschaffen ...?»

Tramontino senkte den Kopf und sagte kein Wort. Hatte den Unglückseligen tags zuvor noch die Erinnerung an den ungesühnten Tod seiner Frau gepeinigt, plagten ihn heute dreimal so schlimme Gewissensbisse wegen des begangenen Verbrechens.

«Nun komm, ich verzeihe dir!», fuhr Formiani fort, indem er den Kopf ein wenig vom Kissen hob. «Ich verzeihe dir, und hienieden ist damit alles beglichen; Gott möge dir aber die rechte Buße auferlegen, und du sei darauf bedacht, sie guten Mutes zu ertragen!»

«O Exzellenz!», rief Tramontino düster und fast weinend. «Wenn Sie wüssten, wie es in meinem Inneren aussieht!»

Morosina beobachtete und schwieg. Ihr galten Sünder, Unschuldige oder Verführte gleich, und dieser Mann, der, wie sie am Ernst der Vorhaltungen erkannte, schwerste Schuld auf sich geladen haben musste, schien ihr daher weder Anlass zu Furcht noch zu Abscheu zu geben.

«Betet zum Herrn, und alles Weitere überlasst Seinem weisen Ratschluss», sagte sie zu Tramontino gewandt.

«Ja», fügte Formiani hinzu, «aber zu Gott beten heißt, so viel Gutes tun, als man vermag; und das muss in deiner Lage dein ganzes Bestreben sein, um Seine Verzeihung zu erlangen.»

«Danke, danke!», antwortete der Gebirgler und weinte wie ein Kind.

«Ich habe dich rufen lassen», hob der Alte etwas lebhafter wieder an, «weil es dir freisteht, in den Mantello zurückzukehren, und dort wirst du die fünfzig Dukaten Pension erhalten, die der Rat dir zugestanden hat. Würdest du vielleicht gern anderswohin gehen?»

«O nein, nein!», rief Tramontino unter Schluchzen. «Ich kehre in mein Häuschen zurück, das mich an meine arme Polonia erinnert, an mein Glück, mein Unglück und meine Schuld...! Ich kehre dorthin zurück, wo ich geboren bin und wo ich, so Gott will, sterben werde.»

«Nun gut, hier unten wirst du meine Gondel nehmen, damit fährst du zum Dogenpalast und holst deine Sachen, sodann weiter nach Mestre; von dort helfe Gott dir weiter; aber es wäre gut, wenn du noch vor morgen Mittag in Asolo wärst.»

«Ich werde vor acht dort sein», antwortete Tramontino und trocknete sich die Tränen.

«Gut, dann pass gut auf, was ich dir jetzt sage», fuhr der Kranke fort, der seiner Stimme durch bloße Willenskraft Festigkeit und Klarheit zu verleihen schien. «Du wirst den Podestà Valiner aufsuchen, Signora Cecilia, den Gerichtsschreiber Chirichillo und Cavalier Terni, Leute, die du gewiss kennst.»

«Ja, Exzellenz!»

«Nun, du wirst ihnen sagen, dass sie alle sich morgen Abend hier einfinden sollen, wenn sie mich noch am Leben finden wollen.»

Morosina machte eine Gebärde echten und verzweifelten Schmerzes.

«Ach, das ist nur so eine Redensart», murmelte Formiani, der bereute, dass er sich diese Worte hatte entschlüpfen lassen. «Das ist nur, um ihnen Eile zu machen, damit sie bald kommen. Hast du verstanden, Tramontino?»

«Es soll geschehen», antwortete dieser.

«Und vor Mittag.»

«Vor acht.»

«Nun ruf ruhig Bernardo, er wird dich bis Mestre begleiten.»

Der Cappanera trat ein, und auf ein Zeichen seines Herrn sagte er Tramontino, dass die Gondel bereit sei. Da fiel dieser vor dem Bett des Inquisitors auf die Knie, ergriff dessen Hand, küsste sie wieder und wieder und erging sich in Danksagungen.

«Genug, genug», sagte der Kranke sanft. «Und sei wieder der Ehrenmann, der du ehedem gewesen bist!»

«Zweifeln Sie nicht daran, Exzellenz!», antwortete Tramontino, während er dem Cappanera zur Tür folgte und die Hand auf sein Herz legte. «Eher lasse ich mich umbringen, als dass ich es noch einmal wage, zu meiner Verteidigung auch nur einen Finger zu rühren.»

«Leb wohl», sagte der Kranke. Und als der andere gegangen war, setzte er hinzu: «Ich erhoffe mir Gutes von ihm; besser hätte man dem Marcoligo den Kopf abgeschlagen als diesem hier.»

Formiani verbrachte eine ausgesprochen ruhige Nacht, und Morosina hoffte, die Besserung würde am folgenden Tag weiter fortschreiten; doch dem war nicht so, im Gegenteil, heftiges Fieber befiel ihn, das bedrohlicher war als die Entkräftung vom Abend zuvor. So verschlimmerte sich sein Zustand bis zum Mittag, und obwohl der Arzt Morosina viel Tröstliches sagte, war doch klar, dass der Kranke um diese barmherzige List wusste und dass die beiden sich vermutlich abgesprochen hatten, um sie zu beruhigen. Gegen zwei Uhr nachmittags tat ein sehr starkes Beruhigungsmittel vorzügliche Wirkung und stärkte die Kräfte des Greises aufs Wunderbarste, sodass er sich zu seiner

Gattin wandte und sie liebevoll ans Herz drückte. «Arme Morosina!», sagte er, «ich habe dich sehr, sehr unglücklich gemacht, wo es doch vor vier Monaten, wenn ich dich recht gekannt und zu schätzen gewusst hätte, in meiner Hand lag, dich glücklich zu machen... Oh, ich bereue das bitter, sehr bitter, musst du wissen!»

«Aber, was sagt Ihr denn da?», stammelte das Mädchen. «Ihr habt mir stets mehr Liebe und Achtung erwiesen, als ich verdiene!»

«Hab Dank, vielen Dank für deine guten Worte», antwortete der alte Herr, indem er ihr die Hand aufs Haupt legte. «Aber ich versichere dir, wenn der Tod näher rückt, sieht man die Dinge klar, da ist es nicht länger möglich, das Gewissen zum Schweigen zu bringen!»

«O Gott!», rief das Mädchen weinend. «Aber wozu martert Ihr Euch denn so, Ihr, die Ihr mich stets wie eine Tochter geliebt habt? An mir ist es, Euch zu danken und die Muttergottes zu bitten, dass sie Euch noch viele Jahre zu unser aller Wohl am Leben erhält.»

«Chirichillo hat mich nicht verraten», dachte Formiani, und er wusste dem Gerichtsschreiber Dank, dass er ihm die Achtung und die Dankbarkeit der Gattin bewahrt hatte. «Genug!», sagte er laut. «Gott hat mich fast vierundsiebzig Jahre am

Leben erhalten, damit ich einem Engel begegne; und eine große Sünde ist mir nun Grund für tiefste Reue…! Gepriesen sei Seine Güte…! Gegen Ihn sind wir Politikaster hier unten doch bloß erbärmliche Wesen! Wir wollen nach links, und da macht Er, dass wir uns nach rechts wenden…! Ich hoffe, Er wird mir vergeben…! Und auch du, du wirst mir auch vergeben, nicht wahr, meine liebe Morosina?»

«Euch vergeben? Aber was denn nur…? Ihr, Ihr vielmehr vergebt mir eine schwere Schuld, die mir auf der Seele lastet, dass ich Euch nicht all meine Gefühle bekannte, bevor ich den Trauring empfing.»

«Oh, du bist ein Engel!», antwortete der Greis gerührt. «Sogar Schuld wird in deinem Herzen zur Tugend!»

Da vernahm man das Geräusch von eiligen Schritten auf dem Korridor, dann sprang plötzlich die Tür auf, und eine kleine, untersetzte Frau stürzte mit ausgebreiteten Armen und Tränen in den weit aufgerissenen Augen auf das Bett des Inquisitors zu.

«O Nicoletto! Mein armer Nicoletto…», rief sie verzweifelt. «Wie schlecht du aussiehst, mein armer Alter…! Oh, ich Unglückliche!»

Formiani, zunächst überrascht von diesem unerwarteten Überfall, schob sie, die ihn unbedingt umarmen wollte, sanft von sich. «So seid doch vernünftig, Cecilia...! Seid vernünftig!», sagte er. «Kommt, wir sind doch keine Kinder mehr...! Fasst Euch...! Tröstet lieber Eure Tochter, die Ärmste...! Los, wendet Euch ihr zu und umarmt sie! Sie hat Eure Stelle eingenommen und mich bis jetzt gepflegt...!»

Morosina sah ihre Stiefmutter jetzt zum ersten Mal und näherte sich ihr mit allem Respekt, um ihr die Hand zu küssen.

«Los, Cecilia, ein wenig Herz!», fing Formiani wieder an. «Vor einem Jahr noch hattet Ihr sogar zu viel davon!»

Die Edeldame schien in heftigstem Kampf mit sich selbst zu liegen; schließlich siegte das Gute, und wenn auch unter Schluchzen und Stöhnen, so drückte sie Morosina doch mehrmals an ihren Busen.

«Ja, du bist eine gute Tochter, ich weiß!», murmelte sie mit gebrochener Stimme. «Ja... hier einen Kuss... Die Zeiten der Eifersucht liegen ja nun leider hinter mir...! Hier, noch einen, du hast es verdient!»

«Und der Podestà und Chirichillo und der Cavalier Terni?», fragte der Kranke.

«Ach ja, sicher, ich hatte sie ganz vergessen...!

Kommt herein, meine Herrschaften, kommt nur», sagte Signora Cecilia, zur Tür gewandt.

Mit gesenktem Haupt und schwärzer denn je betrat nun der Gerichtsschreiber den Raum, hinter ihm auf Zehenspitzen der Podestà, dessen Augen noch einen halben Zoll weiter aus den Höhlen hervorquollen als gewöhnlich. Zuletzt kam Celio, dessen ganze Erscheinung von Schmerz und stiller Ergebung gezeichnet war.

«Da seid ihr ja alle», sagte Formiani so laut und vernehmlich, wie man es bei einem Mann, der wie eine niedergebrannte Lampe dem Erlöschen nahe ist, nicht erwartet hätte. «Cecilietta, kommt her! Ihr habt mir ja einiges zugemutet, seinerzeit…!»

«Oh, um Himmels willen, Nicoletto, um Himmels willen!», kreischte jene.

«Kommt, seid ganz unbesorgt!», entgegnete der Alte. «Ihr habt deswegen ja auch schon schwere Buße getan; und im Übrigen weiß ich, dass nur Euer lebhaftes, ungestümes Naturell an allem schuld war; und dass da im Grunde viel Gutes ist…!»

«Oh, ich schwöre es dir, Nicoletto, dass ich nie etwas aus böser Absicht getan habe!»

«Ja, ja, das glaube ich schon, und deshalb gebot die Gerechtigkeit, dass wir im Angesicht des Todes Frieden schließen…! Verzeiht Ihr mir also meine Strenge gegen Euch?»

«Ach du, verzeih du mir lieber meine Launen», rief Signora Cecilia weinend. «Oh, was ich dir alles zugemutet habe, armer Nicoletto…!»

«Also der Frieden ist geschlossen!», sagte der Kranke froh. «Reicht mir die Hand, und alles soll vergessen sein… Ich bitte Euch nur, Euren guten Gatten nicht zu schlecht zu behandeln und meine Morosina recht lieb zu haben.»

«Oh, das verspreche ich dir bei meiner Seele.»

«Im Vertrauen gesagt», flüsterte er ihr ins Ohr, «Eure Verbannung aus Venedig ist vor vierzehn Tagen aufgehoben worden, und auch Schwester Agata kann das Seraphinenkloster verlassen, man hat mir versichert, sie habe ihre Unart, sich in Dinge einzumischen, die sie nichts angehen, aufgegeben, sie mag zu Euch zurückkehren, wenn Ihr das wünscht. Aber… vernünftig sein!»

«Oh, danke dir, danke, Nicoletto!», murmelte Signora Ceclia und wollte beinah auf die Knie fallen.

«Gut, und nun kommt Ihr einmal her, Alvise!», fuhr Formiani, zu Valiner gewandt, fort. «Gebt Eurer Gattin die Hand, sie wird von nun an eine echte Hausfrau sein und Euch nicht mehr quälen.»

«Oh, Signora Cecilia hat es immer so gut mit

mir gemeint...! Sie ist so klug, so tüchtig...!», sagte der Podestà weinend.

«Einerlei; wenn sie von nun an etwas weniger klug und tüchtig ist, wird sie es nur umso besser mit Euch meinen», versetzte Formiani. «Und nun, liebe Cecilietta, und auch du, Morosina, und alle anderen, geht hinüber ins andere Zimmer... Oh, guten Tag, Chirichillo, mein armer Alter...! Komm her, komm her...! Ich habe dich keineswegs vergessen, weißt du... aber ich weiß, dass du keiner guten Ratschläge bedarfst, um die ganze Welt zu lieben!»

Der Gerichtsschreiber näherte sich Seiner Exzellenz und küsste ihm, von Rührung überwältigt, stumm die Hand.

«Nun geht alle hinaus», sagte da der Inquisitor. «Ich muss mit dem Cavalier Terni unter vier Augen sprechen, und ich habe keine Zeit zu verlieren.»

Betrübt gingen sie einer nach dem anderen hinaus, nur Celio blieb mit gefalteten Händen, das Kinn tief auf die Brust gesenkt, beim Bett stehen.

«Komm näher, Celio!», sagte Formiani. «Heute ist es mir gestattet, dich vertraulich zu behandeln, denn im Sterben fühlt man sich den anderen verwandtschaftlicher verbunden als in jeder anderen Lebenslage.»

Mit einem tiefen Seufzer trat Celio näher.

«Hör zu», fuhr der Sterbende fort, «du hast viele, viele Gründe, mir böse zu sein...!»

«Nicht einen einzigen!», unterbrach ihn der Cavaliere. «Sie aber haben einen sehr triftigen, mich zu verachten!»

«Ich weiß, dass du Kenntnis von allem hast», antwortete Formiani, «verwehre mir also nicht eine ehrliche Beichte, von der vielleicht mein ewiges Heil abhängt. Ich weiß, dass du alles weißt, Celio; ich weiß, dass du mich zu Recht für einen abgefeimten Alten hältst...»

Der Cavaliere machte eine abwehrende Gebärde.

«Lass mich ausreden», fuhr Formiani fort. «Ich weiß, dass du meine schmutzigen Intrigen kennst und dass du dich, sobald du davon erfuhrst, in heiliger Entrüstung geweigert hast, daran mitzuwirken. Und dabei hätten andere junge Männer ihre Seele dafür gegeben, an deiner Stelle und mir zu Gefallen zu sein und dabei womöglich noch weiterzugehen, als ich es verlangte.»

«Oh, Exzellenz!», rief der Cavaliere mit einer Miene leisen Vorwurfs.

«Exzellenz?», begann Formiani wieder. «Sag lieber ‹Sünder›, ja ‹verkommener Sünder›, denn so fühle ich mich in diesen letzten Augenblicken...!

Oh, an mir, an mir ist es, niederzuknien vor dir und Morosina, diesem Engel...! Ihr beide habt mir die Augen geöffnet und mir gezeigt, wo die Wurzel des Übels lag, die ich seit Jahren stets bei meinen Nächsten suchte und nicht bemerkte, ich eitler Tor, dass ich sie in mir selbst trug!»

«Oh, bei alledem wäre mein Verdienst gering», antwortete Celio gerührt, «denn erst spät habe ich mich eines Besseren besonnen... und das ist einzig und allein das Werk dieses Mädchens, das der Himmel mir gesandt hat!»

«Nun gut», sprach Formiani weiter, «du allein hast das Wesen dieses Engels begriffen; du musst mir daher schwören, dass du ihr zur Seite stehen wirst, ihre Liebe sein wirst und ihr Glück, wenn ich tot bin.»

Ein Schauer überlief Celio.

«Ja...», fuhr der alte Mann fort. «Nimm keinen Anstoß daran, wenn du mich von meinem nahen Ende sprechen hörst. Was die Natur tut, ist wohlgetan. Im Übrigen bist du als Mann mit Stärke gewappnet; darum denk auch wie ein Mann und sei nicht schwächer als ein verweichlichter und vertrottelter Patrizier. Antworte mir: Wirst du Morosina lieben, wie sie es verdient?»

«O ja!», rief der Cavaliere.

«Gut!», antwortete Formiani, eine Träne verschluckend. «Es ist mein Wille, dass ihr sechs Monate nach meinem Tod mit dem Segen Gottes heiraten möget, auf dass mein Name von euch und euren Kindern gesegnet werde! Nun, werdet jetzt bloß nicht sentimental! Was hilft das Weinen? Wir haben von anderen und wichtigeren Dingen zu reden, und Tränen sind dafür ein denkbar schlechter Auftakt.»

Der Cavaliere richtete sich auf und sah dem Inquisitor fest in die Augen, die in jugendlichem Feuer glühten.

«Hör zu», begann dieser und ergriff des Jünglings Hand. «Seit vierzig Jahren regiere ich nun diese Republik, ohne dass es so erscheint. Wie sehr ich mein Vaterland liebe, das weiß Gott allein; du aber kannst es ermessen, weil du dich nicht unter den großen Haufen von Laffen und Hasenfüßen mengst. Schon seit dem Ende des Morea-Kriegs und dem Frieden von 1718 sah ich leider voraus, wohin die Dinge liefen. Nachdem die letzten Illusionen bezüglich einer Vormachtstellung im Orient begraben werden mussten, waren die Traditionen der Republik gekappt; sie war ihrer Seele verlustig gegangen, und übrig blieb bloß ein Leichnam, den man bestenfalls einbalsamieren konnte. So stand es um uns nach dem Abkommen von Passarowitz[125] und heute mehr denn je. Nun kannst du dir vorstellen, wie groß meine Liebe zu diesem Phantom von einem Vaterland sein musste, dass ich all mein Denken und Trachten darauf verschwendete, nicht, sein Leben zu verlängern, das war schon damals am Ende, sondern bloß den Verwesungsprozess vor den Augen der anderen Nationen verborgen zu halten.»

In einer Geste brachte Celio Überraschung und Verzweiflung zum Ausdruck.

«Ja, so tief sind wir gesunken!», fuhr Formiani leidenschaftlich fort. «Vor zwei Monaten, als ich dem Senat die bewaffnete Neutralität aufzwang, war Venedig noch einmal gerettet; und obwohl das nur eine Formel ist, hat sie doch einen so mächtigen Klang, dass sie Venedig schützt. Aber hör zu, Celio, hör zu! Drei Monate lang habe ich dieses Jahr geredet und dem Senat nur mit Mühe dieses Zugeständnis abgerungen; aber bestimmt wird der Tag kommen, da der Senat nicht mehr den Mut besitzt, sich dieser Formel zu bedienen, und dann, sage ich dir, dann wird Venedig fallen!»

«O nein, bei Gott, nein!», rief Celio. «Wenn es fällt, so, um verjüngt und mit neuer Kraft wieder aufzuerstehen.»

«Du bist ein Kind!», entgegnete Formiani kopfschüttelnd. «Fällt es durch Gewalt, gerät es in

Knechtschaft; fällt es durch Verrat, gerät es ebenso in Knechtschaft ...! Die Zeit drängt ... Diese Bewegung im Untergrund, auf die du deine Hoffnung setzt, hat ihr Werk gerade erst begonnen, und vielleicht wird sie den endgültigen Zusammenbruch beschleunigen, ohne ihn rühmlicher zu machen oder Mitleid zu wecken. Glaub mir, Verschwörungen oder mystische Sekten nützen nichts, wo die Gesellschaft in ihrem heiligsten Fundament, in der Familie, morsch geworden ist!»

«Und da ist kein Mann, der diesen Untergang aufhalten könnte?»

«Keiner», antwortete der Inquisitor düster. «Ich selbst, so anmaßend ich bin, hielt mich der Aufgabe nicht für gewachsen. Unter denen, die bleiben, sehe ich keinen, der stark und beherzt genug wäre, erhobenen Hauptes den Thron des Dogen zu besteigen und sämtliche Kräfte des Staates in einer Hand zu bündeln ... Aber was rede ich da von Kräften ...? Diese Kräfte müssen erst ins Leben gerufen werden, und dazu bedarf es leider des Einzigen, woran Mangel herrscht, nämlich Zeit. Mein Neffe hegte diesen Ehrgeiz, sich die Dogenkappe aufzusetzen, und Graf Carmini ebenso. Beide sind aus dem Rennen geschlagen, und so ist das Feld nun frei für Marco Foscarini[126], einen Mann von großem Geist und noch größerem Herzen, würdig zumindest, dem Begräbnis der einstigen Königin der Meere beizuwohnen.»

«Und gibt es denn keine Rettung? Ist das Eure feste Überzeugung? Sollte es wirklich kein Mittel geben?», fragte Celio, ganz von Kühnheit und Glauben beseelt.

Formiani dachte ein Weilchen nach, und in seinen Augen schien sich etwas von der Glut zu spiegeln, die aus Celios Blicken sprühte; doch der Widerschein erlosch, und mit schwächerer Stimme als zuvor antwortete er: «Kein Mittel! Und dies wollte ich dir sagen, bevor ich sterbe, denn sollte sich über dem Grab dieser unserer Republik eine Stimme erheben, die sie verfluchen und ihr Andenken schmähen will, sollst du entgegnen können, dass es da einen Mann gegeben hat, einen Mann von Herz, der alles gesehen und alles vorhergesehen hat, und doch…? Und doch wie jedermann sein Haupt unter den Willen Gottes beugen musste…! Denn Venedig wird fallen; ja, es wird fallen, Celio, wie das assyrische, das babylonische, das römische Reich gefallen sind, wie jede menschliche Einrichtung fällt, wie auch ich sterbe, durch das Wirken dieser geheimnisvollen und unheilbaren Krankheit, genannt ‹Zeit›.»

«Oh, um Himmels willen!», rief der Cavaliere voller Glut. «Um Himmels willen, lasst dies nicht

Euer letztes Wort sein...! Für jedes Leid gibt es einen Trost, für jede Krankheit ein Heilmittel, in jedem Unglück eine Zuversicht, nach den ewigen Gesetzen der Natur...! Um Himmels willen, wenn da noch irgendwo ein Hoffnungsschimmer ist, zeigt ihn mir... und dann mögen sich meine Augen für immer schließen..., wenn es sein muss!»

«Ja, ich sehe Licht, das allbelebende Licht!», rief Formiani, wie angesteckt von der Begeisterung des jungen Mannes. «Ein Geist, ein Geist ist vonnöten; aber ein großer Geist, ein mächtiger Verstand und ein Wille aus Stahl...! Zerbrechen, zerschlagen, zerstören, das ist seine Aufgabe; und aus dem wenigen, was bleibt, eine festgeschlossene mazedonische Phalanx[127] bilden und so den Übergang schaffen zu besseren Zeiten und besseren Generationen. Celio, trägst du einen solchen Geist in der Brust?», rief der Inquisitor und richtete sich halb auf. «Hast du einen solchen Verstand, solche Willenskraft?»

Celio streckte die Hände zum Himmel empor, und so hielt er sie eine Weile, wie von übermenschlicher Eingebung erleuchtet; die Arme jedoch sanken ihm herab, und die wie zu einer Befragung Gottes und der Zukunft nach oben erhobene Stirn neigte sich.

«Ich bin allein!», murmelte er; und der eben noch als ein Held erschienen war, weinte nun wie ein Kind.

«Du hast recht! Du bist allein!», wiederholte Formiani und fiel wie tot zurück auf das Kissen.

Celio wischte sich die Tränen ab, als schäme er sich dafür, und beugte sich an sein Ohr. «Ich bin allein», antwortete er, «aber meine Kinder werden nicht allein sein, weil das Unglück zu großmütigen und edlen Gefühlen erzieht. Ich bin allein, aber die Enkel werden zu Tausenden sein, die Urenkel Millionen!»

Bei diesen Worten des Cavaliere schien Formiani sich wieder zu beleben und selige Zuversicht an die Stelle der fiebrigen Erregung zu treten, die zuvor von ihm Besitz ergriffen hatte. «Ja, ja», erwiderte er mit halb erloschener, aber fester Stimme, «du erteilst dem alten Inquisitor noch eine Lektion. Die Zeit, die Zeit, sie ist unser Verbündeter, unser Rächer! Hoffen wir auf die Zeit!»

«Hoffen wir auf die Zeit und auf den, der über sie gebietet», erwiderte Celio feierlich.

Der Inquisitor faltete die Hände und hob den Blick zum Himmel. «Celio», sagte er nach kurzer Sammlung, «Gott schenke dir ein langes Leben und vielleicht Ruhm. Da ich zwei Seelen wie dich und Morosina auf der Welt weiß, scheide ich nicht ohne Hoffnung aus diesem Leben.»

Bald darauf trat das junge Mädchen wieder ein und sah ihre Rechte durch die Hand ihres sterbenden Gemahls mit der Celios vereint. Von welch unterschiedlichen Empfindungen diese drei Seelen erfüllt sein mochten, die von sehr weit auseinanderliegenden Positionen ihren Ausgang genommen hatten und nun am Rand eines Grabes in einem einzigen großen Gefühl zusammenfanden, werden viele zu erahnen, wir aber nicht zu beschreiben in der Lage sein. Am zufriedensten von den dreien war aber gewiss der Sterbende, der mit einer guten Tat aus einem Leben beständiger Enttäuschung sanft in die Ewigkeit der Hoffnung einging.

Tags darauf verschied Niccolò Formiani in den Armen seiner Gemahlin, unter den Tränen seiner und unserer Freunde; ein Mann, der ausnahmslos alle Gaben des großen Staatsmannes und ausnahmslos alle Laster des venezianischen Edelmanns in sich vereinte: Erstere durch die Schlechtigkeit der Zeiten und der Menschen beeinträchtigt; die anderen gemildert durch die für seine Heimat und seine Zeit typische, einzigartige Güte, die verhängnisvollerweise vielleicht gerade die verdorbensten Naturen in einem barmherzigen und schmeichelhaften Licht erscheinen lässt.

Seinem Willen gemäß wurde drei Tage später im Beisein Morosinas, Valiners und dessen Frau, des Cavalier Terni, Chirichillos und Don Gasparos sowie eines Abgesandten des Dogen das Testament, welches das Datum des letztvergangenen August trug, durch Bernardo, den Cappanera, eröffnet. Darin wurde Morosina zur Alleinerbin der Besitztümer Formianis eingesetzt, mit der Auflage, die Kammerdiener, Diener, die Frauen und das gesamte Hauspersonal lebenslang in ihren Diensten zu behalten oder ihnen, falls sie es anders wünschten, bei der Gründung eines Geschäfts oder Handwerks behilflich zu sein. Der Signora Cecilia, Bernardo und Don Gasparo wurden stattliche Renten ausgesetzt; dem zum Testamentsvollstrecker ernannten Cavalier Terni wurden die Familienpapiere und im Besonderen eine kleine Schatulle überantwortet, die der Erblasser eifersüchtig gehütet hatte und die der Cavaliere am Tag nach seiner Hochzeit mit Morosina öffnen und samt Inhalt verbrennen sollte. Ferner war der Wunsch ausgedrückt, dass diese Hochzeit sechs Monate nach seinem Tod, nicht früher und nicht später, stattfinden solle. Schließlich war noch die Rede von einem zum Hause Formiani gehörigen

Fideikommiss[128] mit vierhundert Dukaten Rente, den der Erblasser seinem geliebten Neffen Vettore als Pflichtteil vermachte.

Nach Verlesung und Annahme des Testaments löste sich die Versammlung auf; doch Morosina in ihrem Zartgefühl nahm an dem Letzten Willen des Inquisitors tief greifende Veränderungen vor, denen Celio großzügig zustimmte, und erklärte schon am folgenden Tag ihren Verzicht auf die Erbschaft Formiani zugunsten des Neffen Seiner Exzellenz. So glaubten die beiden im Sinne des Verstorbenen zu handeln, dessen Seele sich, nunmehr allem kleinlichen irdischen Groll enthoben, noch im Himmel über dieses gute Werk freuen musste.

Dass diese umgehende Rückgabe des Erbes in Venedig für erhebliches Aufsehen sorgte, braucht nicht gesagt zu werden; die Meisten wussten freilich nicht, ob sie diesen Akt als Großzügigkeit bewundern oder eher als Verrücktheit bedauern sollten.

Der hochwohlgeborene Vettore, der bei der Nachricht von seiner Enterbung vor Angst und Beklemmung schon auf bestem Wege war, seinem Onkel nachzufolgen, wäre ihm im Überschwang der Freude fast tatsächlich nachgefolgt, als er von dem unerwarteten Erbverzicht erfuhr. Für diesmal kam er zwischen Skylla und Charybdis unbeschadet davon, und wenn die Gläubiger ihm dann das Fell über die Ohren zogen, sodass trotz des üppigen Erbes nicht genügend «Kleingeld» übrig war, wie der Inquisitor sich auszudrücken pflegte, um die Dogenkappe an sich zu bringen, blieben ihm doch immerhin Zechinen genug, um in den diversen Theatern für seine Gemahlin sieben Logen zu halten und den unzähligen gemeinsamen Lastern aufs ausgiebigste zu frönen. Von den Bediensteten richteten einige sich bei ihm ein, andere machten von der Großzügigkeit des Verstorbenen Gebrauch und legten sich, der eine einen Kramerladen, der andere eine Geflügelhandlung, der dritte ein Café zu. Von Giorgetto verlassen (er hatte sich urplötzlich nach Mailand abgesetzt, vielleicht, um dort das verblasste Grafentum aufzufrischen), nahm Adriana den braven Carlino zum Mann, und wie glücklich sie dabei war, mögen all jene sagen, die ihre Männer an der Nase herumzuführen pflegen. Don Gasparo zog sich nach San Geremia zurück, wo er das üppige Legat, das sein Herr ihm hinterlassen hatte, mit den dortigen Büßerinnen verprasste; im Übrigen aber gedachte er seiner stets in Dankbarkeit und bekundete dies durch Abfassung von dreißig Oktaven am Tag, bis das Poem vollendet war. Und da fand sich ein verrückter Drucker (damals gab es so etwas noch), der es übernahm, das Poem auf eigene Kosten herauszubringen. Beim Stöbern an Buchständen könnte man auf ein Duodezbändchen stoßen, das den Titel *Formianäis* trägt: Um Himmels willen, kauft es nicht, und sollte der elende Trödler es euch auch um den Papierwert überlassen – es ist das Poem des Don Gasparo!

Schwester Agata, die einstige Ratgeberin und Haushofmeisterin Signora Cecilias, wollte das Seraphinenkloster nicht mehr verlassen und starb dort wenige Jahre später im Geruch der Heiligkeit. Schließlich zogen nur Bernardo und Moretta mit Morosina nach Asolo, wohin sich die Familie zunächst begab; der Erste aus Verehrung und Andenken an seinen Herrn, die Zweite aus Zuneigung zu ihrer kleinen Herrin.

An so viel Glückseligkeit hatte auch Chirichillo seinen Anteil; er war nun aus seinem Amt als Gerichtsschreiber in den Ruhestand entlassen und betätigte sich wieder als einfacher Dilettant in der Küche. Doch die Rosen waren nicht ohne Dornen für ihn; manches Mal, vor allem, wenn er allein war, tat der gute Alte einen tiefen Seufzer, und wenn er sich dann in seine überirdischen Betrachtungen versenkte, verabschiedete er sich anschließend nicht mit dem üblichen Lächeln von ihnen, sondern ihm war zum Weinen zumute. Was war denn der Grund für diesen geheimen Kummer des guten Mannes, werdet ihr fragen; und ich will euch sagen, dass er sich die heftigsten Vorwürfe machte wegen des ungünstigen Urteils, das er jahrelang über Formiani gehegt und das durch dessen letzte Taten so triumphal widerlegt worden war. Das reute ihn wie eine schwere Verfehlung, und er hielt sich auch dadurch nicht für entschuldigt, dass die Bekehrung des alten Inquisitors erst spät erfolgt war; denn ihm kam vor, es könne nicht von Grund auf schlecht gewesen sein, wer dann auf einmal so einzigartige Güte an den Tag gelegt hatte.

«Ob der Herr mir wegen dieser Sünde», brütete der Schreiber bei sich, «noch drei oder vier Leben in diesem Jammertal auferlegt...? Umso besser», tröstete er sich. «Im Paradies hätte ich das Gute nur für mich, hier unten kann ich es für andere wirken, und das ist an sich schon ein solches Vergnügen, dass es für mich gleich zweimal das Paradies ist...! Oh, wenn ich doch nur Kaiser würde...! Dann sollte man sehen, wie ich sie ordentlich zurechtstauche, diese Tölpel von Menschen, die alle Platz genug haben zum Gehen und doch beständig ihrem Nächsten auf den Füßen herumtrampeln...!»

Um nun noch alles Weitere zu erzählen: Die Vermählung Celios und Morosinas fand an dem von Formiani festgesetzten Tag statt. Danach nahmen sie ihren Wohnsitz in Caneva, dem Schauplatz ihrer unschuldigen Kindertage, der nun auch zunehmend zum Schauplatz ihres Glücks wurde. In langen Jahren wuchs ihnen eine vielköpfige, schöne Kinderschar heran – das ist doch ein plumpes Plagiat der letzten Seite der *Promessi Sposi*[129], werden die Kritiker sagen. Ach, könnte ich doch nur alles bei Manzoni stehlen! – Aber in diesem Fall ist der Vorwurf unberechtigt, denn während Manzoni die Anzahl der Kinder Renzos und Lucias nicht kannte oder uns nicht nennen wollte, kann ich euch versichern, dass meine Brautleute in zwanzig Ehejahren zwölf Kinder bekamen. Am Tag nach der Hochzeit (ich hatte vorher vergessen, es zu berichten – wie vieles ich vergessen habe! Und an wie vieles ich mich nicht genau erinnere! Wofür ich hier in Klammern um Verzeihung bitte) öffnete Celio die Schatulle, die Formiani ihm zur Aufbewahrung anvertraut hatte. Und was meint ihr, fand er darin? Die Insignien und Ritualgegenstände der Freimaurer, die er, wie ihm aufgetragen, verbrannte und vernichtete; da wurde ihm aber auch klar, was der Inquisitor gemeint hatte, als er auf dieses Wirken im Untergrund anspielte, das die Grundfesten der Republik unterminierte, für ihn aber Gegenstand lebendiger, wenn auch ferner Hoffnung war. Wir wüssten nicht zu sagen, ob Celio dieser Auffassung in seinem Denken und Handeln beipflichtete; offenbar lebten er und seine Frau völlig abseits vom ruchlosen Getriebe des vergangenen Jahrhunderts und wirkten lediglich mit an den Anfängen jener breiten moralischen Erhebung, auf welche sich die Erneuerung eines Volkes gründen kann.[130] Der Podestà und Signora Cecilia teilten mit den jungen Leuten den Wohnsitz in Caneva und das Glück noch vieler langer Jahre. Aufgrund der Nachbarschaft schloss der ehemalige Beamte innige Freundschaft mit dem Wein aus Conegliano; die Signora hingegen hatte sich mit Leib und Seele dem Rosenkranz verschrieben, und es war ihr ernst damit; denn zusammen mit der frommen Gewohnheit war auch die Güte wieder zum Vorschein gekommen, die Formiani auf dem Grund ihres Herzens gesehen hatte. Dennoch trat niemals der Fall ein, dass Seine Exzellenz Alvise in Gegenwart seiner Gattin eine eigene Meinung hätte fassen oder aussprechen können, und das war die einzige Form von Herrschaft, die die berühmte Dame sich auch weiterhin über ihren Gatten vorbehielt. Die Carminis, ich meine, die noch übrig waren, also Komtess

Teodora, Costanzina, Marcoligo und Nicoletto, lebten ebenfalls noch lange inmitten des öden Pomps von San Marco, der öden Verschwendung in den Spielsälen, der öden Vergnügungen von Bällen und Theatern. Costanzina löste ihre Tante, die Prokuratorin, ab in dem Ruf, eine vollendete Aspasia zu sein; dieser Trottel von ihrem Bruder trat seine Frau schließlich an den treuen Momolino ab, der zum Ausgleich dafür das Amt eines Steuereintreibers des Rats von Venedig erhielt. Von Giannozzo und Tramontino weiß ich, dass sie unsere Freunde in Caneva oft besuchten; und dass sie in den letzten Jahren der Republik, die sie als alte Männer noch erlebten, unter den Ersten waren, die zusammen mit den Banden der Gebirgsbewohner zur Verteidigung des Markuslöwen aufstanden, und unter den Letzten, die sich den napoleonischen Herrschaftsansprüchen beugten. Celio, der wie gesagt Vater einer vielköpfigen Kinderschar geworden war, tat mehrmals das, was ich hier getan habe, und erzählte ihnen in Teilen und Ausschnitten seine Geschichte, damit sie Belehrung und Erfahrung daraus ziehen möchten. Die Moral dieser Geschichten war stets ein von ihm selbst geprägtes Sprichwort: «Herzensgüte ist der Ursprung aller Tugend.»

«Und seht», sagte er zu ihnen, «wer unter all

den Menschen, von denen ich euch erzählt habe, war wirklich anständig und tugendhaft...? Nur eure Mama, meine Lieben, und sie allein, seht ihr, sie allein, hat mit nichts anderem als mit ihrer Herzensgüte aus uns Taugenichtsen, die wir allesamt waren, wenn nicht Heilige, so doch wenigstens anständige Menschen gemacht.»

Zuweilen kam Morosina dazu, wenn ihr Gatte solche Reden führte, und dann schalt sie ihn, weil er ihr ein Verdienst zuschreiben wolle, das ihr nicht im Mindesten gebühre.

«Habt ihr Chirichillo gern, liebe Kinder?», fragte die gute Mama.

«O ja, sehr!», antworteten sie. «Er ist ja unser Großpapa!»

«Nun schön, dann solltet ihr diesen guten Alten nur immer noch fester lieb haben, denn er hat mich, euren Papa und alle miteinander davor bewahrt, Schlechtes zu tun!», versetzte die gütige Frau.

Die Kinder kletterten der Mutter auf den Schoß und küssten sie. Celio setzte sich neben sie und flüsterte ihr ins Ohr: «Es ist doch allzeit wahr, dass du ein Engel an Güte bist!»

XII
Jedes Ende ist ein Anfang

Nachdem man die Menschen, von denen man erzählte oder las, durch viel Schrecken und Elend zu einem sicher gegründeten Glück geführt hat, ist es nicht erfreulich, Zeuge ihres zunehmenden Alters zu werden, ihrer schwindenden Lebensfreude, ihrer Gebrechen und Altersbeschwerden, bis schließlich der Tod kommt und beweist, dass Glück und Unglück nur Tagträume sind. Dieser Wahrheit eingedenk, handelt ein Romancier seit jeher und zu allen Zeiten ausgesprochen weise, wenn er seine Erzählung an der Hochzeitstafel enden lässt, wo dann dem Leser in seiner Imagination die Personen bis auf den heutigen Tag eifrig kauend und aus vollen Bechern trinkend vor Augen stehen.

Diese Regel gilt zu jeder Zeit, für jeden Helden und jede Heldin, nicht aber für meinen über alles geliebten Chirichillo; da für ihn der Tod nur eine Art Wohnungswechsel war, kann ich sein Ende und seinen Anfang getrost erzählen, ohne den Leser traurig zu stimmen.

Er war uralt geworden und in den letzten Jahren vollkommen verblödet, und in Caneva hatte man einen Heidenspaß an seinen Anschauungen, die sich entweder auf Dinge vor seiner Geburt bezogen oder auf solche, die sich erst nach seinem Tod ereignen würden; mit seinem Dasein als Gerichtsschreiber beschäftigte er sich nicht mehr als mit dem des Großkhans.

Zuletzt hatte er sich aufs Engste mit einem ehemaligen Kanzleischreiber angefreundet, der ebenfalls halb blöde war und entweder aus eigenem Wahn oder aus Fügsamkeit gegenüber den Ansichten des Freundes ebenfalls fest davon überzeugt war, schon zehn- oder zwölfmal auf dieser Erde gewandelt zu sein; und nach langem und sorgfältigem Vergleich von Daten, Personen und Umständen hatten die beiden Alten herausgefunden, dass der eine als Henker bei einer bestimmten Gelegenheit den anderen gehängt und dieser seinerseits, als er zu einer gewissen Zeit als Scharfrichter wirkte, dem ersten den Kopf abgeschlagen hatte; dergestalt quitt miteinander, wurden solch innige und zarte Bande zur Grundlage einer umso unverbrüchlicheren Freundschaft.

Übrigens wahrte Chirichillo, der sich ausersehen fühlte, den Thron zu besteigen, dem anderen gegenüber stets eine gewisse herrschaftliche Würde, ja, er hatte ihm sogar, wenn dereinst die Zeit gekommen wäre, bereits ein hohes Amt bei Hof versprochen.

Aber die Gewissensbisse wegen des oben erwähnten voreiligen Urteils plagten den guten Gerichtsschreiber auch weiterhin; und er klagte über gewisse Teufelchen, die ihn zur Strafe für diese Sünde während der Messe an der Perücke zupften; bis Bernardo und Moretta bei eingehenderer Untersuchung der Perücke wohl eine ganze Prozession von Teufelchen entdeckten, keineswegs aber von jener höllischen Sorte, die Chirichillo meinte.

Als er endlich, fast hundertjährig, den Tod herannahen fühlte, ließ er noch immer nicht von seinen Einbildungen ab und wollte um jeden Preis beichten, und er legte auch tatsächlich seine Beichte ab, nämlich Morosina gegenüber, versteifte er sich doch darauf, in ihr jenen Priester von vor zweihundert Jahren zu erblicken, der ihn damals vor der ewigen Verdammnis errettet hatte. Dann neigte er sich zu ihrem Ohr und sagte: «Hör zu, geliebte Seele! Wenn es dir in ein paar Jahren widerfährt, dass du einem Kaiser begegnest… keinem gewöhnlichen, weißt du… nein, einem Kaiser von ganz besonderem Schlag… nun denn… sieh ihn dir an, sieh ihn dir genau an… Ich möchte wetten, wir werden uns wiedererkennen!»

Das waren seine letzten Worte. Chirichillo verschied am 15. November 1768. Ich kann ja nichts verbürgen, aber neun Monate später, am 15. August 1769, kam in Ajaccio Napoleon Bonaparte zur Welt.

ANMERKUNGEN

1 Ein Mädchenpensionat oder einen Orden dieses Namens hat es in Venedig nie gegeben; ebenso wenig existiert in der Stadt eine Riva San Pieretto, wo Nievo das besagte Kloster ansiedelt. Es handelt sich also um eine idealtypische Darstellung, die jedoch durch zeitgenössische Schilderungen, nicht zuletzt in Casanovas *Erinnerungen*, bestätigt wird.

2 Vermutlich Teresa von Avila (1515–1582), Gründerin des Karmeliterordens, Darstellung mit einem von einem Seraphim durchbohrten Herzen.

3 Komische Figur des mürrischen, geizigen Kaufmanns in den Komödien des Venezianers Carlo Goldoni (1707–1793); im übertragenen Sinn für «Tölpel», «Einfaltspinsel».

4 Hier: sehr hohe Damenperücke.

5 Von lat. *«potestas»* für «Amtsgewalt», «Macht»; dem städtischen Adel Venedigs entstammender leitender Verwaltungsbeamter in venezian. Festlandgebieten.

6 Zur Republik Venedig gehörende Orte und Verwaltungszentren in den Festlandgebieten, der sog. Terraferma, Lonigo heute in der Provinz Vicenza, Asolo in der Provinz Treviso liegend.

7 Caneva, heute Provinz Pordenone; Castelfranco, Provinz Treviso; Monselice, Provinz Padua; Monfalcone Provinz Gorizia.

8 Typisch venezian. Koseform des Namens Gerolamo (Hieronymus).

9 *Die* Piazza Venedigs: der Markusplatz.

10 Bezeichnung für die Regierung Venedigs, bestehend aus dem auf Lebenszeit gewählten Dogen und einem zunächst sechs-, seit 1231 neunköpfigen Gremium, das dem Dogen gegenüber nicht nur beratende, sondern auch stark kontrollierende Funktionen hatte.

11 Dieses düstere, pessimistische Sittenbild stimmt weitgehend mit der allgemeinen Auffassung der Historiker überein. Weil sich Venedig aus den europäischen Konflikten, zumal dem span. (1701–1714) und dem österr. Erbfolgekrieg (1740–1748), heraushielt, erlebte die Republik eine lange Zeit des Friedens, die, von politischer Bedeutungslosigkeit begleitet, zugleich eine Phase der Dekadenz und des Niedergangs war. Seinen Glanz und seine europaweite Anziehungskraft verdankte das Venedig des 18. Jh. vor allem der Freizügigkeit seiner Sitten, seiner prunkvollen Festkultur und seinen Spielkasinos.

12 Lat. «aus den Tiefen», Psalm 130,1–8, auch *Der sechste Bußpsalm* genannt, zählt zu den traditionellen Totengebeten der katholischen Liturgie und erfuhr vielfache kirchenmusikalische Vertonung.

13 Der *Consiglio dei dieci* ist neben der Signoria (s. Anm. 10) eines der vielen und vielfältig miteinander verflochtenen Gremien, aus denen sich die Regierung Venedigs zusammensetzte. Wie alle anderen Regierungsorgane rekrutierte auch der Rat der Zehn sein Personal aus dem *Gran consiglio*, dem Großen Rat, der 1172 erstmals als Institution erkennbar wird und dem sämtliche erwachsenen männlichen Mitglieder der Adelsfamilien in Venedig angehörten. Zu diesem Zeitpunkt war auch klar, dass die Volksvertretung aus den Anfängen der Republik, die *arenga*,

keine Regierungsbefugnisse mehr haben würde, Venedig wurde also reine Adelsrepublik. Um die ständig wachsende Mitgliederzahl zu begrenzen, kam es im Jahr 1297 zur berühmten *Serrata del gran consiglio*, der Schließung des Großen Rats, wodurch die Angehörigen jüngerer Adelsfamilien von der Versammlung ausgeschlossen wurden. Diese strenge Regelung wurde ab dem 16. Jh. durch Zulassung neuer Familien immer wieder aufgeweicht, und zur Zeit seines höchsten Mitgliederstands, im Jahr 1527, zählte der Rat 2746 Mitglieder. Die Schwerfälligkeit einer solchen adeligen Vollversammlung liegt auf der Hand. Man versuchte dem durch Schaffung zahlreicher Gremien, Ausschüsse und Kammern abzuhelfen. Eines der einflussreichsten diese Gremien ist der *Consiglio dei dieci*, der Rat der Zehn. Als 1310 versucht worden war, die Adelsoligarchie zugunsten einer erblichen Herrschaft zu stürzen, sollte die daraufhin eingesetzte zehnköpfige Kommission die Sicherheit und Freiheit der Bürger vor Übergriffen politischer Gewalttäter gewährleisten und die Wohlfahrt des Staates schützen. Dabei gibt es nur wenige Kompetenzen, die der Rat der Zehn im Lauf seines Bestehens nicht an sich gezogen hätte. – 1539 wählte der Rat der Zehn erstmals drei Staatsinquisitoren, wovon zwei dem Rat der Zehn und einer der Signoria entstammten, eine Art staatlicher Geheimdienst – nicht zu verwechseln mit einem kirchlich bestallten Inquisitionstribunal. Ursprünglich war Aufgabe dieser Staatsinquisitoren die Bekämpfung von gegen den Staat gerichteten Verbrechen wie Hochverrat oder Verrat von Staatsgeheimnisssen, Spionage, Beleidigung der Regierung, verdächtige Kontakte zu Ausländern. Im Lauf der Jahre weitete sich die Macht der Inquisitoren jedoch beträchtlich aus: Sie waren befugt, sich Spitzel zu halten und bei Kollaboration Straffreiheit zu gewähren, hatten das Recht zu foltern, Haft, Bann oder die Todesstrafe zu verhängen. (Die Befugnis, Straffreiheit zu gewähren – analog der heutigen Kronzeugenregelung – wird im Fortgang des Romans eine zentrale Rolle spielen.) So wurde das Inquisitionstribunal zur gefürchtetsten Institution im Staat, und seine Verteter vom Volk *i babei*, «die Schreckgespenster» genannt.

14 Persönlicher Diener eines venezian. Patriziers, seine Leibwache und häufig sein Vertrauter.

15 Eine als Paulus-Zitat nicht belegbare christliche Maxime.

16 Die neun auf Lebenszeit gewählten Prokuratoren von San Marco hatten im Wesentlichen repräsentative Aufgaben; in erster Linie oblag ihnen die Oberaufsicht über die Markuskirche. Ein Prokurator musste sehr reich sein, um sein Ehrenamt mit Großzügigkeit auszufüllen, das in vielen Fällen Vorstufe zum Dogenamt wurde.

17 Das Adelsregister Venedigs, in dem sämtliche Geburten der Söhne aus Adelsfamilien verzeichnet wurden.

18 Der ital. Frauenname Costanza bezeichnet zugleich die Tugend der Standhaftigkeit.

19 Schlangenhaariges Ungeheuer aus der griech. Mythologie, bei dessen Anblick der Betrachter versteinerte.

20 Seeschlacht von Lepanto 1571, Sieg der Heiligen Liga unter Beteiligung Venedigs über die Osmanen.

21 Gondeln konnten damals einen *felze* genannten Auf-

bau haben, eine kleine, mehr oder weniger fest mit Tür oder Vorhängen abgetrennte Kajüte, in der sehr bequeme Ruhebänke mit Samtkissen angebracht waren. Die Gondel wurde von einem, zwei oder maximal vier Ruderern gefahren.

22 Abendgebet im kirchlichen Tagesablauf.

23 Ital. «Sieben und ein Halb», ein bis heute beliebtes Kartenspiel.

24 Frz. «gewähren lassen».

25 Bezeichnung für verarmte Patrizier, denen die Signoria im Pfarrsprengel San Barnabà Unterkünfte zur Verfügung stellte.

26 Gerichtsschreiber oder Notare, genannt *nodari*, bekleideten im venezian. Staatswesen ein unscheinbares, aber hochwichtiges Amt. Meist bürgerlicher Herkunft, hatten sie gewöhnlich ein Studium der Rechtswissenschaft absolviert und waren in den verschiedenen Kanzleien der venezian. Verwaltung unersetzlich, weil ihre Amtszeit, im Unterschied zu ihren adeligen Vorgesetzten, unbegrenzt war, d.h. sie gewährleisteten Sachkompetenz und Kontinuität in den Amtsgeschäften.

27 Die Festlandgebiete, die Venedig ab Mitte des 14. Jh. zu erobern begann; es waren dies in wechselnder Zusammensetzung und Ausdehnung das heutige Venetien und Teile der Lombardei bis nach Bergamo, das Podelta, Istrien und das Friaul.

28 Zu Caneva, Monfalcone und Lonigo s. Anm. 6 u. 7. Torcello ist die kleinste bewohnte Insel in der Lagune, Monselice liegt heute in der Provinz Padua. Pirano und Muggia liegen im nördlichen Istrien.

29 Die aristotelische Moral betont gemäß der Lehre des griech. Philosophen Aristoteles (384–322 v. Chr.) das

Ideal der goldenen Mitte und das der Gerechtigkeit und räumt der Logik hohen Stellenwert ein; die epikureische Moral nach Epikur (342–271 v. Chr.) erhebt die Erlangung von Gemütsruhe und Leidenschaftslosigkeit zum höchsten Lebensideal.

30 Pythagoras (580–500 v. Chr.), griech. Philosoph und Mathematiker, vertrat die Lehre von der Sphärenharmonie und der Seelenwanderung.

31 Francesco Redi (1626–1698), Verfasser naturwissenschaftlicher Studien sowie eines *Bacco in Toscana* (*Bacchus in der Toskana*) betitelten Poems, worin er ein überschwängliches Loblied auf den Wein anstimmt.

32 Nicola Antonio Porpora (1686–1768), ital. Komponist und Gesangslehrer u. a. des berühmten Kastraten Farinelli; wirkte in Neapel, Venedig, Wien, Dresden und London, Schöpfer zahlreicher Opern, aber auch von *Zwölf Sonaten für Violine und Cembalo*, 1754.

33 Offenbar will Nievo hier Genies auf den verschiedenen Gebieten der Kunst – Dichtung, bildende Kunst und Musik – nebeneinanderstellen: Homer (um 750–um 650 v. Chr.), ältester epischer Dichter des Abendlandes, Verfasser der *Ilias* und der *Odyssee*; Michelangelo Buonarotti (1475–1564), bedeutendster Bildhauer und Maler der ital. Renaissance, u. a. Schöpfer der Malereien in der Sixtinischen Kapelle; Gioacchino Rossini (1792–1868), namhafter ital. Opernkomponist, dessen berühmtestes Werk *Der Barbier von Sevilla* ist.

34 Nachdem der Rat der Zehn 1732 ein generelles Duellverbot erlassen hatte, wurden Verstöße dagegen von den Staatsinquisitoren rigoros verfolgt.

35 Francesco Petrarca (1304–1374), der berühmteste Re-

naissancedichter Italiens, der mit seiner im *Canzoniere* zusammengefassten, an eine imaginäre «Laura» gerichteten Liebeslyrik europaweit stilbildend wurde.

36 Venedig ist in Stadtsechstel, sogenannte *sestrieri*, aufgeteilt; neben Castello sind dies: Santacroce, Dorsoduro, San Polo, San Marco und Canareggio.

37 Im Venedig des 18. Jh. war die Hauptmahlzeit ein drei- oder mehrgängiges Mittagessen, *il pranzo*, das im Lauf des Nachmittags eingenommen wurde, wenn die Amtsgeschäfte der Serenissima beendet waren. Am Vormittag gab es ein kleines Frühstück und spätabends nach dem Spiel einen Imbiss, die *cena*.

38 Lat. «Präzedenzrecht»: Kodex über die zeremoniellen Privilegien bei der Herrschaftsrepräsentation von Standespersonen.

39 Der Senat ging zwischen 1229 und 1232 aus einem Gremium von vierzig gewählten Personen hervor, den *pregadi*, und hatte sich bis zum 16. Jh. auf 300 Mitglieder erweitert. Diese mussten dem Großen Rat entstammen. Der Senat als oberstes Verwaltungsorgan Venedigs befasste sich mit Fragen der Finanzverwaltung, der Außenpolitik, Ernennung von Amtsträgern in Kirche, Botschaften und auf der Terraferma; ferner oblag ihm die Oberaufsicht über das Militär; da die Senatoren auch im Großen Rat eine dominierende Rolle spielten, lag die politische Macht Venedigs de facto bei ihnen.

40 Venezian. Ausdruck für «Bettler»; in Kapitel IX wird erklärt, was es mit dieser Exzellenz Pitocca auf sich hat.

41 Zur Zeit der Romanhandlung waren in Venedig etwa achtunddreißig Münzarten im Umlauf; die wichtigsten davon waren Dukaten und Zechinen in Silber

oder Gold; daneben gab es aber auch *tallero*, *soldo* und *lira*.

42 Eines der berühmten und stets gut besuchten venezian. Cafés bei San Moisè.

43 Im Sinne der inneren Sicherheit des Staatswesens war venezian. Patriziern der Umgang mit ausländischen Gesandtschaftsangehörigen untersagt. Zumal Kontakte zur frz. Gesandtschaft wurden mit besonderem Misstrauen betrachtet, weil über sie aufklärerisches Gedankengut in die Stadt gelangte; so war Jean Jacques Rousseau 1743/44 Gesandtschaftssekretär in Venedig, und Casanova wurde 1753 u.a. wegen seiner Kontakte zum frz. Gesandtschaftssekretär de Bernis von der Staatsinquisition verhaftet und in die Bleikammern gesperrt.

44 Anspielung auf das Abstimmungsverfahren im Großen Rat und im Senat, wo Zustimmung bzw. Ablehnung mit verschiedenfarbigen Kugeln kundgetan wurde. Ein «Antrag Manuelli» ist in den Quellen nicht belegt.

45 Stimmenkauf war in den verschiedenen Staatsorganen Venedigs gang und gäbe; man kaufte den verarmten Patriziern, den *bernabotti* (s. Anm. 25), ihre Stimme ab.

46 Im Lauf der Geschichte der Republik Venedig gab es etliche Versuche, den exzessiven Prunk, der bei öffentlichen Anlässen betrieben wurde, einzudämmen; das erste dieser Antiluxusgesetze stammt aus dem Jahr 1299 und verbot Frauen, Schmuck im Haar zu tragen; die folgenreichsten Antiluxusgesetze waren wohl die von 1633 und 1746, die das Aussehen der Gondeln festlegten: Sie mussten einheitlich schwarz gestrichen sein – eine Tradition, die bis heute über-

dauert hat. Um die Einhaltung der Antiluxusgesetze zu kontrollieren, wurde 1524 eine eigene Behörde geschaffen, bestehend aus drei *Provveditori alle pompe*, den hier erwähnten Luxusaufsehern.

47 Zauberin in *Der Rasende Roland* des ital. Dichters Ludovico Ariost (1474–1533), erschienen 1515; mit ihrer Rute verzaubert sie ihre Verehrer und Geliebten in Pflanzen.

48 Giuseppe Giusti (1809–1850), ital. Dichter, berühmt vor allem für seine epigrammatischen *scherzi*, in denen er das Leben Italiens zwischen 1839 und 1849 satirisch geißelt. Herausgeber einer Sammlung toskan. Sprichwörter.

49 Die Zugehörigkeit zum Inquisitionstribunal war geheim und zeitlich begenzt; von Senator Formiani scheint jedoch allgemein bekannt, dass er einer der drei Inqusitoren ist; auch scheint er das Amt bereits längere Zeit innezuhaben.

50 Zu dt. «Waisenkanal», verläuft zwischen dem Lido und der Giudecca. Seinen Namen verdankt er der venezian. Gründungslegende, der zufolge hier im Jahr 806 im Kampf gegen die Franken viele Familienväter getötet wurden. Berühmt-berüchtigt wurde er später dadurch, dass die Inquisitoren hier Unschuldige und Verbrecher ertränken ließen.

51 Kleine Ortschaft am Rand der Lagune.

52 Zauberin der griech. Mythologie, in Homers *Odyssee* verwandelt sie die Gefährten des Odysseus in Schweine.

53 S. Anm. 11.

54 Wie an dieser Stelle wird im Roman wiederholt auf die venezian. Sitte des abendlichen Gondelcorsos angespielt, ein je nach Anlass mehr oder weniger

prunkvolles Stelldichein der städtischen Gesellschaft auf dem Canal Grande, mithin die venezian. Entsprechung dessen, was in Ortschaften auf dem Festland der traditionelle *passeggio* war, der abendliche Spaziergang auf dem Corso, wo man sah und sich sehen ließ und den neuesten Klatsch austauschte. Dieser venezian. Gondelcorso wird mit dem Begriff *fresco* bezeichnet, es ist also die Rede von *andare al fresco* oder *incontrarsi al fresco* mit der schönen Doppelbedeutung «ins Freie», «an die frische Luft gehen». Leider ist dieser Terminus unübersetzbar und muss daher von Fall zu Fall dem Kontext entsprechend abgewandelt werden.

55 Neben Il Redentore eine der beiden Votivkirchen Venedigs.

56 Die Uferpromenade Riva degli Schiavoni (s. Anm. 72), die vor dem Dogenpalast verläuft.

57 Eigentlich Tommaso Aniello (1620–1647), Fischer aus Neapel, der in dem Aufstand gegen die in Neapel herrschenden Spanier 1647/48 eine führende Rolle spielte.

58 Torquato Tasso (1544–1595), ital. Dichter; Verfasser des Poems *La Gerusalemme liberata* (*Das befreite Jerusalem*), erschienen 1581, dessen Verse im 18. Jh. zum Bildungsschatz jedes Italieners gehörten.

59 In chronologisch umgekehrter Reihenfolge werden hier markante Ereignisse der venezian. Geschichte aufgelistet, die mit der tatsächlichen Genealogie des Inquisitors natürlich nicht übereinstimmen können: 1687 nahm Venedig Morea (= Peleponnes) ein, das 1715 fast ohne Widerstand von den Osmanen zurückerobert wurde, was 1718 im Frieden von Passarowitz besiegelt wurde. Der Verlust Moreas leitete

eine Phase der Stagnation und der Dekadenz in der venezian. Geschichte ein, die fast das ganze 18. Jh. hindurch andauern sollte und im Jahr 1797 mit dem Einmarsch Napoleons und dem Fall der tausendjährigen Republik endete. – Der Krieg von Candia (= Kreta) begann im Jahr 1645 mit der Belagerung der seit 1218 zu Venedig gehörigen Insel durch die Türken und Osmanen und artete zu einem über zwanzigjährigen Kleinkrieg aus, der teilweise unterirdisch geführt wurden, und in dem – ein kampftechnisches Novum – Minen und Kontraminen zum Einsatz kamen. Er endete 1669 mit dem Verlust Candias an die Türken. – In der Liga von Cambrai verbündeten sich Kaiser Maximilian I. und Vertreter Frankreichs, Spaniens sowie der Papst 1507 gegen Venedig, dessen Expansionspolitik den europ. Mächten, dessen kirchenfeindliche Politik dem Papst ein Dorn im Auge war. In der Schlacht bei Agnadello erlitten die Venezianer 1509 eine vernichtende Niederlage, die Lombardei und fast alle Terraferma-Gebiete gingen verloren, wurden aber nach und nach durch geschickte Diplomatie zurückgewonnen. – Der Krieg von Chioggia von 1376 bis 1381 wurde gegen die rivalisierende Seemacht Genua geführt und endete siegreich für Venedig.

60 Paolo Sarpi (1552–1623), gelehrter Servitenpater und Vertreter der Republik im Streit mit der röm. Kurie, die 1606 den Bann über Venedig verhängte; dank seiner kenntnisreichen Verteidigung gewann Venedig den Rechtsstreit, der Geistliche aber blieb massiven Verfolgungen durch die Kirche ausgesetzt.

61 Weil Gotteslästerung und Fluchen in Venedig überhandnahmen, richtete der Rat der Zehn 1537 das Amt

der *esecutori contro la bestemmia* ein: drei rechtserprobte Männer, die befugt waren, gegen Blasphemie, Unzucht an geweihten Orten und Kleinkriminalität einzuschreiten.

62 Geliebte, später zweite Gattin des Perikles im Athen des 5. Jh. v. Chr., angefeindet und verspottet wegen ihrer Liberalität und ihrer gesellschaftlich nicht sanktionierten Doppelrolle als Ehefrau und Hetäre.

63 Weitverbreitete Karten- und Glücksspiele.

64 Tacitus (um 55 – um 118), röm. Politiker, brillanter Redner und Geschichtsschreiber; Persius (34–62), röm. Dichter etrusk. Abstammung, Verfasser von Satiren; Sallust (86–34 v. Chr.), röm. Politiker und Geschichtsschreiber; Juvenal (um 58 – um 128), röm. Geschichtsschreiber, prägte etliche bis heute geläufige Sentenzen.

65 Als Hundertjährigem wurde dem Stammvater Israels nach einem Bund mit Gott noch ein Sohn geschenkt, den er auf den Namen Isaak taufte (vgl. Gen 12–25).

66 Meeresweichtiere; mythologisches Volk von kopflosen Menschen.

67 Carlo Gozzi (1720–1806), traditionsbewusster Vertreter der *Commedia dell'arte*, wendet sich in seinen «theatralischen Märchen» *L'amore delle tre arance*, *Il re cervo*, *Turandot* oder *La Zobeide* durch Einsatz mythischer und orientalischer Märchenmotive polemisch gegen das realistische Theater seiner Konkurrenten Goldoni und Chiari.

68 Alter Name der Halbinsel Pallene der Chalkidike, Schauplatz des mythischen Kampfes zwischen Herakles und den Giganten; Minen und Kontraminen wurden von den Venezianers erstmalig im Krieg um

Candia 1645–1669 eingesetzt; der offene Anachronismus hat hier wohl ironische Funktion.

69 Bereits 1187 ist der Posten des *avogador del comun*, des von der Kommune bestallten Rechtspflegers, geschaffen worden. Die *avogadori* hatten die Rechtsstaatlichkeit sämtlicher Vorgänge zu überwachen; so waren sie bei allen Wahlvorgängen anwesend, ihnen oblag die Anklageerhebung vor dem venezian. Berufungsgericht, der *Quarantia criminal*, sie hatten die Oberaufsicht über die Kerker und nahmen die Eintragungen ins Goldene Buch vor.

70 Venezian. Ritterorden.

71 Die Region um das Podelta.

72 Slawonier, die Gardetruppe der Republik.

73 In Venedig war die Folter prinzipiell erlaubt, man beschränkte sich allerdings in den meisten Fällen auf den *tratto di corda*, den Folterstrick: dabei wurden dem Angeklagten die Hände auf dem Rücken zusammengebunden und mit einer Seilwinde hochgezogen.

74 Die *correttori delle leggi* waren vom Großen Rat bestellte Beamte, die über die Auslegung von Verfassungsfragen wachten.

75 Napoleon besetzte 1797 mit seiner Revolutionsarmee Norditalien und schließlich auch Venedig. Die republikanische frz. Verwaltung, die in vielen Gebieten eingesetzt wurde, führte in der Mehrzahl der Fälle zu einer Modernisierung vor allem der Rechtsordnung.

76 Gebirgstal oberhalb von Bergamo.

77 Zwischen den beiden Säulen an der Piazzetta, geschmückt mit den Figuren des heiligen Todaro und des Markuslöwen, fanden die öffentlichen Hinrichtungen statt.

78 Eine seit Beginn des 18. Jh. in ganz Italien häufig anzutreffende Figur, in Venedig besonders weit verbreitet. Der Cicisbeo war der Diener oder auch *cavalier servente* der verheirateten Dame, d. h. er begleitete sie auf all ihren Wegen, vom Lever am Morgen bis an den Spieltisch am Abend, bei Besorgungen, in die Kirche, ins Theater. Häufig wurde die Person des Cicisbeo schon im Ehekontrakt festgelegt, und je nach Rang und Reichtum der Familie konnte eine Dame bis zu fünf Cicisbei haben.

79 Erstmals 1270 belegt, stand der Großkanzler der Dogenkanzlei vor; er war ein Nichtpatrizier und wurde auf Lebenszeit gewählt.

80 Ausgedehntes Waldgebiet im Veltlin.

81 D. h. am Folterstrick hochgezogen (s. Anm. 73).

82 Bis Mitte des 19. Jh. wurde Papier aus Haderlumpen, d. h. aus Flachs und Hanf hergestellt.

83 Im Mittelalter wurden manchen Dogen Bart und Haar abrasiert, andere wurden gar mit brennenden Kohlen geblendet, ehe man sie aus Venedig vertrieb.

84 Lat. «Das Alter selbst ist die Krankheit.» – Zitat des röm. Komödiendichters Terenz (185–159 v. Chr.).

85 Anspielung auf die charakteristische Dogenkappe, die am Hinterkopf zu einem Horn aufgebogen war.

86 Weibliche Dämonen der griech. Mythologie in Vogelgestalt, meist zu dritt auftretend und als Inbegriff quälender Bösartigkeit geltend.

87 Es gibt keine festen Vorschriften die Mäntel eines venezian. Patriziers betreffend, aber gemeinhin benötigte er einen scharlachroten Mantel für festliche Gelegenheiten, einen schwarzen Mantel, den *tabarro*, für den Ausgang in Maske, einen weißen für den Sommer und einen blauen oder grauen Mantel.

88 Ital. Redewendung: Das Olivenöl aus Lucca gilt als besonders rein und klar.

89 Der engl. Dichter George Gordon Lord Byron (1788–1824), von 1817 bis 1819 in Venedig wohnhaft, liefert in dem «komischen Heldengedicht» *Beppo* (1817) eine einschlägige Charakteristik venezian. Frauen.

90 Kardinal Carlo Rezzonico (1693–1769), Venezianer, seit 1743 Bischof von Padua, 1758 als Clemens XIII. zum Papst gewählt.

91 Das Motiv der zwei Quellen von Liebe und Hass entstammt ursprünglich Matteo Maria Boiardos (1441–1494) *Orlando innamorato* (1495), dem Ariost für seinen *Rasenden Roland* viele Motive entlehnte: Rinaldo und Angelica trinken aus den beiden Quellen, sodass jeweils der eine den anderen zur Unzeit liebt bzw. flieht.

92 Durch die Mozart-Oper nach dem Libretto des Venezianers Lorenzo da Ponte (1787 in Prag uraufgeführt) erlangte der Don Giovanni-Stoff europaweite Berühmtheit, war jedoch auch zuvor schon auf venezian. Bühnen präsent. Im finalen Gastmahl wird Don Giovanni vom Steinernen Gast, dem ermordeten Komtur, heimgesucht und von diesem mit in die Hölle hinabgerissen.

93 1748 war mit dem Aachener Frieden der österr. Erbfolgekrieg zu Ende gegangen, aus dem Venedig sich mit viel taktischem Geschick herausgehalten hatte. Auf solche Friedensliebe wird hier angespielt.

94 Drei- bzw. neuntägige Andachtsfeiern.

95 Der *Codex Justinianus* war das herausragende Werk des spätantiken Kaisers Justinian (482–565), bis ins 12. Jh. Grundlage der europ. Rechtsprechung; das fragliche Kapitel findet sich im Dritten Buch seiner *Istitutiones*.

96 Bester Freund und Vertrauter des Aeneas in Vergils (70–19 v. Chr.) *Aeneis.*

97 S. Anm. 12.

98 Phantasiename einer Akademie, derer es damals viele gab.

99 Fabius Maximus (275–203 v. Chr.), röm. Senator und Feldherr, dessen Beiname *«cunctator»*, «Zauderer», auf seine hinhaltende Taktik verweist, die den Römern im Zweiten Punischen Krieg zum Sieg verhalf.

100 Wie schon einige Male zuvor wird hier auf den Geheimbund der Freimaurer angespielt.

101 Tiberius Sempronius Gracchus (162–133 v. Chr.), röm. Politiker, der als Volkstribun weitgehende Reformen im Staat durchsetzen wollte, aber am Widerstand der besitzenden Schichten scheiterte und mit seinen Anhängern ermordet wurde.

102 Gestalt aus der griech. Mythologie, Freund des Orest: mit seinem Namen wird freundschaftliche Ergebenheit verknüpft.

103 Iwan Stepanowitsch Mazeppa (1652–1710), ukrain. Kosakenführer, wurde der Legende nach als Liebhaber der Gattin seines Gutsnachbarn von diesem zur Strafe nackt auf den Rücken eines Pferdes gebunden und in den Wald geschickt. Das Motiv war im 18. Jh. in Malerei, Literatur (Lord Byron, Victor Hugo, Alexander Puschkin) und Musik (Pjotr Iljitsch Tschaikowsky, Franz Liszt) sehr beliebt.

104 Francesco Morosini (1618–1694), Doge von 1688 bis 1694, Generalkapitän zur See, Eroberer von Morea.

105 Hier wird angespielt auf die Vermählung des Dogen mit dem Meer, die einmal jährlich, am Himmelfahrtstag, dem höchsten Feiertag der Venezianer, symbolisch vollzogen wird.

106 In Dantes *Göttlicher Komödie* wird Ugolino della Gherardesca mit seinen Kindern in den Hungerturm gesperrt, und bevor er sich dazu durchringen kann, eines seiner schon verhungerten Kinder zu verspeisen, beißt er sich vor Gram und Schmerz in die Hände (*Hölle*, XXXIII, 57).

107 Lat. «Ewige Ruhe» – Introitus-Sequenz katholischer Begräbnisfeierlichkeiten.

108 Regiefehler: Der Graf liegt eigentlich nicht.

109 Toskan. Redewendung für «jämmerlich schlecht aussehen».

110 Größere Transportboote auf den Flüssen der Terraferma.

111 Drohung des Neptun an Aeneas und seine Gefährten, er könne sie vernichten, er besinnt sich aber und glättet die aufbrausenden Wogen. In der Übersetzung von Johann H. Voß lautet die Zeile: «Wollt ich nur …! Doch das Getöse der Flut zu bezähmen ist besser.» Vergil, *Aeneis*, I, 135.

112 Ein gutmütiger und gerissener Riese aus dem Poem *Morgante* des ital. Dichters Luigi Pulci (1432–1484), erschienen 1483, das die Rolandsthematik abwandelt.

113 Die berühmte *Scala dei Giganti* im Dogenpalast.

114 Als «der alte Widersacher» oder Teufel wird hier die Republik Venedig bezeichnet.

115 Robert Darcy Lord Holderness (1718–1778) versuchte als Gesandter der Kaiserin Maria Theresia von Österreich-Ungarn im österr. Erbfolgekrieg den venezian. Senat zu bewegen, Truppen bereitszustellen, doch der Senat hielt an seiner Linie der Neutralität fest.

116 Anspielung auf Marcus Porcius Cato den Älteren (234–144 v. Chr.), röm. Feldherr, Staatsmann und

Historiker, entschiedener Befürworter des Zweiten Punischen Krieges.

117 In der Offerte von Lord Holderness war eine Besoldung venezian. Truppen durch den engl. König vorgesehen.

118 Der König von Spanien, der ein Bündnis Venedigs mit Österreich nicht begrüßt hätte.

119 Tatsächlich stationierte Venedig zur eigenen Sicherheit und im Sinne der «bewaffneten Neutralität» 24000 Soldaten entlang des Etschtals. – Zum Zeitpunkt der Romanhandlung, 1749, ist der Erbfolgekrieg mit dem Frieden von Aachen (1748) freilich bereits beendet; die Tatsache, dass venezian. Truppen auch nach Kriegsende dort stationiert blieben, rechtfertigt diesen Anachronismus in gewisser Weise.

120 D.h. zur Verteidigung der eigenen Grenzen konnten die venezian. Truppen wechselnde Bündnisse mit den kriegführenden Parteien eingehen.

121 Zu Fabius Maximus s. Anm. 99; Marcus Furius Camillus (446–365 v.Chr.) gilt als Verteidiger Roms gegen die Gallier; beide sind erfolgreiche Feldherren und Staatsmänner, deren Namen für Glanzzeiten in der Geschichte Roms stehen.

122 Enrico Dandolo (1107–1205), Doge von 1192 bis 1205, Kreuzfahrer und Eroberer von Byzanz; Carlo Zeno (1334–1418), Admiral, Sieger im Krieg von Chioggia gegen Genua 1381.

123 Die Kirche San Marco ist streng genommen bloß Dogenkapelle; die Haupt- und Bischofskirche Venedigs ist San Pietro in Castello.

124 S. Anm. 78.

125 Das Abkommen von Passarowitz 1718 besiegelte den Verlust von Morea (s. Anm. 59).

126 Marco Foscarini (1696–1763), Doge von 1762 bis 1763, unmittelbar nach seiner Wahl erkrankt, übersiedelte bis zu seinem Tod aufs Festland.

127 Eine fest geschlossene Kampfformation der Infanterie, erfunden von Philipp II. von Makedonien (um 382–336 v. Chr.).

128 Unveräußerliches, unteilbares Familienvermögen.

129 Berühmter Roman von Alessandro Manzoni (1785–1873), erschienen 1825 bzw. 1842.

130 Anspielung auf die damals einsetzende, im 19. Jh. die Oberhand gewinnende Einigungsbewegung Italiens, das *Risorgimento*; bekanntlich spielten in der Bewegung Freimaurer eine maßgebliche Rolle, Garibaldi selbst war Großmeister der ital. Großlogen.

NACHWORT

Wer in Venedig das Museum des 18. Jahrhunderts im Palazzo Rezzonico besucht, sollte sich einen Blick auf Francesco Guardis Gemälde *Il parlatorio delle monache di San Zaccaria* nicht entgehen lassen. Die jungen Nonnen darin sind zwar in ihren vergitterten Logen von den Besuchern abgetrennt, aber das hindert sie keineswegs daran, an der dargestellten Szene lebhaften Anteil zu nehmen. Man glaubt das Stimmengewirr im Raum zu hören, das Klappern der Teetassen, das Bellen des kleinen Schoßhundes, den die elegante Dame im weißem Reifrock mitgebracht hat, das Lachen der herausgeputzten Kinder vor dem eigens für sie aufgebauten Puppentheater. In einem Sprechsaal wie diesem lässt Ippolito Nievo seinen Roman *Angelo di bontà* beginnen. Zwar hat er das Kloster der Seraphinerinnen ebenso erfunden wie das Ufer San Pieretto, an dem er es ansiedelt. Aber dass er fiktiv ist, nimmt dem Schauplatz nichts von seinem exemplarischen Charakter. Die jungen Damen, die von den Patrizierfamilien zur Erziehung in diesen Konvent gegeben werden, müssen die Abgeschiedenheit nicht fürchten. Unzweideutiger noch als auf dem Gemälde Guardis ist ihr Sprechsaal ein Salon. Die Äbtissin führt darin ein offenkundig sehr weltliches Regiment. Wer sich hier so innig der Musik hingibt wie die jungen Nonnen, deren engelgleiche Stimmen wenige Jahre zuvor den Sekretär der französischen Botschaft in Venedig, Jean Jacques Rousseau, so tief beeindruckten, erregt eher Spott als Bewunderung. So frivol wird hier parliert, so selbstverständlich werden Liebschaften und Heiratsprojekte lanciert, dass der Leser ahnt, warum die lasziven Romane des 18. Jahrhunderts so gern in den venezianischen Klöstern angesiedelt waren und die Sprechsäle dazu genutzt wurden, den Abenteurern junge Nonnen als Geliebte zuzuführen.

Wie aus einem Füllhorn lässt sich aus diesem Sprechsaal die Mythologie der Dekadenz herausziehen, in die das Venedig des 18. Jahrhunderts schon gehüllt wurde, ehe es als Republik und selbständiger Staat unterging. Und so begegnen uns in diesem Roman die verarmten Adligen, die ihre Stimmen verkaufen, die Drahtzieher der großen und kleinen Intrigen, die gänzlich unfähigen kleinen Statthalter Venedigs auf dem Festland, der Terraferma, die Spieler im Ridotto, die eifersüchtig über die Heiratsaussichten ihrer Kinder wachenden Gattinnen der Opportunisten. Auf ihnen allen aber ruht ein distanzierter, ja strenger Blick. Denn nichts lag dem Autor dieses Romans ferner, als in den Bildern des maskierten, auf Illusionen weich gebetteten Untergangs zu schwelgen. Ippolito Nievo war nicht der Mann, die Welt des Ancien régime in mildes Licht zu tauchen. Er war jung, er war bis zum Zerbersten angefüllt mit Gegenwart, und er wusste, dass in dieser Gegenwart die Zukunft nicht nur Venedigs, sondern ganz Italiens steckte, dieses Vibrieren auf die noch zu entbindende Zukunft hin machte ihn gänzlich ungeeignet, sich der Vergangenheit *sine ira et studio* zuzuwenden. Er wollte sie hineinziehen in seine Gegenwart, wollte sie zum Bündnispartner machen für seine Projekte, für die literarischen wie die politischen. Und es steckte, frappierend viel von beidem – von der Literatur wie von der Politik – in der kurzen Biographie dieses jungen Mannes. Nievo war im November 1831 in Padua geboren, als Sohn eines Beamten aus dem Kleinadel von Mantua. Sein Großvater mütterlicherseits, Carlo Marin, Leiter der Finanzverwaltung von Verona, entstammte dem venezianischen Patriziat. Ein literarisch gebildeter Onkel nahm ihn unter seine Fittiche, früh schon muss den Gymnasiasten der poetische Ehrgeiz erfasst haben. Mit fünfzehn stellte er seine erste Gedichtsammlung zusammen, und auch die andere, die politische Leidenschaft, erfasste schon den Jugendlichen, als im Frühjahr 1848 die Nachrichten von den anti-österreichischen Erhebungen aus Mailand und Venedig in Mantua eintrafen. Der junge Nievo besuchte dort das Liceo Virgilio, er war dabei, als die Menge Sprechchöre gegen den General Gorzkowsky, den Kommandanten der Zitadelle, intonierte, und er sah die österreichische Kavallerie gegenüber den Demonstranten Aufstellung nehmen. Als er sich im Herbst 1850 an der juristischen Fakultät der Universität Pavia zum Studium einschrieb, waren die Aufstände der Jahre 1848/49 niedergeschlagen. Österreich hatte seine Stellung in Oberitalien behauptet, Garibaldi war nach dem Fall der römischen Republik nach Amerika geflohen, und es begann ein Jahrzehnt, in dem der ins Stocken geratene Prozess der italienischen Einigung aus der Niederlage heraus neu zu formieren war. In diesem Jahrzehnt des Übergangs – halb bleierne Zeit der Resignation und Desillusionierung, halb Reifezeit des Risorgimento – absolvierte Ippolito Nievo seine Lehrjahre.

Bei seiner ersten großen Liebe lernt er nicht zuletzt das Schreiben von Liebesbriefen, die er nach dem Ende der Liaison in einen Roman verwandelt. Die intellektuelle Schulung durch das Studium, das er 1855 in Padua abschließt, befördert die publizistische Ambition. Rasch wird er zum Mitarbeiter diverser Zeitschriften, beginnt Theaterstücke zu schreiben. Im Februar des Jahres 1854, in dem seine erste Gedichtsammlung erscheint, offenbart er in einem Brief an einen Freund, er wolle schreiben, schreiben, schreiben, solange es jemanden gebe, der Lust habe, ihn zu lesen, und darüber hinaus. Er wolle in Versen schreiben und in Prosa, tragisch und komisch, erhaben und burlesk, mit jedweder Tinte und auf jedwedem Papier. Zu diesem literarischen Furor gehört, dass er 1855 gleich zwei Romane parallel in Arbeit hat. Dem einen, *Angelo di bontà*, gibt er den Untertitel *Storia del secolo passato*, dem Gegenstück, *Il conte pecoraio*, einem Roman über das Leben der einfachen Leute auf dem Lande, den Untertitel *Storia del nostro secolo*.

Er weiß, dass er in seinem rastlosen Tun auf ein besonderes Talent gestoßen ist, das des Erzählers. Und er hofft, dass es sich dafür nutzen lässt, mit den Mitteln der Literatur die Bildung der Nation voranzutreiben. Er kennt die Diskussionen, die in den Zeitschriften über die Misere der Romanform in Italien geführt werden, über die fehlenden Brücken zwischen der Literatur und dem großen Publikum. *Angelo di bontà* geht 1856 in Druck, als

Debüt eines Romanciers, der es bei diesem Erstling nicht bewenden lassen will. In acht Monaten, von Dezember 1857 bis August 1858, verfasst er das umfangreiche Manuskript seines Hauptwerks, des Romans *Confessioni d'un Italiano*. Erfolglos bemüht er sich um die Drucklegung, die Publikation wird er nicht mehr erleben.

Das Risorgimento hat wieder Schwung aufgenommen. Garibaldi ist 1854 nach Italien zurückgekehrt, Anfang 1859 stellt er in Norditalien Freiwilligenverbände zusammen, die auf Kämpfer der Jahre 1848/49 zurückgreifen. Ihnen schließt sich Nievo im Juni 1859 an, und im Frühjahr 1860 landet er mit dem «Zug der Tausend» unter Führung Garibaldis in Sizilien, um es von den im Königreich Neapel regierenden Bourbonen zu befreien. In seinem Roman *Il Gattopardo* von 1958, dessen Handlung im Mai 1860 einsetzt, hat der sizilianische Autor Tomasi di Lampedusa die Ankunft der Trikolorenträger aus dem Norden geschildert, maliziös, aus der Sicht seines Helden, des Fürsten von Salina: «Die Piemontesen (bei dieser Namensgebung beharrte der Fürst, um sich darüber zu beruhigen, genauso wie andere sie Garibaldiner nannten, um sie zu preisen, oder Garibaldesker, um sie zu schmähen), die Piemontesen also hatten sich ihm vorgestellt, zwar nicht geradezu mit dem Hut in der Hand, wie ihm vorhergesagt worden war, so doch wenigstens mit der Hand am Schirm dieser ihrer lächerlichen roten Mützen, die genauso zerdrückt und zerknittert waren wie die der bourbonischen Offiziere.» Unter den Stabsoffizieren und Bürokraten, die dem Fürsten ihre Aufwartung machen, dürfen wir uns Ippolito Nievo vorstellen, den Garibaldi dazu ausersehen hatte, sich um die Finanzverwaltung Siziliens zu kümmern.

Aus Turin, wo man das Freischärlerhafte an Garibaldis sizilianischer Expedition mit einem gewissen Misstrauen betrachtete, kamen nach einem Jahr Kontrollanfragen über die in Sizilien verausgabten Gelder, und Nievo ging mit Dokumenten und Geldern am 4. März 1861 an Bord des Dampfschiffes *Ercole*, um nach Neapel und von dort weiter nach Norden zu reisen. Aber das Schiff verschwand spurlos, wohl in einem nächtlichen Sturm, ohne dass je irgendwo Wrackreste oder Opfer angeschwemmt worden wären.

In Turin bereitete man sich in diesen ersten Märzwochen auf die Ausrufung des Königreiches Italien vor, das Verschwinden des jungen Literaten und Finanzverwalters im Süden blieb im Norden unbemerkt. Noch elf Tage nach dem Schiffbruch wurde in der Verwaltung des Turiner Parlaments ein Mahnbrief an Ippolito Nievo abgeschickt, er solle sich schnellstmöglich einfinden und Rechenschaft ablegen. Die am 17. März in den Zeitungen Neapels erschienenen Meldungen vom Verschwinden der *Ercole* wurden in Turin nachgedruckt, ohne Aufmerksamkeit zu erregen.

Ippolito Nievo hat sein kurzes, kaum mehr als neunundzwanzig Jahre währendes Leben in einer Epoche verbracht, in der die Jahreszahlen zu Symbolen, ja zu Parolen werden konnten. Im Manuskript hat er die Eröffnungsszene des Romans *Angelo di bontà* zunächst im Jahre 17** stattfinden lassen. In der Druckvorlage hat er daraus den Mai 1749 gemacht, wir dürfen annehmen, mit Bedacht. Denn durch diese Datierung rückte das historische Geschehen in die Perspektive der Gegenwart. Die «49» war im Jahre 1856 dazu angetan, im Publikum die Erinnerung an das Frühjahr 1849 heraufzurufen, als in Venedig die «Repubblica di San Marco» sich erst nach zähem Widerstand den österreichischen Truppen ergab. Die assoziative Verknüpfung der Jahre 1749 und 1849 hat Nievo dadurch befördert, dass er das habsburgische Imperium so unaufdringlich wie unübersehbar in den Horizont der Romanhandlung eingezeichnet hat. Der wichtigste politische Akteur des Romans, der Senator Formiani, als fähigster der geheimen Inquisitoren seit

Jahrzehnten der mächtigste Mann in Venedig, ist nicht nur mit der Abwehr der dilettantischen Intrige beschäftigt, die der Provinzadel in Gestalt des so ehrgeizigen wie unfähigen Grafen Carmini angezettelt hat. Er ist zugleich und vor allem außenpolitisch gefordert. Denn während in der historischen Realität der österreichische Erbfolgekrieg bereits 1748 beendet war, dauert er in Nievos Roman um des Spiels mit historischen Analogien willen noch 1749 an. Heftig bedrängt das habsburgische Imperium, unterstützt vom Gesandten Englands, die Republik Venedig, sich gegen Spanien und Neapel auf seine Seite zu schlagen. Formiani aber setzt auf die Option der «bewaffneten Neutralität» Venedigs gegenüber den rivalisierenden europäischen Großmächten, ohne die Illusion zu hegen, dass die Republik ihre längst auf tönernen Füßen stehende Selbständigkeit noch lange wird behaupten können. Sein Ziel ist, in realistischer Einschätzung der inneren Erosion, eine ehrenvolle Verabschiedung Venedigs aus der großen Politik. So sehr ist dieser Patrizier eine Figur der Resignation und Desillusionierung, dass sich in seiner bitteren Weltsicht ankündigt, was 1797 Wirklichkeit werden wird: das Ende der Republik Venedig.

Mit großem Erfolg hatte Alessandro Manzoni in seinem Hauptwerk *I promessi sposi*, dessen endgültige Fassung 1840/42 erschienen war, demonstriert, wie sich im historischen Roman eine Liebeshandlung mit dem Blick zurück in ein Jahrhundert verbinden ließ, das dem zerrütteten Italien des 19. Jahrhunderts als Spiegel dienen konnte. Ippolito Nievo hat diese Verknüpfung aufgegriffen und Morosina, den *Engel an Güte*, der dem Roman seinen Titel gibt, in eine Liebesintrige eingesponnen, die von Beginn auf Tuchfühlung zum politischen Schicksal Venedigs bleibt. Der Inquisitor Formiani, in dem dieses Schicksal Gestalt gewinnt, will noch in hohem Alter die genealogische Kette, deren letztes Glied er ist, in die Zukunft verlängern. Die moralische Dekadenz der Stadt, so sein Kalkül, wird ihm dabei in die Hände arbeiten. Niemand wird Anstoß nehmen, wenn er Morosina aus dem Konvent holt, zu seiner Gemahlin macht und ihren Cicisbeo für den erwünschten Nachwuchs sorgen lässt. Der junge Adlige Celio Terni, von Kindheit an mit Morosina vertraut, würde liebend gern diese Rolle übernehmen. Aber die Intrige scheitert an der jungen Heldin, die sich weigert, dabei mitzuspielen. Sie muss ein vom Himmel gefallener Engel sein, so fremd steht sie vor dem Panorama der moralischen Dekadenz. Es hätte ihr gefährlich werden können, dass der Erzähler so erkennbar mit ihr im Bunde, dass er so eifrig bemüht ist, den

Kontrast zwischen ihrer Tugend und den lockeren Sitten ihrer Umgebung gebührend ins Licht zu setzen. Denn allzu viel Moralismus verträgt kein Roman. Aber ganz so streng, wie er sich gern gibt, ist dieser Erzähler gar nicht. Dafür ist er selber viel zu sehr in Venedig verliebt, auch wenn er gerne Strafpredigten gegen die Lust am Luxus hält. Man lese nur, wie er das Schauspiel des Sonnenuntergangs beschreibt, das weiße Dämmerlicht, das sich seinen Weg durch die Häuserfluchten sucht, die Gondeln, in denen, während sie die Lichtschneisen durchqueren, reizende Damen sichtbar werden, die Rufe der Ruderer, den Gesang der Zecher. Es bekommt dem Roman gut, dass das ästhetische Urteil mit dem moralischen und historisch-politischen nicht immer konform geht. Vor allem aber bekommt es ihm gut, dass er sich nur zum Schein in das Gewand des historischen Romans hüllt. Kaum einmal rivalisiert der Erzähler mit dem epischen Ton der Geschichtsschreiber, kaum einmal geht er in der Schilderung der Schauplätze über flüchtige Umrisse hinaus, stets bleiben seine historischen Exkurse – etwa über das Recht der Landbevölkerung auf das Holzschlagen oder die Lage des Kleinadels der Terraferma – knappe Skizzen.

Dergleichen gravitätisch auszumalen, hat er keine Zeit. Denn das Formmodell, dem dieser Roman folgt, ist das der Komödie. Leicht ließe sich diese aus ihm herausziehen. Man müsste nur die Szenen, die der Erzähler entwirft, auf die Regieanweisungen hin lesen, die in ihnen stecken, und den ohnehin allgegenwärtigen Dialog ganz in den Vordergrund treten lassen. Er ist so sehr der gesprochenen Sprache verpflichtet und mit so vielen venezianischen Redewendungen durchsetzt, dass seine Bühnenfassung schon in ihm steckt. Und die Figuren machen kein Hehl daraus, dass sie Wiedergänger aus dem venezianischen Theater des 18. Jahrhunderts sind, von der mondänen Äbtissin über den trunkenen Faulpelz von Podestà und den beflissenen, Huldigungsverse schmiedenden Abbé, von den hier wie stets im Duett auftretenden durchtriebenen Kammerzofen bis zu den derben Volksfiguren, die den Adligen, der sie kujoniert, windelweich schlagen, wenn sich die Gelegenheit dazu bietet, oder ihn gar mit einem wie zufällig herabfallenden Blumenkübel ins Jenseits befördern.

Es ist nicht irgendeine Komödie, die in diesem Roman steckt. Ippolito Nievo war ein hingebungsvoller Leser – und gelehriger Schüler – des großen venezianischen Theaterautors Carlo Goldoni. So gelang es ihm, die moralische Geschichte der Wiedergeburt der längst abgestorbenen Tugend Venedigs samt der rührend-melodramatischen Liebesszenen zwischen Morosina und Celio durch eine Phalanx komischer Figuren auszubalancieren. Just im Jahre 1749, in dem Nievos Roman spielt, kam Goldonis Volksstück *La putta onorata* (*Das ehrbare Mädchen*) auf die Bühne des Teatro Sant'Angelo, in dem die gesprochene Sprache einen glanzvollen Auftritt hat, die Gondolieri als Vertreter der einfachen Leute auf die Bühne kommen, die tugendhafte Heldin den Machenschaften verkommener Aristokraten zu verfallen droht und am Ende, nicht minder standhaft als Morosina, die Hand des alten Kaufmanns Pantalone ablehnt, obwohl er zu ihrer Rettung beigetragen hat und sie ihm zu Dank verpflichtet ist.

Unabhängig davon, ob Nievo bewusst auf dieses zeitgenössische Erfolgsstück zurückgriff, hat seine Heldin mit dem ehrbaren Mädchen Goldonis einen entscheidenden Zug gemeinsam: Beide sind unfähig zur Schauspielerei. In einer Welt, in der Verstellung zum Verhaltensrepertoire gehört, ist das eine auffällige Eigenschaft. In ihr tritt der Kontrast zwischen der Heldin, die mit schlafwandlerischer Sicherheit ihrem moralischen Imperativ folgt, und ihrer Umgebung am deutlichsten hervor. Denn Nievo zitiert nicht nur das Personal und manche Handlungselemente der Komödien

Goldonis. Er ruft zugleich mit den Mitteln des Romans eines der erfolgreichsten Elemente der Mythologie der Dekadenz auf, das schon die Zeitgenossen am Venedig des 18. Jahrhunderts herausstrichen: dass Venedig nicht nur eine Hauptstadt des europäischen Theaters und der Oper, sondern insgesamt eine Bühne war. Die Stadt, um 1750 längst schon eine Touristenmetropole, erschien ihren Besuchern nicht zuletzt wegen der langen Karnevalssaison und der Allgegenwart der Masken als eine Welt, in der die Grenzlinie zwischen Sein und Schein aufgehoben, die Schauspielerei in den Alltag eingewandert und das Leben selbst theatralisch geworden war. In Nievos Roman ist vor allem dem jungen Cavaliere Celio, der einen beliebten Theaternamen trägt, die Schauspielerei zur zweiten Natur geworden. Wenn er Celios Verführungsversuche beschreibt, greift der Erzähler zum Repertoire des Theaterkritikers und lässt den jungen Mann, der zwischen Wahrheit und Lüge, echtem Gefühl und Komödie schwankt, durch die Rollenfächer der zeitgenössischen Bühne gleiten. Dieser junge Mann muss nicht nur die Teilnahme an der dilettantischen Verschwörung gegen den Inquisitor Formiani hinter sich lassen, um am Ende als Gatte des *Engels an Güte* in Frage zu kommen. Er muss zugleich die Verwandlung vom Schauspieler der Liebe zum wahrhaft Liebenden durchlaufen, um sich die familiäre Idylle zu verdienen.

Diese Idylle aber, mit augenzwinkernden Anspielungen auf das endliche Glück der Verlobten Alessandro Manzonis versehen, ist nur der eine der beiden Schlüsse, mit denen Nievo seinen Romanerstling ausgestattet hat. Die Politik, die in der Idylle zugunsten des bürgerlichen Privatlebens abgedankt hat, meldet sich im zweiten Schluss umso nachdrücklicher zu Wort. Ihm geht voraus, dass der Plan des alten Inquisitors gescheitert und er gestorben ist, ohne den ersehnten Statthalter erhalten zu haben. Aus seinem Testament folgt nichts, was die innere Erosion der Republik aufhalten könnte, seine Erben werden sein Vermögen verprassen und verspielen. Die Hauptfigur des zweiten Schlusses aber ist nicht der Senator, sondern sein Pendant auf der Ebene der Diener, der Gerichtsschreiber Chirichillo. Mit seiner hageren Gestalt und seinen langen, immer schwarz umhüllten Beinen gehört dieses Faktotum, das in Venedig wie auf der Terraferma seine Dienste mit gleicher Zuverlässigkeit verrichtet, unzweifelhaft ins Rollenfach des komisch-eigenbrötlerischen Alten. Aber Chirichillo, mit dem Nievo den hintergründigen Schreiberfiguren in der Literatur des

19. Jahrhunderts eine originelle Variante hinzugefügt hat, ist nicht nur komisch. Fast mehr noch als dem greisen Inquisitor hat Ippolito Nievo ihm, dem Mann aus dem Volk, die Aufgabe anvertraut, das alte, untergehende Venedig zu verkörpern. Er hat, vom Vater des Inquisitors gefördert, gemeinsam mit diesem (und wie Nievo) in Padua die Rechte studiert. Er ist es, der in ihrer Kindheit auf dem Lande der Titelheldin ihre naive Tugend eingepflanzt hat.

Wenn er selbst eine Maske trägt, dann ist es allenfalls die der beträchtlichen Skurrilität, mit der ihn sein Autor ausgestattet hat. Diese Maske scheint ihn fest in die Komödie zu bannen. Aber er wirft sie am Ende ab, und aus dem komischen Alten tritt der Prophet der realhistorischen Zukunft Venedigs heraus. Die Wiedergeburtslehre, der er seit je anhängt und die dazu beiträgt, dass er in einer kleinen Welt das Gespött der Leute auf sich zieht, gibt ihm, als er sich dem Tod nahe fühlt, die Vorstellung ein, er werde als Kaiser von ganz besonderem Schlage zurückkehren. Es obliegt dem Erzähler, daraus in ironischem Ton die ernste Botschaft herauszulösen: das Todesdatum Chirichillos im November 1768 ist zugleich das Datum, an dem dieser künftige Kaiser gezeugt wurde, der Totengräber Venedigs. Durch diese Schlusspointe wird das Jahr 1797, in dem die Truppen Napoleons die zum Untergang bestimmte Republik eroberten und wenig später im Frieden von Campoformio an Österreich abtraten, zum perspektivischen Fluchtpunkt des Romans. Und dieser selbst rückt damit näher an die Gegenwart des Jahres 1856 heran, in dem er veröffentlicht wurde und in dem die Generation der Großväter das Ende der Republik Venedig noch selbst erlebt hatte.

In den wenigen Jahren, die ihm nach der Publikation von *Angelo di bontà* noch verblieben, hat Ippolito Nievo die Verbindungslinien ausgezogen, die von der Prophezeiung des alten Chirichillo in jenes zwielichtige Jahrzehnt des Übergangs führen, in dem er lebte und rastlos schrieb. Dass das nach der Niederlage von 1849 wieder an Österreich gefallene Venedig 1866 Teil des jungen italienischen Nationalstaats wurde, hat er nicht mehr erlebt. Aber in seinem monumentalen nachgelassenen Manuskript *Die Bekenntnisse eines Italieners* ist ebendies die Frage: wie sich die Geschichte Venedigs zur Geschichte Italiens verhält. Nievo hat für den alten Chirichillo aus seinem Romanerstling einen Nachfolger ersonnen, der sich dieser Frage stellt. Carlo Altoviti, der Ich-Erzähler und Held der *Bekenntnisse*, blickt Mitte der 1850er Jahre als alter Mann auf sein Leben zurück, das 1775 in

Venedig begonnen hat, und wenn er gleich im ersten Satz sagt, er sei als Venezianer geboren und hoffe, als Italiener zu sterben, dann ist darin der Weg enthalten, den er zurückgelegt hat. Aus der untergegangenen Republik Venedig stammend, hat er sein Vaterland verloren und will nun durch die Erzählung seines langen Lebens, das die Brücke von der napoleonischen Ära ins Risorgimento schlägt, den Begriff *«patria»* mit neuem Inhalt füllen. Dieser neue Inhalt aber ist noch Zukunft, seine Hoffnung auf das neue Vaterland «Italien» ist 1858/59 noch eine kontrafaktische Hoffnung, eine Leerstelle. Aber die Leerstelle «Italien» ist in Nievos Hauptwerk der perspektivische Fluchtpunkt, nicht anders als es der Untergang der Republik Venedig im Romanerstling *Angelo di bontà* war. Zwischen dem Ende der Republik Venedig aber und der Hoffnung auf Italien gibt es in Nievos literarischem Werk wie in seinen politischen Überzeugungen einen engen Zusammenhang. Dieser Zusammenhang lässt sich etwa so formulieren: Venedig war ein Staat ohne Zukunft, weil in der modernen Welt nur Völker einen lebensfähigen Nationalstaat bilden können, nicht aber Stadtstaaten wie Venedig. Das gilt auch für die revolutionäre Repubblica di San Marco des Jahres 1848/49, der Nievo bei aller Bewunderung des Widerstandes gegen die Herrschaft Österreichs mit Skepsis gegenüberstand, weil sie noch einmal zu verlängern suchte, was keine Zukunft haben konnte. Nievos Treue zum alten Venedig war anderer Art. Er wollte die besten Traditionen der untergegangenen Republik in den jungen italienischen Nationalstaat einschmelzen, und das hieß zugleich, er wollte Venedig von seiner Fixierung auf die Vergangenheit befreien, wollte es zum integralen Bestandteil des modernen Italien machen, so wie er in Sizilien als Offizier und Finanzverwalter, wenn auch vergeblich, an der Einbeziehung des traditionsverhafteten Südens in die Infrastruktur des Nationalstaats arbeitete. Italien, so sein politisch-historisches Credo, konnte nicht ohne Venedig Italien werden, so wie Venedig ohne Italien keine Zukunft hatte. Um die Jahreswende 1859/60, als er schon zu den Alpenjägern Garibaldis gestoßen war, hat Nievo dieses politische Credo in einem hinreißenden Essay unter dem programmatischen Titel *Venezia e la libertà d'Italia* (*Venedig und die Freiheit Italiens*) niedergelegt. Venedig ist darin der Statthalter des untergegangenen antiken Rom, die venezianische Republik nimmt dessen patrizisches wie plebejisches Erbe in sich auf und verteidigt die alte lateinische Freiheit gegen die Franzosen wie gegen den deutschen Kaiser Barbarossa, gegen die Liga von Cambrai wie gegen das osmanische Reich. Weil es die politische Tradition des antiken Italien in sich aufgenommen und geschützt hat, kommt Venedig, so die Pointe des Essays, im Prozess der Herausbildung des modernen italienischen Nationalstaates eine Schlüsselrolle zu. Es musste seine Selbständigkeit verlieren, gewann aber zugleich die Chance, sein jahrhundertealtes Training des Ausgleichs und der Selbstbehauptung gegenüber fremden Mächten in den Dienst des neuen Vaterlandes zu stellen. Auf diesen Prozess des Umschmelzens der venezianischen Tradition setzte Nievo. Den voluntaristischen Umtrieben der Carbonari seiner Zeit, denen im Roman *Angelo di bontà* die Aktivitäten der ominösen Freimaurer entsprechen, die zur Erosion des Ancien Régime beitragen, stand er eher skeptisch gegenüber. Es ist leicht, über die Unbedenklichkeit zu spotten, mit der Nievo das moderne Rom wie das Florenz der Renaissance, das anti-habsburgische Piemont und Turin wie die Lombardei und das Mailand Manzonis in den Hintergrund treten lässt, um Venedig die Position der heimlichen Hauptstadt des modernen Italien zuweisen zu können. Aber diese Unbedenklichkeit war notwendig, um den Dekadenzmythos, der Venedig spätestens seit dem frühen 19. Jahrhundert in einer ewig währenden

Vergangenheit erstarren ließ, durch einen Gegenmythos herauszufordern. In diesem Gegenmythos werden die Leinen gekappt, die mit großem Erfolg beim Publikum die Gondeln Venedigs immer fester an das Bild des Sarges banden, und aus der Republik, die an ihrer Unfähigkeit zu Reformen zugrunde geht, aus der Stadt der Schwüle und des Todes wird wieder eine Stadt, die um ihre Zukunft kämpft. Zum Glück für den deutschen Leser gibt es seit 2005 die vorzügliche und vollständige Übersetzung des großen Romans *Confessioni d'un Italiano*, in dem Nievo, ohne die Niedergangsgeschichte Venedigs im 18. Jahrhundert zu beschönigen, diesen Gegenmythos literarisch entfaltet. In dem vergleichsweise schmalen Roman *Ein Engel an Güte*, den Barbara Kleiner nun ebenfalls neu ins Deutsche gebracht hat, ist die Vorgeschichte dieses Gegenmythos enthalten. Wer sich ein großes Vergnügen bereiten will, der lese diesen Roman als Vorspeise und die *Bekenntnisse eines Italieners* als Hauptgang.

Lothar Müller

INHALT

Titel der italienischen Ausgabe:
«Angelo di bontà» (1856)

Die Übersetzerin dankt dem Literarischen Colloquium Berlin und dem Deutschen Übersetzerfonds für die Förderung dieser Arbeit.

Diese Buchausgabe der *Manesse Bibliothek der Weltliteratur*
wurde aus der Berthold Bembo gesetzt
und in Fadenheftung gebunden.
Das FSC-zertifizierte Dünndruckpapier
Profi Publish extra liefert Drewsen, Lachendorf.
Alle verwendeten Materialien entsprechen alterungsbeständiger Qualität, die Papiere sind
chlor- und säurefrei.
Printed in Germany 2010
ISBN 978-3-7175-2174-7

www.manesse.ch